대한민국의 시계는
거꾸로 간다 1

대한민국의 시계는 거꾸로 간다 1
- 거짓의 시대, 문학과 영화를 통해 진실을 찾다 -

초판 1쇄 발행 _ 2018년 7월 9일
초판 2쇄 발행 _ 2018년 7월 31일

저   자 _ 김규나

펴낸이 _ 박기봉
펴낸곳 _ 비봉출판사
주   소 _ 서울 금천구 가산디지털2로 98.
         2동 808호(롯데IT캐슬)
전   화 _ (02) 2082-7444
팩   스 _ (02) 2082-7449
E-mail _ bbongbooks@hanmail.net
등록번호 _ 2007-43(1980년 5월 23일)
ISBN _ 978-89-376-0473-7 04810
        978-89-376-0472-0 04810 (SET)

값 13,500원

대한민국의 시계는 거꾸로 간다 1

- 거짓의 시대, 문학과 영화를 통해 진실을 찾다 -

김규나 산문집

비봉출판사

작가의 말
거짓의 시대, 절망에 지지 않은 당신을 응원하며
: 찰스 디킨스 〈두 도시 이야기〉

- 최고의 시절이자 최악의 시절이었고, 지혜의 시대이자 어리석음
  의 시대였으며, 믿음의 세기이자 불신의 세기였다. 빛의 계절이
  자 어둠의 계절이었고, 희망의 봄이면서도 절망의 겨울이었다.
  우리 앞에 모든 것이 있었으나 우리 앞엔 아무것도 없었고, 우
  리 모두 천국으로 가려 했지만 우리는 모두 엉뚱한 길로 가고
  있었다.   / 찰스 디킨스 〈두 도시 이야기〉 중에서.

피비린내 지독했던 프랑스 혁명을 배경으로 한 찰스 디킨스의 소설
〈두 도시 이야기〉의 첫 문단이다. 비이성적 권력 욕망과 선동당한 군
중이 빚어낸 죽음의 광풍 속에서도 인간이 지닌 사랑과 선의를 신뢰하
는 작가의 세계관이 잘 드러난 작품이다. 너무도 유명한 소설의 맨 앞
문장은 대립과 부정과 혼란이 횡행한 시대라면 어느 독자에게나 공감
을 얻겠지만, 불법탄핵 사건을 겪으면서도 거짓과 절망에 무릎 꿇지
않고 꿋꿋이 대한민국을 지켜내고 있는 이 땅의 국민에게는 그 의미가
더욱 깊이 와 닿을 것이다.

오랫동안 세상이 평온한 줄 알고 살았다. 나만 착하게, 거짓말 하지
않고, 남에게 피해 주지 않고, 내 인생만 잘 챙기고 살면 되는 줄 알았
다. 내게는 그마저도 쉽지는 않았지만 사람들은 최선을 다해 자신의

길을 잘 찾아가는 듯 보였고, 늘 질서정연할 수는 없을지라도 세상은 불의와 악의를 이기고 공정한 방향을 향해 나아가고 있다고 믿었다. 사상이나 이념은 사고가 무르익어가면서 통과해야 할 과정이었으므로 어디에도 깊이 빠지거나 치우쳐 산 적이 없었고, 간혹 악한 마음에 항복할지라도 대부분은 선한 본성을 가진 사람들이 함께 어울려 살아가는 사회이므로 땀 흘려 노력한 만큼 경제는 풍요로워진다고 배웠다. 나라 살림 또한 민주적으로 뽑은 똑똑한 정치인들이 국가와 국민을 위해 헌신적으로 봉사할 테니 오죽 잘 할까, 생각했다.

그런데 어느 날, 세상에 대한 의문이 눈과 귀로 쏟아져 들어오기 시작했다. 한 아이가 어느 법조인의 혼외정사로 얻은 아들이 맞느냐 아니냐 하는 문제가 대두될 때부터였다. 또 다른 공직자 아들의 병역비리 문제도 시끄러웠다. 공직자의 윤리의식과 그들 뒤에 감춰진 온갖 비리 의혹들이 꼬리에 꼬리를 물었다. 이후 국정원의 권한과 존폐 여부에 대한 상반된 주장들이 커다란 이슈가 되었고, 북방한계선 NLL에 대한 과거 정권의 대화록 논란도 불거졌다. 어느 나라에나 당연히 있어야 할 국가 정보기관을, 더구나 세계 유일하게 남은 공산 전체주의 집단을 머리맡에 두고 있는 나라에서, 무력화시키려 하다니. 혼란의 시대로 거침없이 침몰하게 될 새해를 앞두었던 2013년 12월 31일 저녁, 국정원을 지켜내야 한다고 외치는 사람들이 모인다는 집회현장을 찾아가 보았다. 어떤 데모에도 참가해 본 적이 없던 나는 대형 태극기를 몸에 두른 대학생에게서 받은 소형 태극기를 손에 꼭 쥔 채, 그러나 입 벌려 '대한민국'이란 네 글자를 외쳐보지도 못하고 30여분 멀찍이 혼자 서 있다가 돌아왔다. 무엇이 잘못되었기에 저 어린 친구들이 이토록 뺨이 시린 겨울밤, 대한민국을 지켜야 한다고 거리로 나선 것일까, 머리가 복잡했다. 저들이 나서기 전에 정치인들은, 우리 세대는 무엇을 했는가, 처음으로 세상과 개인의 관계, 국가와 나 사이에서 생겨난 수많은 의문들이 마음을 흔들어 깨웠다.

그때부터 들리고 보이는 것들이 온통 의문투성이였다. 무엇이 진실이고 거짓인가, 자료와 정보들을 찾기 시작했다. 그동안 베스트셀러 목록을 따라가기에 급급했던 독서의 방향을 틀어 낯설고 생소한 정치, 경제 분야의 책들과 관련 동영상들을 찾아보았다. 상식이라 배웠던 역사가, 당연하다 여겼던 정보들이, 그럴 리 없다고 덮었던 의심들이, 인간이라면, 최소한 이 나라 국적을 가진 사람이라면 그러지는 않았으리라 하고 도리질했던 믿음들이 하나 둘 무너져 갔다. 그렇게 나 혼자 거짓과 진실 사이를 헤매고 있던 2014년 4월, 세월호 사건이 터졌다. 이후 고영태를 앞세운 정치세력의 국정농락 사태부터 오늘에 이르기까지 국가 위기상황은 정신을 차릴 수 없을 만큼 극렬하게 소용돌이치고 있다.

우리나라가 혼란의 정점으로 치닫던 2016년 한 해는 개인적으로 매우 특별하고 중요한 시기였다. 등단하고 10년 만인 그해 3월, 첫 장편소설 〈트러스트미〉를 탈고했고, 거짓탄핵 사태가 터진 가을에는 두 번째 장편소설을 쓰고 있었다. 그런데 어느 날, 블랙리스트라는 용어와 함께 文을 지지하는 예술인 명단이 발표되었다는 기사가 눈에 띄었다. 설마 하는 마음으로 찾아본 명단 안에 내 이름이 있었다. '2012년 12월 文후보 지지선언 문화예술인 4,110명' 중의 하나가, '블랙리스트 명단 문화예술계 9,473명' 중의 하나가 나, 김규나였다.

대면이든 서류든 전화든 지지 의사를 밝힌 적 없었고, 행여 꿈에서라도 그런 뜻을 품어본 적이 없었기에 블랙리스트는 진실이 아니다,라고 직감했다. 동시에 내 이름이든, 동명이인이든, 명단 안의 그 이름이내가 아니라고 밝혀야만 했다. 블랙리스트라서, 文 지지자라는 무리의명단에 이름이 오르면 정부 지원에서 제외될까 무서워서가 아니었다. 역사라는 거대한 흐름 속에서 내 이름 석 자 따위 남겨질 리 없었지만세상 사람들이 다 모른다 해도 내 자신이 용납할 수 없었다. 文과 그를지지하는 동료 선후배 작가들의 세계관은 내가 추구하는 신념과는 조금의 교차점도 없기 때문이었다. 함께 소설을 이야기할 동료작가도, 내가 쓴 소설을 출간해 줄 출판사도 쉽게 찾을 수 없게 될 걸 알았지만 더는 모른 척 입 다물고 살 수 없었다. 나는 외쳐야만 했다. 세상을 향해 "나는 결코 그 일을 하지 않았습니다."하고 소리쳐야만 했다.

그래서 찾은 게 페이스북이었다. 이름 없는 소설가의 탄핵 전후 1년의 기록은 그렇게 시작되었다. 처음에는 내 정체성과 소신을 밝히기위해 시작한 글쓰기였지만 차츰 독자들이 생기자 거짓에 분개하고 절망하는 데 그쳐서는 안 될 것 같았다. 진실을 찾아내고 희망을 밝히는글을 쓰는 것이 내 의무라는 생각이 들었다. 가급적이면 기사와 사진을 공유하거나 단순히 인용하는 것은 피하고 대신 많은 사람들이 읽었거나 제목만이라도 들어봤음직한 세계명작이나 영화들을 불씨 삼아 거짓으로 뒤덮인 현실을 비추어 보려고 했다. 그렇게 쓰기 시작한글을 묶은 두 권의 이 책 속에는 약 150여 편의 문학작품과 영화들이 소개, 인용되고 있다. 물론 영화와 문학을 통해 인간과 세상을 해석하는 글쓰기는 지금도 계속되고 있다.

프랑스 혁명 기간, 런던과 파리를 오가며 삶과 죽음의 격랑을 그리고 있는 〈두 도시 이야기〉처럼, 나라를 아끼고 사랑하는 국민과 헬 조선이라 비난하는 세력, 쓰러져 가는 우리나라를 세계 속에 다시 반듯하게 일으켜 세우려는 국민과 대한민국의 존재 자체를 부정하고 뿌리채 뽑아 없애버리려는 세력이 휴전 중인 대한민국 안에서 '두 나라 이야기'를 위태롭게 전개해 가고 있다.

〈두 도시 이야기〉가 피바람 부는 세상에서도 끝내 사랑과 희망을 찾아낸 것처럼, 우리가 겪고 있는 불운의 시대가 오직 검은 그림자로 뒤덮인 것만은 아니다. 우리가 뽑은 대통령을 어이없이 빼앗기고 나라는 존망의 위기 앞에 서 있지만, 모든 것이 전복된 해일(海溢)의 시대가 아니라면 어떻게 이토록 깊은 절망과 어둠을 체감할 수 있겠는가. 모진 환란의 시기가 아니라면 언제 이토록 간절하게 봄을, 빛을, 희망을 꿈꾸어 볼 수 있겠는가. 내 나라의 소중함을 내내 모르고 살았을 것이다. 세상에 있는 줄도 몰랐던 사람들이 반갑게 손잡고 하나의 마음이 되는 기적을 경험할 수도 없었을 것이다.

〈두 도시 이야기〉를 통해 찰스 디킨스는 광기어린 세상에서도 인간은 결코 희망을 포기할 수 없는 존재라고 말하고 싶었던 거라고 나는 믿는다. 그의 의도를 제대로 읽기 위해서는, 나 또한 그의 문장을 빌려 우리 시대의 의미를 긍정하기 위해서는, 앞에 소개한 소설의 앞

문장을 살짝 바꾸어 볼 필요가 있다.

"최악의 시절이자 최고의 시절이었고, 어리석음의 시대였으나 지혜의 시대였으며, 불신의 세기였지만 믿음의 세기였다. 어둠의 계절이자 빛의 계절이었고, 절망의 겨울이었지만 희망의 봄이었다. 우리 앞에서 모든 것이 무너졌지만 우리 앞에 모든 기회가 열렸다. 우리 모두는 천국을 향해 서로 다른 방향으로 가고 있었지만 비로소 우리는 개인으로 깨어나 자신의 길을 걷기 시작했다."

사랑은 미움에서 싹 트고, 희망은 절망 속에서만 빛나며, 자유는 속박 아래서만 절박하고, 평화는 전쟁을 겪은 가슴에서만 소중한 법이다. 빛 가운데서는 어둠이 절실하지 않지만, 어둠에 갇혔을 때는 한 줄기 빛조차 간절하기 때문이다. 시기와 분노와 거짓으로 세운 산이 반드시 무너지는 이유이다. 느리고 둔하고 나약한 것 같지만 진실이, 사랑이 끝내 이기는 까닭이다. 하지만 선의 승리는 영원하지 않다. 끊임없이 스스로 생각하는 능력을 키우지 않고, 거짓과 진실을 구별해내지 못한다면, 쉽게 속아 거짓에 선동되어 정신적 노예로 전락한다면, 오늘과 같은 혼란은 언제든 다시 세상을 점령할 것이다. 미움과 분노와 거짓이 기회를 엿보며 차곡차곡 산을 쌓아올리는 동안, 지혜롭게 생각하고, 거짓과 진실을 가려내고, 어떤 고통과 절망 속에서도 긍정과 희망을 찾아가는 데 이 책이 도구가 되어줄 수 있다면, 한없이 기쁘겠다.

페이스북과 블로그에 올린 글을 찾아 읽고 공감하며 응원해 주신 독자들께 감사드린다. 너무 적막하고 어둡기만 한 시절, 성냥을 하나

씩 그어 불을 밝히듯 더듬더듬 써낸 글을 반겨주고 책으로 묶어 세상
에 나갈 수 있게 길을 열어준 비봉출판사의 박기봉 대표님과 편집부
여러분의 수고에도 감사의 마음을 전한다.

　거짓의 시대, 절망에 지지 않는 당신,
　믿음과 희망을 찾는 당신을 응원하며
　TRUST ME. TRUST YOU.

　2018년 7월
　김규나 씀

대한민국의
시계는
거꾸로 간다

목차

대한민국의
시계는
거꾸로 간다

목차

대한민국의 시계는 거꾸로 간다

목차

대한민국의
시계는
거꾸로 간다

대한민국의 시계는 거꾸로 간다

2018. 1. 11. ~ 1. 2.

오히려 그들은 자고 싶을 때 자고, 먹고 싶은 것을 먹고, 하고 싶은 일을 하고, 생각한 것을 말할 수 있는 자유를 누림으로써 져야 할 의무와 책임에서 '자유'롭고 싶을 뿐이다. 그 무거운 책임을 무리나 대중은 복지라는 명목으로 자신의 주머니에서 빼간 돈으로 호의호식하며 권력을 휘두르는 위정자들이 대신 다 져주길 바랄 뿐이다. 무리 속에 적응되어 도저히 혼자서는 생각조차 할 수 없는 개체는 마침내 숨 쉬는 자유조차 빼앗겼을 때 이렇게 외칠 것이다. "아, 이 얼마나 자유로운 삶인가!"

— 2018년 1월 4일 목요일

2018년 1월 11일 목요일

새로운 시대는 한 사람의 개인으로 깨어나는 것에서 시작된다
: 영화 〈더 프로미스〉

영화로 학습하고 영화로 정치하는 시대다. 영화를 보고 두 시간 만에 사회, 정치, 역사 등을 마스터할 수 있다고 믿는 사람들이 먼저인지, 영화로 선동하자고 잔머리 굴리는 정치꾼들의 주도가 먼저인지는 모르겠다. 그러나 우리가 절대 간과해서는 안 되는 것이 전달자의 의도이다. 모든 예술이 그렇다. 미술이든 음악이든, 실화에 기초한 소설이나 영화라 해도, 있는 그대로를 가감 없이 추적했다고 선전하는 다큐멘터리일지라도, 그것을 순수한 진실 그 자체로 받아들인다면 곤란하다. 팩트를 전하는 성실한 뉴스기사라 해도 마찬가지다. 사람의 눈을 통해, 귀와 입을 통해 전달되는 이야기, 즉 사실에서 비롯된 제2의 창작물에는 전하는 사람의 해석과 의도가 깔려 있기 때문이다. 심지어 아무런 의도가 없어도 전달 과정에서 오류가 빚어질 수 있다는 것은 귓속말 전하기 게임을 단 한 번이라도 해본 사람이라면 부정할 수 없을 것이다.

우리는 왜 그토록 상식적인 사실을 잊었을까. 왜 누군가는 그럴 수도 있겠구나, 하고 고개를 끄덕이면서도 그 반대의 경우도 헤아리는 반면, 왜 어떤 사람들은 그것이 세상의 전부인 양 놀라고 분개하고 사회를 바꿔야 한다며 흥분하는 것일까. 그 사람 자신이 그 생각 안에 없기 때문이다. 그 생각 안에 그 사람 자신의 생각을 빼먹었기 때문이다. 그 사람 안에 다른 사람들의 말과 생각만 가득 채워놓았을 뿐, 정작 자기 자신은 일찌감치 어딘가에 내팽개쳐버렸기 때문이다.

영화 〈더 프로미스(The Promise)〉가 극장에서 개봉을 했는지 어땠는지는 모르겠다. 요즘 좋은 영화들은 개봉관에 걸리지도 못하고 바로 다운로드로 빠진다. 절대 보지 말아야 할, 가능하면 안 봐도 될 국내 선동 영화들이 극장을 점령하고 있기 때문이다. 영화 관계자들은 '걸어도 안 팔린다.'고 할지 모르지만, 질 낮은 선동 영화가 수준 낮은 관객을 양산한 것인지, 수준 낮은 관객이 질 낮은 선동 영화판만 키운 것인지는 생각해 볼 일이다. 아마 지금 나왔다면 〈바람과 함께 사라지다〉라 해도 개봉관에 걸리지도 못한 채 다운로드의 길로 접어들지 않았을 거라고 누가 장담할 수 있을까.

〈더 프로미스〉는 터키인들이 소수민족이던 아르메니아인 150만 명을 학살하던 1차대전 전후의 상황을 배경으로 세 남녀의 사랑과 운명이 교차되는 이야기를 그리고 있다. 역사에 휘말린 사랑의 갈림길이란 소재는 언제나 매력적이다. 약혼자가 있으면서도 어쩔 수 없이 끌렸지만 약속과 의무를 저버리지 않으려고 애썼던 미카엘과 안나, 그러한 사실을 알면서도 질투를 유치하게 드러내지 않으려 애썼던 크리스, 그들의 성숙함 역시 영화에 대한 호감도를 상승시킨다.

하지만 내가 이 영화에서 가장 인상 깊게 본 것은, 주인공 미카엘의 의대 친구이자 터키인 고위 관리의 아들 엠레 오건이다. 그는 아르메니아인들을 적대시하는 터키인 귀족집안의 아들이지만 의대에서 만난 친구 미카엘의 실력을 인정하고 지지해 준다. 전쟁이 시작되자 미카엘을 강제징집에서도 빼준다. 그리고 미국 기자 크리스의 생명까지 구한 뒤 반역자로 몰려 즉결처분, 총살당한다. 감독의 평형감각이 빛을 발하게 하는 매우 중요한 인물이다.

사실 단순한 관객의 시선으로 본다면 식민지 시절 일본과 조선의 관계를 떠올리기 딱 좋은 영화다. 월드컵 축구할 때 형제국이라고 응원했는데 터키인들, 저렇게 나쁜 놈이었어? 할 수도 있을 것이다. 하지만 그들은 결코 6·25를 일으킨 김일성이나 스탈린이나 모택동까지 떠올리진 못할 것이다. 약소민족이 당하는 설움이 얼마나 비참한 것인지, 강국에 대한 원망이 아니라 자국의 힘을 키워야겠다는 생각도 하지 못할 것이다. 정말 그렇다면 자신이 세뇌되었음을 확인하고 되돌아보아야 한다. 어떻게 세뇌되어 왔는지 한번 점검해 보아야 한다.

일본식민 시대와 그 시대를 동조하며 살았던 사람들을 옹호하는 것은 아니지만 극단적으로 폄훼, 매도하는 이들에게 묻고 싶을 때가 있다. 당신이 일본인이라면 조선을 보는 시선이 달랐을 것 같은가? 당신이 일본의 위정자였다면 침략의 야욕을 드러내지 않을 수 있었겠는가. 당신이 조선인으로 그 시대를 살았다면 지금 당신의 자식들이 친일파 후손이라는 멍에를 쓰지 않게 살았으리라 장담할 수 있는가.

사람은 다 똑같다. 그것을 이해할 수 있는 문을 열어주는 것이 세계적인 고전이자 명작으로 불리는 철학이고 인문이고 문학이다. 어느 시대, 어느 땅에서 어느 나라를 조국으로 해서 태어났는가, 어떤 집안에서 누구의 자식으로 태어나 어떤 교육을 받으며 자랐는가, 그것이

한 사람의 사고를 얼마나 좌우하는지 인정하지만, 그럼에도 불구하고 진실과 공정을 이해하고 실천하는 것이야말로 지향해야 할 인간적 가치임을 인문, 철학, 문학을 통해 깨닫는 것이다.

그 기본적인 사실을 모르니까 터키인은 나쁘고 아르메니아인은 좋고, 일본은 가해자이고 조선인은 피해자라고 단순히 생각하게 되는 것이다. 그 기본을 모르므로 어떤 사람은 나라를 팔아먹어도 좋은 사람이고 어떤 사람은 무조건 마녀라는 논리가 성립되는 것이다.

우리는 동양이든 서양이든 철학을 배운 적 없다. 고작 텔레비전으로 감히 '노자'를 운운했던 '돌'의 괴설이 동양철학의 전부인 줄 착각하며 살았고, 젊은 친구들은 한때 출판과 방송을 장악하며 '분노하라'고 외쳤던 강 아무개의 선동이 서양철학의 진수인 줄 오해하고 있다. 제대로도 보지 못하면서 온통 거꾸로 보는 사람의 요설만 듣고 민족, 민중, 공산혁명의 환상에 매몰되어온 게 역사가 되어버렸다.

무엇보다 인간의 본연을 꿰뚫고 있는 고전문학은 제목 말고는 아무도, 아무도 읽지 않는다. 그나마 세계문학전집이라고 나온 대형출판사의 목록들은 온통 좌향좌한 사람들의 입맛에 맞는 책들이 일쑤이고, 멀쩡한 작품들도 오독(誤讀)과 비뚤어진 시각으로 채워놓은 작품해설로 온통 너덜너덜 찢어발겨 놓았다.

크리스 : 네 도움이 필요해. 미 대사관에 연락 좀 해줘.

오건 : 미카엘 도우려다 나까지 군대 끌려왔어. 그런데 이젠 반역죄를 지으라고? 이봐, 저들은 너와 협상할 용의가 있어. 여기 사인만 해. 그럼 넌 살 수 있어.

크리스 : 이 자백서에 사인하면 내가 그동안 쓴 기사는 모두 거짓이

돼. 내 명성과 미래가 사라진다고.

오건 : 미래? 무슨 미래? 여기 사인 안 하면 네 미래는 오늘 밤 끝
　　　나. 너 여기 있는 거 아무도 몰라. 네가 여기서 죽어도 아무도 모
　　　른다고.

크리스 : 넌 알지.　　　　　　　　　　　/ 영화 〈더 프로미스〉 중에서.

　어찌 보면 전쟁터에서 살고 죽는 것은 운일지도 모른다. 조상이 도
왔든 신이 도왔든, 사격수의 실력이 별로이든, 총알이 나를 향하지 않
았기 때문이고 우연히 비껴갔기 때문이다. 내가 착해서가 아니라, 살
아야 할 가치 있는 존재여서가 아니라, 폭탄이 터지는 그 순간 다행스
럽게도 내가 그 자리에 있지 않았기 때문이다. 그런 순간, 인간이 할
수 있는 일이란 무엇일까. 그저 뛰고 또 뛰고. 내 생명만큼 남의 생명
이 귀한 것을 알기에 도울 수 있는 한 돕는 것이 아닐까.

　오건은 끝내 대사관에 연락하고 그 사실이 발각되어 총살당한다.
적이 아니라 자신의 민족에게 반역자로 몰려 처단되는 것이다. 하지만
그의 죽음은 헛되지 않았다. 오건 덕분에 크리스도 살고 미카엘도 살
았다. 내가 살 수 있는 것이 다만 운이 아니라면, 반드시 누군가의 도
움과 희생이 있어서 가능한 것이다. 오건이 그랬던 것처럼, 위험을 무
릅쓰고라도 인간으로서 자신이 해야만 하는 일을 하는 사람 덕분이다.

　영화를 보는 내내 나는 저들 속에도 엠레 오건이 있을 거라고 믿고
싶었다. 아무리 저들 속에 함몰되어 있다고는 해도 무엇이 옳은지, 무
엇이 소중한지, 무엇을 지키며 살아야 하는지 깨닫고 있는 수많은 오
건이 있으리라 믿고 싶어졌다. 끝내 지키려 싸우는 이쪽의 노력과 저

들 속에서 깨닫고 일어서는 오건들. 그렇게 지켜질 수밖에 없는 우리 대한민국의 자유를 희망하고 싶었다.

기적처럼, 운이든 희생이든 도움이든, 그동안 이 나라에 만연해온 비정상의 정상화가 이번 기회에 이루어진다면, 아마도 오랫동안 바닥 없는 시절을 살게 될 것 같아 걱정은 되지만, 그 바닥을 우리 세대가 스스로 다질 수 있겠다는 희망을 동시에 품어본다.

이번에야말로 먹고사는 데만 급급해 밀쳐놓았던 그 기초를, 마음에서부터 머리에서부터, 인문, 철학, 문학으로 탄탄히 다져 다시 시작해야만 우리나라가 재도약할 수 있다고 믿기 때문이다.

안타깝게도 그 완성은 30여년 이상 걸리리라 예상되지만, 그래서 까마득하긴 하지만, 그래서 지금부터 당장 시작해야 한다. 우리 세대가 완성하지 못한다고 해도 시작해 놓으면 반드시 키워가는 사람들이 있고 그 열매를 수확하는 세대가 올 것이므로.

나는 감히 그 시작이 나, 〈트러스트미〉, 그리고 문학과 영화를 통해 당신의 마음을 자꾸만 두드리는 내 글을 읽어주는 여러분이라고 확신한다. '우리'라는 한 덩어리가 아닌, 한 사람 한 사람의 개인으로 깨어나는 여러분이 바로 새로운 시대의 시작점인 것이다.

2018년 1월 10일 수요일
내 삶을 타인에게 양도했을 때
어떤 일이 일어나는가?
: 스티븐 킹 〈금연주식회사〉

> — 사랑은 가장 유해한 약이다. 낭만주의자들은 사랑의 존재를 놓고
> 논쟁한다. 하지만 실용주의자들은 사랑을 인정하고 사랑을 이용
> 한다.   / 스티븐 킹 〈금연주식회사〉 중에서.

과로와 과식, 음주와 흡연 등 사회생활을 하는 대부분의 중년 남자
들이 겪는 피로에 찌들어 있던 모리슨은 출장길에 오래 전 친구 맥칸
을 만난다. 예전에는 별 볼 일 없었는데 체격과 인상이 멀쑥하게 바뀐
데다 부사장으로 승진까지 했다는 친구가 모리슨은 내심 부럽다. 그런
마음을 읽은 맥칸은 담배를 끊게 되면서 인생 전체가 바뀌었다며 금
연을 도와준다는 회사의 명함을 건넨다. 하지만 금연 방법에 대해서는
계약 위반이라며 입을 다문다.

고작 약물이나 심리치료 정도이겠거니, 하고 무관심했던 모리스는
몇 달 후 명함을 발견하고 자신도 맥칸처럼 멋진 인생을 살 수 있지 않
을까 하는 호기심에 금연회사를 찾아가게 된다.

특별한 게 없어 보이는 금연회사 사무실에서 만난 담당자는 모리
슨에게 금연 프로그램에 무조건 따르겠다는 동의서에 사인을 하게 한
뒤 아내를 사랑하느냐고 묻는다. 자식에 대해서도 물은 뒤, 내일부터

는 담배를 피울 수 없게 될 거라고 약속한다.

그렇게 다음날부터 시작된 금연 프로젝트. 8개월 후 금연에 성공하고 말쑥해진 모리슨은 언젠가 맥칸이 그랬듯 무절제한 생활을 하는 친구에게 금연회사를 권하며 명함을 건넨다.

살다 보면 강제나 의무, 또는 책임으로 하지 않으면 안 되는 일이 있고, 하지 말래도 자발적으로 하고 싶은 일이 있다. 하고 싶어도 할 수 없는 일이 있는가 하면, 하지 말아야지 하면서도 더욱 깊이 빠져드는 중독도 있다. 마누라는 물론 자식까지 팔아먹는다는 도박이 극단적인 예가 되겠지만, 더 많은 사람들이 공감하는 중독은 아마도 헤어진 애인을 소셜 네트워크로 계속 들여다보는 일이나 술이나 담배, 커피를 끊지 못하는 경우일 것이다. 어쩌면 흡연과 금연 사이를 오락가락 하시는 분들이 이 글을 읽는다면 98퍼센트의 성공률을 보인다는 금연회사, 그 비법은 대체 무엇인지 그리고 맥칸과 모리슨은 정말 행복해진 것인지 살짝 궁금해졌을지도 모르겠다.

 - 우리 직원들이 항상 당신을 감시할 겁니다. 눈에는 보이지 않겠지만 그들은 언제나 당신과 함께하게 됩니다. 만일 선생이 담배를 피우다 걸리면, 나는 연락을 받게 되겠지요.

금연 치료방법은 허탈할 만큼 간단하다. 담배를 한 번 피우다 감시망에 걸리면 모리슨의 아내가 전기고문실에 들어가 고통을 겪게 된다. 두 번째 걸리면 모리슨 자신이 전기고문을 받게 되고, 세 번째 걸리면 남편과 아내가 함께 고문을 받는다. 네 번째 피우다 걸리면 그들이 모리슨의 아들을 찾아가 구타한다. 그리고 다섯 번째 다시 걸린다면 전

가족에게 전기고문과 구타가 가해진다. 그렇게 해도 성공하지 못하는
건 단 2퍼센트, 그들을 기다리는 건 총살이다. 그렇게 해서 금연에 성
공한 고객에게는 살이 찌지 않도록 체중 관리 서비스까지 기꺼이 맡아
준다.

> ― 키와 몸무게를 계산해서 선생의 최대 한계는 182파운드로 정해
> 드리겠습니다. 매달 1일에 검사를 받도록 하십시오. 몸무게가 초
> 과되면 선생 부인의 새끼손가락을 자를 겁니다.

우연히 맥칸과 그의 아내를 만난 모리슨이 여자의 손에 새끼손가
락이 없는 것을 깨닫게 되는 것으로 이 짧은 이야기는 끝이 난다.
이 소설을 처음 읽었을 때 머리가 쭈뼛 섰던 게 기억난다. 단순하
게 생각하면 시시할지도 모르지만, 내 의지를 타인에게 맡길 때, 내 삶
을 타인의 손에 양도했을 때, 어떤 일이 일어날 수 있는지 극명하게 보
여주는 작품이기 때문이다.

> ― 우리는 가능한 한 회사를 파산 직전의 상태로 유지하고 있습니
> 다. 돈보다는 사람들을 돕는 데 관심이 크니까요.

무엇보다 가장 양심적인 듯, 영리에는 전혀 목적이 없는 듯, 사람이
우선인 듯 선전했던 그들의 실체가 드러나는 데는 오래 걸리지 않았다.
열두 달 후 금연회사가 보내온 계산서에는 어마어마한 상담치료비와
함께 모리슨의 아내에게 가했던 전기고문 전기세까지 따로 청구되어
있었다. 그러나 자유의지와 삶을 모두 **빼앗긴** 채 비싼 청구서를 받아든
모리슨의 입에서 터져 나온 말은 고작 "이런 개자식들!"뿐이었다.

복지라는 이름으로 개인의 시시콜콜한 행불행(幸不幸)까지 국가가 책임져야 한다는 목소리를 꾸준히 내온 덕에 지금 나라의 운명이 얼마나 급속히 기울어가고 있는지를 깨닫고 있는 사람이라면 〈금연주식회사〉의 폭압이 결코 소설 속에서만 일어날 수 있는 일이 아님을 잘 알 것이다. 그리고 머지않은 훗날, 정의와 복지란 이름의 허상에 빠졌던 이들이 내지를 비명 또한 모리슨의 그것과 별로 다르지 않을 거라는 것도.

그런데 맥칸과 모리슨이 금연주식회사를 다른 사람에게 권한 심리는 무엇일까. 되돌릴 수도 없고 후회하기에는 자존심 상하고, 그러니 나만 당하기는 싫어서였을까? 마치 지금 그들의 죄를 다 알고서도 입 꼭 다물고 "잘 하고 있는데 왜?" 하고 외면하는 사람들처럼.

2018년 1월 9일 화요일
혁명의 어원

혁명을 뜻하는 레볼루션(revolution)의 어원은 레볼루티오(revolutio)라고 한다. 별이 궤도를 돌아 원래의 자리로 돌아오는 현상을 뜻한다. 혁명이란 때려 부순 다음 새로 짓거나 일부 뜯어내어 보기 좋게 고치는 것이 아니라 돌고 돌아 결국 제자리로 온다는 의미인 것이다.

왕정을 무너뜨리고 수없이 많은 정적들을 단두대로 보내며 새로운 세상을 열어 보이겠다던 로베스피에르가 단두대에서 최후를 맞은 것, 나폴레옹 황제 시대가 열린 것은 너무나 잘 알려진 사실이다.

그보다 조금 더 거슬러 올라가 보면, '유토피아'를 완성하기 위해 화형과 같은 끔찍한 처형조차 머뭇거리지 않았던 토머스 모어, 방향은 달랐으나 급격한 종교개혁을 이루고자 했던 토머스 크롬웰 또한 그들 자신을 가장 지지해 주었던 헨리8세의 손에 참수를 당했다. 개혁 시도 이전보다 더 엄격해진 종교 규율을 갖게 된 것은 물론이다. 특히 크롬웰에 대한 왕의 증오가 어찌나 컸던지 초보 망나니에게 일을 맡긴 탓에 도끼질을 세 번이나 당하고서야 목이 잘렸다. 특별 초빙된 프랑스인 사형집행인과 프랑스제 칼로 단 칼에 죽을 수 있었던 앤 볼린은 저세상에서나마 가슴을 쓸어내리며 '성은이 망극하옵니다.'를 외쳤을지도 모르겠다.

지금까지 우리나라에서 일어나고 있는 급격한 변화, 또는 몰락을 후대와 역사는 어떻게 기억할지 모르겠으나 이를 주도하고 지지하는 쪽에서는 '촛불혁명'이라는 말을 선호하는 것 같다. 하지만 혁명의 어원을 안다면 다른 말로 바꾸고 싶을지도 모르겠다.

수많은 적을 만들고 목을 잘라야만 하는 혁명은 시대의 퇴행과 그들 자신의 파멸이란 종착역이 이미 정해져 있기 때문이다.

2018년 1월 5일 금요일

세상에 나를 세우는 방법 세 가지
: 식당 TV 후기

식당 주인이 원해서인지 손님들이 원해서인지 채널 고정, 박근혜 대통령의 모습과 모욕적인 언사들이 끊임없이 반복되고 있었다. 요즘 텔레비전은 공해를 넘어 폭력이란 생각을 하며 세상에 나를 세우는 방법 세 가지를 생각해 보았다.

1. 그저 묵묵히, 다른 사람과 비교하지 않고 내 할 일을 해나가는 것이다. 예술분야일 때만 해당되는 것인지는 모르겠다. 앞뒤좌우 돌아보지 않고 진심과 전력을 다하다 보면 하늘이 알고 땅이 알고 세상이 알아주는 날 온다. 너무 뻔한 말이겠지만, 이건 어디서 배워서 안다기보다 그냥 내 오랜 믿음이다. 머리가 좋은 것도 아니고 남들보다 뛰어난 재주도 갖지 못했고 집안, 학력, 지연 등등 자랑할 게 하나도 없었기 때문에 늘 막막하기만 했던 내가 세상을 포기하지 않고 견딜 수 있는 유일한 힘이었다. 그건 지금도 그렇다.

2. 정정당당하게 선의의 경쟁으로 이기는 것이다. 아마 대부분의 사람들이 그렇지 않을까 싶다. 어제보다 더 노력하고 남들보다 더 애쓰고, 조금 덜 자고 조금 더 땀 흘리고, 얼마나 떳떳한가.

3. 남을 밟고 일어서는 것이다. 못나고 치사하고 비겁하며 졸렬한 짓이다. 욕하고 비난하고 오물 던지고 때린 데 또 때린다. 가두고 심지어는 죽인다. 단번에 죽이는 게 아니라 숨을 남겨 고통을 느끼도록 차근차근 살을 저며 가며 죽인다. 그리고는 정의를 행사한 듯 피투성이 된 시체 위에 올라서서 조커처럼 웃는 것이다.

그러나 그들은 모른다. 세상이 하나 둘 외면하고 있다는 것을, 그 끝이 얼마 남지 않았다는 것을. 그렇게는 살지 말아야 싶다. 씨앗을 심으면 그 씨앗이 가진 성질 그대로 훗날 무엇인가 피어나기 마련이므로, 이제는 차라리 가엾다는 생각마저 든다. 지옥이든 업보든, 남에게

준 것만큼, 아니 그 수십 배, 수백 배, 수천 배, 수만 배 더 무겁고 더 무섭게 그 자신과 그 후손들이 대대손손 받을 죗값을 생각하면 말이다.

2018년 1월 5일 금요일

인간이 해서는 안 되는 일
: 식당 TV 후기

어제 밖에서 저녁 먹는 내내 식당에서 틀어놓은 TV. 안 보려고 해도 자꾸 눈에 비치는 박근혜 대통령의 모습과 모욕적인 뉴스들의 끊임없는 반복을 보며 든 생각. 거짓말, 험담, 배신, 사기, 도둑질, 강도질, 살인 등등. 세상엔 하지 말아야 할 일들이 많지만 크게 정리해 보면 다음과 같다.

1. 생명으로 태어나 하지 말아야 할 일은 재미로 생명을 죽이는 일이고,
2. 인간으로 태어나 절대 해서는 안 되는 일은 노예장사처럼 인간을 사고파는 일이며,
3. 사내로 태어나 절대 해서는 안 되는 일은, 조국과 여자와 아이를 팔아 재물을 버는 일이다.

참고로, 여인이 해서는 안 되는 일은 없는 거 같지만, 지조와 절개를 지키는 여인이 귀하고 이쁘긴 하다.(인간의 팔은 안으로 굽는다. 규작은 인간이다. 규작*규작 → 나의 팔은 안으로 굽는다.)

2018년 1월 4일 목요일

천일의 앤과 인민공화국이란 이름을 가진 나라들의 상관관계

사람이 먼저, 즉 인민이 먼저임을 강조한 국가들을 찾아보았다. 조선 민주주의인민공화국, 중화 인민공화국, 라오 인민민주공화국, 몽골 인민공화국, 알바니아 사회주의인민공화국, 앙골라 인민공화국, 캄푸치아 인민공화국, 대리비아 사회주의 인민 아랍 자마히리야국, 알제리 인민민주공화국, 방글라데시 인민공화국, 벨라루스 인민공화국, 우크라이나 인민공화국, 도네츠크 인민공화국, 루간스크 인민공화국.

대부분 마르크스-레닌 노선을 따랐다가 사라진, 혹은 여전히 따르는 국가들이다. 일반적인 나라들은 공식 명칭에 인민이나 민주를 넣지 않는다. 널 사랑해, 너만 미치도록 사랑해, 너 없으면 죽을 거 같아, 입술 닳도록 말하는 연인이 그다지 믿음직하지 않은 것처럼 말이다.

너에게 다 줄게, 너만 사랑할게, 조강지처 내쫓고 너를 안방에 앉혀 줄게, 법 바꾸고 종교 바꾸고 맹세했던 헨리8세도 천일(千日)이 지나자 앤을 목 잘라 죽였다. 그가 베푼 최고의 배려는 프랑스인 프로 사형집행인을 초빙해 와서 여러 번 찍어야 하는 도끼 대신 잘 드는 프랑스제 칼을 쓴 것뿐이었다. 앤에게 연민이나 미련이 남아서가 아니라 왕비였던 여자의 목이 너덜거리면 왕실의 위엄이 훼손될까 저어했기 때문이다. 헨리8세는 그 후 네 번 더 결혼했다.

2018년 1월 4일 목요일

자유가 사라져가는 대한민국
: 에리히 프롬 〈자유로부터의 도피〉

- 수백만 독일인들은 그들의 선조가 자유를 위해 싸운 것만큼 열정
  적으로 자유를 포기했다. 그들은 자유를 원하기는커녕 자유로부
  터 벗어날 길을 찾았다. 나머지 수백만 독일인들은 거기에 무관
  심했으며 자유를 지키는 일이 싸우다 죽을 만한 가치가 있다고
  생각하지 않았다.   / 에리히 프롬 〈자유로부터의 도피〉 중에서.

 YTN은 '로동정책'이라 화면을 내보내고, 한겨레는 '최고 령도자 김정은 동지'라 보도했으며, 우리은행은 김일성화(花) 김정일화와 함께 인공기가 내걸린 그림이 담긴 신년 달력을 내놓았다. 대법관은 '법리만 따르는 우를 범하지 않겠다.'며 무법, 월법, 관심법, 그때그때 다른 내 마음대로 법의 포부를 당당히 밝혔고, 역사교과서의 집필 기준에는 '자유민주'라는 용어가 삭제되었으며, 국회 개헌특위 자문위는 '자유민주적 기본질서에 입각한 평화통일'을 명시한 조항에서 '자유'를 빼자는 권고안을 제출했다.

 사태가 이런 지경에 이르렀는데도 우리나라가 어느 방향으로 가고 있는지 모르거나, 염려하지 않거나 분개하지 않는다면, 그래도 일상생활은 무리 없이 해나가고 있다면, 특정 두뇌 회로에 이상이 생긴 게 틀림없다.

우리나라 국민들 대다수는 자유가 왜 중요한지 모른다. 그래서 북한과 공산체제, 아니 신격화된 김일성 집안의 세습 독재체제의 실상을 상상도 하지 못한다. 그 결과 우리가 그들을 닮아가는 것이 얼마나 위험한지 모르는 것이다. 언젠가 탈북자 모 씨는 나와 인터뷰를 할 때, '자유는 공기와 같아서 남쪽 사람들은 그 소중함을 모르는 것 같다.'고 말했었다. 출판 일을 하는 과정에서, 또 소설을 쓰는 과정에서, 몇몇 탈북자들을 직접 접해 보지 못했다면 나 또한 다르지 않았을 것이다.

좀 다른 이야기일지 모르지만, 우리나라 사람들은 유독 외로움을 두려워하는 것 같다. 달라졌다고는 해도 우리 문화는 여전히 식당에서 혼자 밥을 먹거나 극장에서 혼자 영화를 보거나 혼자 여행을 떠나는 일을 자연스럽게 받아들이지 못한다. 그래서일까. 우리들 대다수는 틀렸다고 생각해도 혼자 손드는 일이 무서워서 무리와 함께 남는다. 다수의 뜻이면 옳다고 느끼며 대중 속에 섞여서 안심한다. 내가 틀렸을 거야, 스스로를 의심하고 적당히 자신과 타협한다. 이쯤 되면 혼자라는 외로움을 겁내는 차원을 넘어 타인과 다른 자기 자신을 견디지 못하는 것이 아닐까 하는 의문마저 든다.

그들은 이 세상에서 유일무이한 '나'라는 개성을 죽이고 무리와 똑같이 생각하고 말하고 행동하는 것에 자부심을 느낀다. '내 생각'을 포기했으므로 다수의 뜻이라면, 대중의 의견이라면 무조건 옳소, 하고 외치며 두 팔 벌려 환호하는 '경지'에 이른다. 그렇게 '개인'이 사라진 무리 속의 개체에게 자유란 부담스럽고 거북하고 무서운 것일 수밖에 없다. 권력을 쥔 자들의 자유가 비대해지는 것과 비례하여 개인의 자유는 하루하루 앙상해지고 있는데도 나 몰라라 하는 개인을, 나로서는 이렇게 이해할 수밖에 없다.

자유가 없다는 것은 사랑조차 내 마음대로 할 수 없다는 뜻임을 생각을 멈춘 그들은 알지 못한다. 자유가 사라지는 것이 함께 밥 먹고 함께 영화 보고 함께 여행하는 사람조차 내 뜻대로, 내 마음대로 선택할 수 없다는 뜻임을 무리 속의 개체는 알 리가 없다. 오히려 그들은 자고 싶을 때 자고, 먹고 싶은 것을 먹고, 하고 싶은 일을 하고, 생각한 것을 말할 수 있는 자유를 누림으로써 져야 할 의무와 책임에서 '자유'롭고 싶을 뿐이다. 그 무거운 책임을 무리나 대중은 복지라는 명목으로 자신의 주머니에서 빼간 돈으로 호의호식하며 권력을 휘두르는 위정자들이 대신 다 져주길 바랄 뿐이다. 무리 속에 적응되어 도저히 혼자서는 생각조차 할 수 없는 개체는 마침내 숨 쉬는 자유조차 빼앗겼을 때 이렇게 외칠 것이다. "아, 이 얼마나 자유로운 삶인가!"

2018년 1월 3일 수요일
천 개의 씨앗, 천 개의 겨울, 천 개의 꽃
: 김규나 〈트러스트미〉

- 천 개의 꽃이 피었다는 것은 천 개의 겨울이 있었다는 증거야. 씨앗들은 서로를 의지하며 하나의 겨울을 견디는 게 아니지. 저마다의 겨울을 홀로 이기는 거야. 죽음의 끝에서 돌아온 씨앗만이 꽃을 피우는 거야. / 김규나 〈트러스트미〉 중에서.

당신이 한 개의 씨앗이다. 당신이 이 겨울을 홀로 이기고 있다. 당신이 곧 피어날 꽃이다. 트러스트 미(Trust me). 트러스트 유(Trust you).

2018년 1월 2일 화요일

다시 시작하는 대한민국의 원년을 희망하며
: 아사다 지로 〈철도원〉

- 난 말이야. 레일 위를 똑바로 가는 것밖에 할 수 없어.

/ 아사다 지로 〈철도원〉 중에서.

아사다 지로의 소설을 원작으로 한 영화 〈철도원〉은 일본의 또 다른 '설국(雪國)'을 보여준다. '국경의 긴 터널을 빠져나오자, 눈의 고장이었다.'로 시작하는 가와바타 야스나리의 〈설국〉이 무위도식하는 사내의 시선으로 눈 내린 마을의 풍광을 냉정하면서도 아름답게 그리고 있는 것과 달리, 〈철도원〉의 설국은 매몰찬 눈 속에 푹 파묻힌 채 비명 한 번 지르지 않고 견뎌온 '아버지'들의 삶을 묵묵히 담아낸다.

- 당신이란 사람은 죽은 딸도 깃발을 흔들며 맞이하는군요.

폐광되어 모두가 떠나버린 작은 마을의 역장을 맡고 있는 오토는 평생을 철도원의 긍지로 살아온 남자다. 그는 결혼 17년 만에 얻은 딸이 태어난 지 얼마 되지 않아 독감으로 죽을 때도, 2년 전 아내가 지병으로 세상을 떠날 때도, 교대할 사람이 없어 병원으로 달려가지 못하고 직업인으로서의 책임을 다하느라 기차역에서 눈을 치우고 깃발을 흔들며 수신호를 하고 있었다. 어찌 아빠가, 어찌 남편이 그럴 수 있느냐고 원망을 들으면 그는 언제나 이렇게 말했다.

- 나는 철도원이니까.
- 철도원은 눈물을 흘리면 안 되니까.
- 철도원이 할 수 있는 일은 기차를 달리게 하는 것뿐이니까.

하지만 그렇게 평생을 바친 호로마이 역은 승객이 없어 곧 사라질 예정이고, 오토 또한 정년퇴임을 앞두고 있어 그의 오랜 동료는 새로 짓고 있는 리조트의 관리인으로 함께 일하자고 권한다. 그러나 다른 직업을 갖는다는 건 꿈에도 생각해 본 적이 없었던 오토는 정년이 끝나기 전에, 호로마이 역이 사라지기 전에, 역장으로서 의무를 다하다가 기차역에서 쓰러진 채 생을 마친다.

- 눈물 대신 호각을 불고, 건강을 해쳐도 깃발을 흔든다. 눈 속에 슬픔을 묻어라, 철도원이여!

이 작품이 뛰어난 것은, 혹은 내가 이 작품을 좋아하는 이유는, 현재의 번영을 이루어낸 아버지 세대의 꿋꿋한 직업의식을 다룬 것에서 끝나지 않기 때문이다. 일하느라 가정은 나 몰라라 했던 (일본인뿐 아니라 세상의 모든) 무뚝뚝한 아버지 세대에 대한 원망 대신 환상 하나를 그려 넣음으로써 그들에 대한 이해와 사랑을 녹여내고 있기 때문이다.

문득 낮에는 여섯 살 꼬마가, 저녁에는 중학교 입학을 앞둔 계집아이가, 다음날에는 열일곱 살 고등학생이 된 소녀가 오토를 찾아와 미

소 짓고 이야기하고 깜찍하게 뽀뽀를 해준다. 따뜻한 국을 끓여주고
아내가 입었던 겉옷을 걸치고 자신의 철도원 모자를 쓰고 사랑스럽게
경례하는 소녀를 보며 그제야 오토는 아기 때 죽은 딸이 자신이 보지
못했던 성장과정을 차례차례 보여주었다는 것을 깨닫는다.

그렇게 작가는 표현하지 못하고 가족에게 미안하기만 했던 아버지
의 속 깊은 외로움을 봄눈처럼 녹여주고 있는 것이다.

> 오토 : 그랬구나. 네가 성장하는 모습을 아버지에게 보여준 거구나.
>   17년을. 그런데 왜, 왜?
> 딸 : 아버지는 좋은 일이 하나도 없었잖아요.
> 오토 : 오히려 아버지가 아무것도 해주지 못했어……. 네가 죽었을
>   때도 나는 이 책상에서 '오늘 이상 없음'이라고 일지에 썼어.
> 딸 : 아버지는 포포야니까요.

〈철도원〉으로 번역된 작품의 원제는 〈포포야 ぽっぽや〉이다. '포
포'는 기차가 달릴 때 내는 일본식 의성어, '야(屋)'는 그런 일을 하는
사람을 뜻한다고 한다. 그러니까 우리말 철도원이 주는 뉘앙스와는 좀
다르다. 인용한 부분에서 '철도원'이라고 나온 부분은 사실 모두 '포포
야'이다. 딸의 대사에서만은 어린아이 말투로 포포야, 그대로 옮긴다.

2018년 새해가 시작되었다. 어쩌면 지금껏 경험하지 못했던 커다
란 변화가 우리나라를 덮칠지도 모른다는 생각이 든다. 처음에는 힘겨
울 것이나 오래 전 우리 아버지들이 피땀으로 목숨과 바꿔 지켜냈듯
이, 어머니들이 눈물로 일으켰듯이, 이제는 우리가 이 나라를 지키고
일으켜야 할 때가 오고 있다는 그런 느낌. 앞뒤 돌아보지 않고 저마다

자신의 역할을 다하는 사회, 조금은 서운하더라도 그 사람의 의무와
책임을 이해하는 가족, 누구도 원망하지 않고 누구도 비난하지 않고,
한 사람 한 사람의 수고를 격려하고 응원하고 감사하며 웅대하게 비
상할 그날을 희망하는, 그렇게 다시 시작하는 대한민국의 원년이 될
것 같은 그런 예감.

대한민국의 시계는 거꾸로 간다
2017. 12. 31. ~ 12. 2.

자유와 사랑을 내 놓으라고 떼를 쓸 게 아니라 우리가 깨닫고 되찾아야 하는 게 아닐까. 그럴 때 비로소 자유와 사랑을 누릴 자격이 우리에게 주어지는 것이고 행복하고 감사할 수 있는 세상이 되는 것이 아닐까.

— 2017년 12월 2일 토요일

2017년 12월 31일 일요일

꼭 알아야 할 무엇을 모르고 살고 있다면
: 알베르토 베빌라콰 〈크리스마스에 걸려온 전화〉

- 당신은 희망을 갖지 못했지요. 희망이란 다른 사람을 믿는 것이
  에요. 그러니 당신은 다른 사람들에게 신뢰감을 갖지 않았단 뜻
  이지요.   / 알베르토 베빌라콰 〈크리스마스에 걸려온 전화〉 중에서.

1987년에 개봉한 〈Y의 체험〉이 오래도록 기억에 남아 있었다. 을지로 명보극장에서였던가. 이영하, 이보희가 주연한 영화였는데 그들이 주는 이미지대로 에로틱한 영상이 있었는지는 기억이 나지 않는다. 자세한 줄거리도 생각나지 않는다. 다만 자신을 알지도 못하는 남자를 남몰래 사랑하다가 쓸쓸히 죽는 여자의 이야기 구조가 신선하다는 느낌만큼은 강렬했다. 나는 그것이 시나리오의 힘이라고 생각했는데, 세월이 한참 지난 뒤에야 이탈리아 작가 알베르토 베빌라콰의 단편소설 〈크리스마스에 걸려온 전화〉를 각색한 것이라는 사실을 알았다.

크리스마스 늦은 밤, 페데리코는 전화 한 통을 받는다. 아내는 죽고 자식들도 저마다 자기 인생을 사느라 멀리 떠나 있는데다 사회에서도 이제는 쓸모가 다한 노년의 쓸쓸한 크리스마스였다. 그런 페데리코에게 깊은 밤 전화 선 너머에서 들려오는 여인의 낯선 목소리는 약간의 불쾌함과 두려움을 넘어 호기심어린 희망을 품게 한다. 여인은 페데리코의 이름은 물론 그의 가족과 인생 전반에 관해 모든 것을 알고 있는 듯했다. 그를 만져본 적도, 그와 나란히 걸어본 적도 없다는 여자, '스파이처럼 숨어서 당신 뒤에서 당신의 발자국 위를 걸어다녔다'고 고백하는 여인이 그에게 묻는다. "어떤 사람에 대해서 아무것도 모르는데 그를 사랑할 수 있을까요?"

정체를 밝히지 않은 여인은 나흘 뒤 다시 전화를 걸어 이렇게 말한다. "당신은 나를 알아차리지 못했습니다. 당신이 알아차려야 했던 다른 많은 것들을 못 알아차린 것과 마찬가지로."

다음날 다시 전화가 걸려오지만 페데리코의 이름만 안타깝게 두어 번 부를 뿐, 이내 아무런 소리도 들리지 않게 된다. 새로운 희망을 붙잡으려는 듯 페데리코는 전화국에 발신지를 요청하고 마침내 세실리아라는 여인의 집을 찾아간다. 하지만 그녀는 이미 세상을 떠난 뒤였다. 평생 먼발치에서 짝사랑만 하다 처음으로 자신의 존재를 알리고 마지막으로 페데리코의 이름을 부르며 죽어갔던 것이다. 주인 없는 빈 침상 머리맡에 남겨진 페데리코의 젊은 시절 사진 한 장만이 그 여인이 그곳에 살았음을 증명할 뿐.

크리스마스에 처음 전화, 두 번째 전화는 나흘 뒤니까 29일 밤, 아마도 세실리아가 페데리코와 마지막 통화를 하며 세상을 떠난 것이 12월 30일 밤일 것이다. 그러므로 페데리코가 그녀의 죽음을 알게 되고 그녀의 침대 테이블에서 자신의 오래 전 사진을 발견한 게 한 해의 마지막 날인 12월 31일, 어쩌면 오늘, 바로 이 순간일지 모르겠다.

이 짧은 소설 속에는 "아무것도 아니야. 아무 일도 아니야. 난 아무도 아니야."라는 말이 몇 차례 반복해 나온다. 그러나 아무 일도 아닌 일이 있을까. 아무 것도 아닌 사람이 있을까. 아무도 모르게 평생 한 사람을 사랑했던 세실리아의 삶은 정말 아무것도 아니었을까.

다사다난, 파란만장했던 2017년 한 해가 저물고 있다. 나는 무엇인지, 당신은 무엇인지, 꼭 알아야 할 무엇을 무심히 스쳐 보낸 것은 아닌지, 반드시 알아야 할 무언가를 알아차리지 못하고 한 해를 보내고 흘려보내고 있는 것은 아닌지 뒤돌아본다. 그래도 올 한 해 마음에 새기고 얻은 게 있다면 많은 분들께 받은 사랑, 오랜 어둠 속에서도 놓을 수 없었고 절망 속에서도 힘주어 붙들고 있던 꿈 한 조각, 그리고 내일에 대한 희망과 신뢰. 당신을 믿고 나를 믿는 것에서부터 시작하는 트러스트 미. 트러스트 유.

2017년 12월 30일 토요일

인간의 향꿈성에 대하여
: 영화 〈가타카〉

우성 유전자만 인공수정해서 자식을 갖는 미래. 〈블레이드 러너〉의 복제인간, 리플리컨트들이 기적이라 부르며 부러워하는 것과 달리 영화 〈가타카〉에서는 자연 잉태된 인간이야말로 열등함의 상징이다. 그들 사회는 인종과 국적, 성별이 아니라 유전자의 우성과 열성에 의해 분리, 우대, 차별받는다. 아무리 노력해도 우성 유전자를 가진 이들을 추월할 수 없다. 아니 제도가 추월을 허락하지 않는다.

그러나 인간이란 욕망을 이루기 위해 어떻게든 몸부림치는 존재. 열성으로 태어났으나 우주 비행사가 되길 꿈꾸는 빈센트는 우성 유전자를 가졌으나 교통사고로 다리를 쓰지 못하게 된 제롬과 신분을 바꾼다. 그리고 벌어지는 위기와 살인 사건. 우여곡절 끝에 위기를 모면한 빈센트는 마침내 우주선에 오른다. 그 순간 신분을 빌려주었던 제롬 역시 빈센트가 돌아와 평생 쓸 혈액과 소변을 냉동고에 넣어둔 뒤 자살을 감행한다. 우주로 솟구쳐 오르는 빈센트의 로켓 엔진 화염과 제롬의 몸을 한줌 재로 불태우는 소각장의 불길.

제롬은 우주로 떠나는 빈센트에게 마지막 말을 남긴다.

- 난 네게 몸을 빌려주었을 뿐이지만 넌 내게 꿈을 주었잖아.

/ 영화 〈가타카〉 중에서.

우성 유전자를 가지고 태어났다고 해도 완전한 성공과 행복한 삶을 보장받지는 못한다. 태어날 때 질병과 수명을 판결받지만 사고가 일어나기도 하고 좌절과 절망으로 도중에 인생을 단념할 수도 있다. 인생의 모든 악조건을 이겨내고 살아가게 하는 것은, 불가능도 가능하게 만드는 것은 우성 유전자도, 완전한 환경도 아니다. 그것은 오직 꿈이다. 꿈을 성취하고 싶은 뜨거운 욕망. 해바라기가 오직 태양을 바라보는 것처럼 모든 식물의 향일성(向日性)보다 더 강렬한 열망, 향꿈성(向夢性). 이것이야말로 인간이 가진 무한한 힘의 뿌리다.

2017년 12월 28일 목요일

사람이 사람답게 사는 것의 어려움
: 영화 〈블레이드 러너2049〉

- 사람들은 기억이 구체적인 줄 알아요. 하지만 기억은 그런 게 아니에요. 감정으로 떠올리는 거니까요. 진짜 기억은 뒤죽박죽인 거예요.   / 영화 〈블레이드 러너 2049〉 중에서.

내가 장편소설 〈트러스트미〉를 쓰던 시기를 착각하고 있었다. 그래서 지난 번 청년독서모임 때도, 몇몇 분들하고 이야기할 때도, 2015년에 썼다고 본의 아니게 거짓말 아닌 거짓말을 했다는 걸 오늘 아침 깨달았다. 달력을 찾아보니 몰입해 쓴 기간은 정확히 2016년 1월 27일부터 3월 29일까지였다. 어쩐지 이야길 하다 보면 시기적으로 뭔가 앞뒤가 안 맞는 것 같아 이상했다. 소설을 쓰고 출간되기까지 오래 걸렸다고 생각한 데서 비롯된 착각이 아닐까 싶다. 악의 없는 거짓말이었고, 15년이든 16년이든 듣는 분들에게 큰 해가 되는 건 아니었을 테지만, 그래도 15년이라고 들은 분들께서는 넓은 아량으로 이해해 주시길 바란다.

며칠 전에는 약국에서 상비약들을 몇 가지 사다가 내가 말했다. "저기요, 그것도 한 통 주세요. 그거……, 냄새 나는 약 있잖아요." 갑자기 약 이름이 도무지 생각나지 않았는데 내가 무슨 말을 하는지 몰라 어리둥절해진 약사가 되물었다. "그게 뭐죠?" "배 아플 때 먹는 거요." 나는 다시 설명했고 약사는 난감하다는 듯 "그게 뭘까요?" 하고 다시 물었다. "노란 색 작은 상자에 들었는데. 아. 배탈 났을 때 먹잖아요. 냄새 고약한 거 있는데……." 나는 창피하기도 하고 답답하기도 해서 열심히 설명했고 약사는 단어 맞추기 게임이 잘 풀리지 않는 아이처럼 고개만 갸우뚱거렸다. 그렇게 잠시 약사와 나는 소통이 되지 않는 '소리'들을 나누어야 했다. 옆에 있던 나이 지긋한 약사가 자신 앞에 있던 손님을 보내고는 답답하다는 듯 "정로환, 정로환." 하고 그 당연한 이름을 알려줄 때까지.

나도 착각하고 까먹고 잊어버린다. 나이를 먹어갈수록 명사(名詞) 망각 증상이 날로 심해져서 이거 어쩌나 싶을 정도라 남들 흉볼 자격은 없지만, 그래도 그렇지, 자기 잘못은 하나도 기억나지 않고, 기억나도 모른다 하고, 자기네 편 잘못은 모두 그럴 수도 있는 것이라 덮어주는 사람들이 남의 잘못만 일목요연하게, 코딱지 파내듯 코피 날 때까지 후벼 파는 걸 보면 저들도 정말 사람일까 싶어진다.

세상에는 사람보다 더 사람 같은 존재가 있는가 하면, 사람 모습을 하고는 있으되 사람 아닌 자들도 참 많은 것 같다. '인두겁을 쓰고 어찌 저럴 수가 있나?' 하는 말이 있는 것처럼, 영화 속 복제인간들이 기적이라 부르는 자연 잉태, 즉 아버지와 어머니 사이에서 인간의 모습을 하고 태어났더라도 사람의 마음을 갖지 못하면 사람이 아닌 것이다. 오히려 식물의 모습을 하고 있다 해도, 동물의 모습을 갖고 있더라도, 복제인간으로 태어나 남의 기억으로 살아가는 노예라 해도, 비록 수치로 입력된 시뮬레이션일 뿐이라 할지라도, 밝고 따뜻한 것을 지향하고, 다른 생명을 사랑하고 연민하며 더 나은 존재가 되려는 마음을 가질 때 인간다운 인간, 사람다운 사람이라 할 수 있는 게 아닐까.

누가 사람일까. 나는 사람일까. 당신은 사람일까. 우리 모두 진짜 사람일까. 기억이 뒤죽박죽인 걸 보니 진짜 기억을 갖고 사는 것은 맞는 것 같지만, 중요한 건 기억만이 아니니까, 기억이 맞고 틀리고가 가장 중요한 게 아니니까, 어떻게 태어났고 어떤 모습을 하고 있는지도 그다지 중요한 건 아니니까, 짓밟지 말고 자만하지 말고 욕심내지 말아야지, 사랑해야지, 연민해야지, 감사해야지, 더 나은 존재가 되려고 애써야지. 그렇게 사람으로 살아야지. 사람으로 살기 위해 노력해야지.

2017년 12월 27일 수요일

이 시대, 너무 많은 카렐들
: 영화 〈새벽의 7인〉

영화 〈HHhH〉에서는 하이드리히를 암살한 체코 청년들을 밀고한 자의 정체가 확실하지 않았던 걸로 기억하는데, 〈새벽의 7인〉에서는 그들 동료 중 한 명인 카렐이 배신했다는 것을 자세히 밝힌다. 밀고의 조건은 자신의 아내와 아들을 살려 달라는 것. 그 결과 카렐은 다음날이면 자유를 찾아 떠날 수 있었을 동지들과 관련자 모두를 참혹한 죽음으로 내몬다. 같은 소재를 다룬 최근 영화와 1975년에 개봉된 영화의 구성과 전개를 비교하려고 본 것이었는데, 시간이 늘 긍정적인 진화를 가져오는 것이 아님을 확인한 것과는 별도로, 사선에서 가족을 살리고픈 '인간적인 너무나 인간적인' 고민 끝에 결정한 카렐의 밀고는 내게 또 다른 생각을 불러일으켰다.

- 나는 혼자다. 그도 혼자다. 이게 뭐? 그래. 당신들은 모른다. 세
상에 아무도 없이 혼자라는 것이 무엇을 뜻하는지. 혼자가 되면
어떤 마음이 되는지. 외로움 그런 감상적인 이야길 하는 게 아니
다. 남편이 있고 자식이 있는 사람들은 결코 알 수 없다. 혼자라
는 것은 어쩔 수 없이 본능적으로 모든 욕심과 탐욕을 내려놓게
한다. 인격이 고상해서가 아니다. 내가 죽으면 저것이 어떻게 살
까, 가슴 미어질 새끼가 없기 때문이다. 나 없이 이 인간이 밥이
나 제대로 끓여먹을까, 걱정할 서방이 없기 때문이다.

1년 전쯤 박근혜 대통령의 청렴을 믿으며 쓴 글의 일부다. 자식 있
는 분들이 모두 밀고자가 된다는 뜻은 아니니 오해 없으시길. 오히려
지키고픈 혈육이 있음에도 바른 선택을 하는 분이 더 훌륭하다는 뜻
이기도 하니까. 그래서 세상 모든 것을 다 희생시키더라도 지켜야 할
가족을 몰살시키고 전쟁에 나간 계백 장군의 일화가 '독하기도 하지.'
혀를 내두르면서도 두고두고 회자되는 것이다.

우리나라는 유독 카렐에 대해 관대하다. 그 때문에 지금까지 우리
는 너무나 많은 카렐들을 키워왔다. 나라야 어찌 되든 나만 잘 살면 된
다고, 내 가족 내 자식만 잘 먹고 잘 살면 된다고 믿는 카렐들. 북한을
옹호하고 미국을 자본주의 악의 핵심으로 규정하면서도 자식들은 미
국 국적을 갖게 하고 미국에서 교육을 시키는 수많은 카렐들. 부와 권
력을 거머쥐고 대대손손 물려주기 위해서 전쟁의 폐허에서 함께 일으
킨 대한민국을, 그 시절 피땀 흘려 조국을 일으킨 동지들을, 죽음으로
내몰고 있는 카렐, 카렐들……
계백처럼 마음이 약해질까 봐, 적에게 약점이 될까 해서 미리 죽였

든, 팔자에 없어 애초에 가져본 적이 없는, 책임질 처자식이 없는 사람에겐 이승에서 악착같이 혹은 비굴하게 매달려 살아야 할 이유가 아무래도 적을 수밖에 없다. 하물며 물려줄 자식이 없는데 당장 소용될 수 있는 부와 권력, 그 이상을 축적해서 무엇을 할까.

다만 저 글을 쓸 때는 명예조차 욕망의 대상이 되지 못한다고 생각했었는데, 그건 틀린 것 같다. '내가 산 흔적일랑 남겨둬야지' 하는 어떤 노래의 가사처럼, 자식이 없을 때 남길 수 있는 유일한 나의 흔적은 이름이다. 그것도 오명이 아닌 깨끗한 이름, 명예 말이다. 그래서 나도 좋은 글을, 좋은 소설을 쓰는 소설가로 살고 싶은 것이다.

돌아보면 페이스북을 시작한 이유 또한 한쪽에서 외면 받는 것이 두려우면서도 '이 시절 나는 촛불을 들지 않았노라.' 밝히고 싶어서였다. 묘지도 없이 재마저 바람에 흩어지길 바랄지언정, '이 시대, 진실을 알기 위해 애쓴 소설가, 이 땅에 살다 갔노라.' 남겨질 세상의 기억, 이것이 아마도 내가 가질 수 있는 욕망의 최대치가 아닐까. 그러니 정치인으로 살며 대통령에 오른 그는 무엇을 남기길 원했을까. 아버지가 다 이루지 못한 꿈, 세계에 우뚝 선 통일 대한민국을 완성하고 싶은 것 말고 무엇이 있었을까.

〈새벽의 7인〉 영화가 끝나고 실제 인물들의 당시 근황을 전하는 엔딩크레디트는 전쟁 후 카렐이 체코 정부에 의해 사형선고를 받았다는 사실을 보여준다. 궁금하다. 그는 후회했을까? 아니면 끝내 후회하지 않았을까. 그의 아내와 자식이 살았을 것이므로? 너무나 인간적인, 아니, 너무나 본능적인, 너무나 동물적인 세습 욕망에 충실했으므로?

2017년 12월 26일 화요일

충성해야 할 내 나라, 지금도 존재하고 있는가?
: 영화 〈디 익셉션〉 VS 〈HHhH〉

- 인생은 선택이다. 이쪽도 저쪽도 모두 지옥일지라도 결국 내가
 사는 세상은 내 선택의 결과다. 인생의 묘미란 고통과 환멸뿐인
 지옥일지라도 내가 행복과 감사와 살아 있음의 소중함을 느끼는
 것이다. 따라서 결국 어떤 마음을 가질 것인가, 슬픔의 지옥일지
 언정 어떤 기쁨을 발견할 것인가. 온통 불행뿐일지라도 어떤 행
 복을 찾아낼 것인가, 그것이 우리에게 삶이 주어진 이유가 아닐
 까.
    전쟁 중에도 어디선가는 평화와 고요가 머물고, 환멸과 폐허
 뿐인 속에서도 사랑이 피어나는 이유, 죽음 속에서 생명이 태어
 나고 배신과 음모가 가득한 세상일지라도 또 어디선가는 배려와
 신뢰와 우정이 가능한 이유이다. 그것이 인간이 가진 고귀함이고
 삶의 숭고함이며 생명의 위대함이라고 나는 믿는다.

 얼마 전 〈소설, 어떻게 읽을 것인가〉라는 제목으로 글을 올릴 때
내가 적었던 문장들이 나치 시절을 그린 두 편의 영화를 보면서 다시
되짚어졌다. 〈디 익셉션〉은 독일제국의 마지막 황제 빌헬름2세를 호
위(감시)하라는 나치 상부의 명령을 받아 네덜란드로 간 브란트 대위
를 중심으로 이야기가 펼쳐진다. 밤마다 꿈에 나타나는 무고한 희생자
들의 처참한 모습들과 몸속에 남아 있는 전장의 파편들은 브란트 대

위를 때때로 고통스럽게 한다. 군주제를 지지하든 하지 않든, 나치에 의해 이용당할 위기에 처했으나 여전히 군주제 복권을 꿈꾸는 늙고 힘없는 황제와 군주제 지지자로 몰려 죽게 될 또 많은 사람들에 대한 염려 또한 대위의 양심을 괴롭힌다. 여기에 운명처럼 싹튼 미케와의 사랑. 그녀가 유태인이자 영국 스파이라는 걸 알게 된 브란트 대위는 과연 어떤 선택을 할 수 있을까.

나치 치하의 실제 인물을 그린 영화 〈HHhH〉는 프랑스 '콩쿠르 최우수 신인상'을 받은 작가 로랑 비네의 역사소설을 바탕으로 하고 있다. 암호명 같은 제목은 '히믈러의 머리는 하이드리히로 불린다 Himmlers Hirn heißt Heydrich'는 문장의 앞머리를 조합한 것으로, 인종청소를 진두지휘했던 SS의 수장 하인리히 히믈러의 오른팔이자 게슈타포 책임자였던 라인하르트 하이드리히의 암살 관련 상황을 추적한다.

영화적 완성도 면에서는 두 작품 다 아쉬움이 남는다. 하이드리히와는 달리 브란트 대위가 실존했던 인물인지도 잘 모르겠다. 그러나 자신의 과오를 덮고 야망을 이루고자 무고한 생명을 수없이 죽이며 나치의 두뇌로 충실히 살았던 실제 인물 하이드리히와 (허구일망정) 거짓과 진실 사이에서 갈등하는 브란트를 대조해 보는 것은 흥미롭다. 브란트는 자신이 몸담고 있는 '현실'과 '조국'을 버리지는 못하지만, 그래서 영웅은 아닐지라도, 사람다운 마음을 외면하지는 못한다. 나치 상부의 명령을 따를 것인가, 기밀을 알려 그들의 생명을 구할 것인가, 고민하던 대위는 폐위되어 권력을 잃은 황제에게 여전히 충성하는 대령에게 묻는다.

대위 : 군인에게 나라보다 더 충성해야 할 것이 있을까요?

대령 : 먼저 질문을 해봐야겠지. 무엇이 내 나라인가? 그것이 여전
히 존재하긴 하는가?   / 영화 〈디 익셉션〉 중에서.

지금 한반도 남쪽에는 두 개의 대한민국이 있다. 세계 속의 자유민
주주의 대한민국으로 거듭나길 원하는 국민과 조선민주주의인민공화
국 체제에서 살아도 전혀 상관없으리라고 믿는 일부 사람들이 팽팽히
대립하며 살아가고 있는 것이다. 그러나 이제 우리 국민 모두는, 경찰
은, 변호사와 검사와 판사는, 기업인과 언론인과 정치인들은, 그리고
군인은 브란트 대위처럼 자문해야 한다. 무엇이 내 나라인가, 나의 충
성을 바칠 조국이 여전히 존재하는가, 지금 이 나라를 대표하는 자리
에 있는 자들에게 충성하는 것이 과연 내 조국, 내 나라, 내 국민을 지
키는 일인가? 무고한 사람들을 희생시키다가 결국 자신도 비참한 최
후를 맞는 하이드리히로 살 것인가, 지옥 속에서도 양심을 찾고 진실
을 지키고 사랑을 믿는 브란트 대위로 살 것인가, 이제는 선택해야 할
때인 것이다.

2017년 12월 24일 일요일
외면당하거나 망각된 존재로 살아가기

J선생님이 오늘 우연히 만난 소설가 K에게 나를 아느냐고 물었다고
한다. 그는 "이름은 들어 알고 있다."고 했단다. 내 단편소설에 대해 익
숙한 화법이라며 지면에서 혹평했던 그가, 몇 년 전 '박근혜 ××년'이

란 욕설이 난무하던 작가들의 송년회 자리에서 바로 옆에 앉아 이야기를 나눴던 사람이, 그가 쓴 혹평을 읽고 무척 민망했노라고 내가 말했을 때 말꼬리를 돌렸던 K가, 나를 모른다고 했단다. 우파라고 생각했던 원로 소설가도 서평 쓰기를 거절했었고, 얼마 전 만난 모 중견 소설가는 '박근혜는 탄핵되기 위해 대통령이 됐다.'며 좌파 논객과 좌파 언론을 인용해 조롱하며, 일본인을 암살하려는 중국인과 위안부였던 조선 여인이 등장하는 K의 소설을 입술이 닳도록 칭찬했었다. 내 장편 출간을 축하하기 위해 만난 자리에서 내 소설에 대해서는 단 한 마디도 하지 않는 대신에.

문단에 선배도 없고 후배도 없고 동료도 없다는 사실을 새삼 실감한다. 외로운 건 아니다. 그런 친구 동료 선후배가 없다고 아쉬울 건 하나도 없다. 나와 내 소설을 아끼고 사랑해주는 독자들이 계시니까. 지방에서 나를 만나러 먼 길 달려와 주시고, 세계 방방곡곡 〈트러스트 미〉를 안고 들고 사진 찍어 보내주시는 분들, 재미있게 읽었다고, 읽고 또 읽고 읽을 때마다 좋다고 격려해 주시는 독자들이 계시니까. 갖지 못한 것, 가질 수 없는 것은 두 번도 돌아보지 않는다. 오직 내가 가진 것만, 남이 볼 때는 보잘 것 없을지라도 내가 가진 재능과 아직은 더디지만 조금씩 커가는 독자들의 사랑에 감사하고 또 감사할 뿐이다. 다시 한 번 나와 〈트미〉를 아껴주시는 분들 모두 행복한 크리스마스 보내시길 기도한다.

2017년 12월 24일 일요일

천천히 보아야만 보이는 것들
: 폴 오스터 〈오기 렌의 크리스마스 이야기〉

- 그는 지난 12년 동안 매일 아침 정각 7시에 애틀랜틱 에브뉴와 클린턴 스트리트가 만나는 모퉁이에 서서 정확하게 같은 앵글로 딱 한 장씩 컬러 사진을 찍어왔다. 그렇게 찍은 사진들이 이제는 4천 장이 넘었다. (중략) 모든 사진들이 다 똑같았다. 똑같은 거리와 똑같은 빌딩들의 반복이 나를 멍하게 만들었고, 지나치게 많은 이미지들이 무자비하게 밀고 들어와서 착란상태가 될 지경이었다. 나는 오기에게 뭐라고 말해야 할지도 생각이 나지 않았다. 그래서 나는 열심히 감상하는 척 고개를 끄덕이며 계속 페이지를 넘겼다. 오기는 침착해 보였다. 얼굴에 웃음을 가득 띠고 나를 보고 있었다. 하지만 내가 몇 분 동안 계속 그러고 있자 갑자기 나를 잡고 말했다. "너무 빨리 보고 있어. 천천히 봐야 이해가 된다고." / 폴 오스터 〈오기 렌의 크리스마스 이야기〉 중에서.

크리스마스 관련 단편소설을 청탁받고 무엇을 쓸지 몰라 고민에 빠진 폴에게 시가를 파는 가게의 주인 오기 렌은 이야기 하나를 들려준다. 오래 전 자신의 가게에서 물건을 훔치려다 달아난 소년의 지갑을 줍게 된 오기는 경찰에 신고하려다 소년과 할머니가 함께 찍은 다정한 사진을 보고는 마음을 접는다. 그리고 며칠 뒤 크리스마스 휴가를 맞아 할 일이 없던 그는 착한 일이나 해보자며 소년의 지갑을 돌려

주기로 하고 운전면허증의 주소지를 찾아간다. 문을 열고 나온 건 아흔 살쯤 된 눈 먼 할머니였는데, 그녀는 오기를 오랫동안 만나지 못한 손자로 착각한 듯 그를 반긴다. 오기 또한 어쩌다 보니 자신이 손자인 양, 그녀가 이끄는 대로 집으로 들어가 함께 웃고 이야기하고 음식을 차리고 와인을 마시며 즐거운 크리스마스를 보낸다.

　- 난 속이고 싶은 생각 따위는 전혀 없었어. 그건 우리들이 그렇게 하기로 꾸민 게임 같은 거였어. 규칙 같은 건 정할 필요도 없는, 내 얘기는 할머니도 내가 손자가 아니라는 걸 알고 있었다는 거야.

　오기는 할머니가 가볍게 코를 골며 잠이 든 사이 식탁을 치우고 설거지를 마친 뒤 우연히 보게 된, 소년이 훔쳤을 것이 틀림없는 카메라 하나를 무심히 집어 들고 그 집을 나온다. 그러나 몇 달 후, 마음에 걸려서 쓰지도 못하던 카메라를 돌려주러 다시 그 아파트를 찾아갔을 때는 이미 다른 사람이 이사 온 뒤였다.

"아마 돌아가셨겠지."
"그래. 아마도."
"그건 할머니가 마지막 크리스마스를 자네와 함께 보냈다는 뜻이고."
"자네 말을 듣고 보니 그렇군."
"잘 했네. 할머니를 위해서 좋은 일을 했어."
"난 거짓말을 했어. 물건도 훔쳤고."
"자넨 할머니를 행복하게 해줬어. 그리고 카메라는 어차피 장물 아닌가. 자네가 직접 훔친 것도 아니고."

"예술을 위한 거지, 그렇지 폴?"

"난 그런 소리 안 했어. 하지만 자넨 카메라를 좋은 데 쓰고 있잖아."

"그리고 자넨 이제 크리스마스 이야기를 얻었지. 안 그래?"

"맞아. 그런 것 같아."

나는 잠시 말을 멈추고 오기의 얼굴을 살폈다. 그의 얼굴 가득 심술궂은 미소가 퍼져 나갔다. 확실한 건 아니었다. 그 순간 그의 눈빛이 아주 알쏭달쏭하고 얼굴은 내적인 환희로 가득 차 보였다. 그래서 갑자기 그가 이 모든 이야기를 꾸며낸 게 아닐까 하는 생각이 들었다.

오기의 이야기는 사실이었을까, 거짓이었을까. 하지만 그건 중요하지 않다. 지난 12년간 매일 같은 장소, 같은 시간에 똑같은 사진을 찍는 꾸준함과 노력, 똑같은 일상에서 전혀 새로운 장면을 포착해낼 줄 아는 오기야말로 어쩌면 인생과 삶을 이해하는 진정한 이야기꾼일 것이다. 그리고 아마도 이 소설의 작가는 급하고 서둘기만 해서 정작 소중한 것을 못 보고 지나치는 우리들에게 '천천히 봐야 이해가 된다.'는 말을 오기 렌을 통해 들려주고 싶었을 것이다.

이 소설은 작은 판본으로도 겨우 13페이지 정도의 짧은 분량이어서 10분도 걸리지 않고 읽을 수 있지만 웨인 왕 감독이 만든 〈스모크〉라는 영화로도 만나볼 수 있다. 폴 오스터가 직접 시나리오로 각색한 것으로 한때 화제가 되기도 했는데, 감각적인 재미를 바라는 사람에게는 지루할 수 있지만 이맘때면 내 기억 속에서 몇몇 장면들이 시가연기처럼 떠오르는 영화다. 소설과 영화의 표현 방법이 어떻게 다른지

확인할 수 있는 좋은 예가 되어 주기도 해서 글 쓰는 분들께 추천하는 작품이기도 하다. 너무 빨리 지나쳐서, 혹은 너무 가까워서 볼 수 없던 사랑하는 사람들의 아름다움과 소중함을 발견하는 성탄 되시길 바라며, 메리 크리스마스!

2017년 12월 23일 토요일

악과 거짓이 사라지는 날은 영원히 오지 않는다
: 안톤 체호프 〈골짜기〉

- 인간 세계에 아무리 큰 죄악이 범람하고 있어도 밤은 역시 고요하고 아름다웠다. 이 지상에 살고 있는 모든 것들은 달빛이 밤과 융합되듯이 스스로 정의와 진리에 융합되기를 갈망하고 있는 것이다. / 안톤 체호프 〈골짜기〉 중에서.

그레고리 영감은 돈이 되는 것이라면 무엇이든 취급하며, 속여 파는 것은 기본이고, 뇌물을 받은 관청의 묵인 하에 공장을 불법으로 운영하고, 주류 밀매와 고리대금업까지 하며 부를 축적해온 지역의 유지다. 그러나 장남 아니심의 위조은화 사용을 시작으로 그의 시대는 급속히 쇠락의 길로 접어든다. 아니심은 시베리아 유형을 떠나게 되고, 아름답고 총명해 보이던 둘째 며느리 악시냐는 갓 태어난 조카가 유산을 다 차지하게 될 거라는 사실을 알게 되자 뜨거운 물을 끼얹어 아기를 죽여 버릴 정도로 사악한 본성을 드러낸다. 그녀는 은밀한 관계를 갖고 있던 이웃 가문과 사업을 벌이고는 집안의 실권을 장악한다. 남편도 아이도 잃은 큰며느리 리파는 가난한 친정으로 돌아가 다시 힘겨운 노동자의 생활로 삶을 이어가고, 그레고리는 굶주린 채 며느리에게 내쫓기다시피 마을을 떠돈다. 품삯은 물론 사람 취급도 받지 못하던 마을 사람들은 그런 그레고리를 보며 '재미있어 하기도 하고, 가엾게' 여기며 동정하기도 했다. 그레고리 시절과 다름없이 악시냐의 시대에도 별 차이 없이 부의 혜택을 누리는 건, 남편이나 가족의 불행에는 초연한 듯 '자선'에만 몰두하던, 그레고리의 부인 바르바라와, 자신의 아내가 다른 사내와 바람을 피우든 말든 아버지가 내쫓기든 말든 관심도 없고 알려고도 하지 않는, 세상에 대해 눈멀고 귀먹은 둘째 아들 스테판뿐이다.

> - 노인(그레고리 영감)과 스쳐지나가게 되었을 때 리파가 정중히 인사를 하며 말했다. "안녕하세요, 아버님." 노인은 걸음을 멈추고 물끄러미 그녀를 쳐다보았다. 그의 입술이 떨리고 눈에는 눈물이 가득 고였다. 리파는 고기만두를 꺼내 노인에게 주었다. 노인은 그것을 받아서 먹기 시작했다. 해는 아주 넘어가 버려서 길 위쪽을 비추고 있던 빛까지도 이미 사라져버렸다. 리파는 발걸음을 옮기면서 오래도록 성호를 그었다.

사랑 한 번 주지 않았던 남편은 시베리아 유형지로 떠났고, 갓 낳은 아이는 동서의 뜨거운 물세례를 받아 죽었기에 아무런 연고도 남지 않은 리파는 시집을 떠나야 했지만 누구도 원망하지 않고 다시 자신의 삶을 살아간다. 동네 노인의 충고처럼.

- 지금의 슬픔 같은 건 대단치 않아. 사람의 일생은 기니까. 앞으로 좋은 일도 있고 나쁜 일도 있을 거야. 별의별 일이 다 생긴다고. 그래선지 죽고 싶다고는 생각 안 해. 앞으로도 20년 쯤 더 살고 싶다고 생각하지. 결국은 좋은 일 쪽이 더 많았다는 거야.

이 소설에서 우리가 기대하는 권선징악은 없다. 악시냐는 자신이 빼앗은 악의 세계에서 번성을 누리고, 리파는 그녀대로 가난한 평온을 살아갈 뿐.

- 훔치는 것은 누구나 할 수 있지만 숨기는 것은 아주 어렵거든요! 세상은 넓지만 장물을 숨길 장소는 어디에도 없으니까요.
- 부정과 사기가 몸에 배어 있어서 얼굴의 피부조차 어쩐지 유달리 흉물스러워 보였다.
- 이 세상에서는 우리들이 사기꾼으로 몰릴지라도 저 세상에 가보면 바로 너희들이 사기꾼들이야. 하하!
- 일하는 사람이나 고통을 참는 쪽이 언제나 위에 있는 거야.

과거나 현재 그리고 미래에도 세상의 본질은 조금도 달라지지 않는다. 생명으로 태어나 살아가는 한, 인간이 자신의 욕망을 충족시키려는 마음을 품고 살아가는 한, 세상은 언제나 선과 악의 팽팽한 대립으로 점철될 것이다. 그러나 어쩌면 권선징악을 믿고 싶은 우리네 바람과는 달리 그레고리를 내몬 악시냐처럼, 악은 선에 의해 소멸하는 게 아니라 더 큰 악에 의해 잡아먹히는 게 아닐까. 그러므로 누가 누굴 이겨주길 바란다는 것은 지금보다 더 큰 악과 거짓에게 의존하는 것일지도 모른다.

그렇다면 우리가 그토록 믿고 싶어 하는 선과 진실은 어디에서 무엇을 하고 있는 것일까. 어쩌면 선과 악은 서로 대립하고 싸우고 죽고 죽이는 것이 아닐지도 모른다. 작은 악이든 큰 악이든 악은 악끼리, 거짓은 거짓끼리, 저희들끼리 생성시키고 소멸시키고, 잡아먹고 잡아먹히는 사이, 선과 진실은 그저 저만큼 뚝 떨어진 곳에서 그 자체로 존립하고 있는 것은 아닐는지. 악과는 무관하게, 악의 존재조차 모르면서, 그래서 물들지 않고 대립하지 않고 노여워하지도 않고 연민하지도 않으면서 오직 자신의 자리에서 한결같이, 세상의 일정한 선의 질량(質量)을 묵묵히 지켜내고 있는 것이 아닐까. 이것이 아무리 악한 세상이 도래할지라도 이 세상이 완전히 무너지지 않을 수 있는 이유가 아닐까. 그렇게 생명은, 인간은, 그 어떤 척박한 악의 세상에서조차 살아낼 수 있는 것일지도 모르겠다고, 체호프의 단편소설 〈골짜기〉를 읽을 때마다 생각하게 된다.

악과 거짓이 완전히 사라지는 날은 과거 역사가 그랬듯이 앞으로도 영원히 오지 않는다. 악이 사라지는 날은 선과 진실 또한 소멸하고 세상의 모든 생명 또한 사라지는 날이 될 것이므로. 중요한 것은 누군가가 세상을 정화시켜주길 기다리는 것이 아니라 오늘도 내가 가야 할 길을, 나의 걸음을 멈추지 않고 꿋꿋이 걸어가는 것이다.

2017년 12월 22일 금요일
정의로 포장한 나약한 사람들의 내면
: 서머셋 몸 〈비〉

- 그들(원시부족)은 천성적으로 타락해 있는 것입니다. 그래서 자연
  스러운 행위라고 여기고 있는 것을 죄악이라고 의식시켜 줄 필
  요가 있었던 것입니다. (중략) 간음을 하거나 거짓말을 하고 도둑
  질을 하는 것만이 아니고, 육체를 노출시키는 것과 댄스를 하는
  것, 아가씨가 젖가슴을 드러낸다든지 사내가 바지를 입지 않는
  것도 모두가 죄라고 가르쳤습니다. 벌금을 물게 했지요. 자기의
  행위가 죄악이라는 것을 깨닫게 하는 유일한 방법은 그것을 범
  한 경우에 즉각 벌을 주는 일입니다.   / 서머셋 몸 〈비〉 중에서.

신앙심 깊은 데이빗슨은 자신의 소명에 대한 자긍심과 책임감이 투
철한 선교사다. 그는 아내와 함께 선교활동을 하던 중 우연히 작은 섬
에 며칠 머물게 된다. 도무지 그칠 줄 모르는 비에 갇혀 지내는 동안,
그는 같은 숙소에 머물고 있는 창녀 새디가 사내들을 방에 끌어들이는
것을 알고는 지역 총독에게 찾아가 그녀를 추방할 것을 종용한다. 해
볼 테면 해보라며 반항하던 새디는 자신이 보내질 곳이 3년간 감금생
활을 해야 하는 보호소임을 알게 되자 앞으로는 바르게 살 테니 제발
그곳만으로는 보내지 말아 달라고 애원한다. 그러나 죄를 지었으니 벌
을 달게 받는 것이 신의 용서를 받는 것이라며 선교사는 완강히 고집
하고, 달리 방법이 없다는 것을 깨달은 새디는 자포자기하듯 매일 밤

자신의 방으로 그를 불러들여 기도에 매달린다. 이윽고 데이빗슨조차 놀랄 정도로 새디는 정결한 마음을 갖게 된다. 마침내 새디가 순순히 감호소로 떠나야 하는 날 아침, 그러나 데이빗슨은 시체로 발견된다. 목이 귀에서 귀까지 찢어진 채였고, 그의 손에는 면도칼이 쥐어져 있었다. 다시 창녀로 돌아간 새디는 세상을 향해 이렇게 외친다.

- 너희 사내놈들, 추악하고 더러운 돼지야! 모두 똑같은 놈들이지. 당신도 마찬가지야, 돼지들!

신앙은 진실했을지라도 인간에 대한 연민이나 배려는 없던 선교사가 육체의 유혹을 이기지 못하고 환멸 끝에 자살에 이르는 과정을 그리고 있는 서머셋 몸의 단편소설 〈비〉는 영혼과 육체, 신앙과 속세의 집요한 대립으로 읽는 것이 정석일 것이다. 그러나 시절이 시절인지라 모처럼 다시 펼쳐본 이 작품조차 '너희들은 불의하고 우리만이 정의의 사도이니 나를 따르라!'며 자만하는 인간들이 실은 얼마나 나약하고 추악한 내면을 가지고 있는지 새삼 헤아리게 해준다.

2017년 12월 21일 목요일
그래도 살아야 하는 이유

모처럼 마트에 다녀왔다. 갈 때는 멀쩡했는데 장보고 나오는 길. 세상이 온통 하얗다. 뭐야, 좀 더 참았다가 오지. 차 더러워지는 것도 싫고 차에 눈 쌓이는 것도 나는 싫은데, 하며 마음이 바빴다. 그런데 이상하다. 차선은 보이지도 않고, 윈도우 브러시가 바쁘게 쓸어내는데도 앞이 보이지 않을 만큼 눈이 쏟아지는데도 마음은 여유롭고 즐거워졌다. 얼른 지하주차장에 차만 넣어두고 나와서 눈길을 산책할까? 장 본 것들은 현관 안에 밀어 놓고 다시 나와야 할 거 같은데? 참, 냉동실에 빨리 넣어야 하는 것도 있잖아……. 이토록 사소한 일상의 것들을 헤아리자니 머리만 복잡, 또 마음이 분주해졌다. 그러나 쏟아지는 눈송이들을 보며 또다시 마음이 풀어지는 것이었다.

자동차가 한적한 동네 어귀에 들어섰을 때 나는 차를 세웠다. 차들은 비상등을 반짝반짝 켜고 내 옆을 천천히 스쳐 지나가는데 나는 비상등을 깜빡깜빡 켜고 앉아 창을 열고 눈을 맞았다. 자잘한 일상의 시름들은 하나도 생각나지 않았다. 창을 열고 눈을 맞다가 '소심하기는, 이런 날이 날이면 날마다 오는 줄 아니?' 하고 차에서 내렸다.

눈을 밟으며 아이처럼 잠시 뛰어다녔다. 모든 것은 지나간다. 앞이 보이지 않게 시야를 가리며 한없이 쏟아질 것만 같던 눈도 그치고, 다시는 뜨지 않을 것 같던 태양도 다시 떠오른다. 그래서 살아야 한다. 살아 있지 않으면 오늘이 없으니까. 저세상의 그 어디라도 지금 이곳은 아니니까. 여기서 견디고 여기에서 이기는 것, 그렇게 배우며 또 한 발 앞으로 나아가는 것, 그것이 우리가 이 세상에 온 이유가 아닐까. 지금 이 순간, 여기가 아니면 다시는 경험할 수 없는 것, 그것이 우리들 삶이 소중한 이유이다.

2017년 12월 19일 화요일

2500년 전 '역사의 아버지'가 가르쳐준 독재, 민주, 자유의 의미

: 헤로도투스 〈역사〉

헤로도투스의 〈역사〉에는 페르시아 리더들이 독재, 민중, 과두제의 장단점과 자유민주주의에 대해 토론하는 장면이 나온다. 외적인 조건, 즉 근육과 지능은 진화하고 있을지언정 인류의 지혜가 대폭발했던 2,500여 년 전에서부터 인간의 내면은 오히려 퇴보해 가고 있는 것이 아닐까 하고 종종 의심할 때가 있는데, 이런 장면을 봐도 마찬가지다. 다음은 〈역사〉 중 일부 발췌 문장들이다.

- 독재자는 살아 있는 훌륭한 자들을 시기하고 가장 열등한 자들을 총애하며, 모함하는 말을 받아들이는 데에는 결코 남에게 뒤지지 않소. 이 세상에 독재자보다도 그 말과 행동이 다른 자는 없소. 무엇보다 독재자란 조상 전래의 풍습을 파괴하고, 여자를 범하고, 재판을 거치지 않고 사람의 목숨을 빼앗소.

- 아무 쓸모없는 대중만큼 어리석고 교만한 무리는 없소. 독재자의 학정을 피하려다 광포한 민중의 손에 빠지는 것은 절대 용납할 수 없는 일이오. 독재자는 일을 행할 때 그 이유를 알고 하지만 민중은 그런 자각조차 없기 때문이오. 무엇이 정당한가 배운 적도 없고, 스스로 깨닫는 능력이 없지요. 그들은 세차게 흐르는 강물 같

아서 맹목적으로 나라 일에 뛰어들어 오직 좌충우돌할 뿐이오.

- 가장 뛰어난 인재들을 선발하여 주권을 부여하는 과두제는, 서로 공을 세워 최고 우두머리가 되려고 다투다가 격렬한 적대관계가 생기기 쉽소. 그 결과 내분이 생기고, 내분은 유혈을 부르고, 유혈을 거쳐 결국은 다시 독재체제에 이르고 되는 것이오.

- 민주제에서는 악의 만연을 피하기가 어렵소. 공공의 일에 악이 만연할 경우, 악인들 사이에 생기는 것은 적대관계가 아니라 오히려 강력한 유대감인데, 국가에 나쁜 일을 꾸미는 자들이 결탁해서 이를 행하기 때문이오.

- 우리의 자유는 도대체 어디에서 얻을 수 있을까요. 누가 주는 것일까요. 민중으로부터입니까, 과두제로부터입니까? 그렇지 않으면 독제체제입니까? 우리는 단 한 인물(여기서는 메디아 지배로부터 페르시아를 해방시킨 키루스 왕을 뜻함)에 의해서 자유의 몸이 되었소. 그러니 우리는 어디까지나 지금의 체제(일인독재. 군주제)를 견지해야 하오. 무엇보다 우리의 훌륭한 조상의 관습을 파기하는 일이 있어서는 안 된다는 것이오.

  결국 오랜 역사적 경험을 통해 체제의 다양한 문제들을 인식한 결과, 중앙집권제의 장점이 가장 뛰어나다고 판단, 전 세계 민주주의를 표방하는 국가들이 일인권력 집권체제인 대통령제를 선택하고 있다. 우리나라 또한 1948년 건국 이래 아슬아슬하게나마 자유민주주의를 기치로 내걸고 대통령제를 펼쳐오던 중 '한강의 기적'이라 불리는 성장과 발전까지 이루었으나 어느덧 민중과 과두의 독재 치하에 처하게 되었다. 우리나라는 모든 체제의 혼탕, 잡탕의 시험장이 된 것이다. 일 인독재는 효율적인 동시에 위태롭지만, 민중과 과두는 영원히 아둔하고 광포하다. 그렇다면 지금 이 시점, 우리는 어디에서 우리의 자유를 되찾아야 하는 것일까.

2017년 12월 18일 월요일
하늘에서 내려다 본 대한민국의 겨울

어제는 부산에서 〈트러스트미〉 출판기념 2차 사인회가 있었다. 오 가는 길, 비행기를 이용했는데, 외국으로 나갈 때는 인천공항에서 바로 바다로 빠지기 때문에 우리나라 국토를 오래도록 내려다본 건 오랜만이었다. 우리나라 국토의 70프로 이상이 산이라는 걸 절감했다. 눈 아래 어디나 끝도 없이 펼쳐진 산, 산, 산. 그 사이사이 조금이라도 평지가 있고 물이 흐르는 곳이라면 여지없이 논밭이 있고 마을이 있었다. 드물게도 산이 없고 큰 강이 흐르는 넓은 평지는 어김없이 도시가 형성되어 있었다. 인간의 힘이 크다고는 해도 하늘에서는 보이지도 않는 인간의 모습. 결국 산을 피해 강을 찾아 평지에 작은 삶들을 펼쳐 놓을 수밖에 없는 사람들. 인공이니 과학이니 우주니 인간의 힘을 아무리 과시한들 자연에 순응하며 살아갈 수밖에 없는 우리네 삶이다.

무엇보다, 애틋했다. 위에서 내려다 본 국토의 겨울 산들은 토실토실하던 살이 다 빠진 토토의 앙상한 갈비뼈 같았다. 나를 지키겠다고 버텨주던, 그래서 쓰다듬으며 마음 아프고 어루만지며 미안하기만 했던 마지막 시절 토토의 울뚝불뚝한 엉덩이뼈 같았다. 이 나라를 지키며 살고자 애쓰는 이들을 꼭 끌어안은 채, 이리 흔들고 저리 뒤집으려는 악의 기운과 맞서 견디느라 지친 내 나라, 내 국토의 모습이었다. 누구는 '작은 나라'라고 비하했지만 그래도 이 겨울, 조금도 움츠러들지 않고 버티고 선 자랑스러운 내 조국의 산하였다. 그런 생각으로 오가는 길, 몇 번이나 가슴이 저렸다.

내 첫 장편소설 〈트러스트미〉 작가 프로필에는 구구절절 다른 소개를 쓰지 않았다. 달랑 세 줄, '대한민국 소설가, 2007년 조선일보 신춘문예 소설 〈칼〉로 등단. 김규나는 어제를 전복시킬 오늘의 소설을 쓴다.'뿐이다. 이는 출판사가 대담하고도 단단한 소신으로 나를 설득한 것이었는데, 나의 작가적 정체성을 특정해 준 것이었다. 어제 만난 Y선생님이 이 부분을 언급하며 새삼 '가슴이 울컥했다.'고 했다.

나는 나라도 정치도 세상도 모르고 살아온 무심쟁이였다. 그런데 왜 뒤늦게 작가가 되고, 개인으로의 회귀를 그리는 소설을 쓰고, 왜 뒤늦게 이 혼란한 나라에 살면서 이건 아니다, 느끼고 있는 것일까. 어제 비행기에서 앙상한 산하를 내려다보며 그 이유를 깨달았다. 내가 태어나 자란 이 나라를, 나를 키워준 내 조국을 사랑하고 있음을 말이다. 그리고 추운 날, 나를 만나러 와주신 독자들을 보며 오로지 바른 글을, 좋은 소설을 쓰는 것이 내 나라에 대한 내 사랑의 방식임을 다시금 가슴에 새겼다. 우리 산하에 빨리 봄이 왔으면 좋겠다. 마음이 아려서 자꾸 눈물이 난다.

2017년 12월 16일 토요일

우리나라는 지금 어디로 가고 있는 것일까
– 문(文)의 방중 연설을 보며

다른 나라의 새파랗게 젊은 대학생들 앞에서 한 나라의 대표라는 양반이 그 나라를 '대국' 또는 '높은 산봉우리'라 추켜세우고, 그와 대조적으로 우리나라는 '작은 나라'로 비하했다는 소식을 듣고 그의 연설 전문을 찾아 읽었다. 문맥이나 본의와는 상관없이 단어 한두 개를 뽑아 확대시키면 얼마든지 오해를 불러일으킬 수 있으므로 내 눈으로 읽고 판단하고 싶었기 때문이다. 그런데 전문을 읽고 나니 '대국'이나 '소국' 말고도 나로선 도무지 녹여내기 버거운 분위기가 연설문 전체에 녹아 있는 것 같아 더욱 당혹스러워졌다. 그 결과 단순히 대국 소국의 비교를 떠나 근본적으로 우리나라가 어디로 가고 있는지, 심각히 고민해 주십사 하는 마음으로 글을 쓴다.

1. 文 : "법과 덕을 앞세우고 널리 포용하는 것은 중국을 대국답게 하는 기초입니다. (중략) 중국은 단지 중국이 아니라, 주변국들과 어울려 있을 때 그 존재가 빛나는 국가입니다. 높은 산봉우리가 주변의 많은 산봉우리와 어울리면서 더 높아지는 것과 같습니다. (중략) 중국이 더 많이 다양성을 포용하고 개방과 관용의 중국 정신을 펼쳐갈 때 실현 가능한 꿈이 될 것이라고 믿습니다. 한국도 작은 나라지만 책임 있는 중견국가로서 그 꿈에 함께 할 것입니다."

　　일국의 대통령이 또 다른 나라의 대통령에게 밀실에서 머리 조아리며 비공식적으로 한 말이 아니다. 나이 육십 넘은 한 나라의 대표라는 사람이 다른 나라의 젊디젊은 청년들을 모아놓고 들려준 말이다. 이제 우리나라 청년들은 저 나라 청년들 앞에서 어떤 몸짓으로, 어떤 표정으로, 어떤 말을 해야 하는 것일까?

　　2. 文 : "한국에는 중국의 영웅들을 기리는 기념비와 사당들이 있습니다. (중략) 광주시에는 중국 '인민해방군가'를 작곡한 한국의 음악가 정율성을 기념하는 '정율성로'가 있습니다. (중략) 마오쩌둥 주석이 이끈 '대장정'에도 조선청년이 함께 했습니다. 그는 한국의 항일군사학교였던 '신흥무관학교' 출신으로 광주 봉기(광둥꼬뮌)에도 참여한 김산입니다. 그는 연안에서 항일군정대학의 교수를 지낸 중국공산당의 동지입니다."

　　내가 가장 아찔한 부분은 바로 이러한 류의 언급이었다. 혹시라도 내가 오해하고 있는 것은 아닐까, 확인하고 싶어서 중국의 '인민해방군가'라는 것을 찾아봤다. 다음은 그 노래의 가사 일부이다.

　　'우리는 인민의 무장, 두려움 없이, 절대 굴복하지 않고, 용감하게 투쟁하여, 반동패들을 깨끗이 소멸할 때까지, 마오쩌둥의 기치를 높이 휘날린다!'

　　공산당의 권력 장악을 위해 홍위병을 앞세워 정적을 제거하고 문화를 파괴하는 10여년간 '공식적인 통계로는 3,500만 명, 간접 추측으로는 9,000만 명에 이르는 희생자'를 낸 소위 문화대혁명의 시작이 된 모택동 대장정, 그리고 며칠 내 수만 명이 죽은 공산당 봉기인 '광둥꼬뮌'이란 것을 함께한 한국 청년이 우리의 자랑거리인지 나는 모르겠다. 그런 모택동의 정신을 드높이자는 노랫말이 들어간 곡을 만든 작곡가를 우리나라에서 기려야 하는 것인지도 모르겠다. 혼동하지 말기 바란다. 광둥꼬뮌의 '광주'는 중국 소재지만, 정율성로가 있는 광주는 전라남도 광주를 말하는 것이다.

상대를 추켜세우는 것도 내 처지와 입장에 맞추어야 하는 것이다. 이러한 부분들을 아무 문제없이 이야기할 수 있고 들을 수 있다면 우리나라의 정체성은 대체 어디에 있는 것일까. 우리는 이미 공산당 혁명을 지지하고 공산당 문화를 추앙하는, 우리 또한 공산당을 목표로 달려가는 나라가 된 것이 아니라면, 어떻게 민간인도 아닌, 자유민주주의를 표방하는 국가를 대표하는 자리에 있는 사람이 저런 문장들을 아무렇지 않게 입에 담을 수 있는 것일까.

3. 文 : "제가 중국에 도착한 13일은 '난징대학살' 80주년 추모일이었습니다. 한국인들은 중국인들이 겪은 이 고통스러운 사건에 깊은 동질감과 상련의 마음을 가지고 있습니다. (중략) 1932년 4월 29일 상하이 홍커우공원에서 조선청년 윤봉길이 폭탄을 던졌습니다. (중략) 저는 중국과 한국이 '식민제국주의'를 함께 이겨낸 것처럼. (중략) 중국은 세계에서 가장 발전한 나라였고, 중국이 이끄는 동양문명은 서양문명보다 앞섰습니다."

친구들끼리 모여 뒷담화 하는 것도 아니고, 중국을 일방적으로 치켜세우는 것도 모자라서 남의 나라 가서 일본을 대놓고 흉보고 동일한 적으로 인식시키고 있다. 일본과의 관계도 중요한 우리나라 입장에서는 일본에 대한 심각한 외교적 결례이다. 외교란 감정이 아니라 실리니까. 다음에 일본을 만나게 되면 중국을 쑥덕쑥덕 흉보려나. 그것만으로도 모자라 세계 다른 나라 모두와 비교하며 중국 최고라고 아부까지 하고 있다. 얼굴이 화끈거린다. 그의 연설문을 읽다 보니 이해 안 가는 부분이 한두 문장이 아니어서 내가 혹 편견을 가지고 있는 것은 아닐까, 대체로 남의 나라에 가면 그 정도의 아부와 조아림은 당연한 것일까, 내 자신을 의심해 보았다. 그래서 비슷한 자리의 연설을, 2013년 칭화대(靑華大)에서 박근혜 대통령이 중국어로 했던 연설문을 다시 찾아 읽었다. 오해가 아니었다. 아주 단순히 비교를 하자면, 두 연설문에 하나의 공통된 '중국몽(中國夢)'이라는 단어가 나온다.

4. 朴 : "중국은 시진핑 주석의 지도 아래, 중국의 꿈을 향해 힘차게 전진해 나가고 있습니다. 한국도 국민 행복시대와 인류평화에 기여하는 한반도라는 한국의 꿈을 향해 나아가고 있습니다. …(중략) … 두 나라의 강물이 하나의 바다에서 만나듯이, 중국의 꿈과 한국의 꿈은 하나로 연결되어 있습니다. 저는 한국의 꿈과 중국의 꿈이 함께 한다면 새로운 동북아의 꿈을 이룰 수 있다고 확신합니다."

중국의 꿈과 우리의 꿈을 대등하게 놓고 이야기하고 있는 박 대통령의 연설과 달리, 文이 말하는 꿈은 중국에 국한되어 있을 뿐 아니라 그들의 꿈이 전 인류의 꿈이 되라고 축원하고 있다. 우리의 꿈은 어디에도 없다.

文 : "중국은 단지 중국이 아니라 주변국들과 어울려 있을 때 그 존재가 빛나는 국가입니다. 높은 산봉우리가 주변의 많은 산봉우리와 어울리면서 더 높아지는 것과 같습니다. 그런 면에서 중국

몽이 중국만의 꿈이 아니라 아시아 모두, 나아가서는 전 인류와 함께 꾸는 꿈이 되길 바랍니다."

이처럼 중국과 한국의 수직 관계를 강조한 文의 연설과는 달리, 박 대통령의 연설문은 대등한 한중 관계를 기본으로 하고 있다. 다음은 평소 자신들이 가진 정치소신을 바탕으로 한 외교관의 비교이다.

5. 朴 : "제가 정치를 하면서 가장 중요하게 생각해온 것이 국민의 신뢰인데, 저는 외교 역시 '신뢰외교'를 기조로 삼고 있습니다. (중략) 국가 간의 관계도 국민들 간의 신뢰와 지도자들 간의 신뢰가 두터워진다면 더욱 긴밀해질 것입니다."

文 : "저는 '소통과 이해'를 국정 운영의 출발점으로 삼고 있으며, 이는 나라와 나라 사이의 관계에서도 마찬가지라고 생각합니다. 두 나라가 모든 분야에서 마음을 열고 서로의 생각과 목소리에 귀를 기울일 때, 진정성 있는 '전략적 소통'이 가능할 것입니다."

손가락 아파서 '진정성'있는 소통과 '전략적 소통'이 동시에 가능한 것인가, 하는 의문에 대한 추설은 관두기로 한다. 그래도 하나만 더 예를 들겠다.

6. 朴 대통령은 "동북아에 진정한 평화와 협력을 가져오려면 무엇보다 시급한 과제가 '새로운 한반도'를 만드는 것"이라고 세계 속에서 위치하는 우리나라의 중요성을 강조하며, "한반도에 평화가 정착되고, 남북한 구성원이 자유롭게 왕래할 수 있게 된다면 동북 3성 개발을 비롯해서 중국의 번영에도 도움이 될 것"이며, "여러분의 삶에도 보다

역동적이고 많은 성공 기회를 제공할 것"이라고 주문하고 있다. 이는 중국이 우리와 함께하면 그들에게도 우리가 도움을 주겠다고, 그렇게 되면 당신네 살림도 좀 펴질 거라며 당당하게 제안하고 있을 뿐 아니라, 중국이 이에 협조하면 우리가 그들을 품어주겠다는 대담한 포용의 뜻까지 담고 있는 것이다.

> 文 : "양국이 함께 열어나갈 새로운 25년도 많은 이들의 노력과 열정을 필요로 합니다. 여기 있는 여러분이 바로 그 주인공이 될 것입니다. (중략) 미지의 길을 개척하는 여러분의 도전정신이 중국과 한국의 '새로운 시대'를 앞당길 것이라 믿습니다."

그러나 文의 연설은 마지막까지 샅샅이 뒤져보아도 새로운 시대의 주인공은 여전히 중국일 뿐이다. 우리는 그냥 그들을 우러르고 숭앙하는, 조연도 아닌, 다만 지나가는 엑스트라 정도? 대체 우리나라는 어디로 가고 있는 것일까. 가슴이 무너진다. 그래도 朴 대통령의 당시 연설 마무리가 지금의 당신 자신과 우리 애국 국민에게 들려주는 격려인 것 같아 끝으로 인용하며 다시 힘을 내본다.

> "인생의 어려운 시기를 헤쳐가면서 제가 깨우친 게 있다면, 인생이란 살고 가면 결국 한 줌의 흙이 되고, 100년을 살다가도 긴 역사의 흐름 속에서 보면 결국 한 점에 불과하다는 것이었습니다. 그러므로 바르고 진실되게 사는 것이 중요하다는 것입니다. 아무리 시련을 겪더라도 고난을 벗삼고 진실을 등대삼아 나아간다면, 결국 절망도 나를 단련시킨다는 것입니다. 여러분, 어떤 어려움이 있더라도 굴하지 말고 하루하루를 꿈으로 채워 가면서 더 큰 미래, 더 넓은 세계를 향해 용기 있게 나아가기 바랍니다."

2017년 12월 15일 금요일

사람이 먼저다. 나는 사람이다. 고로 내가 먼저다

: 나관중 〈삼국지〉

이 양반과 나는 어찌 이리도 맞는 구석이 하나도 없는지 모르겠다. 호불호(好不好)와 이견(異見)이 왈가왈부 붙겠지만, 극단적으로 말하자면 〈삼국지〉에서 내가 가장 싫어하는 인물이 유비다. 내가 좋아하는 오래 전 영웅은 일본에서는 노부나가이고, 삼국지에서는 조조다. 당연히 로마에서는 카이사르이고. 얼마나 많은 사람을 잔혹하게 죽였는가를 따진다면 내가 좀 이상한 사람이 되겠지만, 내가 갖는 그들에 대한 호의는 시대를 앞서가는 날카로운 통찰력과 직관, 정치적인 과단성과 추진력이다.

이런 성향이다 보니 당시 혈통 하나 그저 봐줄만 할 뿐 학식이 깊은 것도 아니고, 지혜가 뛰어난 것도 아니며, 판단력을 가진 것도 아닌데다 물에 물 탄 듯 술에 술 탄 듯, 약할 때는 이리 붙고 강할 때는 저리 붙는 기회주의적 유비의 성격은 아무리 이쁘게 봐주려 해도 도무지 내 비위에는 맞지 않는다. 그러니 장비나 관우 같은 명장이 있고 제갈량 같은 지장이 있었음에도 통일의 주역이 될 수 없었다는 게 그에 대한 내 편견의 결론이다.

더구나 조조의 공격을 피해 신야에서 피난갈 때, 꽤나 인간적인 듯 그려진 장면은 유비에 대한 작가의 지나친 편애에 기초한 허구다. 실제 역사적 사실을 찾아보면, 당시 유비는 백성과 부하들은 물론 처자식까지 나 몰라라, 내 목숨만 살려다오, 하며 발바닥에 불이 나게 제일 먼저 줄행랑쳤다.

> 文, "삼국지 유비 신야 피난, 제 정치철학과 통해"
>
> / 베이징 대 연설 중.

아마도 신야 피난을 예로 들어 자신과 닮았다고 말한 저 양반은 그 역사적 사실은 알지 못했던 것 같다. 그가 예로 든 장면을 긍정적으로 봐준다고 해도, 대체 신야 피난의 어느 부분이 그의 생각과 비슷하다는 것일까 궁금해서 기사를 읽어 보았다. 유비가 백성을 아끼는 마음이 '사람이 먼저다.'라는 자신의 정치철학과 같다는 문장에 눈이 멎었다. 저 조촐한 문구가 철학적 반열에 오를 수 있는지는 모르겠으나, 철학 이야기가 나왔으니 헤겔의 정반합(正反合) 논리를 살짝 빌려 어설프게 따진다면, '사람이 먼저다. 나는 사람이다. 고로 내가 먼저다.'라는 결론에 도달하게 되는 이치를 아시는지 궁금해진다. 이 논리를 들고 보니 지금까지 보여준 그의 모든 행보가 마침내 이해되는 것 같은 신통함은 무슨 조화인지 모르겠다.

2017년 12월 15일 금요일

적폐에 대한 삼고초려?
: 나관중 〈삼국지〉

우병우 구속, '삼고초려' 끝에… ?

나는 한자를 모른다. 그래도 삼고초려(三顧草廬)란 고사성어가 유비와 제갈량을 떠올리게 하고, 신분이나 학식이 높은 사람이 거절을 거듭 당하면서도 인재를 얻기 위해 초라한 집을 찾아가며 한껏 몸을 낮추는 노력을 가리키는 말이라는 정도는 눈치껏 안다. 글을 쓸 때 가급적 모르는 용어는 직접 쓰지 않고 아는 말로 풀어 쓰며, 굳이 아는 척하고 싶을 땐 먼저 뜻을 찾아보고 인용하는 센스 또한 갖추려 애를 쓴다.

전 민정수석에 대한 세 번의 영장발부 끝에 기어이 구속을 성사시켰다고 한다. 하버드대에 두 번 떨어지고 세 번째 붙으면 축하할 일이지만, 검사가 증거도 못 찾아서 두 번이나 기각당했다가 세 번째 겨우 겨우 구속시킨 일이 대단한 성취인 양 일부 사람들에게는 축제 분위기인 모양이다. 그래도 그렇지. 구속이 옳은지 그른지, 축제인지 재앙인지에 대한 판단은 차후로 밀쳐두더라도, 환영하는 이들의 입장에서 본다면 그토록 잡아들이고 싶어 했던 구속 대상자는 '처단해야 할 죄인'일 텐데, 그를 구속한 것과 삼고초려가 대체 무슨 관계인지 모르겠다. 검사가 구속 대상자를 잡아넣기 위해 몸을 낮추고 거듭거듭 구속되어 주십시오, 청했다고 해도 말이 안 되고, 검사가 판사를 세 차례 찾아가 구속을 종용하며 구워삶았다는 뜻이라고 해도 이해가 되지 않으며, 구속한 그들이 유비이고, 구속된 사람이 제갈량이라고 해도 앞뒤가 맞지 않는다. 아니면 그들이 구속시켜야 할 적폐들이 사실은 모두 다 인재라는 것을 고백한 것일까.

중국에서 우리나라 기자들이 왜 얻어맞고 다니는지는 모르겠으나 부상당한 기자에게 심심한 위로를 보내는 것과는 별도로, 이 기사의 제목(제목이 이 정도이니 내용은 볼 것도 없고, 이와 유사한 기사들 또한 비슷한 수준의 말잔치)을 읽자니 사실을 언어로 다루는 직업을 가진 사람이 이 정도의 언어 불감증을 가졌다는 것에 대해 내 자신이 민망해져서 차마 씁쓸한 실소를 금할 수가 없다.

사진이라도 캡처해 둘까 해서 다시 검색해 봤는데. '삼고초려'란 말이 엄청 멋있게 느껴졌는지 그새 같은 고사성어를 인용한 기사가 늘었다. 원래 있었는데 앞으로 배치한 것인지는 모르겠지만, 어이없어서 캡처 의욕도 사라졌다. 그냥 제목과 언론사 그대로 복사해서 추가한다.

우병우 구속, '삼고초려' 끝에…. 톱스타뉴스

15일 새벽 우병우 구속영장 발부… 檢 '삼고초려'에 法 인정. 한국
　　경제TV

우병우 구속…檢 '삼고초려'에 法 인정. 오늘 새벽 영장 발부. 뉴스
　　컬처

우병우, 삼고초려 끝 법정 구속. 일요신문

삼고초려 '우병우 구속'. MBN

검찰 '영장 삼고초려' 끝에 '법꾸라지'우병우 낚았다. 뉴스1

2017년 12월 15일 금요일

인생은 한 방!을 꿈꾸는 자의 종말
　: 푸시킨 〈스페이드의 여왕〉

- 저는 낭비하는 인간이 아닙니다. 저는 돈의 가치를 알고 있습니다. 마님이 가진 영혼의 죄를 저의 영혼이 떠맡아도 좋습니다.

한 인간의 행복이 마님의 손에 달린 것입니다. 그러니 (카드게임에서 이기는) 비결을 가르쳐 주십시오. 그렇게만 해 주신다면 저뿐만 아니라 저의 자식, 손자, 증손자들까지도 마님을 성모 마리아처럼 공경할 것입니다. / 푸시킨 〈스페이드의 여왕〉 중에서.

'삶이 그대를 속일지라도 슬퍼하거나 노여워 말라.'의 저자 푸시킨은 〈대위의 딸〉과 같은 장편을 쓴 소설가이기도 하다. 〈스페이드의 여왕〉은 그의 단편소설 중 하나다. 주인공 게르만은 친구들과 노름판에 자주 합석하지만 결코 패를 쥐지는 않는다. '여분의 돈을 바라서 꼭 필요한 돈을 버리는 따위의 짓'은 하지 않아야 한다고 늘 말하며 '절약, 중용, 근면'이 자신에게 행운을 가져다 줄 거라고 믿고 싶어 하는, 겉으로는 매우 건실해 보이는 청년이다. 그러나 그의 마음 깊은 곳에서는 친구들처럼 크게 한 판 놀고 싶은 욕망, 부(富)에 대한 갈망이 부글부글 끓어오르고 있었다.

그러던 어느 날, 친구의 할머니가 오래 전 도박 빚을 크게 진 적 있었으나 누군가에게 전수받은 비법으로 세 판을 내리 이겨 빚을 모두 갚았다는 이야기를 듣게 된 게르만은 자신도 그 비결만 알 수 있다면 인생을 역전시킬 수 있다는 환상에 빠진다. 급기야 그는 여든일곱 살 된 노파의 애인이 돼서라도 그 비밀을 알아내고야 말겠다고 다짐한다.

게르만은 노파의 양녀 리즈에게 접근, 자신이 그녀를 사랑하는 듯한 착각을 갖게 한 뒤 결국 노파의 방으로 숨어드는 데 성공한다. 연인과의 첫 밤을 기대하며 리즈가 설레고 있는 사이, 게르만은 노파 앞에 나타나 간청도 하고 협박도 하며 카드게임에서 이길 수 있는 방법을 알려달라고 조른다. 하지만 갑작스러운 청년의 등장에 너무 놀란 노파는 아무 말도 못하고 숨을 거두고, 뒤늦게 모든 상황을 이해한 리즈는 자신의 어리석음을 후회한다.

　노환으로 죽었으려니, 사인에 대해서는 아무도 관심을 갖지 않는 노파의 장례식이 끝난 뒤 게르만은 '후회는 하지 않았지만, 노파를 죽인 놈이라는 양심의 소리를 완전히 억눌러버릴 수는 없'을 만큼의 가책을 느낀다.

　그런 게르만의 꿈에 하루는 노파가 나타나서 마치 로또 번호를 알려주듯, 카드게임에서 이길 수 있는 비법을 알려준다. 설마 하던 게르만은 마침내 게임을 시작하고 거짓말처럼 이틀 내리 거금을 따게 된다. 그리고 마지막 세 번째 날, 전 재산을 걸고 노파가 가르쳐준 마지막 카드를 던진다. 그러나 어찌 된 일일까. 카드는 노파가 가르쳐준 스페이드가 아닌, 스페이드 여왕으로 변해 버리고 그는 모든 것을 잃고 만다.

　　- 그는 어떻게 해서 패를 잘못 뽑았는지 알 수 없었고, 또 자기 눈을 믿을 수도 없었다. 그 순간, 스페이드의 여왕이 눈을 가늘게 뜨고 싱긋 웃는 것같이 느껴졌다. "그 할멈이다!" 그는 공포에 싸여 소리를 질렀다.

　제 몫이 아닌 것을 넘치게 얻게 되면 당장은 좋다고 느낄지 모르나 제 그릇이 감당하지 못한다. 내 것이 아닌 남의 것을 힘으로 빼앗을 수는 있지만 얻은 것보다 더 큰 것을 잃게 마련인 게 세상의 법칙이다. 어떤 명분도 찾을 수 없는, 결코 씻을 수 없는 죄를 짓고 나면 세상이 다 잊고 용서를 해주었다 해도, 설사 자신마저 그 죄를 잊고 산다고 해도, 무의식 속의 양심이라는 것은 그 영혼을 하루하루 고사시키고야 마는 것, 그것이 인간이 다른 동물에 비해 측은하기도 하고 다른 한편

위대하기도 한 이유이다.

- (게임에서 모두를 잃은) 게르만은 꼼짝도 않고 서 있었다. 그가 탁
자에서 물러서자 소란한 웅성거림이 들끓었다. "멋있는 내기였
어!" 노름꾼들은 저마다 말했다. 그들은 다시 카드를 섞었고, 노
름은 여전히 계속되었다.

집안에서 아무것도 배운 바 없이 온갖 망나니짓을 하고 돌아다니
며 동네 사람들을 못살게 구는데도 식구들한테서는 둥개둥개 이쁨 받
던 아이가 남의 집에 가서 며칠 지내자면, 온갖 구박에 홀대를 받는 게
당연하다. 하물며 그 집구석이 평소 형님, 형님 하며 머리 조아리고 발
바닥 핥아주던 사이라면, 천덕꾸러기를 엄동설한에 찬물 바가지 뒤집
어 씌워 내쫓지 않는 게 오히려 이상한 일이겠다.

처음에는 감언과 이설로 속일 수 있고 진실을 감출 수 있는 것 같
아도, 얼마간은 모두 제 멋대로 제 뜻대로 만사형통 이루는 것 같아도,
세상은 그리 만만한 게 아니다. 한 사람이 속일 수 있는 한계점, 사람
들과 세상이 참아줄 수 있는 임계점을 넘게 되면 어느 한 순간, 성공처
럼 보였던 그의 모래성은 파도에 휩쓸려 물거품처럼 사라지고 만다.
그렇게 마침내 모든 것이 다시 제자리로 돌아왔을 때, 천하에 둘도 없
을 망나니의 승승장구를 부러워하기도 하고 분개하면서도 숨죽이고
있던 사람들은 저마다 참았던 긴 숨을 토해내며 "그래, 정말 멋진 한
판이었어!" 하고 외치는 것이다. 그러고 나면 망나니는 망나니의 죄를
받고 보통 사람들은 평범한 카드놀이 하듯, 다시 일상을 계속할 수 있
게 되리라.

인생은 한 방!을 믿었으나 결국은 정신병동에 갇혀 마지막 패가 뒤

바뀐 순간을 한없이 되씹게 된 게르만처럼, 천덕꾸러기 망나니가 자신이 지은 죄를 엄중한 벌로 받게 되면, 보통 사람들이 그의 억압에 눌려 수없이 읊어야만 했던 푸시킨의 시를 들려주어야 하려나. '세상이 그대를 속일지라도 슬퍼하거나 노여워 말라!' 하고 말이다.

2017년 12월 11일 월요일

산 사람들에게 폐가 되지는 말아야 하는데
: 셔우드 앤더슨 〈숲속의 죽음〉

셔우드 앤더슨의 〈숲속의 죽음〉이라는 단편소설은 행복이라고는 한 톨도 찾아볼 수 없는 생을 살았던 한 노파의 죽음을 그린다.

어린시절 노예처럼 부려졌던 농장 주인의 학대, 겨우 빠져나왔나 싶었으나 남편의 폭음과 폭력, 여기에 망나니 아들까지, 그리고 평생을 따라다닌 지긋지긋한 가난. 그러던 어느 날, 달걀을 팔아 약간의 절인 고기와 정육점 주인에게서 공짜로 얻은 간과 뼈를 짊어지고 돌아오던 노파는 하얗게 쌓인 눈 속에 앉아 잠시 쉬다가 그만 잠이 들게 되고, 그렇게 조용히 한 많은 삶을 마치게 된다.

그녀를 졸졸 따라왔던 몇 마리의 비쩍 마른 개들이 달빛 비치던 그 밤 우우우, 늑대처럼 울고 빙글빙글 춤추며 그녀에게 다가온 죽음을 축복해준다. 그렇게 노파가 등에 지고 있던 자루를 뒤져 배를 채우려던 개들이 그녀의 몸을 끌고 당기고 하느라, 시신이 발견되었을 때에는 옷이 모두 찢겨진 채였다.

- 달빛 속에서 조용히 얼어붙어 누워 있는 노파의 모습은 늙어 보이지 않았다. 누군가가 그녀의 몸을 눈 속에서 바로 젖혔을 때 나는 모든 것을 보았다. 내 몸은 알 수 없는 어떤 신비스런 느낌으로 떨렸다. 추위 때문에 그랬는지도 모를 일이었다. (중략) 노파의 몸을 마치 대리석처럼 그렇게 희고 아름다워 보이게 만든 것은 언 몸에 달라붙은 눈 탓이었는지도 모른다. 대장간 주인이 옷을 벗어 노파의 몸 위에 덮어씌웠다. 그러고는 노파를 팔에 안고 읍내를 향해 걷기 시작했다.

／ 셔우드 앤더슨 〈숲속의 죽음〉 중에서.

몇 해 전 이 소설을 읽고 나서 쓴 나의 독후감은 '죽음이 위안이 되는 生이란 늘 있는 법'이라는 단 한 줄이었다. 그러나 이 짧은 느낌은 너무 강렬해서 마음 깊이 남아 있었고 〈트러스트미〉를 쓸 때 새의 죽음을 통해 내 목소리로 녹여낼 수 있었다. 그 문장은 이렇게 이어진다.

- 검은 비둘기는 살기 위해 더 이상 쓰레기통을 뒤지지 않아도 될 것이다. 더 이상 새우깡 하나를 놓고 동족과 피터지게 싸우지 않을 것이다. 눈보라 치는 밤, 가슴에 부리를 묻고 밤을 지새우지 않아도 될 것이며, 더 높이 날기 위해 힘들게 꿈꾸지 않아도 될 것이다. 인간과 동물의 차별 없이, 어떤 죽음 앞에서는 차라리 '잘' 죽은 거야, 라고 말하고 싶은 때가 있는 법이니까. 그래도 슬프지 않은 건 아니었다. 삶이 죽음보다 낫다는 증거가 없는 것처럼, 삶보다 나은 죽음이 가능한가에 대한 확신은 없었다.

／ 김규나 〈트러스트미〉 중에서.

"독거노인 살아 있나 안부전화 했다." 초등학교 동창 녀석 하나가 전화를 걸어오면 가끔 하는 말이다. 어느새 그런 말도 서운하지 않을 때인지 "그래, 아직 살아 있다, 확인해줘서 고맙다."고 나도 웃으며 대답한다. 그러나 가끔은 나도 누군가의 쓸쓸한 죽음에 관한 기사를 접할 때면 일본 영화 〈고독사〉에서 죽은 지 한 달 된 노인의 유품을 정리하던 업체 직원들의 대화를 떠올리며 생의 마지막 장면에 대해 고민하게 된다.

> ─ "(침대 밑으로 흘러내린 얼룩을 가리키며) 한 달이라고 했으니까, 체액이 흘러서 밑에도 이런 식이지. (창가 턱에 죽어 있는 파리들을 보는 청년의 시선을 알아보고) 파리가 엄청나지? 이런 밀실이라도 일주일 정도면 구더기가 끓어. 그런데 이 방에 갇힌 채로 있으니 벌레도 갈 곳이 없지. 그래서 이렇게 밝은 곳에 모여 죽는 거야."
>
> / 영화 〈고독사〉 중에서.

죽은 지 한참 뒤 발견되었다는 고독사 관련 기사를 읽게 되면 그 상태가 참 심란하겠구나, 싶은 생각이 먼저 든다. 망자의 외로움을 헤아리지 못해서가 아니다. 다만, 혼자라는 고독과 외로움이야 내게는 익숙한 것이니 새삼스러울 것도 없기는 하지만, 누군가에게 연락할 사이도 없었다면 죽음에 따른 두려움이나 고통조차 느낄 틈이 없지 않았을까 하는 생각이 오히려 나를 안심시키기 때문이다. 죽으면 뭘 알까 싶기도 하지만, 설사 안다고 해도 내 외로움과 고통은 살았든 죽었든 내가 스스로 감당해야 할 몫일 뿐, 다만 산 사람에게 폐가 되는 일이 미안한 것이다. 산 사람은 또한 그러한 망자의 마음이 쓸쓸하나 위로할 길이 없어 더욱 안타깝고 쓸쓸해지는 것일 테지만.

어느 중년 여배우의 쓸쓸한 죽음에 관한 소식을 접하고 생각이 많아진 오전이다.

2017년 12월 10일 일요일

대한민국, 네버 엔딩 스토리
: 프레드릭 포사이드 〈아일랜드에는 뱀이 없다〉

프레드릭 포사이드의 단편소설 〈아일랜드에는 뱀이 없다〉는 의대 졸업을 위해 학비가 필요한 인도인 유학생 람 랄이 목돈을 벌기 위해 철거작업 막노동을 하게 되는 데서 사건이 시작된다.

작업반장은 람 랄이 유색인인데다 힌두교도라는 것을 꼬투리 삼아 힘들고 위험한 일들을 시키며 그를 한계로 몰아붙인다.

> – 우리 조상은 왕족, 전사 계급이었소. 지금 나는 의대 학비도 못낼 형편이지만, 당신들 조상이 짐승 가죽옷을 입고 네 발로 기어 다닐 때 우리 조상들은 군인이었고 왕자였고 통치자였고 학자였소. 더 이상 나를 모욕하지 마시기 바랍니다.
> / 프레드릭 포사이드 〈아일랜드에는 뱀이 없다〉 중에서.

람 랄은 자존심을 지키려 하지만 반장은 그래서 뭘 어쩌라는 거냐며 주먹질까지 한다. 조상과 자신이 모욕당한 데 대한 분함을 이기지 못한 람 랄은 복수를 다짐하고 정의와 힘의 여신인 샤크티에게 기도한 뒤 고향으로 돌아가 작은 뱀 한 마리를 구해 돌아온다. 물리면 몇 시간 안에 죽음에 이르게 될 만큼 독이 치명적인데다 상처도 남지 않아서 부검을 하더라도 뇌출혈로 판명이 된다는 독사. (CSI는 다 밝혀내겠지만 오래 전 작품이니 너그럽게 패스) 람 랄은 반장의 작업복 주머니에 뱀을 몰래 넣어두고 습관대로 담배를 꺼내기 위해 집어넣은 그의 손을 뱀이 꽉, 물어주기만을 가슴 졸이며 지켜본다. 반장이 놀라 손을 빼면 달려가 뱀을 떼어내고 발로 밟아 죽인 다음 강물 속으로 던져 증거까지 인멸해버릴 심산이었다. 람 랄의 복수는 계획한 대로 무난히 성공하게 될까. 아니면 그래도 살인이니까 신이 그의 기도를 들어줄 리 없는 것일까.

주머니에 작은 구멍이 나서 옷자락 속으로 미끄러진 뱀은 작업반장의 집으로 가게 되고, 가족들이 위험할 수도 있는 상황을 무사히 넘기지만 기어이 반장의 눈에 띄게 된다. 작업반장은 문득 람 랄을 놀려줄 생각으로 두꺼운 장갑을 끼고 뱀을 유리병에 넣어 작업장에 가져가게 된다. 그리고 점심시간, 람 랄은 자신의 도시락 안에 돌아와 있는 뱀을 보고 놀라 소리친다. "독사에요. 다들 물러나요. 물리면 죽어요." 도시락은 풀숲으로 내동댕이쳐지고 동료들은 호들갑을 떠는 것처럼 보이는 그를 보며 배꼽 빠지게 웃는다. 작업반장이 비웃으며 말한다. "이 무식한 검둥아. 아일랜드에는 뱀이 없단 것도 모르냐?" 그러나 그날 오후, 풀숲에 잠깐 앉아 쉬고 있던 작업반장의 팔목이 부어오르게 되고 헐떡이며 숨을 쉬지 못하는 그를 응급실로 급히 옮기지만 사망하고 만다. 사인은 뇌출혈.

람 랄의 계획과 다르게 시차를 두고 아슬아슬하게 복수를 실현시켜가는 능력만으로도 작가의 재능이 뛰어나다는 것에 탄복하게 되는 것이 사실이지만, 만약 이야기가 여기에서 끝났다면 94년도에 사 놓은 이 단편 미스터리 선집을 자주 꺼내보지는 않았을 것이다. 작가는 이 짧은 이야기 속에서 한 번 더 세계를 확장시켜 놓는다.

> – "이제 너는 죽어줘야 해. 계획대로라면 내가 너를 죽여 버렸을
> 텐데. 들리니, 독사야? 너는 외롭게 살다가 죽을 거야. 짝지을 암
> 컷도 없이, 아일랜드에는 뱀이 없거든."(중략) 그러나 그 순간,
> 뱀은 자연이 명한 일에 몰두하느라 람 랄에게 대꾸할 여유가 없
> 었다. (중략) 모래 밑의 독사는 열두 마리의 새끼를 세상에 내보
> 내는 중이었다.

처음에 읽을 때는 소름이 끼쳤던 것 같다. 그러나 몇 번이나 읽으
면서 작가는 이러한 결말을 통해 복수 그 이상의 무엇을 이야기하고
싶었던 것일까 궁금해졌다. 과연 신은 우연이라도 람 랄의 기도를 들
어준 것일까, 궁금해지는 것이다. 혹 인도를 떠나 다른 세상에서 원정
출산을 하여 후손들을 키우고 싶어 했던 독사의 기도를 들어준 것은
아니었을까. 또는 람 랄의 복수를 빙자해서 아일랜드에도 뱀을 좀 풀
어놓고 싶어진 신의 은밀한 계획이 실현된 것은 아닐까.

기도와 소망과 희망은 우리가 바라는 대로 성취되지 않는다. 간절
히 원하고 바라는 일일수록 멀리 돌고 돌아서 예상하지 못했던 시간
에 예기치 못한 방식으로 해결되는 게 대부분이다. 그 거리가 아주 가
까우면 우리는 그 결과를 노력의 보답이나 성취라 부르고, 거리가 너
무 멀면 기적이라 부르기도 한다. 그리고 더 신기한 것은 그 성취나 해
결이 어떤 일의 마침표가 아니라 또 다른 새로운 문제, 또 다른 소망과
세계의 시작점이 되곤 한다는 것이다. 그렇게 삶과 생명과 세상은 끝
없이 이어져간다. 말 그대로 네버 엔딩 스토리.

세상에는 정말 인간의 계획 그 너머의 무엇이 있는 것일까. 운명이

든 팔자든, 자연이나 우주 또는 신의 섭리가 우리의 기도 끝 어디쯤에 분명 있는 것일지도 모른다. 발등에 떨어진 불똥에 놀라 허둥거릴 때 연륜과 지혜가 있는 분들이, 그것도 지나면 별거 아니라고, 될 일이라면 되고 안 될 일이라면 안 되는 것이라고, 또 설사 이루어지지 않는다고 해도 그것이 세상의 끝이 아니라 전혀 새로운 시작이라고, 그러니 마음 끓이지 말라고 다독이는 이유일 것이다. 다만 우리가 할 수 있는 것은 욕심 내지 말고, 화내지 말고, 지혜롭고 즐겁게 오늘을 열심히 살며 기도하고 소망하면 될 뿐이라고.

공정하거나 진실하지 않았을지도 모를 역사와 동전의 양면처럼 장단점을 가진 현대문명 그리고 당장 눈앞에 펼쳐진 악의나 불의조차 분명 선의로 향한 길의 한 과정이라고 나는 믿는다. 인간에게는 뱀이 해로운 것일지언정 뱀 그 자체의 생명에게는 유익한 결말이니까. 또한 그것이 끝이 아니라 뱀이 있음으로 해서 또 다른 무언가가 사라지고 생겨나고 그것이 또다시 인간에게 어떤 이익이 될지도 모를 테니까. 이해할 수 없는 과정과 알 수 없는 어떤 결말일지라도 궁극적으로는 올바른 진화의 과정일 뿐이었음을 깨닫게 되는 순간, 영화나 소설에서 말하는 속 시원한 반전, 우리의 상상을 넘어서는 세상의 진실된 결말에 이르게 될 거라는 믿음. 그런 희망으로 버티는 2017년 겨울이다.

누군가는 '대한민국에는 ○○이 없다.'고 외치고 싶겠지만, 대한민국에는 ○○이 있을지도 모른다. 물론 뱀보다는 근사한 것, 그것이 있은 후 지금까지와는 비교할 수 없는 어려움이 닥친다 해도, 새로운 출발과 새로운 세상을 위해 일단은 우리가 눈 빠지게 기다리는 선물을 이번 크리스마스에는 기대하고 싶다.

2017년 12월 7일 목요일

당신은 잠들어 있는가, 깨어 있는가?
: 영화 〈당신이 잠든 사이에〉

 - 난 피터와 결혼하고 싶었지만 결국 잭과 결혼했다. 아버지 말씀
 이 백 번 옳았다. 인생은 절대로 계획대로 되는 게 아니다. 피터
 는 언제 잭을 사랑하게 됐냐고 물었다. 나는 그에게 이렇게 대답
 해주었다. "당신이 잠든 사이에."

/ 영화 〈당신이 잠든 사이에〉 중에서.

꼭 크리스마스 시즌이 아니어도 긴장이 지속되거나 세상이 내 맘 같지 않다고 느껴질 때, 그래서 딱딱해진 마음을 좀 풀어주고 싶을 때 찾아보는 영화가 몇 편 있는데 〈당신이 잠든 사이에〉도 그 중 하나다. 사실 개인적으로는 자기 성취를 치열하게 추구하지 않는 사람이 주인 공으로 나오는 영화나 소설을 좋아하지 않는다. 그러나 동화 속 착한 마법사들처럼 등장인물들이 다 선한데다 가벼운 신데렐라 이야기에 가깝기까지 한 이 영화가 그래도 나는 좋다. 그 모든 게 너무 과하지 않고 너무 모자라지 않아서 '사랑스러운 삶의 판타지'라고 수긍할 수 있을 정도의 긍정과 희망을 담고 있기 때문이다.

가족도 없이 외롭게 살아가는 지하철 토큰 판매원 루시에게는 한 가지 꿈이 있다. 매일 아침 토큰을 사 가지만 이야기도 눈빛도 나눠본 적이 없는 한 미남 승객과 사랑에 빠져 결혼하는 것이다. 그러던 어느

날 그 남자가 선로에 떨어져 정신을 잃는 사고가 발생하고 그 순간 진
입하는 급행열차. 루시가 뛰어내려 그의 생명을 구하는데, 병원으로
뛰어온 가족들은 루시가 아직 정신이 들지 않은 피터의 약혼녀인 줄
오해하게 된다. 변명할 기회를 놓쳐버린 루시는 크리스마스 파티에도
초대 받게 되면서 가족의 온기와 사랑을 느낀다. 형이 좋아할 타입이
절대 아니라는 단정 하에 모든 상황을 의심하는 건 피터의 동생 잭. 그
러나 잭과 루시가 이런 저런 상황을 함께 하게 되면서 이야기를 나누
는 사이, 두 사람 사이에는 뜻밖에도 서로에 대한 호감이 쌓여간다.

사실 이 영화의 매력은 기이하게도 〈당신이 잠든 사이에〉라는 제
목 그 자체다. 우리가 꿈꾸는 것도 그런 것이 아닌가. 하룻밤의 매직,
내가 잠든 사이 골치 아팠던 일들이 해결되고 염원하던 일이 이루어
져 있는 것. 어느 날 갑자기 꿈에서 깨어나 보니 누군가 마법의 지팡이
를 휘두른 듯 나쁜 사람들은 사라지고 온통 착한 사람들로 가득 채워
진 세상에 내가 살아 있음을 발견하게 되는 것, 나쁜 사람들은 벌을 받
고 착한 사람들은 복을 받는 해피엔딩, 아니 세상의 해피 스타트. 마치
자고 일어나니 온 세상이 하얗게 변해버린 화이트 크리스마스의 아침
처럼, 밤새 다녀간 산타 할아버지가 머리맡에 두고 간 선물처럼.
인생은 어느 한 사람의 계획대로 이루어지지 않는다. 한 순간의 마
법 또한 존재하지 않는다. 남들 눈에는 우아하게만 보이지만 수면 밑
에서 아주 열심히 헤엄치는 백조의 두 발처럼, 누군가 세상에 대해 눈
을 감고 잠을 자면서 제 멋대로 꿈을 꾸는 사이, 깨어 있는 사람들이
매일매일 만나고 대화하고 계획하며 서로를 발견해가는 노력 속에서
상황이, 세상이, 천천히 바뀌어가는 것이다. 그것이 잠들었던 사람에
게는 한 순간의 매직처럼 보일 뿐이다. 어느 누군가에게는 한 찰나의

뒤집힌 세상, 날벼락이 되기도 하겠지만.

당신이 잠든 사이, 깨어 있는 사람들이 세상을 바꾼다. 그 어느 때보다 마음 졸이며, 혹은 가슴 설레며 2017년 12월, 또다시 맞이한 새로운 아침. 우리는 지금 서로에게, 스스로에게 물어야 한다. 당신은 잠들어 있는가, 깨어 있는가. 아니 나는 잠들어 있는가, 깨어 있는가.

2017년 12월 6일 수요일

기나긴 겨울, 그래도 견뎌 주십시오!

습관이란 참 신기하다. 토토는 늘 정확히 시간밥을 먹었는데 새벽 다섯 시 반, 저녁 다섯 시 반이었다. 내가 정한 게 아니라 그 녀석이 정한 거였다.

토토를 처음 만났을 때는 그래도 젊을 때여서 잠이 많던 시절이었기 때문에 내게는 여간 곤혹스러운 일이 아니었다. 내 몸 시계에 맞춰 보려고 이불 뒤집어쓰고 나 몰라라 해도 발로 툭툭 건드리며 밥 내놓으라고 낑낑거리면 이길 수가 없었다. 처음엔 짜증이 나다가도 녀석이 짓는 그 가여운 표정을 보면 웃음이 터져서 항복 선언을 하며 기어이 몸을 일으키곤 했다.

그래서 생각한 게 타이머였는데, 식기가 자동으로 열리면 자다가도 귀를 쫑긋 세우고는 침대에서 폴짝 뛰어 내려가 밥 먹고 물 먹고 쉬하고 응가하고, 저 혼자 아침 일과를 다 보고는 내 옆에 와서 다시 잠이 들었다. 녀석이 제 볼 일 보는 사이 잠들어 있을 때도 있긴 했지만, 대부분은 나도 잠이 깨서 종종종종 집안을 돌아다니며 토토가 하고 다니는 양을 눈 감고도 다 보았다. 그렇게 녀석과 사는 동안 나도 천천히 나이를 먹으며 잠이 줄었고, 토토의 모닝 콜 덕분에 〈트러스트미〉를 집중해서 쓰는 두 달, 새벽 다섯 시 반부터 밤 열두 시까지 규칙적인 작업을 해낼 수 있었다. 그리고 지금은 시간 밥 달라고 보채는 녀석이 없는데도 여지없이 다섯 시 반이 되면 눈이 떠진다.

겨울의 우리 집은 좀 춥다. 자동 온도조절을 해놓으면 가스비가 감당할 수 없이 많이 나오니까 거실하고 침실에 아침저녁 두 차례만 틀기 때문에 새벽의 실내 공기는 좀 싸늘하다. 어둠 속에서 숄을 어깨에 두르고 앉아 있으면 그냥, 그분이 생각난다. 얼마나 추울까. 웅크리고 계시는 건 아닐까. 몸을 웅크리면 장기들도 병이 나는 법인데 싶어 마음이 저리다.

강남에서 열린 〈트러스트미〉 사인회 날, 그분께 보낼 거라며 사인을 부탁한 분이 계셨다. "이분, 그분이죠?" 하고 명단을 짚으며 내가 물었고, 그분이 고개를 끄덕였을 때 나는 잠시 입술을 꼭 깨물었다가 큰 숨을 내쉬고는 '박근혜 대통령님. 사랑합니다. 견뎌주십시오.'라고 썼다. 또 한 권에는 '이재용 부회장님. 응원합니다. 견뎌주십시오.'라고 썼다. 너무 비장했던 탓인지 글씨도 유난히 마음에 들지 않았다. 날짜도 2015년이라고 쓰는 바람에 고쳐 써야 했다.(아. 바보.) 보내는 방법이 있을까 걱정했었는데, 결국 반송되어 왔다는 소식을 들었다. 페이스북의 내 프로필 사진이 바로 그 글을 쓰던 순간의 모습이다. 처음에는 저 사진 한 장만 받아봐서 몰랐는데 사진 찍은 지인이 그날 찍은 사진파일을 다 보내주어서 알았다. 2쇄가 나오면 꼭 보내드리자고(1쇄 때 생각 안 한 건 아니고 오타가 좀 있어서), 손 편지도 써서 같이 보내자고, 얼마 전 만났을 때 오베이북스 대표가 먼저 말을 해서 이쁘고 고마웠다. 또 몇몇 분들도 같은 바람을 갖고 있다는 걸 알았다. 마음이 있으면 길도 있을 거라고, 방법을 찾아보자고 했다. 출판사도 나도, 또한 책을 보내고 싶어 하는 몇몇 독자들도 〈트러스트미〉를 선전하기 위해서가 아니라 많은 분들이 지지하고 있음을 알릴 수 있었으면 하는 바람, 〈트러스트미〉 안에 담긴 의미가 작은 위로와 힘이 되길 바라는 마음이다. 길이 있으면 좋겠다. 할 수 있다면 새로 이쁘게 써서 꼭 보내드리고 싶다. '트러스트 미! 트러스트 유!' 이 말이 그분께도 전해져서 이 겨울, 조금 덜 춥게 해드릴 수 있었으면, 그런 희망을 오늘 아침, 깊이 품어본다.

2017년 12월 4일 월요일

낯선 시간과 낯선 장소에서 당신과 나를 발견하는 즐거움
: 영화 〈로맨틱 홀리데이〉

12월이 되면 다시 찾아보는 내 영화 목록들도 나긋나긋해져서 〈라스트 홀리데이〉〈로맨틱 홀리데이〉〈모든 것은 너를 만났기 때문〉(찾아보려면 '두근두근 도쿄'라는 이상한 제목을 기억해야 함)〈세렌디피티〉〈러브 어페어〉〈카사블랑카〉〈당신이 잠든 사이에〉들로 바뀐다. 이런 나만의 크리스마스 영화 리스트 순위는 그때그때 달라지지만 부동의 1위는 언제나 〈시애틀의 잠 못 이루는 밤〉이다. 하지만 12월 들어 처음 다시 찾아본 시즌 영화는 〈로맨틱 홀리데이〉. 카메론 디아즈, 케이트 윈슬릿, 주드 로, 잭 블랙을 보는 것만으로도 눈이 즐겁다. 더스틴 호프만의 깜짝 출연은 보너스. 두 싱글녀 영국의 케이트 윈슬릿(아이리스)과 LA의 카메론 디아즈(아만다)가 실연의 상처를 이겨보기 위해 낯선 환경을 원하게 되고 인터넷을 통해 서로 집을 바꿔 2주간 크리스마스 휴가를 보내기로 하면서 일어나는 상황을 그린다.

언젠가 통계를 본 적이 있는데, 사람들이 배우자를 만나는 범위는 자기 지역에서 불과 몇 킬로미터를 넘지 않는다고 한다. 소꿉친구, 학교 동창, 친척의 친척, 직장 동료, 선후배 친구……. 결국 좁은 지역, 좁은 지연 내에서 비슷비슷한 사람들이 만나 아옹다옹 사랑하고 싸우고 헤어지고 다시 만난다는 말이다. '나는 이런 사람'이라는 낙인에서 한 발짝도 벗어날 수 없다. 그러니 자신의 '영역'에서 적당한 인연을 찾지 못했다면 영화 속 그녀들처럼 전혀 모르는 곳으로, 전혀 모르는 사람들 속으로 멀리 떠나보는 것도 좋은 방법이다.

익숙하지 않은 공기를 마시면 일단 기분이 달라지고 의욕이 달라진다. 생글생글 호기심 넘치는 나로 바뀌면 귀가 달라지고 눈이 달라지고 생각이 달라진다. 그렇게 내가 바뀌면 익숙했던 환경과 사람들을 다른 시각으로 보게 되고, 그렇게 변화된 내 자신을 낯선 사람들은 아주 새로운 시각으로 봐주게 된다. 새로운 타인의 발견과 새로운 내 자신의 발견이 가능해지는 것이다. 비로소 새로운 관계, 새로운 세상의 문이 열리는 것. 그렇게 변화된 사람과 새롭게 발견된 사람들의 만남과 사랑, 그래서 '여행에서 만난 사람들이 잘 산다.'는 속설이 생겼는지도 모른다.

- 영화에는 주인공이 있고 조연이 있지. 당신은 분명 주인공 감이

야. 그런데 지금 꼭 조연처럼 행동하고 있잖아.

/ 영화 〈로맨틱 홀리데이〉 중에서.

누구나 인생의 주인공은 자기 자신이다. 대부분의 많은 사람들도 그 사실은 너무 잘 안다. 사춘기만 되도 내 인생은 나의 것이라며 부모의 간섭에서 벗어나려 하고, 선배나 상사 앞에서도 당당히 야근 못해요! 하고 선언할 줄도 안다. 그런데 유독 사랑 앞에서만은 상대를 주인공으로 놓고 스스로 조연 되기를 주저하지 않는다. 그리고 대부분의 사람들은 그런 사랑에 너무 익숙해져서 자신의 진정한 가치를 잊고 살아간다.

낯선 곳으로 떠나 적응하는 일은 절대적으로 용기를 필요로 하지만, 자신이 주인공이었음을 새롭게 깨닫는 계기를 맞이할 수도 있다. 진정한 주인이 되고 나의 가치를 알아주는 사람을 만나는 의미가 무엇인지 알고 싶다면, 무엇보다 크리스마스 시즌에 초콜릿처럼 달콤쌉쌀한 로맨틱 코미디의 판타지를 느껴보고 싶다면, 추천한다.

2017년 12월 2일 토요일
무엇이 인간을 인간답게 하는가?
: 드라마 〈인간의 증명〉

소설을 쓰기 전에 드라마를 2년여 공부했다. 그때 주로 교본으로 삼았던 시나리오와 문우들과 돌려본 녹화 테이프는 대부분 일본 영화와 일본 드라마였다. 〈나라야마 부시코〉나 〈라쇼몽〉 같은 고전 명작들은 물론, 〈하늘에서 내리는 일억 개의 별〉 〈백야행〉 〈화려한 일족〉 〈모래 그릇〉 〈러브 제너레이션〉 등등, 손꼽히는 드라마들은 그때 대부분 다 찾아보았다. 영화나 단편 드라마는 물론 연속 드라마도 10편에서 11편으로 시즌이 끝나기 때문에 군더더기가 적고 함축적이어서, 꼭 드라마 작가가 꿈이 아니더라도 스토리와 플롯을 공부하는 사람에게 일본 드라마는 필수 코스다. 모리무라 세이치의 소설을 원작으로 한 〈인간의 증명〉도 그때 본 작품이다. 설정이나 진행이 전후 가난과 혼란, 경제성장에 가려진 그림자를 강조한 원작과 원작에 충실했던 스핀 오프와는 차이가 있지만, 배우나 디테일한 면에서, 무엇보다 해석에 있어, 개인적으로는 드라마에 점수를 더 주고 싶다.

　– 쿄코 : 필사적으로 살아서 행복을 잡는다.

／ 드라마 〈인간의 증명〉 중에서.

　사회적으로 명망 높고 아름다운 쿄코는 타인의 눈으로 봐서는 부러울 게 하나도 없는 여자다. 그러나 속을 들여다보면 곪을 대로 곪아서 완벽해 보이는 남편과 자식마저 쇼윈도 가족일 뿐이다. 천사 같은 얼굴을 하고서도 자신의 행복에 방해가 되는 것이라면 무엇이든 해치워버린다는 다짐으로 평생을 지켜 왔던 쿄코에게 어느 날, 절대로 드러나선 안 되는 과거가 찾아온다. 그즈음 일어나는 살인과 납치 사건들, 얽히고설킨 사건들을 내면의 어둠이 깊은 무네스에 형사가 쫓아가고, 그에 의해 쿄코가 그토록 감추려 애썼던 과거의 진실이 하나씩 밝혀지게 된다. 그러나 모든 정황이 쿄코를 지목하는데도 물증은 없고 그녀 또한 절대 자백하지 않는다. 과연 쿄코는 진실을 인정하게 될까. 무엇이 쿄코를 진실 앞에 눈물 흘리게 할 수 있는 것일까.

　동물과 인간을 구별하는 조건들은 다양하다. 두 발 직립, 꼬리 없음, 생각하는 능력, 언어, 도구 사용 등등. 그러나 인간의 모습을 한 인간들 사이에서 인간과 인간 아님을 구분하는 것도 가능할까. 아니 그런 질문이 가능하긴 한 것일까. 인간이란 말은 아름다움과 고귀함만을 뜻하지는 않는다. 한자는 잘 모르지만 인간(人間)이란 단어의 조합은 좀 기이하다. 사람이란 글자(人) 다음에 틈새를 가리키는 글자(間)를 함께 쓰고 있으니 말이다. 엉뚱한 해석이 되겠지만, 인간이란 말 속에는 자신도 의식하지 못하는 결핍. 어떻게도 메울 수 없는 틈이 있다는 것처럼 보인다. 온전히 하나로 존재하되 결코 채울 수 없는 여백을 품고 있는 이중적인 존재, 그 사이를 무엇으로 채우려 애쓰느냐에 따라 그의 삶이 달라진다는 뜻일지도 모르겠다.

　 - 무네스에 형사 : 살아가기 위해선 과거와 냉정하게 마주해야 해요.

　톨스토이는 〈사람은 무엇으로 사는가?〉 라고 물었지만, 이 드라마는 인간을 인간답게 하는 것은 무엇인가? 라고 묻는다. 동물이 아닌 인간, 원숭이와 쉽게 구분되는 인간, 그런 인간이면 인간인 것이지 무슨 조건과 증명이 필요하다는 것일까. 이상한 질문이긴 하다. 인간은 인간이다. 혼자 있는 인간도 인간이고, 함께 있는 인간도 인간이다. 욕망하는 인간도 인간이고, 포기하는 인간도 인간이며, 거짓말하고 살인하는 인간도 인간이긴 하다. 하지만 밥과 돈과 권력이 아닌, 톨스토이에 따르면, 인간을 살아가게 하는 힘이 사랑인 것처럼, 이 드라마를 따라가다 보면, 인간을 인간이라고 증명하게 되는 것은 진실에 대한 인정과 존중이 아닐까 생각하게 된다. 진실을 외면할 때, 진실을 용기 있게 마주하고 인정하는 마음을 잃어버릴 때, 인간은 이미 인간이 아닌 것이라고 말하는 것이다. 과거가 아무리 추하고 흉하다고 해도, 앞으로 어떤 고통을 가져온다 해도, 현재 내가 마주한 진실을 받아들이고 과거의 허물과 미래의 고통조차 받아들이는 용기야말로 인간을 인간으로 증명하는 조건인 것이다.

　- 쿄코 : 나 자신을 지우고 싶었는지도 몰라요.

　가끔 사람들은 어떤 사람을 향해 "이 사람아, 그럼 못써." 할 때가 있고 "으이구 인간아." 하고 혀를 찰 때도 있다. 사람에게 사람이라고 하고 인간에게 인간이라고 하는데 그 어감은 많이 다르다. 어쩌면 동물과 구분되는 것은 인간이고, 인간이 성숙하여 사람이 되는 것이 아닐까. 그러니 이 사람아, 할 때는 그 사람에 대한 동물과 인간의 구분을 인지하고 있다는 것이다. 그러나 "저 인간은 왜 저 모양일까."라는 말이 튀어나올 때의 상황은 이미 그에 대한 인격적 존중과 인간적 가능성을 포기했다는 의미다. 인간이 인간에게 인간아, 하는 소리를 듣게 되었을 때는 이미 동물과 인간의 경계를 넘어섰다는 말이고 인간이 지녀야 할 조건을 실추했다는 의미인 것이다. 인간아, 소리를 듣는 인간에겐 자신의 존엄에 대한 자각이 없기 때문이다. 자기 진실에 대한 존중이 없는 것이다. 자신이 지켜야 할 진실이 없으므로 타인과 세상의 진실을 자각할 리 없고 그 책임을 질 리 없다. 오직 자기 욕망과 탐욕에만 집착하는 존재, 겉모양은 인간이되 이미 인간의 조건을 상실한 존재, 그런 인간 앞에서 우리는 "이 사람아." 하지 않고 "이 인간 아!" 하고 탄식하게 된다.

- 리코 기자 : 진실을 마주하는 데서 모든 게 시작되는 거잖아.

하지만 그들 또한 여전히 인간이긴 하다. 거짓말하는 인간, 진실을 외면하는 인간. 그리고 그런 그들을 감동시키고 진실을 마주보게 하는 힘은 역시 사랑이다. 결국 톨스토이의 말대로 사람을 살아가게 하는 힘이 사랑인 것처럼, 거짓의 옷을 벗고 진실을 마주하게 하는 힘 또한 사랑인지도 모르겠다. 얼음마귀 같던 쿄코가 기어이 울음을 터뜨리며 죄를 자백하게 한 것은, 그녀가 그토록 지우고 외면하려 했던 과거, 죽음 앞에서도 그녀를 염려하고 걱정했던 사랑의 힘이었으니까. 그렇게 눈물 흘리며 비로소 쿄코는 자신이 인간임을 증명한다.

진실을 마주하지 못하고 거짓을 일삼는 사람들의 얼굴을 가만 보면, 그래서 가엾고 측은해 보이는 것이 아닌지. 사랑 없이 살아가는 인간. 이미 사람 되기를 포기하고 인간의 조건을 실추한 인간. 어젯밤 되짚어 찾아본 드라마에서 쿄코의 눈물을 보며 든 생각이다. 아래 나스 계장의 대사는 보너스다.

나스 계장 (과장에게) : 저희가 무엇 때문에 경찰 일을 한다고 생각 하세요? 위험천만한데다 복무규정을 어겨서도 안 되고 위험수당 도 없으면서 월급도 적죠. 이런 일을 누가 좋아서 하겠습니까? 오로지 정의감과 사명감 때문입니다. 그래서 저흰 아무런 연고도 없는 타인을 위해 스스로를 내던질 수 있는 겁니다. 저흰 거기에 긍지를 갖고 있습니다. 그 긍지에 상처를 주는 명령을 저는 따를 수 없습니다.

나스 계장 : 요즘 사람들, 마음 같은 건 잃어버린 것일까.

2017년 12월 2일 토요일

진실을 감추고 힘들게 살래, 진실을 밝히고 힘들게 살래?
: 〈키다리 아저씨〉와 〈들장미 소녀 캔디〉

나도 거짓말을 한다. 모든 인간들이 그렇듯이 일상적으로 자주 할 테지만, 능숙하게 잘 하지는 못한다. 착하다거나 양심적이어서는 아니다. 거짓을 지키려면 거짓을 계속 더해 가야 하는데, 앞뒤 빈틈없이 맞출 만큼 머리가 좋지 않다는 걸 스스로 잘 알기 때문이다. 소설가가 거짓말을 못하는 게 말이 돼? 하고 묻겠지만, 허구와 거짓을 구분하지 못하는 건 따지지 않더라도, 소설을 쓸 때는 이리 저리 머리 굴리며 오랜 시간 퇴고(推敲)하고 짜 맞출 시간이 있는 것과 달리, 현실 속의 거짓말은 대부분 즉흥적이어야 한다는 게 거짓말을 두렵게 하는 원인이라고 변명할 수는 있을 것이다. 마음에 품은 색깔을 얼굴에 그대로 드러낼 만큼 속이 깊지 못한 때문이기도 하다. 소설의 허구를 요모조모 잘 짜 맞추었을 때는 마음이 뿌듯하고 스스로 대견한 반면, 거짓말을 하고 나면 내내 심장이 튀어나올 것처럼 두근두근 뛰고 얼굴로 열이 번져서 일단 몸이 견디지 못하는 것도 중요한 이유이다. 그래서 거짓말을 해야 할 때면 차라리 아무 말 하지 않는 편을 택한다. 하지만 그 또한 내 마음에 솔직한 것이 아니다 보니 감정에 대해서만큼은 차라리 발설해 버리는 게 속이 편하다. 그러나 좋은 걸 좋다 하고 싫은 걸 싫다 하면 주위 사람들이 불편해 하고 꺼려한다. 좋은 걸 싫다 하고 싫은 걸 좋다고 해도 마찬가지다. 이런 경험은 나뿐만이 아닐 것이다. 진실을 드러내는 사람에게도 거짓으로 진실을 감추는 사람에게도, 어찌됐건 세상살이는 만만치 않다.

〈제인 에어〉〈빨강머리 앤〉〈캔디 캔디〉〈키다리 아저씨〉의 주인공은 모두 고아 소녀다. 〈제인 에어〉나 〈빨강머리 앤〉은 그들이 고아인 것을 전제로 사회에 받아들여진 후의 이야기를 그려낸다. 둘 다 신데렐라처럼 신분 상승을 과장하는 이야기라고 보기도 어렵다. 반대로 〈키다리 아저씨〉와 문학작품은 아니지만 한때 만화책으로도 애니메이션 시리즈로도 돌풍을 일으켰던 〈들장미 소녀 캔디〉의 주인공들은 정체 모를 돈 많은 남자의 후원을 받아 고아 생활을 청산한다는 점, 덕분에 고급 교육 환경에서 어른으로 성장하게 된다는 면에서 유사한 설정을 갖고 있다. 가능성만 열어둔 캔디와 달리 결혼까지 이른다는 점에서는 〈키다리 아저씨〉가 하이틴 로맨스적인 면에서 한 수 위다.

다만 고아라는 과거에 대해서는 매우 대조적인 입장을 취하는데, 주디는 자신이 고아 출신임을 주변 사람들에게 철저히 숨기고 살아가는 반면, 캔디는 상류사회에서 받아야 하는 괄시에도 불구하고 고아라는 점을 부끄러워하지 않는다. 물론 애초에 숨길 수 없었기 때문에 필사적으로 이기고 가야만 했던 부분은 있다. 굳이 비교를 하자면, 고아인 점을 숨기고 살아가려는 점에서 주디는 캔디와 같은 고아원 출신 친구인 소심쟁이 앤과 더 닮았다. 내 경우 캔디를 먼저 접해서인지 캔디와 주디를 비교해보면 주디에게 불만스러운 점이 많다. 그러나 '만약 나라면?' 하고 대입해 보면 캔디처럼 내내 이리 까이고 저리 까이면서 나를 꿋꿋이 지켜가는 것과, 양심의 가책으로 남몰래 괴로워하면서도 남들과 똑같은 척 살아가다가 어느 순간 용기를 내어 진실을 밝히고 용서를 구하는 것, 둘 중 어느 쪽이 더 좋을지, 어느 쪽을 자신 있게 택할 수 있을지는 잘 모르겠다. 솔직히 말하면 나 역시 주디 쪽이고 싶지 않을까. 아니 이미 주디처럼 살고 있는 게 아닐까. 진실과 거짓의 대가는 언제나 스스로 감당해야 하고 그 결과는 늘 발 담그고 살아가는 세상과 깊은 관련을 맺기 때문이다.

키다리 아저씨는 몇 번이나 주디가 자신의 진실을 밝히고 당당해지길 원하지만, 그녀는 자신이 고아라는 사실을 숨김으로써 사랑하는 사람의 청혼을 거절하고 그를 죽음으로 몰아넣었다고 가슴 치며 후회하게 된 뒤에야 진실을 마주할 용기를 갖게 된다.

- 제가 태어난 이 미국은 링컨 대통령의 이상을 기초로 삼아 자유와 평등과 박애를 부르짖습니다. 정말 자유로울까요? 정말 평등할까요? 정말 박애란 것이 있을까요? 저는 어릴 때부터 이런 의문을 갖고 있었습니다. 그건 제 성장과정이 너무도 불행했기 때문입니다. 그런데 어떤 분이 제 그런 의문에 답해 주셨습니다. 그분은 이 졸업식장 어딘가에 계실 저의 후견인 아저씨입니다. 사실 저는 존 그리어 고아원에서 자랐습니다. 저는 뉴욕의 빈민가에 버려졌다고 합니다. 부모님은 물론 의지할 친척 하나 없이 자랐습니다. 그런 제가 이렇게 영광스러운 졸업을 하게 된 것은 언제나 부모님처럼 저를 돌보아주신 아저씨 덕분입니다. 그 따스

한 손길이 편견으로 가득한 세상에서 저를 구원하여 이렇게 길러주신 것입니다. 아저씨가 저에게 주신 것은 학비와 생활비뿐만이 아니라 한 사람의 인간으로 살아갈 수 있는 용기였던 겁니다. 저는 이제야 스스로 주눅들었던 마음에서 벗어나 이렇게 여러분에게 제 성장과정을 이야기할 수 있게 됐습니다. 이것이 제가 아저씨께 드릴 수 있는 최고의 감사 인사입니다. 조금 더 일찍 결심해야 했습니다. 자신이 고아란 사실을 감추어온 바람에 저는 그만 소중한 사람을 잃었습니다. 좀 더 일찍 깨달아야 했다고 깊이 후회합니다. 이런 저를 지금까지 따뜻이 보살펴주신 선생님들, 친구들……. 저는 이 학원에서 공부하면서 처음으로 자유와 평등과 박애가 이 나라에 존재한다는 걸 알았습니다.

/ 애니메이션 〈키다리 아저씨〉 중에서.

작가 진 웹스터가 살았던 당시, 공산주의가 지식인의 지향점처럼 여겨졌던 만큼, 자유 시장경제 사회의 넉넉함을 그려내면서도 공산주의인지 사회주의인지 모를 세계를 이상향으로 드러낸 원작보다 한결 유연하게 다듬어진 애니메이션에서 주디가 진실을 밝히는 부분이다. 지금의 시선으로야 원조교제의 원조처럼 보이기도 하고, 어찌 보면 신데렐라 콤플렉스와 하이틴로맨스의 대표처럼 보이는 면이 크지만, 이 부분에서만큼은 자유와 평등, 박애의 가치가 어디에 뿌리를 두고 있는지 생각하게 해준다.

우리는 진실을 마주하는 데 있어 다양한 핑계를 찾는다. 무엇보다 진실을 밝혔을 때 감당해야 하는 부담감이 어떻게든 거짓을 지켜가지 않으면 안 될 것처럼 종용한다. 그러나 진실을 택해도 거짓을 택해도 감당해야 할 무게는 같다. 이 지옥을 택할래? 저 지옥을 택할래? 언제나 양자택일 앞에서 내가 하는 말처럼, 당장 눈에 보이느냐 아니냐, 스스로 느끼느냐 느끼지 못하느냐의 차이일 뿐이다.

진실과 거짓은 개인의 선택이고 개인이 감당해야 할 몫이다. 국가가, 헌법이, 세계 정의가 내 선택을 돕거나 방해하는 게 아니라는 것이다. 오히려 정의니 평등이니 민주니 거창하게 외치지만, 진실이든 거짓이든 개인의 선택에 영향을 미치는 것은 당장 감당해야 하는 육체적 고통과 죽음에 대한 두려움, 돈과 명예, 권력에 대한 개인의 탐욕이 아닐까.

자유도 평등도 박애도 없다고 느꼈던 주디가 한 자산가의 배려 속에서 비로소 진정한 자유와 사랑을 깨닫게 되는 것처럼, 결국 그로 인해 자신의 정체성을 마주하고 진실을 고백할 용기를 얻은 것처럼, 자유와 평등과 박애는 헌법이 보장했다고 누릴 수 있는 것이 아니고, 훌륭한 정치가의 손에 달려 있는 것도 아니다. 자유와 사랑은 개인이 얼마나 용기 있게 진실과 마주하는가, 개인이 또 다른 개인을 얼마나 존중하고 배려하는가에 달려 있는 것이다.

지금 우리 주변에 공기처럼 떠도는 자유와 평등과 박애 또한 우리가 진실에 눈을 뜰 때, 진실을 바로 보고 말할 수 있는 용기를 가질 때 우리 것이 되는 것은 아닐까. 자유와 사랑을 내 놓으라고 떼를 쓸 게 아니라 우리가 깨닫고 되찾아야 하는 게 아닐까. 그럴 때 비로소 자유와 사랑을 누릴 자격이 우리에게 주어지는 것이고 행복하고 감사할 수 있는 세상이 되는 것이 아닐까.

대한민국의 시계는 거꾸로 간다

2017. 11. 24. ~ 11. 4.

인생에는 '다 됐다, 이만하면 됐다.'가 없다. 그 말을 하며 숨을 돌리는 순간 우리의 삶은 끝난다. 그것을 알기에 힘겹고 어찌해야 할지 몰라 발 동동 구르는 일들이 뻥뻥 터지는 오늘도 열심히 살아낼 수 있는 것이다. 내일 또 그만큼 허물어질 것을 알면서도 우리 발 앞에 쏟아져 내린 모래들을 열심히 퍼내는 것이다. 아이러니하게도 우리가 오늘을 살아가게 하는 힘은 우리를 좌절시키려고 끊임없이 쏟아져 내리는 모래일지도 모른다.

—2017년 11월 18일 토요일

2017년 11월 24일 금요일
소설, 어떻게 읽을 것인가?

　소설의 인물들은 극단에 치우친 사람들이다. 천 길 낭떠러지 끝에 선 사람들, 절벽과 절벽 사이 아슬아슬하게 매놓은 외줄을 걷는 사람들이다. 정상과 비정상을 나누는 것도, 그것을 양분할 기준을 두는 것도 나는 좋아하지 않지만, 세속의 눈으로 굳이 말한다면, 소설 속 주인공은 정상이 아닌, 지극히 비정상적인 마음을 가진 사람들이다. 감성의 안테나는 너무 예민하고, 감정의 그물은 너무 가늘고 촘촘하며, 세상을 바라보는 시각은 결핍이나 충동, 욕망으로 왜곡되어 있기 일쑤다. 그래야 인간과 삶의 일면을 극적으로 표상할 수 있기 때문이다.

　위인전이 아닌 다음에야 소설 속 인물들은 '본받기'에 적합치 않다는 말이다. 그러나 위인전의 영웅을 우러르게 되는 것과는 달리, 독자는 소설 속 인물들의 부족함과 어리석음, 그 뒤에 찾아오는 파멸이나 그로 인한 깨달음을 연민하고 사랑하게 된다. 그렇게 허구적 인물을 끌어안게 됨으로써 독자의 마음에는 인간과 삶을 바라보는 적절한 균형의 시각이 자라게 되고 조화가 피어나게 되는 것이다. 나는 그것이 좋은 소설이라고 생각하며 그것이 애써 시간 들여 독자가 소설을 읽는 이유라고 믿는다.

　고백하건대 그들은 작가를 닮았다. 그들을 창조한 작가 또한 치우친 사람들이라는 뜻이다. 그들은 자극과 고통에 첨예하게 반응한다. 누구보다 예민하고 불안하여 칼끝처럼 날카롭게 곤두 서 있다. 보통 사람들이 아무렇지 않게 맞이하는 잔잔한 물살에도 몸을 바르르 떨거나 사소한 스침에도 피를 뚝뚝 흘린다. 나직한 소리에도 고함인 듯 귀를 막으며 분개한다. 봄바람만 스쳐도 잠시 행복을 느끼기도 하지만 익숙하지 않은 행운이 불안해서 이내 골방으로 숨어버린다. 그렇다고 해서 비뚤어진 심성을 가진 것은 아니다. 내가 아픈 만큼 저이도 아프겠지, 내가 화나는 만큼 저 사람도 분노하겠지, 내가 기쁜 만큼 저들도 행복하고, 내가 알고 싶은 만큼 저네들도 진실을 원하겠지, 공감을 나누고 확장시키고 싶어 하는 사람들이다. 누구보다 인간과 삶을, 진실과 생명을 사랑하고 존중하는 사람들이다. 아니, 작가는 그런 사람들이어야 한다. 그래서 감히 비견하자면, 인간의 죄를 대신하여 십자가를 진 예수님이나 만 중생을 건지려 고행에 든 석가모니처럼, 작가의 고통은 더 아프고, 슬픔은 더 깊으며, 어둠과 고독은 더 지독히도 짙은 것일 수밖에 없다. 오직 진실을 밝히고자, 오직 밝음을 증명하고자, 오직 이 삶을 사랑하기 위해.

인간의 내면에는 분명 어둠이 있다. 그러나 어둠이란 빛의 그림자이다. 따라서 어둠이 있다는 것은 밝음이 존재한다는 역설이다. 소설가가 작품 속에 어둠을 그리는 이유는 작가가 인생의 밝음을 믿기 때문이며, 독자가 그 어둠을 통해 꼭꼭 숨겨진 밝음을 찾길 바라기 때문이다. 적어도 나는 좋은 소설가, 좋은 소설이란 그래야 한다고 믿는다.

따라서 좋은 소설을 읽고 나면 독자는, 그 작품이 아무리 짙은 어둠을 그렸다 해도, 소설 속 인물처럼 세상을 다만 원망하거나 끝내 자살하거나 살인하거나 파괴하지 않는다. 만약 그렇게 만드는 소설이 있다면, 독자는 소설을 잘못 읽은 것이다. 만약 그런 독자가 대부분이라면, 그 소설은 감히 말하건대 나쁜 소설이다. 소설 뿐 아니라 영화나 모든 예술이 그럴 것이다.

　언제부턴가 소설이나 영화 속 인물들을 평균적 인간으로 해석하고 그들이 끌어안고 있는 불안과 불만, 불균형을 불온한 세상이 만들어 낸 결과물로 이해하도록 강요당하고 있는 것은 아닐까 하는 의문이 든다. 소외되거나 분노하거나 절망하여 항복한 이들을 보호하고 위로하는 것만이 우리의 유일한 의무이며, 그들처럼 실은 우리 또한 피해자라고 설득당하기도 한다. 생명이 존재하는 시공(時空)이라면 언제나 있어왔던 고통과 갈등이 오직 현대인에게만 국한된 것이라고, 과거 원시시대나 고대나 중세, 근대에는 전혀 없던 새로운 고통인 듯 현재를 가해자로 규정하기도 한다. 그러나 누구도 가해자가 아니며 누구도 피해자가 아니다. 세상의 선과 악은, 행과 불행은, 진실과 거짓은 결국 나 자신의 선택일 뿐이다. 그래서 소설이 말해야 하는 것 또한 결국 개인으로의 회귀여야 한다. 그것이 내가 좋은 소설이라고 믿는 첫 번째 조건이다.

　인생은 선택이다. 이쪽도 저쪽도 모두 지옥일지라도 결국 내가 사는 세상은 내 선택의 결과다. 인생의 묘미란 고통과 환멸뿐인 지옥일지라도 내가 행복과 감사와 살아 있음의 소중함을 느끼는 것이다. 따라서 결국 어떤 마음을 가질 것인가, 슬픔의 지옥일지언정 어떤 기쁨을 발견할 것인가, 온통 불행뿐일지라도 어떤 행복을 찾아낼 것인가, 그것이 우리에게 삶이 주어진 이유가 아닐까. 전쟁 중에도 어디선가는 평화와 고요가 머물고, 환멸과 폐허뿐인 속에서도 사랑이 피어나는 이유, 죽음 속에서 생명이 태어나고, 배신과 음모가 가득한 세상일지라도 또 어디선가는 배려와 신뢰와 우정이 가능한 이유이다. 그것이 인간이 가진 고귀함이고 삶의 숭고함이며 생명의 위대함이라고 나는 믿는다.

최근 망국(亡國)의 조짐과 첫 장편소설 〈트러스트미〉 출간으로 아무래도 마음 중심이 흐트러질 수밖에 없던 터라 책도 읽지 못하고 차분한 일기조차 쓰지 못했다. 그런 날들이 이어지다보니 요 며칠 새벽에 눈을 뜨면 문득 내 자신이 허깨비처럼 느껴졌다. 그래서 집어든 것이 나쓰메 소세키의 〈마음〉이었는데, 마지막 장을 덮으며 〈트러스트미〉를 쓰는 내내 강무환에게서 밝음을, 긍정을, 사랑을, 희망을 독자들이 찾길 바라고 또 바랐던 기억이 났다. 그래서 모처럼 차분히 끄적여본 생각.

2017년 11월 18일 토요일

'이만하며 됐다'는 없다
: 아베 코보 〈모래의 여자〉

몇 년 전 선배 작가와 점심을 먹으며 새로운 발상과 작품의 깊이에 대해 이야기를 한 적 있다. 그는 오래 전 가까이 지내는 작가들과 함께한 술자리에서 자신의 작품이 재기(才氣)는 있는데 깊이가 없다는 평을 듣고 좌절했다고 한다. 그는 단호히 결심을 하고 '나는 오늘부터 깊어지기로 했다.'는 문장으로 시작하는 깊은 소설을 쓰겠다고 호언했다. 그러자 앞에 있던 소설가 W선생이 혀를 끌끌 차며 말했다.

"야 인마. 그게 아니지. 나는 오늘 삽을 한 자루 샀다, 이 정도는 돼야지."

선배의 이야기를 들은 다음부터 나 역시 깊이 있는 소설을 써야지

다짐할 때마다, 소설을 어떻게 시작해야 할까 고민할 때마다, 삽 한 자루가 떠오른다. 깊이든 높이든 따지기 전에 모든 영화의 첫 장면처럼 모든 소설의 첫 문장은 중요하다. 일본 작가 아베 코보의 소설 〈모래의 여자〉의 첫 문장은 이렇게 시작된다.

'8월 어느 날, 한 남자가 행방불명되었다.'

첫 문장이 궁금증을 확 불러온다. 이렇게 시작하는 〈모래의 여자〉는 소설 전체가 시(詩)라고 해도 과언이 아닐 정도로 삶에 대한 상징과 은유로 가득 차 있다. 살아 있는 곤충을 채집해 표본을 만드는 남자 니키 준페이의 실종, 그 남자가 갇히게 된 모래 구덩이, 그 속의 오두막 집, 그 안에 살고 있는 여자, 밥상에도 침상에도 여자의 몸에도 온통 모래알갱이들이 서걱거린다. 도망가려고 아무리 애를 써도 모래 언덕을 기어오를 수가 없다. 마치 시시포스(sisyphus)처럼 언제나 제자리다. 더구나 날마다 일정하게 쏟아지는 모래에 파묻혀 죽지 않으려면 매일매일 끝없이 모래를 퍼내야만 한다.

죽지 않을 만큼 음식과 물을 길어다 주는 마을 사람들이 있지만, 남자와 여자를 꺼내 줄 생각이 없다. 남자는 지긋지긋한 모래 구덩이에서 하루하루 살아내기 위해 안간힘을 쓰고 또 매일매일 탈출하기 위해 발버둥을 친다. 그런데 여자는 운명인 듯 받아들이고 모래함정에서 나갈 생각도 하지 않는다. 과연 남자는 모래 구덩이와 모래의 여자를 떠날 수 있을까. 모래가 주인공이라고 해도 지나치지 않을 이 작품은 1964년 테시가하라 히로시 감독의 영화로도 만들어졌다. 원작에 충실한 만큼 지루하게 보일 수도 있지만, 문장을 읽으며 상상하던 장면을 영상으로 잘 그려냈던 것으로 기억한다.

어제는 내가 좋아하는 두 선배를 만나 모처럼 많은 이야기를 나누었다. 그들 모두 자식들이 장성하여 이제는 한가로워도 될 나이지만, 대부분의 어머니들이 그렇듯, 한 분은 어린 손자를 보느라, 또 한 분은 연로하신 부모님을 챙기느라 젊은 날보다 더 분주한 날들을 보내고 있었다. 그분들이 살아가는 단면을 이야기하는 동안 나는 아베 코보의 소설 〈모래의 여자〉를 떠올렸다.

인생에는 '다 됐다, 이만하면 됐다.'가 없다. 그 말을 하며 숨을 돌리는 순간 우리의 삶은 끝난다. 그것을 알기에 힘겹고 어찌해야 할지 몰라 발 동동 구르는 일들이 뻥뻥 터지는 오늘도 열심히 살아낼 수 있는 것이다. 내일 또 그만큼 허물어질 것을 알면서도 우리 발 앞에 쏟아져 내린 모래들을 열심히 퍼내는 것이다. 아이러니하게도 우리가 오늘을 살아가게 하는 힘은 우리를 좌절시키려고 끊임없이 쏟아져 내리는 모래일지도 모른다. 자신 앞에 찾아온 힘겨움을 마다하지 않고 반기는 두 인생 선배들을 보면서, 또 〈모래의 여자〉를 생각하면서, 잠시 지쳤던 마음을 다시 불끈 일으켜 세울 수 있었던 하루였다.

오늘도 모래는 포기하지 않고 허물어지며 우리를 절망에 빠뜨리려 한다. 그러나 살아 있기 때문에 모래를 퍼 올릴 힘도 우리에게 있다. 포기하는 순간 패배임을 알기에, 오늘도 오늘 분의 모래를 치우러 삽을 든다.

2017년 11월 16일 목요일
11월의 은행나무와 붉은 장미

  산책을 마치고 아파트 단지에 들어섰는데 유난히 밝은 양지에 서
있는 은행나무 한 그루. 더 뽐내도 좋을 텐데, 초가을인 양 황금빛으로
빛나는 잎들을 후두두두두둑, 소나기처럼 미련 없이 쏟아냈다. 비둘기
도 까치도 보이지 않았고, 바람이 부는 것도 아니었다. 많은 잎을 서둘
러 떨어뜨린 나무들도, 겨울맞이에 게으른 나무들도, 아침잠에서 깨지
않은 듯 고요했다. 그런데 마치 은행을 털기 위해 누군가 발로 차기라
도 한 것처럼, 청설모라도 가지에서 가지로 뛰어다니는 양, 나무는 저
홀로 은행잎들을 털어내느라 여념이 없었다. 경비아저씨들은 흐르는
세월을 붙잡으려는 듯 낙엽을 쓸어 모으느라 분주하고, 주민들은 재활
용 쓰레기 분리해서 버리느라 소란한데, 나는 넋 나간 사람처럼 멀거
니 서서 나비처럼 날갯짓하는 노란 잎들을 하염없이 쳐다보았다. 발도
손도 시려서 걸음을 옮기다가도 무언가 뒤통수를 잡아끄는 것 같아
몇 번이나 뒤돌아서서 낙엽의 군무에서 눈을 쉽게 떼지 못했다. 어리
석게도 나는, 낙엽이란 바람이 떨어뜨리는 거라고 생각하며 살아왔다
는 걸 깨달았다. 그러나 삶과 죽음이란 수동(受動)이 아니라 능동(能
動)인 것을. 나무가 보내는 것이라 할 수도 없고 잎이 스스로 떠나는
것이라 할 수도 없는 순환의 한 페이지에 선 내가 마침내 돌아섰을 때
눈에 들어온 붉은 빛, 이웃한 아파트와 경계 지은 울타리 너머에 넝쿨
장미 한 송이 빨갛게 피어 얼어붙어 있음을 보았다. 그렇다. 누구도 틀
리지 않았다. 시작점과 끝점이 존재하지 않는 지하철 순환선 같은 반

복과 반복. 봄여름가을겨울, 세상이 애써 시절을 나누어 놓긴 했어도, 오고 가는 날, 떠나고 도착하는 날, 피고 지고 돌고 저무는 때란 자신에게 가장 알맞은 때일 뿐, 그것이 죽은 듯 만물이 잠든 겨울조차 생명이 충만한 이유이며, 살아 있을 때는 살아 있음에 감사해야 하는 이유이다. 또한 지옥에 살아도 천국을 꿈꿀 수 있고, 천국을 살아도 지옥을 경계해야 하는 까닭이 아닌가.

2017년 11월 15일 수요일
간첩 잡는 국정원, 왜 해체하려 할까?
: 영화 〈모스트 원티드 맨〉

〈여인의 향기〉에서 부잣집 아들 조지 월리스 주니어로 나왔을 때에는 필립 세이모어 호프만이라는 배우에 대해 알지 못했다. 그의 영화라면 무조건 믿고 보게 된 건 아마도 메릴 스트립과 팽팽한 연기 대결을 펼치던 〈다우트〉를 본 이후였던 것 같다. 50여 편이 넘는 작품을 다 볼 수는 없었지만 그의 대표작들, 〈악마가 너의 죽음을 알기 전에〉 〈마스터〉 〈매그놀리아〉 〈콜드마운틴〉 〈킹 메이커〉 〈마지막 4중주〉 〈머니볼〉 등을 보았고, 그의 작품과 연기를 신뢰했다. 그런데 얼마 전 그가 47세의 나이로 세상을 떠났다. 〈모스트 원티드 맨〉은 그가 생전에 완성한 마지막 작품이다.

한때 최고의 스파이였던 군터 바흐만은 현실적으로는 존재하지 않지만, 합법적으로 해결할 수 없는 문제들을 해결하기 위해 존재하는 독

일의 정보부 소속 비밀 조직의 수장이다. 911테러 이후 아랍인과 테러
에 대한 경계가 첨예한 함부르크. 테러 용의자 이사가 아버지의 유산을
찾아 밀입국하고, 인권변호사 애너벨(레이첼 맥아담스)이 그의 정착을
위해 돕는다. 세계 각국의 정보요원들이 이사를 체포하기 위해 함부르
크에 집결하는데 군터는 이사를 이용, 테러의 본거지를 소탕하길 원한
다. 정보원들 간의 이견과 청년 이사에 대한 인간적 이해가 갈등의 핵
심이다.

　총성도 없고 테러도 없고 폭력이나 고문이 없는데도 영화와 현실
을 혼동하며 그들 모두 참 힘들었겠다는 착각이 들만큼 영화는 시종
무겁고 고뇌에 가득 차 있다. 해피엔딩도 아니고, 단 한 순간의 연애도
없고, 영광이나 승리도 없다. 한쪽 눈만 뜨고 선과 악을 이분법적으로
판단하려 든다면 단순한 좌우 분리, 보수와 진보, 또는 도덕적 교훈을
남기는 영화일 수도 있다. 군터는 선, 협조하는 듯 보이던 세력은 악,
애너벨은 정의로운 인권변호사, 무슬림 청년 이사와 압둘라 박사는 테
러 용의선상에 선 억울한 피해자로 말이다. 그러나 엄밀하게 본다면
영화에서는 선과 악으로 규정지을 수 있는 아무런 증거도 제시하지
않는다. 무엇이 옳고 그른가가 아닌, 어느 쪽에 더 비중을 두는가, 어
느 쪽에 우선권을 두는가, 무엇을 믿느냐의 개인적 문제가 아닐까. 마
사와 군터의 대화에서 그러한 갈등의 양면을 모두 보여준다.

마사 : 우리도 그런 실수를 해요.
군터 : 뒤에 남겨진 상처들, 죽어간 사람들, 그들의 빈자리. 뭘 위해
　　서였을까요. 스스로한테 그런 질문 해봤어요? 우리가 왜 일을 하
　　는지.
마사 : 가끔 해요. 늘 같은 결론을 내리죠.

군터 : 그게 뭡니까.

마사 : 안전한 세상을 만들기 위해서라고요. 그거면 충분하지 않나
요.

군터를 중심으로 펼쳐 놓았지만 군터와 마사, 그 외 정보부 요원들,
그들 모두가 안전한 세상을 위한 사명과 신념, 인간적 연민 사이에서
끝없이 고뇌할 수밖에 없는 사람들이다. 영화 속에서 군터는 단 한 번
웃는다. 양날의 칼처럼, 세상이 존립하기 위해 존재해야 하고 누군가
는 해야 하는 일이지만 작두날 같은 위태로움 속에서 개인이 책임져
야 하는 고뇌의 한계는 어디까지일까, 생각해 보지만 답은 나오지 않
는다. 다만 문득 궁금하다. 어느 나라나 정보부는 있어야 하는데 왜 우
리나라의 어떤 세력은 그러한 조직을 해체하려 하는 것일까. 안전한
세상을 만들겠다는 사명감으로 적은 연봉과 실수와 상처를 개인적으
로 감당하는 것도 무릅쓰는 그들의 자긍심마저 왜 그토록 집요하게
빼앗으려 하는 것일까.

2017년 11월 4일 토요일

그들은 나빠지는 일을 장려하고 있다
: 나쓰메 소세키 〈도련님〉

― 난처하다고 굴복할 수는 없다. 정직하기 때문에 어떻게 해야 좋
을지 모르는 것이다. 이 세상에 정직한 것이 이기지 못하고 달리

이기는 것이 있는지 생각해 보라. 오늘 밤 안에 이기지 못하면 내일 이기면 된다. 내일 이기지 못하면 모레 이기면 된다. 모레도 이기지 못하면 하숙집에서 도시락을 가져오게 해서 이길 때까지 이곳에서 버틸 것이다.　　　／ 나쓰메 소세키 〈도련님〉 중에서.

세상이 온통 비뚤어졌다면 어떻게 해야 할까. 나도 같이 비뚤어져야 할까. 죽는 한이 있어도 비뚤어진 세상과 맞서 피 터지게 싸워야 하는 것일까. 아니면 비뚤어진 세상에 함몰되지 않도록 꼿꼿이 나 자신을 지켜내야 하는 것일까.

우리나라 만원 지폐에 세종대왕이 있는 것처럼, 일본의 천 엔 지폐에는 소설가 나쓰메 소세키의 얼굴이 새겨져 있다. 일본 국민들에게 체감되는 그의 위상이 어느 정도인지 짐작할 수 있는 대목이다. 이름은 낯설지라도 〈나는 고양이로소이다〉라는 작품 제목만큼은 우리나라 독자들에게도 친근하게 느껴지리라 짐작된다. 〈도련님〉은 그런 나쓰메 소세키가 서른아홉 살에 발표한 비교적 짧은 소설이다.

소설의 주인공 도련님은 부모조차 "네 놈은 틀려먹었다."라며 포기하고 미워했을 정도로 천하에 둘도 없을 개구쟁이였다. 그런데 어렸을 때부터 그를 길러주었던 하녀, 키요 만큼은 언제나 "도련님은 올곧고 고운 성품을 지녔어요."라고 칭찬해 준다. 입에 발린 말 하지 말라고 도련님이 화를 내면 '그러니 고운 성품'인 거라며 오히려 기뻐하기도 했다. 도련님이 소설 속에서 불의에 머리 숙이지 않고 자신의 뜻을 지켜갈 수 있는 힘은 그의 심성에 대한 키요의 무한한 신뢰에서 나온다. 세상이 모두 나쁜 놈이라고 손가락질해도 단 한 사람 철석같이 그의 진심을 알아주는 사람이 있다면 그는 절대 비뚤어지지 않는다. 아

니, 결코 비뚤어질 수 없다. 지금 이 나라를 이토록 어지럽히는 사람들
에게는 어쩌면 가엾게도 그런 소중한 단 한 사람이 없었을 거라고, 나
는 생각한다.

부모가 모두 죽자 형은 유산을 몽땅 챙기고는 선심 쓰듯 약간의 돈
만을 던져주고 떠난다. 어차피 형에게 신세 질 생각도 없던 도련님은
그 돈으로 3년간 학교에 다니며 공부한 뒤 바닷가 촌구석에 있는 중학
교의 수학 교사가 된다. 어디나 그럴 테지만, 수평조직이라고 알려진
학교 사회 또한 비열하고 치사하고 약육강식이 횡횡하는, 아니 권력의
횡포와 비굴함이 가장 극명하게 드러나는 사회의 축소판이다. 〈도련
님〉이라는 소설은 바로 그런 학교 사회에서 학생과 교사, 교사와 교사
간에 일어나는 작은 사건들을 그리고 있다.

권위 있는 체하지만 실권은 교감에게 모두 빼앗긴 허수아비 교장
너구리, 제국대학을 졸업한 문학사라는 자만심을 드러내며 온갖 모사
와 계략을 동원, 실제 권력을 장악하고 있는 교감 빨간 셔츠, 교감의
말이라면 무조건 옳다, 좋다, 딸랑거리는 미술교사 알랑쇠. 그리고 인
품은 공자처럼 훌륭하나 약혼자를 교감에게 빼앗기고도 허허실실 속
병만 앓아서 도련님의 측은지심을 유발하는 영어선생 끝물호박이 있
고, 도련님과 유일하게 뜻이 맞는 수학과 주임 산바람도 있다. 여기에
아무 생각 없는 듯 생존을 위해 권력자들에게 머리 조아리는 대부분
의 교사들과 신임교사 알기를 발톱의 때만큼도 여기지 않는 중학생들
이 우리의 도련님이 상대해야 할 세상이다.

도련님은 어린 시절 천덕꾸러기였을지라도 장난에는 대가(代價),
즉 벌이 따른다는 것을 알고 있었다. 그는 매 수업시간마다 자신을 놀

리고, 숙직하는 방에 메뚜기 떼를 집어넣은 학생들이 시침 떼고 사과
도 반성도 하지 않는 것을 보며 이렇게 말한다.

"비열한 놈들이다. 스스로가 한 짓을 말 못할 바엔 처음부터 아예 하
지를 말았어야지. 증거가 없는 이상 시치미를 뗄 심산으로 뻔뻔하게
나온다. 나도 장난을 쳤다. 하지만 꽁무니를 뺀 적은 한 번도 없다.
한 것은 한 것이고, 안 한 것은 안 한 것이다. 거짓말을 하고 벌을 피
할 생각이라면 처음부터 장난 같은 건 아예 하지 말아야 한다."

교감은 장난을 치고도 반성하지 않는 학생들을 두둔하며 오히려
학생의 탈선은 교사의 잘못이라고 말한다. 이 사실이 알려지면 학교의
명성에 금이 갈 것을 더 걱정하는 듯 요즘 우리 사회에서 익숙해진 '피
해자 원죄, 가해자 인권 보호'와 같은 논리를 들이대며 관대한 처분을
주장한다. 또한 남의 약혼자를 빼앗고 게이샤와 놀아나면서도 교사의
품행에 대해 설교까지 하는 교감을 보며 도련님은 이렇게 생각한다.

'세상 사람들은 대부분 나빠지는 일을 장려하고 있는 것 같다. 나빠
지지 않으면 사회에서 성공하지 못한다고 믿는 듯하다. 그렇다면 학
교에서 거짓말 하지 마라, 정직하라고 가르치지 않는 편이 낫다. 차
라리 큰맘 먹고 거짓말하는 법이라든가 사람을 믿지 않는 비법, 사
람을 이용하는 술책 등을 가르치는 것이 이 세상을 위해서도 당사자
를 위해서도 좋을 것이다.'

나쓰메 소세키가 이 소설을 발표한 것은 1906년이다. 그런데 이 소
설에는 지금 우리가 목도하고 있는 온갖 거짓과 계략과 모함, 약자에

게 강하고 강자에게 약한 근성과 내로남불, 언론 조작까지 비열하고 비겁한 모든 것들이 다 들어있다. 도련님은 여기에 함몰되지 않고 자신의 소신을 지키다가 결국은 사표를 내고 그 세계를 떠난다. 거짓 세력에 대한 약간의 응징이 가해지기도 한다.

그러니까 내가 읽은 이 소설은 진실을 지켜가는 사람에 대한 이야기다. 언제 어디서나 비뚤어지고 무너질 수 있는 세상에 대한 비난에 그치는 것이 아니라 그런 세상에서도 꿋꿋이 살아가는 인간의 위대함에 대한 이야기이다. 그런 인간을 키우고 지켜내는 키요의 믿음과 사랑에 대한 찬미이고, 그런 믿음이 한없이 약할 수도 있는 인간을 강하게 하고 비뚤어진 세상을 일으켜 세울 수 있다는 희망에 대한 이야기이다.

사회가 아무리 기울어져 가더라도 바르게 살아가려 애쓰는 사람들이 있기에 세상은 무너지지 않고 지금껏 버티고 있는 것이다. 또 앞으로도 그럴 것이다. 문학이 교훈을 나불거려서는 안 된다고 귀에 못이 박히도록 들어왔지만, 우리가 귀한 시간을 들여 소설을 읽는 이유는 세상을 미워하기 위해서가 아니라 믿기 위해서, 사랑하기 위해서라고 나는 믿는다.

여담으로, 내가 책에 대해 언급할 때마다 언제나 지적하듯, 내가 갖고 있는 이 책의 말미에도 어느 소설가의 이해 못할 해석이 붙어 있는데, 그는 자본주의 어쩌구 하는 논리를 잔뜩 늘어놓고 있다. 나쓰메 소세키의 작품을 이야기하는 총 8페이지 분량 중 왜 중국 소설가 위화의 〈인생〉에 대한 줄거리를 소개하는 데 두 페이지나 할애해야 했는지는 모른 체 해주더라도, 〈도련님〉이라는 소설의 어디쯤에서 '경제적인 부가 성공한 인생의 정답처럼 여겨지는 자본주의 사회…(중략)…상대적 박탈감에서 발현된 욕망의 전차'에 대해 생각해야 하는지 나는 도무지 이해할 수가 없다.

세상은 내가 어떻게 할 수 없는 부분들이 분명 있다. 나보다 힘센 사람들이 세상을 흔들고 내가 원하지 않는 방향으로 밀고 가기도 한다. 그런데 내가 거기에 동조하느냐 하지 않느냐 하는 선택은 온전히 내 몫이다. 동조하면 편하게 살 수 있고, 거부하면 심신이 괴로울 수 있다. 세상은 어찌 보면 거대한 규칙 속에 돌아가기 때문에 고작 나 하나가 무슨 힘이 있겠어, 하며 부정하거나 저항할 수 없는 것도 같다. 그러나 아부하고 빌붙어서 물질적으로 남보다 넉넉하게 살아가든지, 고통스럽고 외롭더라도 미움 좀 받으면 어때, 조금 부족하면 어때, 하며 자기 소신껏 살든지, 어떤 삶을 살 것이냐 하는 문제는 결국 세상 탓이 아니라 자신의 선택에 달린 것이다.

바람이 불든 태풍이 치든, 어느 궁전의 정원에 잘 가꾸어진 장미들이 눈부시게 살아가든지 간에, 들판에 핀 꽃 한 송이는 그저 자신의 꽃을 피울 뿐이다. 세상 한 귀퉁이에서 자신의 뜻대로 자신의 꽃을 피우면 그것으로 족한 것이다. 그렇게 한 송이 한 송이 자신의 꽃을 피우다 보면 '아름답기도!' 하고 우연히 지나가던 나그네의 발길이 잠시 머물기도 할 것이다. 혹시 그가 왕실의 정원사일지도 모르고, 그래서 세상의 정원을 가꾸는 방식이 온통 바뀔지도 모른다. 그러나 그렇지 않더라도, 내가 세상에 왔다 간 것을 아무도 몰라준다고 해도 무슨 상관이란 말인가. 나는 나만의 꽃을 피운 것을. 그것을 내가 알고 하늘이 안다면! 다만 내 자신에게 떳떳하다면야!

p.s. 나쓰메 소세키의 〈도련님〉은 일본에서 원작에 충실하게 영화화된 적이 있고, 최근에는 드라마로 각색되기도 했다. 드라마는 원작의 시간 순서나 결론을 조금 바꿈으로써 패배하고 떠나는 듯한 소설의 결말과는 달리 한 사람의 소신이 세상을 바꿀 수 있을지도 모른다는 희망을 보다 적극적으로 담아낸다. 특히 드라마에만 나오는, 분위기가 기괴하면서도 수평선이 삐뚤어진 그림 한 점이 있는데 〈도련님〉의 주제를 명확히 전달하고 있다. 세상을 상징하는 고정된 액자에 맞춰 고개를 삐딱하게 기울여 그림을 볼 것인가, 수평선이 바르게 보이도록, 액자 자체를 기울여 걸어놓을 것인가. 전자는 자신의 규율에 세상 사람들이 맞춰야 한다고 주장하는 교감의 세계이고, 후자는 틀이 중요한 게 아니라 그 안의 내용이 곧아야 한다고 믿고 행동하는 도련님의 세계이다. 또한 마지막 장면에서 영화 〈죽은 시인들의 사회〉를 패러디한 것 같은 장면이 나오는데, 권위와 전통에 맞서며 오늘의 너를 즐겨라,를 가르침으로써 제자를 죽음에까지 이르게 했던 키팅 선생은 과연 옳았을까, 진정한 교육이란 무엇일까, 다시 한 번 생각해 보게 한다. 내가 진실하면 주위 사람들이 변하고, 그들의 마음이 하나 하나 조금씩 바뀌면 세상이 변한다는 이야기를 원작보다 훨씬 극적으로 표현했을 뿐, 작가의 의도를 크게 벗어나진 않았다는 게 개인적인 의견이다. 어쩌면 우리 현실과 이리도 똑같을까, 무릎을 치며 볼 수 있을 것 같아서 기회가 된다면 찾아보시길 추천한다.

대한민국의 시계는 거꾸로 간다
2017. 10. 31. ~ 10. 3.

지금은 한 사람의 영웅을 기다릴 수 있는 시대가 아닌지도 모른다. 그래서 S선생님은 우리 모두가 이 시대의 '어벤져스'가 되어야 한다고 말하곤 한다. 사실, 지금 나라의 운명을 걱정하는 우리는 누구도 단 한 사람의 뛰어난 영웅이 아니다. 영웅이 될 마음도 없다. 자신의 자리에서 묵묵히 자신의 일을 해나가던 보통 사람들일 뿐이다. 우리가 일어선 것은 역사에 길이 남을 영웅이라는 명예나 공적, 그 공적으로 얻을 수 있는 전리품 때문도 아니다. 전쟁광이어서는 더더욱 아니다. 다만 우리가 희생을 치르더라도, 설사 우리 중 누군가가 죽게 되더라도, 어제까지 지속해온 평범한 일상을 내일도 살 수 있길 바라기 때문이다. 우리 다음 세대가 우리가 경험했던 것보다 더 많은 자유와 풍요를 대한민국 이 땅에서 누리며 대대손손 안전하게 살아가길, 세계 모두와 어깨를 나란히 하며 동등하게 살아가길 바랄 뿐이다.

                                    - 2017년 10월 25일 수요일

2017년 10월 31일 화요일
좁쌀과 불꽃

한국화약 창고에는 좁쌀 부대가 잔뜩 쌓여 있다고 한다. 시드머니처럼, 폭죽 만들 때 원자핵 같은 역할을 하는 것이 좁쌀이란다. 건빵에 들어 있던 별사탕, 그 안에도 좁쌀 한 알이 들어 있단다. 그것이 정력 감퇴제라며 별사탕 먹기를 두려워하던 복학생들이 기억난다.

무엇인가 뭉치려면 최초의 아주 작은 알맹이가 필요하다. 거대한 나무도 처음엔 보이지 않는 겨자씨만한 씨앗 한 알로 시작된다. 생각하기 위해서도, 글을 쓰기 위해서도, 돈을 벌기 위해서도, 심지어 사랑을 하기 위해서도 찌릿, 순간의 눈 마주침처럼 최초의 순간, 미미한 실마리는 있기 마련이다. 거대한 별조차 어둠 속 먼지 한 톨로 시작되었다. 보이기도 하고 어쩌면 보이지도 않는, 그러나 분명 존재하는 그 무엇이 모든 것의 근원이다. 연인들이 손 꼭 잡고 사랑을 서약하게 하고 미래를 꿈꾸게 하는 불꽃, 그 찬란함도 한 알의 좁쌀에서 시작된다.

문단에는 지원금을 받을 수 있는 기회가 몇 가지 있다고 얼마 전 글에서 언급한 적 있지만, 사실은 작가 모두에게 해당되는 것은 아니다. 일단 등단해야 하고, 문단의 출판권력이 발행하는 잡지에 작품을 발표할 수 있어야 한다. 지원금은 바로 그 수록 작품들을 대상으로 한다. 각종 문학상 후보가 되는 자격도 문학지에 게재되는 것에서부터 자격이 부여된다. 문학지 게재는 대부분 청탁으로 이루어진다. 실력이 전제가 되어야 한다지만 문단과 평론가가 갖고 있는 작품 방향에 대한 호불호는 분명하다. 그 외에도 인맥, 지연, 학연 등등 연줄 또한 좀 많이 필요하다. 투고를 한다면 그들 입맛에 맞아야 채택이 되지만 그역시 각종 줄, 줄, 줄의 힘이 작용한다. 나 또한 인맥으로 작품을 발표한 게 대부분이고, 작품 게재를 위해 식사대접을 한 적도 있다. 그나마도 이런 저런 이유로 2015년 이후 소설 청탁이 완전히 끊겼다.

고매하고 훌륭한 인격을 갖지 못한 나 같은 작가는 노출증 환자의기질을 갖고 있으므로, 완성한 작품을 나 혼자 보는 것으로는 만족이안 되기에 궁여지책으로 찾은 것이 내 개인 블로그에 공개하는 것이었다. 그러나 이렇게 인터넷상에 공개된 작품은 아무리 좋아도 문학지에 수록해 주지 않는다. 이미 발표된 작품으로 간주한다는 것이다.그런데 재미있는, 아니 잔혹한 그들만의 법칙은, 발표된 작품으로 치부하되, 문학지원금 심사 대상으로는 취급해 주지 않는다는 것이다.그러니 단편문학상 응모조차 할 수 없다. 문학상 심사 역시 문학지에발표된 작품에만 한정되기 때문이다. 결국 작품 게재도 문학 지원금,문학상도 그들만의 리그라는 것이다. 그렇게 나는 오랫동안 문학 지면에도 작품을 발표할 수 없었고, 문학상이나 지원금에 응모할 자격조차 가질 수 없었다.

철이 없어서 깔깔 웃는 게 아니다. 잊지 않고 있다. 10월의 마지막날, 대통령이 감옥에 계신 것을, 대한민국이 좌초 위기인 것을 한 시도잊지 않고 있다. 철없이 새 책 나온다고, 책 팔아먹을 욕심에 곧 나올신간 선전을 하는 것이 아니다. 내겐 작가로 이 땅에서 살아갈 수 있는힘, 그 뭉치의 아주 작은 씨앗, 좁쌀이 필요하다. 그것이 내 소설이다.그리고 그 소설을 아끼고 사랑해 주는 독자다. 그렇게 내가 일어서고,그렇게 일어선 내가 한쪽으로 기울어진 세상의 중심을 일으킬 수 있는 커다란 물결의 시작, 작은 좁쌀이 되길 희망한다. 그러니 응원해 주시길 바란다. 내가 여러분의 좁쌀이 되고 내 소설이 여러분 사고의 좁쌀이 되길, 그래서 내가 대한민국이 바로 서는 데 좁쌀이 될 수 있도록 도와주시길 바란다. 그렇게 머잖아 찬란한 불꽃을 터뜨리며 제자리를 찾은 대한민국을 다 같이 축복할 수 있는 시간, 우리 모두 손잡고 맞이할 그날이 있기를! 그런 간절한 소망으로, 소심하지만 자꾸만 용기를 내서, 규 작가 여기 있어요, 절 좀 봐주세요, 제 소설 좀 읽어주세요, 하고 오늘도 목청껏 외치는 것이다.

2017년 10월 29일 일요일
0.0000……1도의 차이
: 애니메이션 주제가 비교

지금도 〈톰 소여의 모험〉과 〈보물섬〉과 〈빨강머리 앤〉을 돌려가며 본다. 식사 준비를 할 때, 밥을 먹을 때, 그리고 설거지와 청소를 할 때 그냥 틀어놓는다. 물론 우리나라 더빙 판으로. 그러니까 본다기보다는 듣는 것이다. 가끔은 한가하게 앉아서 보기도 한다. 그럴 때는 일본어판을 찾아보기도 하는데, 우리나라 더빙 판의 주제가를 스킵 하는 것과는 달리 오프닝과 클로징 노래는 꼭 본다. 일본어는 전혀 모르기 때문에 번역을 읽느라 노래를 보는 것이다. 다른 언어 더빙 판 찾아보지 못했지만 우리나라 더빙판과는 뭔가 느낌이 다르다는 데 생각이 닿는다.

나만 그런 것은 아닐 터. 어린 시절 여러 편의 만화주제곡을 부르며 자란 성인들이 많을 것이다. 그런데 만약 A와 B가 같은 애니메이션을 좋아했다면, 그 만화가 너무 좋아서 친구들하고 주제곡도 열심히 따라 부르며 자랐는데 알고 보니 노래가 담고 있는 가사 내용이 전혀 달랐다면, 그것이 A와 B에게 차이를 만들어낼 수 있을까? 고작 노래 한 소절인데 크게 문제가 될 수 있을까. 몇 가지 예를 들어보겠다. 아이들 가슴에 심어지는 씨앗이 어떻게 다른지, 그 싹이 어떤 모습으로 자라게 될지 상상해 보았으면 한다.

우리는 꼬마 해적 두려움을 몰라요,
신나는 모험 세계 뗏목 타고 떠나요.
어른들은 알 수 없는 소년들의 벅찬 꿈,
미시시피 물결 따라 바다로 가는 꿈
언제나 즐겁고 언제나 자유로운 톰 소여, 허클베리 핀.
우리는 해적!

/ 우리나라 버전 〈톰 소여의 모험〉

너라면 갈 수 있어 톰.
누구보다 멀리 지평선의 저편에서 기다리고 있어 멋진 모험이
그래, 힘들 때도 얼굴을 들어, 잊고 있던 꿈이 보일 거야
동물처럼 자유롭게 달려보자, 동물처럼 자유롭게 달려보자

/ 일본어 버전 〈톰 소여의 모험〉

별 차이가 없는 것처럼 느껴질 수도 있다. 그러나 다르다. 저작권을 사들일 때 일본은 보통 주제가 개사를 허락하지 않는다고 들었는데 아마도 그런 관례가 시행되기 전이었을지 모르겠다. 내가 알고 있는 애니메이션들의 한국어판 주제곡은 대부분 꿈과 희망을 노래한다.

〈톰 소여의 모험〉 역시 톰과 허크가 어른들은 이해 못하는 세계 속에서 어린이들만의 자유로운 권리를 누리며 모험놀이를 하겠다는 내용을 담고 있다. 강물 따라 바다로 가는 꿈을 꾼다. 그런데 바다에서 이루는 꿈이 해적이다. 배를 약탈하고 선원들을 죽이는 해적이 멋진 것만 같다. 그러나 해적이 어린이들의 꿈이 될 수는 없다. 꿈이 되어서도 안 된다. 하지만 노래를 따라 부르다 보면 해적이 꿈의 종착역인 것처럼 받아들여진다. 에이, 아이들이 설마 그렇게 바보겠어? 하며 무심히 넘어갈 수도 있겠지만, 그렇다면 아이들에게 거짓 꿈을 심어주고 있는 것이다. 혹시 그 중의 한 아이라도 난 해적이 될 거야, 하고 말했다면, 당장에 꿀밤이 날아왔을 것이고, 어린 시절의 꿈을 이뤄 진짜 해적이 됐다면, 쇠고랑을 찼을 테니까.

반면에 일본어 버전은 무조건 꿈꾸라고 다그치지 않는다. 무식하고 용감하다고 해서 인생이 신나게 되는 것은 아니라고 말한다. 힘들어도 얼굴을 들어야 한다고, 스스로 자신을 책임지는 야생동물처럼 자유롭게 달려야 한다고 말한다. 〈톰 소여의 모험〉뿐 아니라 내가 알고 있는 몇몇 일본어 버전의 애니메이션 주제가는 좌절을 전제로 한다. '인생은 좀 힘들어. 그래도 용기를 내. 너는 할 수 있어. 포기하지 않고 이겨내는 것이 인생이란다.'라는 의미를 담고 있는 것이다. 대부분의 일본 애니메이션이 그렇듯 〈톰 소여의 모험〉 역시 클로징도 있는데, 바다에 이르려는 강의 의지, 그것을 어린이의 의지로 치환하여 격려하고 있다. 시간의 유장함과 우주의 장대함마저 담고 있다.

사람이 태어내기 전부터 흐르고 있었다네,
하늘보다 넓고 풍요로운 미시시피 강

넌 항상 내일을 가리키는 이정표,
미지의 세계로 가자고 부르고 있어
언젠가 나도 꼭 갈게, 네가 향하는 바다로
너에게 지지 않을 정도로 멀리 여행을 할 테야

/ 일본어 버전 〈톰 소여의 모험〉 클로징

하나의 점에서 출발한 두 개의 선이 있다. 아주 미미한, 0.0000……
1도의 차이로 서로 다른 방향으로 나아가기 시작했다면, 시간이 지날
수록 둘 사이의 간격은 벌어진다. 그리 오랜 시간이 지나지 않더라도
서로의 존재조차 잊을 만큼 두 선은 멀리, 서로 다른 세계에 있게 될
것이다. 오해하지 말기 바란다. 일본 사람들이 우리와 비교해서 훌륭
하다는 것이 아니다. 다만 인생을 스스로 책임져야 한다는 걸 모르고,
고통을 회피하고 싶어 하고, 우리에겐 행복할 권리가 있으니 국가가
우릴 행복하게 해주세요, 졸라대는 사람들이 유난히 많은 것이 혹 어
린시절, 무의식 속에 심어진 아주 사소한 씨앗, 만화 주제가조차 그 원
인이 될 수 있었던 것은 아닐까, 하고 생각해 보는 것이다.(물론 사람됨
에 있어 가장 근본이 되는 것은 가정교육이다. 아이가 잉태되기 전부터 갖고
있는 부모의 소양, 가치관과 인격도 중요하다.)

누구나 빛의 씨앗 간직하고 있으니까 언제라도 기쁨을 찾아보자
울면서 태어난 것은 행복을 만들기 위해서야
빛나는 내일이 기다리고 있어   / 〈안녕 앤〉 오프닝 중에서.

〈빨강머리 앤〉의 프리퀄 소설, 버지 윌슨의 〈빨강머리 앤이 어렸
을 때〉를 원작으로 하는 〈안녕 앤〉이라는 애니메이션이 있다. 입양되

기 전 앤의 이야기를 그리고 있는데, 눈물 쏟아지는 장면들이 꽤 있을 만큼 어린 앤의 삶은 고되다. 그러나 이 작품의 주제가에는 '괜찮아, 모두 있는 그대로의 너로 충분해. 힘들어도 괜찮아. 넘어지지 않았다면 찾을 수 없는 행운이 그 속에 있으니까.'라며 격려하고 있다. 참 사소한 이야기지만 자기 자신을 긍정하고 인생을 희망하게 하는 씨앗이 골 아픈 철학강의가 아닌, 재미있는 만화영화를 보는 사이 아이들 마음에 심어진다면 그보다 훌륭한 교육이 또 있을까.

자기 자신을 사랑할 수 있도록, 좌절은 어디에나 있지만 이겨낼 힘이 우리에게 있다는 것을, 인생이란 행복한 것이고 그래서 포기하지 말고 계속해서 살아갈 가치가 있다고 말해주는 노래, 만화, 소설, 영화, 드라마가 넘쳐나는 문화계, 그런 작품을 쓰는 작가들이 사랑받는 나라, 내가 꿈꾸는 대한민국이고, 내가 계속해서 그런 작품들을 골라 추천의 글을 쓰는 이유이다.

2017년 10월 28일 토요일

흉내 내며 살아서는 안 되는 저마다의 삶
: 영화 〈내 사랑〉

Maudie. 〈내 사랑〉으로 번역되어 있어서, 사랑을 뜻하는 비영어권 단어인 줄 알았다. 영화를 보고서야 실제 주인공인 화가 '모드 루이스'의 이름인 걸 알았다. 모디(Maudie)는 모드(Maud)의 애칭이란다. 궁금하다. 왜 우리나라 영화나 가요나 드라마나 소설은 온통 사랑에 그토록 목을 맬까. 인생에는 그것 말고도 중요한 게 많은데 말이다. 사랑을 깃발처럼 펄럭거리며 확성기 들고 소리쳐 호객해야만 손님이 오고 관객이 몰리고 음반과 소설이 팔리기 때문일 것이다. 아니, 그런 마케팅이 난무하니 시청자도 독자도 관객도 온통 사랑, 사랑 노래하며 눈이 멀어버린 것이 아닐까? 영화뿐 아니라 팝송이나 샹송, 칸초네 등, 꼭 문학이 아니어도 대중예술 속에서 삶의 철학이 담긴 작품들은 얼마든지 찾을 수 있다. 그에 비해 특히 우리나라 가요는 연애와 실연에서 벗어나지 못한다. 아주 드물게 〈비상〉이나 〈빙고〉 같은 노래들이 있긴 하지만 인생에 대한 통찰이나 관조, 삶의 철학이 느껴진다고 하기에는 역시 무리다.

제목을 믿고 러브스토리를 기대하고 본다면 실망할 것이다. 〈내 사랑〉 아니 〈모드〉의 스토리는 단조롭다. 장애 때문에 가족과 이웃들에게 사람 취급도 받지 못하던 모드는 생선장수와 어찌어찌 결혼을 하게 되고, 그녀가 매일매일 작은 집 유리창과 벽, 버려진 널빤지 위에 그리는 그림들이 세상에 알려지게 된다. 그렇다고 해서 엄청난 부와 명성을 갖게 되는 것도 아니다. 그걸 바란 적도 없다. 조용히 남편을 사랑하고 남편의 거칠지만 소박한 외조를 받으며 아이처럼 천진한 그림을 그리던 모드가 어느 날 병이 악화되어 세상을 떠난다는 이야기다. 재미있다는 관객이 있는가 하면 저게 뭐야? 하는 시각도 많을 것 같다. 예술가들은 세속의 눈으로 보면 행복과는 거리가 좀 멀다. 불행하다고 해야 할까, 고독하다고 해야 할까. 그러나 그 때문에 예술가는 그림을 그리고 노래를 하고 춤을 추고 글을 쓴다.

친구 : 그림 그리는 거 가르쳐 줄 수 있어요?
모드 : 그건 아무도 못 가르쳐요. 그리고 싶으면 그리는 거죠.

그림뿐일까, 음악도 시도 소설도, 모든 예술은 작가마다 자신이 바라보는 세상과 자신의 생각과 이야기를 담을 수 있을 뿐이다. 누구도 흉내낼 수 없는, 아니 타인을 흉내내며 살아서도 안 되는 우리들 인생처럼.

2017년 10월 25일 수요일

전쟁이라는 걸 잊지 마, 우린 한 배를 탔어
: 영화 〈7인의 사무라이〉

작은 산골 마을을 내려다보던 40인의 도적떼는 가을 추수가 끝나면 마을을 접수하러 다시 오자며 떠난다. 나무를 하러 산에 올랐던 주민 하나가 그 말을 엿듣고는 마을사람들에게 알린다. 겁먹은 주민들에게서 터져 나오는 의견은 저마다 분분하다. 성주에게 달려가 도움을 청하자는 말에는 (할리우드 영화에서 익히 보아 우리도 아는 대로 공권력이란 모든 것이 해결된 뒤에 오는 것이므로) 아무 소용없을 거라는 반대 의견이 나온다. 매번 두려움에 떨며 사느니 싸우다 죽자며 일어서는 사람도 있지만, 그들을 죽일 기회조차 없이 살육될 거라며 더 큰 공포에 빠진다. 다 같이 그냥 칵, 죽어버리자며 절망의 울부짖음이 이어진다. 고통스럽게 사는 게 평민들 팔자이니 순순히 바치고 굶어죽지 않을 만큼만 남겨달라고 도둑들에게 무릎 꿇고 빌자는 주장도 나온다.

ㅡ 늑대보다 더한 놈들이야. 하나를 주면 다음엔 열을 달라고 할 걸.

이번에 내주면 다음 가을에 또 올 거야. 그놈들은 끝이 없어.

/ 영화 〈7인의 사무라이〉 중에서.

도적떼에게 저항하다 죽느냐, 굶어죽느냐, 고민 끝에 내린 촌장의 결론은 사무라이를 고용하는 것이다. 그러자 또 반대 의견이 나온다. 자부심 강한 그들이 뭐가 아쉬워서 우리를 돕겠느냐, 그들에게 줄 게 뭐가 있느냐. 해보자, 안 된다, 해야 한다, 안 된다, 지루하게 반복되는 그들의 회의를 지켜보면 우리들 보통 사람들의 생각 깊숙이 깔려 있는 '운명에 대한 공포와 체념'을 읽을 수 있다.

대들어 봐야 찍소리 못하고 지고 말 거라는 패배의식, 대항해 봐야 결국 죽을 테니 순하게 목숨이라도 구걸해 보자는 노예의식. 그러나 체념은 수치스러운 굴복이다. 할 수 있는 만큼 저항해 보고 난 뒤의 단념은 떳떳한 항복일 수도 있지만, 두려움에 져서 싸워보지도 않고 포기하는 것은 비굴함일 뿐이다. 졸렬하기 그지없는 자들은 자신만 비굴해지기를 원하지 않는다. 그들은 비굴한 동료를 필요로 하기에 악마처럼 사람들의 귀에 대고 이렇게 속삭인다. '애써봐야 아무 소용없어. 넌 해도 안 돼. 하나마나 질 거야. 그냥 살려달라고 무릎 꿇고 빌어. 그러면 네 비루한 목숨은 건질 수 있을지도 몰라.'

'전쟁만은 죽어도 안 돼. 대화로 북핵 해결.' '나쁜 평화라도 좋은 전쟁보다 낫다.' '북 미사일 도발에도 800백만 달러 지원' '전쟁 반대, 탄핵 수출' '미국이 전쟁 언급하면 한국은 몸서리를 친다.'고 부르짖는 지금의 우리나라 일부 현실과 너무나 똑같지 않은가. 아니, 영화 속 주민들의 체념은 적을 돕자는 의도에서 나온 것은 아니니, 지금 우리 현실이 그들보다 더 지독하다.

시대도 국가도 상황도 다르지만 인간의 본질은 똑같은 것이 아닐까. 구로사와 아키라 감독의 영화 중에서 내가 본 것은 몇 편 되지 않지만, 〈라쇼몽〉〈카게무샤〉〈란〉 등 그의 작품을 볼 때마다 드는 생각이었다. 그리고 너무나 낯익은 제목, 그래서 내내 밀어두기만 했던 〈7인의 사무라이〉를 며칠 전에야 보고 나서 '이야기의 힘'을 새삼 깨닫는 동시에 지금이 보기에 딱 알맞은 시기였다고, 이전에 봤다면 제대로 이해할 수 없었거나 오해했을 거라는 안도감이 들었다.

우여곡절 끝에 7인의 사무라이들이 마을을 지키러 온다. 그들이 제공받는 대가라고는 고작 쌀로 만든 주먹밥. 마을사람들은 그조차도 못 먹고 지불하는 것이긴 하지만, 사무라이들 입장에서는 목숨을 걸어야하는 일. 그럼에도 책임을 떠맡은 것은 큰 대가를 바라서가 아니었다. 그들이 해야 할 일이라고 생각했기 때문에 받아들인 제안일 뿐.
그러나 도와달라고 해서 마을에 가보니 환영한다는 플래카드는 고사하고 자기 딸이나 아내를 겁탈할까봐 두려워 주민들은 모두 쥐새끼들처럼 숨어버린다. 무사들이 전략을 짜고 요새를 다 만들었는데도 도적떼가 오지 않자 이번에는 무사들에게 주는 밥도 아깝다며 불만을 터뜨리기도 한다. 마침내 도적떼가 오고 치열한 접전 끝에 잠시 휴전, 적들이 꿈쩍을 하지 않자 무사와 대장은 이런 대화를 나눈다.

무사 : 올 징조가 안 보이네요. 모두들 안 올 거라고 생각하기 시작
했어요.
대장 : 그랬으면 좋겠네만, 평화로울 때 위험이 다가오는 법이지.

대머리를 쓰윽 뒤에서 앞으로 쓰다듬으며 내 놓는 대장의 많지도 않은 말은 거의 다 기록해두고 싶은 명대사다.

- 훌륭한 요새는 약간의 흠이 필요하네. 미끼를 던져주고 우린 거 길 공격하는 거지, 방어만 해서는 이길 수가 없네.
- 전쟁은 조직력이야, 개인의 공은 필요가 없어.
- 이건 전쟁이라는 걸 잊지 마, 우린 한 배를 탔어. 자기만 생각하 는 자는 먼저 죽게 될 거다. 그런 이기심은 용서할 수 없다.

여태까지 우리는 우리나라가 휴전 중인 것을 잊고 살았다. 지금 다시 전쟁이 재개된 것도 모른다. 우리 모두가 한 배를 탄 줄도 모르는 것은 물론이다. 더구나 이기적인 자들이 먼저 죽기는커녕 아무 죄 없는 이들을 재물로 바치며 호의호식(好衣好食)하고 권력을 휘두르고 있다.

다시 영화로 돌아와서, 〈7인의 사무라이〉가 재미있는 것은 7인의 무사 모두가 고수는 아니라는 점일지 모르겠다. 전략과 검술 모두 뛰어난 대장 시마다, 검의 달인 큐조도 있지만 그 아래 계급이랄 수 있는 시치로지와 가타야마도 있다. 그들은 실력도 있지만 매우 충성스럽고 자기 위치와 역할에 충실하다. 고수와 하수의 세계를 이어주는 것 같은 성격 좋은 하야시다가 있고, 검에도 사랑에도 미숙하기만 한 청년 오카모토도 있다. (이들 중에 쿄죠, 아, 사내는 자고로 그래야 한다!)
그리고 어쩌면 우리와 가장 닮은, 덤벼봐! 전쟁해! 배 째! 다 죽었어! 소리치며 세상을 한번 바로잡아 보겠다고, 일조해 보겠다고 좌충우돌 뛰어다니는 우리 우파 애국자님들을 떠올리게 하는 키쿠치요도 있다. 그는 생긴 건 멀쩡한데 말 타기도 별로, 칼 솜씨도 별로, 큰소리

만 뻥뻥 치는 허당이다. 그러나 도적 떼를 맞았을 때 실수를 연발하면
서도 그가 어떤 중심적 역할을 해내는지는 영화를 본 사람은 안다.

지금은 한 사람의 영웅을 기다릴 수 있는 시대가 아닌지도 모른다.
그래서 S선생님은 우리 모두가 이 시대의 '어벤져스'가 되어야 한다고
말하곤 한다. 사실, 지금 나라의 운명을 걱정하는 우리는 누구도 단 한
사람의 뛰어난 영웅이 아니다. 영웅이 될 마음도 없다. 자신의 자리에
서 묵묵히 자신의 일을 해나가던 보통 사람들일 뿐이다. 우리가 일어
선 것은 역사에 길이 남을 영웅이라는 명예나 공적, 그 공적으로 얻을
수 있는 전리품 때문도 아니다. 전쟁광이어서는 더더욱 아니다. 다만
우리가 희생을 치르더라도, 설사 우리 중 누군가가 죽게 되더라도, 어
제까지 지속해온 평범한 일상을 내일도 살 수 있길 바라기 때문이다.
우리 다음 세대가 우리가 경험했던 것보다 더 많은 자유와 풍요를 대
한민국 이 땅에서 누리며 대대손손 안전하게 살아가길, 세계 모두와
어깨를 나란히 하며 동등하게 살아가길 바랄 뿐이다.

  - 이번에도 우린 졌군, 우리가 이긴 것이 아니야. 이긴 건 저 농민
    들이지 우리가 아냐.

영화 말미에서 대장 격인 시마다는 마을을 지키다 목숨을 잃은 네
명의 무사들과 주민들의 묘지 앞에서 이렇게 말한다. 그렇게 살아남은
세 명의 무사는 도적떼와 싸워 이기고 마침내 평화를 되찾은 마을사
람들이 아무 일도 없었다는 듯 북을 두드리고 노래하고 춤을 추며 모
내기를 하는 마을을 뒤로 하고 길을 떠난다. 그들의 뒷모습을 보면서,
저들은 또 누군가 자신들의 마을을 지켜달라고 부탁한다면 거절하지
못할 것이라는 생각이 들었다. 그 생각이 마음을 뜨겁게 했지만 이내

쓸쓸해지는 것은 어쩔 수 없었다. 그렇더라도, 그럴 수밖에 없기에, 그 것이 우리들 저마다의 역할이기에!

2017년 10월 23일 월요일

두 종류의 여자, 두 종류의 남자
: 영화 〈사랑의 유형지〉

〈Our Souls at Night〉를 쓰고 보니 생각났다. 아마도 대척점에 있다 고 해야 할 것 같은데 와타나베 준이치의 소설을 원작으로 한 〈사랑의 유형지〉〈실락원〉을 쓴 작가의 작품을 각색한 영화인만큼 시각적으 로도 청각적으로도 19금 자격이 충분하다. 싱글 소설가 키쿠지와 사 랑에 빠진 삼십 대 초반 유부녀 후유카가 어느 날 작가의 침실에서 목 이 졸려 죽는다. 자수한 사람은 소설가 키쿠지. 그들은 일 년 전 작가 와 독자로 만나 사랑에 빠졌다. 후유카는 "한번 허공을 날아본 여자는 다시는 땅에 발을 딛고 살 수 없어요."라며 키쿠지와의 사랑을 행복해 하지만 그만큼 남편과 세 아이와 함께 살아가야 하는 현실을 무거워 한다. 키쿠지는 궁금하다. 아이 셋을 낳은 여자가 사랑의 절정을 처음 경험한다는 게 가능한가.

> 마담 : 세상에는 두 종류의 여자가 있어요. 그걸 아는 여자와 모르 는 여자.
> 키쿠지 : 그럼 세상에는 두 종류의 남자가 있겠군. 그걸 이끌어내는

남자와 그렇지 못한 남자.

마담 : 좋아하는 사람이 진심으로 이끌어주면 괴로울 정도로 느낄
수 있죠. 단순히 테크닉이 아니라 그 마음이 중요해요.

결국 '테크닉 오브 베드'에 대한 이야기가 아니다. 육체에 대한 이
야기는 결국 마음의 문제로 종결된다. 그걸 알기 때문이었을까, 몰랐
기 때문이었을까, 후유카는 사랑의 최고 절정으로 이끌어준 키쿠지와
의 사랑에서 현실로 돌아오기를 거부하고 차라리 그 안에서 죽기를
원한다.

"죽여줘요, 날 죽여줘요. 내 목을 졸라줘요."

그녀는 입버릇처럼 키쿠지와 함께하는 침대에서 속삭인다. 그리고
소설가는 기어코 그녀가 가장 높이 날아올랐을 때 목을 조른다. 후유
카는 자살한 것일까, 살해당한 것일까. 키쿠지는 자기 안에 있던 살인
의 욕망을 실현시킨 것일까, 자살하고 싶은 그녀에게 이용당한 것일
까. 법정 공방은 그 문제를 중심으로 이어지고 키쿠지는 끝내 살인죄
로 8년 형을 언도받게 된다. 그리고 날아온 편지 한 통.

나이를 한 살 두 살 먹다 보니 귀여운 아기로 태어나 점점 아름답
지 않은 모습의 노인으로 죽는 것이 억울하게 생각될 때도 있지만 조
금은 다른 시각, 즉 인간적 성숙의 면에서 본다면 참 합리적이란 생각
을 하게 된다. 누군가 내게 젊은 날로 돌아갈 수 있게 해주는 묘약을
준다고 한다면 나는 단호히 고개를 저을 예정인데, 욕망에 대한 집착
과 혼란에 다시 빠지고 싶지 않기 때문이다. 그래서 나는 후유카의 죽

음에 대해, 가장 아름답고 황홀한 시기에 목을 꺾는 선택에 동의하고 싶지 않다. 너무 오래 살고 싶지도 않지만, 가능하다면 한낮의 땡볕이 지나고 다가오는 선선함, 〈Our Souls at Night〉에서처럼 한밤중의 서늘한 기운도 체감하며 미지근한 삶을 느껴보는 것도 멋진 경험이지 않을까, 하고 기대해 보는 것이다.

좀 다른 이야기가 되겠지만, 거짓불법 탄핵 사태로 엄청나게 이득을 본 사람들이 있다. 문단 내 성추행 사건이 터진 게 그 당시였는데, 몇몇 시인과 소설가의 이름과 그들이 저지른 문제적 행위는 탄핵 사건으로 신속히 묻혔다. 그 당사자들 대부분은 거의 아무런 제재를 받지 않았을 뿐 아니라 '별 이상한 것들 만나 고생했다.'며 선후배 동료들로부터 위로를 받았고 출판계에서, 문단에서, 강의실에서 변함없이 일상을 이어가며 작품활동과 출간을 계속하고 있다고 한다. 그들을 생각하면 이 영화 〈사랑의 유형지〉가 떠오른다. 키쿠지와 후유카의 사랑에 그다지 동의를 하지는 않지만, 그 작가들 가운데 "나는 선택받은 살인자입니다."라고 고백하던 키쿠지처럼 모든 죄와 벌을 혼자 감당하게 되더라도 '그녀의 사랑은 내 인생에서 가장 가치 있는 것이었어.'라고 생각할 사람이 얼마나 될지 궁금하다. 그 마음이 아니라면, 음해이건 명예훼손이건, 그녀들과 진실한 마음을 나누며 사랑한 건 아니라고 봐도 무방한 게 아닐까.

마지막으로 여담처럼, 작가에 대한 환상을 가진 분들께 하고 싶은 말이 있다. 문단과 작가를 가까이, 아니 그 속에서 일부 접해본 나로서는, 작가라고 대단할 것도 없다고, 오히려 더 불안하고 불완전한, 차라리 가여운 나르시스트들이라고 조언해 주고 싶지만(남녀를 떠나 공통적이고 나 또한 예외가 될 수 없음을 고백한다.) 문학이 발하는 아우라가 있는 건 분명하므로, 앞으로도 잘생기고 글 잘 쓰는 작가와 짧은 사랑에 빠지는 독자들은 시대불문, 계속되지 않을까 싶다.

2017년 10월 23일 월요일

우리, 같이 자도 될까요?
: 영화 〈아워 소울즈 앳 나이트〉

- 괜찮으시면 언제 우리 집에 오셔서 같이 주무실래요? / 영화 〈아워 소울즈 앳 나이트〉 중에서.

늦은 밤, 제인 폰다 과부 할머니가 이웃집에 사는 홀아비, 로버트 레드포드 할아버지를 방문해서 이렇게 말할 때, 할머니가 저렇게 사랑스럽고 깜찍해도 돼? 웃음이 났다. 그런데 잔잔한 영화에 서서히 빠져들다 보니 머잖아 나도 저런 제안을 하고 싶어질지 모른다는 약간의 두려움이 생겼다. 그러나 더 심각한 것은, 저런 프로포즈를 할 만한 이웃집 할아버지가 없으리라는 가능성이 아마도 90프로는 넘으리라는 거. 게다가 더 큰 문제는 옆집이든 아랫집 윗집이든, 누가 사는지 도무지 모른다는 거.

"우리 둘 다 혼자잖아요. 난 외롭거든요. 그쪽도 그럴 거 같은데요. 섹스를 하자는 게 아니에요. 그쪽으로는 흥미 잃은 지 오래에요. 밤을 견뎌보자는 거죠. 침대에 같이 누워 잠들 때까지 이야기하고 싶다는 거예요."

제인 할머니가 이렇게 말했을 때 로버트 할아버지는 실망했을까,

안심했을까. 남자는 잘 모르겠지만, 나이 들어가면서 한 가지 좋은 것은 여성이라는 굴레를 벗어나 비로소 사람이 되는 것이라고 생각할 때가 있다. 몸을 벗어나 마침내 영혼, 마음을 보게 된다는 것도 좋다. (그런데 이게 또 사람마다 달라서 더 뜨거워진다는 분들도 있긴 하다.)

이웃집 여자의 남편, 이웃집 남자의 아내로 알고 지내며 수십 년간 한동네에 살았던 그들은 처음으로 그렇게 친구가 되어간다. 젊은 날의 실수는 눈감아 주고, 인간적 결점은 덮어 주고, 과거에 다 치유하지 못했던 상처를 귀 기울여 쓰다듬으며, 아직 다 늙은 것만은 아닌 한 사람으로, 아직도 아프게 살아 있는 한 사람으로, 그들은 현재를 잠시 공유하게 된다. 평생 남의 이목을 의식하며 살아왔지만, 그까짓 거 별거 아님을 이제는 안다. 그래서 이웃 사람들의 수군거림이나 놀림 따위는 아무런 문제가 되지 않는다. 그래도 우리나라와 조금도 다를 거 없이 자식만큼은, 남편도 아내도 아닌 한 사람으로 위로받고 위로하며 살아가려는 소박한 바람에, 장애가 된다.

밤에 우리들 영혼은, 이라고 이해되는 영화 제목은 실제 한밤중에 우리 영혼이 느끼는 외로움을 은유한다기보다는 인생의 어둠, 자식을 모두 떠나보내고 배우자마저 잃고 혼자 남아 죽음을 바라보는 노년의 고독을 상징한다고 해야 할 것 같다. 젊은 시절의 외로움은 좀 더 솔직히 말하면 타인의 육체에 대한 그리움이다. 그러나 노년의 그리움은 나 아닌 타인의 존재 그 자체, 그리고 말의 부재(不在)에 대한 그리움이지 않을까. 아직은 읽고 싶은 책도 쓰고 싶은 이야기도 많지만, 밤에조차 보고 싶은 영화가 많아서 그럭저럭 혼자인 게 편하다고 생각하지만, 지금보다 더 나이가 들면 누군가 옆에 있는 것도 좋을까? 이따금, 살짝, 가볍게 의심해보는 타인에 대한 갈망이 더 강렬해질까? 하긴 지금도 모처럼 누군가를 만나거나 통화를 하다 보면, 해야 할 말보다 쓸 데 없이 많은 말을 했다는 것을 깨닫고는 부끄러워지곤 한다. 더 나이가 들면 글만으로는 채워지지 않는 것일까. 밤새워 보는 영화만으로는 위로가 되지 않는 것일까. 다른 사람의 귀와 다른 사람의 목소리가 간절해지는 욕망을 이길 수 없게 될까.

가슴으로 이 영화를 볼 수 있으려면 최소 50은 넘어야 할 것 같고, 싱글이면 더 공감하겠지만, 알콩달콩 사이가 좋다가도 가끔은 대화가 통하지 않는 것 같아서 외로움을 느낄 때가 있다면 볼 자격은 충분할 것 같다. 넷플릭스가 제공하는 영화. 1936년생 로버트 레드포드 할아버지도 너무 멋지고, 1937년생 제인 폰다 할머니도 너무 이쁘시다. 가을에 보기 적당한, 그래도 좀 쓸쓸해지는 영화다.

2017년 10월 22일 일요일

자유에 대한 오해를 넘어
: 에리히 프롬 〈존재의 기술〉

우리나라에서 벌어지는 일들을 보며 드는 한 가지 의문은, 왜 살려고 하지 않고 죽으려 하는가, 하는 것이다. 생존하고 번영하고자 하는 의지는 살아 있는 모든 존재의 본능이다. 그런데 왜 우리는 죽으려고 애를 쓰는가. 왜 사라지려 발버둥 치는 것일까. 선과 악, 옳고 그름은 없다 하더라도 좋고 나쁜 것은 분명 있다. 일반적으로 내게 이익이 되는 것은 좋은 것이고 내게 해가 되는 것은 나쁜 것인데, 살아 있는 존재에게는 생존하는 것이 좋은 것이다. 아이들도 동물들도 어떻게 해야 자신이 살 수 있는가, 본능적으로 안다. 배가 고프면 울고, 천적이 다가오면 몸을 낮추고 숨을 죽인다. 그런데 우리는 지금, 총알이 날아다니는 전쟁터에서 두 팔 휘저으며 날 좀 제발 죽여줘요, 하고 소리치며 정신없이 뛰어다니는 격이다. 존재 본능을 상실한 생명체 같다. 생존 방법을 훈련받지 못했거나 기억하지 못하기 때문인지도 모르겠다. 혹은 미쳤거나.

천재지변으로 멸종된 것이 아니더라도 수많은 생명들이 오랜 진화 과정에서 사라져 갔다. 그들이라고 왜 생존하고 싶지 않았을까. 그러나 새로운 환경에 적응해 가는 어느 시점에서 그들은 판단과 선택에서 오류를 범했을 것이다. 어쩌면 우리도 생존의 갈림길에서 중대한 시점에 있는 것일지 모른다. 그렇다면 살아남기 위해, 대한민국이 세계 지도에서 사라지지 않게 하기 위해, 우리는 무엇을 배우고 어떤 기억을 되찾아야 하는 것일까.

연애테크닉 지침서인 줄 알고 집어 들었다가 많은 분들이 읽는 것을 포기했다는 〈사랑의 기술〉로 더 잘 알려진 에리히 프롬의 저서 중에는 〈존재의 기술(The Art of Being)〉도 있다. 이 책에서 그는 개인으로 존재하는 데 장애가 되는 몇 가지 요소들을 지적한다.

첫째, 평온, 사랑, 하나, 평화와 같은 달콤한 단어들로 현혹시키는 인간 구원 영역에서의 거대한 사기.

둘째, 하찮은 이야기에 빠지는 것. 본질은 덮고 표면적인 것만 이야기하는 사람들의 속임수에 현혹되는 것.

셋째, 노력하지 않고 고통 받지 않는 삶일수록 훌륭한 인생이라고 믿는 것.

넷째, 개인적 자유 실현이라는 허구에 기초하여 '권위주의적'이라고 여겨지는 제도나 의식에 모두 반항하는 강박의식.

지금 우리나라의 문제는 표면적으로는 정치적 혼란인 것 같다. 종교나 이념 갈등, 외교적 문제나 리더의 부재 때문인 것도 같다. 하지만 보다 근본적으로 파고들어가 보면, '개인'이라는 존재에 대한 개념이 부재하는 과도기적 개인들이 일으킨 혼란이다. 씨족사회나 부족사회에 적합한 집단의식으로 집단행동을 하면서도, 나는 내 거니까 나를 간섭하는 건 모두 악이라고 느끼는 질풍노도의 사춘기적 반항, 성숙하지 못했으면서 다 자란 어른처럼 구는 아이가 저지른 사회적 비행에 다름 아니다.

- 자각, 의지, 실천, 두려움과 새로운 체험에 대한 인내, 이것들은 개인으로 성공하기 위해서 필요한 것들이다. 어떤 시점에 이르면 내면의 힘이 개인의 의식변화를 동반하게 된다. 실존의 소유 양식에서 모토는 '나는 내가 소유한 것이다'이다. 그러나 이러한 의식의 굴레를 벗은 뒤에야 '나는 내가 행하는 것이다.' 혹은 '나는 나인 나다.'가 된다.   / 에리히 프롬 〈존재의 기술〉 중에서.

〈존재의 기술〉 마지막 문장이다. 이 문장을 제대로 이해하려면 에리히 프롬의 또 다른 저서 〈소유냐 존재냐〉까지 파고들어가야 하지만 일단 통과. 아무튼 그가 말한 대로 우리 사회가 성숙한 개인으로 성장하기 위해서는 '나는 내 것이니 무엇이든 내 마음대로 해도 된다.'는 방자한 자유에 대한 오해를 넘어서야 한다. 그러려면 위에서 지적한 네 가지 방해 요소를 모두 뒤집어 이해할 수 있어야 한다. 따라서 이 혼란과 위기가 근본적으로 해결되기까지, 철없는 아이가 썩 괜찮은 어른으로 성숙하기까지, 필요한 만큼의 시간과 노력이 소요되어야 할 것 같아 좀 까마득하긴 하다. 하지만 이에 대해서 에리히 프롬은 다음과 같이 우리를 응원하고 있다.

　- 꼭 필요한 것들을 배우고자 한다면, 그리고 무엇이든 잘못된 것을 바로잡기를 원한다면, 유감스럽지만 그 고통들을 기분 좋게 짜증 내지 않고 받아들이려는 마음이 되어야만 한다. 행복하다는 것은 소수의 운명일 뿐이고, 괴로움을 겪는 것이 만인의 운명이라고 말할 수밖에 없다. 인간들 간의 결속은 자기 자신의 고통을 많은 사람들의 고통과 함께 나누는 데서 단단한 기반을 갖게 된다.

／ 에리히 프롬 〈존재의 기술〉 중에서.

　오늘날 대한민국의 위기가 없었다면 서로 모르고 살았을 텐데, 같은 시대를 살아가며 같은 혼란을 공유하고 같은 고통을 나누고 있기에 그러한 동질감으로 우리는 서로를 진심으로 응원하고 똑같은 간절함으로 미래를 함께 희망할 수 있는 것이 아닐까.

2017년 10월 21일 토요일
소설가의 알몸을 보여주다
: 영화 〈완벽한 거짓말〉

　- 문학은 그 기억에서 탄생합니다. 어느 작가는 '소설은 과거형이

다'라고 말했습니다.   / 영화 〈완벽한 거짓말〉 중에서.

소설 속 이야기는 어디까지 사실이고 어디까지 허구일까? 어디까지 작가의 경험이고 어디부터 작가의 상상일까. 재미있는 소설일수록 독자는 작가의 머릿속이 궁금해진다.

"이렇게 리얼한데 작가가 직접 경험한 게 분명해. 체험하지 않았다면 이렇게 진짜처럼 쓸 수 없을 거야!"

"에이, 설마. 소설가가 괜히 소설가야? 이런 게 창작의 힘이라는 거지."

어느 쪽이 진실일까. 실은 소설을 쓰는 나조차 모른다. 사전에 나와 있는 대로 '사실 또는 작가의 상상력에 바탕을 두고 허구적으로 이야기를 꾸며 나간 산문체의 문학 양식'이 소설이라고 정의한다면, 소설가가 쓰는 글은 모두 다 소설이다. 좀 더 솔직하게 확장한다면, 소설가의 입과 손끝에서 나오는 모든 말과 글이 전부 다 허구라는 뜻이다. 즉, 소설가가 쓰면 일기도 허구이고, 신문 기사를 읽거나 사실을 취재해서 쓴 글도 허구이며, 자신이 경험한 것을 미주알고주알 밝혀 쓴다고 해도 그것은 허구일 뿐이다. 어쩌면 천기누설일지도 모르겠지만, 소설가의 기억 자체가 다 허구일지도 모른다. 이것은 역설적으로, 상상한 것으로만 처음부터 끝까지 원고를 채운다 해도 그것은 작가의 머릿속에서는 현실이라는 뜻도 된다.

그러나 오해하면 안 되는 것이 있다. (제대로 된, 진짜 소설가라면) 소설가의 허구가 곧 거짓은 아니라는 것이다. 소설가의 허구는 오직 진실을 말하기 위한 도구로서의 허구이다. 이렇게 요상 야릇한 소설가의 내면은 그래서 양파 같다. 까도 까도 똑같은 것 같지만 까도 까도 모르겠으며, 뭔가 대단한 게 있는 거 같은데 다 까고 보면 아무것도 없다. 소설가라는 대상은 사라지고 결국 남는 건 두 볼에 줄줄 흘러내리는 눈물뿐일지도 모른다. '그녀를 믿지 마세요'라는 영화 제목이 있듯이, 그래서 소설가를 보이는 그대로 다 믿으면 곤란하다. 이러한 복잡한 작가 내면을 상징하듯, 거울에 비쳐 여러 모습으로 분열된 주인공, 마티유의 모습이 영화에는 자주 보인다.

〈셰익스피어 인 러브〉〈위대한 비밀〉〈헤밍웨이 & 겔혼〉〈디 아워스〉〈바톤 핑크〉〈파인딩 포레스트〉〈사랑의 은하수〉〈델타 비너스〉〈유령작가〉 등 다양한 빛깔의 스펙트럼으로 소설가의 내면을 그린 영화들이 있다. 〈더 스토리〉처럼 창작의 고통에서 헤어 나오지 못하다가 기어이 표절, 아니 통째로 남의 작품을 훔치고 그 위에 자신의 이름만 써서 출간하게 되는 이야기도 있다. 〈완벽한 거짓말〉 또한 스물여섯 살의 소설 지망생이 남의 작품으로 스타작가가 되어 겪는 이야기를 다룬다.

"정말 읽으신 게 맞나요? 이유도 없이 단칼에 거절하시면 안 되죠. 어디가 마음에 안 드세요. 얼마든지 고칠게요." 소설가 지망생 마티유는 출판사로부터 거절 편지를 받고 고통스러워 한다. 편집자에게 전화를 걸어 항의해 보기도 한다. 그 심정, 나도 잘 안다. 그래도 그러는 거 아니다. 원하는 대로 다 고칠게요,라는 말은 작가라면 결코 해서는 안 된다. 마티유는 갈등하고 괴로워하다가 우연히 자신의 손에 들어온 누군가의 일기를 펼친다. 워드작업을 하고 자신의 이름을 적어 출판사에 보낸다. 그렇게 마티유는 마침내 천재작가로 불리며 세상으로 나간다. 그러나 다음 작품을 내지 못하는 마티유의 고통은 하루하루 그의 폐부 깊숙이 칼날처럼 박혀 상처를 내기 시작한다. 그가 쓸 수 있는 한 마디는 오직 "아무것도 안 써진다."

소설 지망생에서 소설가라는 이름을 얻기 위해 외국은 장편소설이 출판사에서 채택되어 출간하는 과정을 거친다. 그래서 외국 작가들은 줌파 라히리처럼 예외적인 경우를 제외하고는 처음부터 장편소설을 쓰며 독자들을 만난다. 반면에 우리나라는 신춘문예나 문학지에 단편소설이 뽑히는 과정을 겪는다. 그런데 사람들, 특히 우리나라 소설 지망생들이 전혀 모르는 게 있다. 화려하게 스포트라이트를 받으며 등단하는 것이 사실은 아무것도 아니라는 것이다. 그걸 모르고 지망생들은 오직 등단이라는 아주 작은 목적을 이루기 위해 단편소설을 쓴다. 짧게는 몇 년, 길게는 십여 년, 오직 단편 한두 편만을 마르고 닳도록 고치고 다듬는다. 그래서 막상 등단을 해도 장편을 쓰지 못한다. 써도 성공하지 못하는 경우가 대부분이다. 이것이 우리나라 독자들에게 우리 소설이 외면 받는 이유 중 하나이고, 오랜 지망 과정을 거쳐 소설가라는 이름을 얻었으나 소리 소문 없이 사라지는 이유이다.

흥행한 영화는 아니고 너무 과장되어 있고 허술한 데가 많아서 아주 재미있다거나 잘 된 작품이라고는 못하겠다. 그래도 보는 내내 아, 널 어쩌면 좋으니, 하고 손톱 물어뜯으며 봤다. 차마 '저런 나쁜 놈!' 하고 비난할 수 없는 것은 그 고통이 어떤 것인지 너무 잘 알기 때문이다. 재능을 주지 않으려거든 쓰고 싶은 욕망을 주지 말든가, 나도 수없이 원망한 적 있었다. 그런 동지 의식에서 소설가를 다룬 작품들을 보다 보면 '그 맘 너무 잘 알지. 그래도 그럼 안 되는 거잖아. 너, 어떻게 하려고 그러니?' 하고 미움 없이 중얼거리게 된다. 그리고 우여곡절을 겪은 뒤 소설가 자신은 망가지고 끝없는 고독의 나락으로 처박힐지언정, 마침내 소설을 쓰는 모습을 보면 가슴을 쓸어내리며 그를 다독이고 싶어진다.

누군가는 소설 쓰는 일이 천형과도 같은 일이라고 했던가. 마티유는 결국 자신의 모든 걸 다 잃고 〈변신〉을 쓴 카프카에 빙의라도 된 듯, 단숨에 두 번째 작품을 완성한다. 허술한 시나리오임에도 불구하고, 소설가 치고는 너무 잘생긴 배우여서, 또 소설가라는 동업자라는 입장에 빠져서 보다가 마지막 장면에서는 기어이 가슴이 먹먹해졌다.

'그래, 작품이 그냥 나오는 게 아니지. 좋은 작품일수록 소설가의 전 생애가 제물로 바쳐지는 것이지. 소설가의 운명을 지게 되면 인생 그 자체가 소설이 되는 것이지.'

나는 왜 소설을 쓰는가. 언제부턴가 소설가들이 소설은 안 쓰고 정치를 하는 세상, 기자와 정치인들이 대신 구구절절 기묘한 소설을 쓰는 아주 이상한 나라를 살면서 타고난 재능도 없이, 천재도 아니면서, 나는 왜 소설을 쓰겠다고 뒤늦게 뛰어들었을까. 남들은 재능 다 소진하고 천재작가라면 일찌감치 두어 번 요절하고도 남았을 나이에 어찌 소설가란 이름을 얻겠다고 덤볐을까. 등단하고 10년이나 지나서 남들은 모두 일가를 이루고 누군가는 절필을 선언해도 좋을 나이에 겨우 첫 장편을 내는 것일까. 그것도 이 어려운 시국에. 모든 일에는 이유가 있다고, 모든 게 다 잘 되려고 그러는 거라고, 엉뚱한 믿음을 갖고 사는 나는, 그러나 아직도 그 이유를 찾지 못하고 있다.

2017년 10월 20일 금요일

두 명의 리더와 모두의 믿음이 만들어낸 생환의 기적

: 영화 〈파이니스트 아워〉

인간이란 얼마나 멋진 존재인가. 사내의 의지란 얼마큼의 무게를 가지는가. 사랑과 믿음이란 인간이 지닌 얼마나 강인한 힘인가. 전문 가란, 리더란, 사명이란, 책임과 의무란, 그리고 생명과 삶이란 무엇인 가? 자꾸 되물으며 본 영화 〈파이니스트 아워(The Finest Hours)〉(이런 건 좀 어떻게 우리말로 멋지게 번역하면 안 되겠니!).

〈파이니트스 아워〉는 실화를 바탕으로 한 해상재난 영화다. 1952 년 겨울, 엄청난 풍랑이 몰아치던 밤, 해안경비대 버니는 세 명의 동료 와 함께 일엽편주(一葉片舟)라는 말이 실감날 정도로 작은 보트를 타 고 조단당한 선원들을 구하기 위해 거친 파도 속으로 들어간다. 나침 반마저 잃고 풍랑과 어둠 속을 헤매던 그들은 기어이 난파된 유조선 을 찾아내고, 12명이 정원인 보트에 32명의 선원을 싣고 기적처럼 귀 환한다. 〈타이타닉〉이나 〈포세이돈 어드벤처〉만큼 시나리오가 탄탄 한 영화는 아니다. 그러나 자연과 맞서며 다시 자연에 운명을 맡기는 과정을 단조롭게 보여주어서 오히려 여러 가지 생각할 여유가 생기는 작품이기도 하다.

이 영화에는 두 명의 리더가 나온다. 한 명은 용접된 부분이 허술

하니 속도를 낮추라는 조언을 했던 시버트(케이시 애플릭)다. 그는 전 문지식으로 무장된 냉정한 프로 선원이지만, 타이타닉 호 선장처럼 속 도를 고집하던 선장(이 인간은 화면에 나오지 않는다)은 그의 제안을 무 시한 결과 이 절반의 배와 함께 기어이 침몰한다. 시버트는 선장도 없 고 키도 없고 무선기능도 없는, 허리가 잘려 반쪽만 남은 배 위에 남겨 진 서른세 명(구조 중 한 명 사망)의 선원들이 구조될 때까지 어떻게든 시간을 벌어 주어야만 하는 책임을 떠맡게 된다. 결국 그는 구명정을 타고 탈출해야 한다는 동료 브라운의 주장에 반대하며 황당한 계획으 로 선원들을 설득한다.

> 시버트 : 이 배는 어두워지기 전에 가라앉을 거야. (구조대가 올 때까 지 시간을 벌 수 있는) 유일한 방법은, 모래톱을 찾아 (일부러) 배 를 좌초시키는 거야.

또 한 명의 리더는 해양경비대원 버니다. 죽으라는 명령과도 다름 없는 구조작전을 수행하는 버니(크리스 파인)는 풍랑 속에서 용케도 침 몰을 면하지만 나침판마저 잃어버리자 항구로 돌아가자는 동료의 제 안을 거부하며 이렇게 말한다.

> 버니 : 돌아가기엔 너무 멀리 왔어. 돌아가면 안 돼. 그들을 포기하 면 안 돼.

두 명의 리더 덕분에 침몰 직전의 배와 작은 구조대가 만난다. 그 러나 한 명의 리더는 새로운 리더, 새로운 책임자를 만났을 때 자신의 지식을 주장하지 않는다. 내가 얼마나 힘들게 저들을 구해 냈는데 이제 와서 다 죽이겠다는 거야? 하고 비난하지 않는다. 내가 저들을 다 구했어, 그러니 내 말을 들어, 하고 고집하지 않는다. 내가 큰 배의 리더였으니 작은 보트나 모는 네가 뭘 알겠니? 하며 자신을 내세우지도 않는다. 새로운 선장에게 전권을 넘기고 오직 믿고 따를 뿐이다.

시버트 : 어떻게 돌아가는지 알아요?
버니 : 솔직히 잘 몰라요.
시버트 : (난감, 황당 그러나) 우린 당신 손에 달렸어요, 선장.

침몰하기 직전 구조되어 보트에 옮겨 탔지만 나침반도 없고 육지로 돌아갈 길은 막막하기만 하다. 얼마나 황당했을까. 그러나 시버트는 웃으며 운명을 버니에게 맡긴다. 그리고 버니 또한 걱정 마, 나만 믿어,라며 호언하지 않고 담담히 이렇게 말한다.

버니 : 정말 긴 하루였어요. 안 그래요? 그래도 희망을 버리면 안 됩니다. 이건 좋은 배이고 우리 모두를 집에 데려다 줄 겁니다.

그러나 영화를 끝까지 보며 가장 마음을 움직인 부분은 두 리더만이 아니다. 우리와 같은, 아니 우리와는 전혀 다른 보통 사람들이다. 그들 모두는 죽음이 두렵지만, 간절히 살고 싶기에 자신의 고집을 버린다. 잘못을 인정하고 상대의 판단이 옳았음도 쿨하게 인정하다. 반쪽짜리 배를 버리고 구명정을 타야 한다고 고집했던 브라운은 내내 비아냥거리고 이죽거렸지만, 버니의 보트가 와서 모두 구조되던 순간 시버트에게 말한다.

브라운 : 자넨 잘 해냈어. 자네가 마지막으로 내려야 해. (마지막으로 내리는 것이 선장이다.)

가까스로 구조되어 작은 보트에 옮겨 탄 일반 선원들은 이제 살았구나! 하고 안도할 시간도 없이, 육지로 돌아갈 아무런 대책이 없다는 것을 알고 실망한다. 하지만 선장을 믿고 자신들의 생사를 맡긴다. 사실 리더에게 이보다 더 무섭고 무거운 말이 없다.

선원들 : 우린 믿어요, 선장님.

모진 풍랑이 닥치면 한 입에 삼켜지는 것이 순리인 것 같다. 포기하고 죽음을 기다리는 것은 차라리 간단한 일이다. 무엇보다 저마다 자기가 잘났다고 주장하는 것이 가장 쉽다. 그러나 살아보겠다고 끝끝내 저항해야 하는 이유는 무엇일까. 내 욕심을 먼저 포기하고 상대를 인정할 때 생존의 기회가 오는 건 무슨 이유인가. 대체 산다는 것은 무엇인가. 그렇게 살아남아 무엇을 하겠다는 것인가. 또한 무엇이 인간을 인간답게 하는가. 어떻게 한 번도 만난 적이 없는 인간을 구하기 위해 누군가는 자신의 생명을 걸 수 있는 것일까. 왜 누군가는 반대에 부딪치고 온갖 원망을 들으면서도 소신을 굽히지 않는가. 그리고 절망 속에서도 희망하고 그 희망을 단단히 믿어야 하는 이유는 무엇인가.

자연재해나 운명의 소용돌이 앞에서 인간은 연약하다. 자연과 운명 앞에서 인간이 이룬 기술이나 문명은 얼마나 하찮은지. 그 속에서 살아낸다는 것은 불가능해 보이기도 한다. 하지만 결코 이겨낼 수 없을 것 같은 풍랑 속에서도 꺾이지 않는 인간의 의지는 얼마나 위대한

가. 그렇게 살아남기만 하면, 마치 아무 일도 없었다는 듯, 다음날 다시 잠잠해진 자연 속에서 삶은 계속된다. 포기하지 않아야 하는 이유, 끝끝내 희망을 안고 견뎌내야 하는 이유다.

지금 대한민국 호는 어쩌면 일부러 모래톱을 찾아 좌초되어 구조되기까지 시간을 벌고 있는 것이 아닐까. 절대 포기해선 안 된다고 고집하는 버니의 구조대는 마침내 도착할까. 영화를 보는 내내 궁금했다. 그리고 개인적으로는 크리스 파인이 나온 영화를 여러 편 봤는데 그 가운데서 가장 사내다워서, 아무래도 애송이로만 보였던 〈스타트랙〉에서보다도 훨씬 매력적인 사내로 느껴져서, '저런 사내라면 인생 맡길 만하겠네.' 라며 나도 모르게 중얼거렸다.

그들이 모두 기적처럼 구조될 수 있었던 이유는 단 한 명의 영웅 때문이 아니다. 리더가 리더의 역할을 할 수 있도록 그들 모두가 리더를 믿어주었기 때문이다. 우리라면 열두 번도 끌어내렸을 상황에서도 끝까지 리더를 믿고 극한상황에서도 살 수 있다는 희망을 포기하지 않았기 때문이다. 희망을 놓지 않고 불평하지 않았던 그들 모두가 영웅이다. 까마득하지만 아직도 대한민국을 포기하지 않고 희망을 믿는 우리 모두가 영웅이다.

2017년 10월 16일 월요일
대통령 불법 구속연장을 반대하며

오늘이 80회 공판이란다. 사실 오늘 박근혜 대통령의 구속이 끝나는 날이어야 한다. 그러나 기대조차 하지 않았다. 아무런 성과 없이 집으로 돌려보낼 거였으면 애초에 거짓 불법탄핵을 시키지도 않았을 터. 지난 6개월 간 주 4회 살인적 재판에 끌고 다녔으면서도 불법 구속연장을 위해 세월호 발표 조작이니 황제 수감생활이란 용어를 언론에서 남발했던 그들이다. 황제란 말을 가져다 붙인 이유는 너무나 뻔하다. 어머나, 저이는 감옥에서도 황제처럼 사치스럽게 생활을 한대, 하며 국민들의 저열한 감성을 자극, 분노시키기 위한 것이다. 주변 환경이 온통 황금으로 번쩍번쩍 빛을 내는 것 같은 인상을 주는 '황제'라는 말, 그 단어가 발산하는 눈부신 아우라를 이용, 자신들의 불법 구속연장이 정당한 것처럼 국민들을 속이기 위함이다.

"일반 수용자에 비해 5배나 넓은 수용시설을 이용하고 있으며, 일반 수용자들은 변호사 비용 등 때문에 1일 1회 접견을 상상하기 어렵다. 국정농단이라는 중대한 범죄를 저지르더라도 돈과 권력이 있으면 매일 변호인 접견을 하며 '황제 수감생활'을 할 수 있다는 특권의 실상을 보여 주는 것이다."
불법 구속연장의 정당성을 피력하기 위해 밑밥을 까는 데 총대를 맨 것은 N이란 자다. 그는 지난 8일 구속연장을 촉구하며 위와 같이 지껄였다. 말이면 다 말인 줄 안다. '황제'란 단어를 운운하며 조금도 고통스럽지 않은 환경이라는 듯, 그가 거론한 특권은 두 가지다. 변호사를 매일 만난다는 것과 일반 수용자들보다 넓고 쾌적한 방에서 생활한다는 것. 이 짧은 지껄임을 늦었지만 반박이라도 해야겠다.

1. 일반 수용자들은 일주일에 4회 재판받지 않는다. 보통 3~4주에 1회 재판한다. 그러니 돈 들여 매일 변호사를 만날 이유가 없다. 그러나 박근혜 대통령은 일주일에 4회, 하루에 열 시간 넘게 한 달이면 16회나 재판을 받았다. 일반인이라면 지난 6개월간 고작 6~8회에 불과했을 것이나 80회 심리를 받았다는 것이다. 어느 황제가 이렇게 끌려 다니며 온갖 수모를 받는가? 어느 황제가 수감되어 변호사 만나는 것조차 조롱당하는가. 자신을 변호할 권리조차 박탈당하는가. 거의 매일 재판을 하는데, 하루에 한 번 변호사를 만나는 것이 황제적 특권인가. 내일 있을 재판을 준비하며 오늘 변호사를 만나는 것이 특권인가. 한 달에 한 번 재판 받는 일반 수용자들과 일주일에 4회 재판받는 대통령과의 비교가 가능하기는 한 것인가. 매일 재판 받는 것이 특권이라면 그럴 수 있다. 그렇다면 다른 사람들과 달리 일주일에 네 번이나 끌려 다니며 하늘보다 높으신 판사님을 매일 만나는 특권에 대해서는 왜 말하지 않는가.(?)

2. 국정농단이라는 중대한 범죄를 저질렀다고 했는데, 법에는 국정농단이라는 죄목이 없다. 그건 그들이 만들어낸 말장난에 불과하다. 그런 죄가 있고 그런 죄를 범한 증거가 있다면 어디 한 개라도 내놔 보시라.

3, 돈과 권력? 그분, 집 팔아 변호사 비용 낸다. 권력은 지금 그를 수감한 자들이 모두 갖고 있는 것 아닌가. 그나마 이제는 변호

사 모두 사임했으니 모든 게 그들 뜻대로 되는 것 아닌가.

4. 감옥이 아무리 넓고 화려하다 치자. 대체 우리나라 어느 교도소
   에 황제가 살 만한 환경이 조성되어 있다는 것인가. 혹여 세상
   에서 가장 화려하다는 레오벤 교도소 비슷한 것이 우리나라 어
   딘가에 있는 것인가. 또 아무리 좋다 한들, 허물어져 가더라도
   내 집만한 곳이 어디 있는가. 그것이 황제 생활처럼 보인다면,
   그게 너무 배 아프다면, 집에 보내주면 될 것 아닌가. 황제 수감
   생활이라며 그렇게 불공정한 거 같으면 당신이 한 번 들어가 황
   제처럼 살아 보시던가!

대한민국을 통째로 평양에 바치려는 목적이 완성되기까지 국민의
눈과 귀를 가리기 위해 마녀가 필요한 사람들처럼 보인다면, 그래서 줄
기차게 박근혜 대통령을 희생시키려는 계략처럼 느껴진다면, 내 눈이
비뚤어졌기 때문이겠지? N을 비롯한 정치인, 언론인들이야 저마다의
어떤 목적으로 그렇다 해도, 내가 정말 이해할 수 없는 것은 사회주의
도 좋아, 공산주의라도 상관없어, 하며 그들에게 동조하는 일부 국민들
이다. 황제 수감이란 말에 현혹되어 분노가 치밀었더라도, 아무리 촛불
을 들었다 해도, 인간적으로 주는 것 없이 싫은 사람이라고 해도, 생각
할 줄 아는 능력이 있다면 한 번쯤은 의심해 봐야 하는 것 아닐까. 아무
리 미운 사람이라 해도 N이라는 자의 말을 들을 때 인간적으로, 논리적
으로, 다음과 같이 바꿔 생각하고 말할 수 있어야 하는 게 아닌가.

"일주일에 4회 재판이 일반적인 건 아니구나. 국정농단으로 탄핵
된 줄 알았는데 그런 죄가 법에 없다니 좀 이상한데. 그리고 이미 권력
다 빼앗긴 사람을, 그래도 여성인데, 굳이 저렇게까지 끌고 다니며 망
신을 줘야 할까. 대통령 하던 사람이 수감생활하는 것도 쉽지는 않을

텐데, 아직 유죄판결 난 것도 아닌데 죄인 취급하면 안 되지. 더구나 유영철이도 인권이 있다고 운운해 왔던 사람들이라면 자신을 변호해야 하는 권리까지 조롱하는 건 너무 하잖아. 만약 내가 저 사람이라면, 저 사람이 만약 내 가족이라면, 내 친구라면, 무척 화나고 억울할 것 같은데?" 하고 말이다.

2017년 10월 16일 월요일

왕관을 쓴 독사들의 세상
: 셰익스피어 〈햄릿〉

유령 : 네가 이번 일에 움직이지 않는다면 넌 망각의 강변에 편안히 뿌리 내린 무성한 잡초보다 더 둔한 것이다. 정원에서 내가 잠을 자는데 독사가 날 물었다고 발표됐더구나. 덴마크 전체가 조작된 나의 사망 경위에 새까맣게 속고 있다. 햄릿, 그러나 네 아비의 목숨을 앗아간 그 독사가 지금 왕관을 쓰고 있느니라.

햄릿 : 내 간은 콩알만 하고 탄압을 쓰게 느낄 쓸개조차 빠진 놈이 틀림없다. 아. 이 얼마나 못난 놈이란 말인가. 살해당한 아버지의 아들이자 천국과 지옥으로부터 복수를 재촉 받은 내가 잡년 잡놈처럼 입으로만 저주를 퍼붓고 있을 뿐이라니! 역겹구나. 퉤! 머리를 굴려봐야지. 흠, 그래, 배우들에게 아버님 살해 상황과 비슷한 연극을 시켜야겠다. 삼촌의 표정을 살피고 아픈 데를 찔

러봐야지. 만약에 그가 움찔한다면, 나는 내가 해야 할 일을 알
고 있다.   / 셰익스피어 〈햄릿〉 중에서.

억울하게 죽어 유령이 된 아버지의 영혼을 만난 후 햄릿은 두려움
에 떨면서도 경위를 밝혀 아버지의 원한을 풀어주고 아들로서 복수해
야 한다는 책임감에 사로잡힌다. 생각 많은 햄릿에게는 진실을 외면한
채 계속 살아갈 것이냐, 진실을 밝히고 피의 복수를 할 것이냐의 선택
이 곧 '살려두느냐 죽이느냐의 문제'다. '눈에는 눈, 이에는 이'와 같은
피의 복수는 끝없는 피의 원한을 순환시킨다. 그러나 아비를 죽이고 어
머니마저 차지한 원수를 모른 체 산다는 것 또한 인간의 도리는 아닌
것 같다. 어찌해야 할까. 내가 햄릿이라면, 당신이 햄릿이라면, 어찌 해
야 하는 것일까.

거짓불법 탄핵의 단초가 된 태블릿PC의 실제 사용자가 나타났는
데 페이스북에서만 복장이 터질 뿐, 세상은 아무 것도 달라진 게 없는
것 같다. 판사는 불법 구속연장을 결정하고 변호사는 사임하는 사태가
오고, 더 이상 재판부에 희망을 가질 수 없다는 심경을 대통령이 밝혔
음에도 불구하고, 세상에는 아무 일도 일어나지 않는다. 만약 이 일이
그들 조직에서 일어난 일이라면 어떤 일이 벌어졌을까. 이렇게 조용히
가만히, 아무 일도 일어나지 않았으려나.

섣불리 복수의 칼을 들게 되면 어떤 비극이 일어나는지 햄릿의 결
말을 아는 우리는 두렵기만 하다. 어찌 해야 할까. 결국 사랑하는 연인
도, 어머니도, 자기 자신까지도 죽음에 이르게 했던 햄릿은 다른 길을
찾았어야 했다고, 모른 체 살았어야 했다며 그때 벌인 일을 후회하고

있을까. 지금 만약 여기 햄릿이 있다면, 그는 무슨 말을 들려줄까. 그러나 한 가지 분명한 건, 진실을 밝힐 수 있는 길을 햄릿처럼 머리 굴려 찾아내지도 못한다면, 세상은 언제까지나 '왕관을 쓴 독사'의 것으로 남으리라는 사실이다.

2017년 10월 14일 토요일

아, 불친절! 한국에 돌아왔구나!

인천공항에 도착한 뒤 곧바로 '아. 한국에 왔구나!' 절감했다.

1. 입국심사를 받는 줄이 빠르게 줄어들지 않았다. 사람들이 쭈뼛쭈뼛 바깥쪽 줄에만 서서 기다리기 때문이었다. 정복을 입고 그저 뒷짐 지고 서 있던 직원이 안쪽으로 사람들을 안내했다면 훨씬 빨랐을 것이다. 창구가 하나 둘 비는데도 사람들이 채워지지 않자 심사직원이 한 마디, 그제야 자신이 해야 할 일이 있다는 걸 깨달은 듯, 그 자리에 거만하게 선 채 이용객을 향해 손가락질을 하며 권위적으로 소리쳤다. "이쪽으로 와요. 이쪽!"

2. 캐리어 카트를 장기주차장까지 끌고 갈 수 있느냐고 물었을 때, 수십 개의 카트를 모아 끌고 온 중년의 남자 직원은 대뜸 "그걸 장기주차장까지 어떻게 가져가요?" 하고 뭔 똥 같은 소리냐는 듯 맞받아쳤다. 멀긴 멀어도 올 때 캐리어를 끌고 걸어왔기에 물었던 것인데, 참 민망한 대답이었다. 그도 좀 미안했던 것일까. 마지못해 성난 얼굴로

쳐다보지도 않고는 "셔틀 타고 가요." 하고 덧붙였다.

    3. 밤 9시가 넘은 시각, 지하1층 푸드 코트에서 순두부찌개를 먹었다. 9시 30분이 가까워지자 식사를 하고 있는 손님들이 우리까지 서너 테이블이나 되었는데도 직원들은 아무런 양해도 구하지 않고 의자를 테이블 위에 올리고 빗자루질을 하고 바로 옆 테이블 위에 스프레이를 뿌려가며 행주질을 했다. 자기들끼리 이런 저런 잡담도 나누었다. 마치 '우리 퇴근해야 하니까 빨리들 처먹고 꺼져!' 하는 것 같았다. 그러려면 손님을 받지 말았어야지. 먼지에, 스프레이에 재채기가 나왔다. 아무도 뭐라 하는 사람은 없었지만 그 틈에서 먹고 있는 내 자신과 손님들이 비굴하기도 하고 가엾기도 하다는 생각이 들었다. 동네 식당이 아니라 세계적인 인천국제공항에서 경험한 일이다.

    어디로 가야 할지 몰라 지하철역에서 휘둥그레 눈 굴리며 서 있기만 해도 나이 든 안내직원이 다가와 물었다. 어디로 가느냐고, 자세히 역을 가르쳐주고, 즐거운 여행 되시라고, 우리말로 인사까지 해주었다. 출입국 심사장에서는 안내하는 이들이 눈치 빠르고 친절하게 승객들의 줄을 찾아 서게 했다. 오코노미야끼를 먹는데 사이드 반찬 작은 접시가 3백 엔, 우리 돈으로 3천 원이 넘었다. 그래도 아깝다는 생각이 들지 않았던 건 맛도 맛이지만 직원들의 친절한 서비스를 받았기 때문이었을 것이다.
    신호등이 필요 없을 것 같은 아주 좁은 일방통행 길. 차가 다니지 않는데다 금방 파란불이 들어올 타이밍이 된 것을 아는 젊은 청년들이 아직은 빨간 신호등인데 발을 떼려 했을 때, 나는 알아듣지 못했지만 노년의 신사가 한 마디 따끔한 어조로 주의를 주었다. 그러자 이내 사과하고 멈추는 청년들.

겨우 몇 천 원짜리 순두부찌개를 먹으면서 공짜 반찬을 세 가지나 먹을 수 있으니 직원들이 빗자루질을 하든 걸레질을 하든 입 닥치고 먹는 게 당연하게 생각되는 나라. 황제 같은 직원들, 눈치 보는 이용객들, 손님이 식사중인데 청소하면 어쩌느냐고 한 마디도 불평하거나 지적할 용기가 나지 않는 사회. 나뿐만이 아니라 모두가 그러려니, 여기는 한국이니까, 모르는 척 외면하는 것이 당연해져버린 사회. 행여 뭐라고 한 마디 한다면 죄송합니다,라는 사과 대신에 열 마디 욕이 날아올지 모르므로, 똥이 무서워서 피하나 더러워서 피하지, 하며 재빨리 숟가락 내려놓고 가방 들고 일어나는 것이 현명한 행동이 되어버린 사회. 하긴 촛불만 들면 국민이 뽑은 대통령도 불법 탄핵되고 아무런 죄 없이도 구속 수감, 재판당하는 나라인데 하물며 빗자루를 손에 든 직원을 고객 주제에 어찌 당하겠는가.

2017년 10월 14일 토요일

이 땅에는 대망을 가진 사내가 없다
: 야마오카 소하치 〈대망〉

- 노부나가의 위업을 잇느냐, 초로(草露)와 같이 죽을 것인가. 하늘이 히데요시라는 사나이를 시험하고 있다. 한 번 운이 좋은 사나이라 믿게 하면 그것에 어리광을 부려 방심하는 사나이인지, 아니면 더더욱 진심을 기울여 하늘의 기대에 어긋나지 않도록 노

력하는 사나이인지 심술궂게 보고 계신다. 오늘부터 이 히데요시
는 누구의 가신인가. 뻔한 일. 하늘의 가신이다. 지금까지는 주
군에 대한 충성이었지만 이번엔 하늘에 대한 첫 충성이다. 태어
났을 때는 발가숭이였지. 나는 다시 한 번 발가숭이로 돌아가겠
다. 지금 금고에 황금이 얼마나 있지? 좋아, 좋아. 그 돈을 즉시
녹에 따라 분배해 주어라. 졸개 말짜에게도 빠짐없이 주어라. 가
신 모두의 처자에게 평소의 다섯 배씩 나누어 주어라. 죽게 된다
면 사소한 성의, 살게 된다면 좀 더 큰 성으로 맞을 때까지의 양
식이라고 말해라. 이제부터 히데요시는 다시 한 번 발가숭이가
되어 싸우는 거다. 살든 죽든 다시는 이 성에 돌아오지 않는다.

/ 야마오카 소하치 〈대망〉 중에서.

박근혜 대통령 구속이 연장되었다. 거짓 불법 탄핵에 6개월 간 구
속, 일주일에 4회나 되는 살인적 재판 강행에 이어 구속연장이 발표되
기까지 대통령과 한 솥밥을 먹던 자들이 그동안 그를 위해 한 일이라
고는 지난 11일 구속기한 연장 반대를 당론으로 채택한 것뿐이다. 충
성에 대해 말하려는 것이 아니다. 이 나라에서 정치한다는 사내들 중
단 한 명도 세상을 크게 보고 제대로 천하를 움켜쥐고 싶은 대망을 가
진 자가 없다는 사실에 내 얼굴이 화끈거린다는 것을 말하고 싶을 뿐
이다.

아케치 미츠히데가 오다 노부나가에 대한 모반을 일으켰을 때 히
데요시는 갈등한다. 그러나 충성에 대한 의로운 분노였든, 천하를 쥐
기 위한 치밀한 기회주의적 계산이었든, 그는 결국 재빨리 미츠히데를
제압한다. 아무리 두뇌회전이 빠르고 운이 좋았다 해도, 노부나가의
신뢰를 받아 권력을 갖게 되었다 해도, 천한 출신이었던 그가 혈통 좋

은 가신들의 조복을 받아 노부나가의 뒤를 이을 수 있었던 것은 주군
에 대한 복수를 완수한 충신이라는 대의명분을 세웠기 때문이다. 비록
더 큰 대망을 품고 몸을 낮춰 때를 기다리던 도쿠가와 이에야스의 입
에 천하를 털어 넣어준 셈이 되고 말았지만 그렇다 해도 그는 최초의
일본 통일을 이루었던 인물로 역사에 이름을 남길 수 있었다.

 조선을 기반으로 대륙 정복의 야심까지 가졌던 그가 우리에겐 괘
씸하기 그지없으면서도 이런 인물조차 못내 부러운 건, 주군에 대한
갸륵한 충성은 바라지 않더라도, 충의를 내세워 영악스럽게나마 세계
를 제패해 보겠다는 크나큰 야심을 품은 사내가 이 땅에는 보이지 않
기 때문이다. 그저 어디에 붙어야 권력과 부를 누릴까, 눈알 요리조리
굴리며 찬바람 불면 스러질 목숨인 줄 모르고 한여름 파리처럼 이 밥
그릇 위에 앉아 손바닥 비비고 저 반찬 그릇에 앉아 발바닥을 비벼대
는 모습뿐이니, 오호 통재라, 사내다운 사내가 없는 이 땅에 사는 한
여인으로서 어찌 목 놓아 통곡하지 않을 수가 있을까.
  (*여인네들에게 이야기하지 않는 건 내가 영웅을 기다리는 여인이기
  때문일까. 여자는 영웅이 불가능하다고 생각하기 때문일까, 또는 같
  은 여인네로서 지조 없는 그네들이 부끄러워 입에조차 올리기 싫어
  서일까.)

2017년 10월 8일 일요일
잠시 떠나는 여행

〈게이샤의 추억〉과 천 년 전 여성작가가 쓴 것이라고는 도저히 믿어지지 않는 〈겐지 이야기〉 그리고 미시마 유키오의 〈금각사〉 이야기를 쓴 작가들의 나라에 잠시 여행을 다녀올 예정이다. 나라는 풍전등화인데, 며칠만 걱정을 머리에서 비우려 한다. 토토가 주고 간 선물, 자유 그 2탄으로 교토 여행을 가게 됐다. 언제 어딜 꼭 가야겠다고 계획한 건 아니었는데 토토 떠나고 며칠 후 M이 전화를 해서는 "토토가 떠난 건 마음 아프지만 같이 여행을 갈 수 있게 되어서 너무 좋아요." 했다. 매번 같이 여행을 떠나자고 할 때마다 토토를 혼자 둘 수가 없다고 했었다. 그런데 이제 돌봐야 할 토토도 없고 〈트러스트미〉도 내 손을 떠나 출판사가 할 일만 남은 상태이니 문제는 통장 잔고뿐이었다. 그런데 어차피 혼자라도 가려 했으니 동행해 주는 것만으로도 기쁘다며, M도 힘들 텐데 부담을 많이 덜어주었다.

도쿄를 다녀온 게 2008년이었으니 거의 10년 만의 해외 나들이다. 일본 내 우리나라 역사의 발자취도 보게 될 것은 물론, 어린 치요가 빨간 기둥 사이를 뛰어가 소원을 빌었던 후시미이나리에도 가보고, 얼마나 아름다운 곳일까 하며 상상 속에서만 수없이 불타올랐던 금각사도 눈에 담고, 그리고 M이 가장 좋아한다는 청수사, 또 메이지시대 작가들이 많이 살았다던 문인의 거리 혹은 철학의 오솔길도 걸으며 그동안 텅 비워졌던 마음을 가득 채우고 돌아와야지. 산책 갈 때도 휴대폰은 갖고 나가지 않는 편이어서 내일부터 사나흘, 아마도 페북이나 블로그 접속은 하지 않을 것이다. 모쪼록 그 사이 별 일 없기를, 다녀와 좋은 소식 들려오기를.

2017년 10월 7일 토요일

책을 읽지 않는 국민과 노벨문학상

: 가즈오 이시구로 〈남아 있는 나날〉

죽음을 눈앞에 두면, 더 열심히 더 죽어라 일했어야 했는데, 하고 후회하는 사람은 없다고 한다. 더 많이 사랑할 걸, 더 많이 웃을 걸, 더 많이 긍정할 걸, 그때 두려워말고 마음을 고백했어야 했는데, 더 좋은 사람들과 더 즐겁게 시간을 보내면 좋았을 걸, 하고 후회한다고 한다. 이런 말을 들으면 누구라도 남아있는 날들은 어떻게 살아야 할까, 생각하게 된다.

올해 노벨문학상 수상자는 일본계 영국 작가 가즈오 이시구로다. "위대한 정서적 힘을 가진 소설들을 통해, 세계와 닿아 있다는 우리의 환상 밑의 심연을 드러냈다."는 것이 선정 이유라고 발표했다. 영국계라고는 해도 1968년 가와바타 야스나리, 1994년 오에 겐자부로에 이어 일본 작가로는 벌써 세 번째 수상이다. 같은 동양인인데 왜 우리는 안 될까, 많은 사람들이 궁금해 하는 것 같은데 내부의 잦은 지진과 외부에서 날아왔던 핵폭탄 때문이 아닐까, 하는 생각이 든다. 그 결과 그

들 가슴에 새겨진 죽음과 삶에 대한 겸허한 관조와 일본인으로 살아
남아야 한다는 일체감.

'폭풍전야의 고요함'이 무엇인지 알게 된다면, 비 오는 날 먼지 나
게 매를 맞게 된다면, 그제야 우리도 좀 달라지려나. 그 전까지는 한
달 평균 여섯 권의 독서량을 자랑하는 일본과 단 한 권의 평균율을 자
랑하는 우리, 일 년간 단 한 권도 책을 읽지 않는 국민이 세 명 중 한
명이라는 우리나라의 노벨문학상 수여는 꿈도 꾸지 말아야 한다.

가즈오 이시구로라는 작가는 낯설지만 각색된 영화 〈남아있는 나
날〉은 잘 알려진 작품이다. 개봉될 당시 처음 보았고 몇 해 전 또 한
번 보게 되었는데, 노벨문학상 수상 소식을 듣고 지난 밤 다시 찾아보
았다. 작품 속에는 두 개의 축이 나란히 함께 움직인다. 숨 막힐 듯 반
복되는 충직한 집사로서의 직업인, 그리고 한 번도 드러내본 적 없는
개인의 감정과 애써 모른 척 떠나보낸 사랑. 그러나 아버지의 임종도
지키지 못하고 사랑도 흘려보내며 충성했던 직업은 아무리 스스로 자
부하려 해도 바뀐 세상에서는 한낱 부끄러운 것이 되어버렸고, 20년이
흘러 재회한 사랑은 또 다시 모래알처럼 손에서 빠져나갔다.

영화에서는 버스를 타고 떠나던 엠마 톰슨의 울음과 우산을 접고
운전석에 오르던 안소니 홉킨스, 그들이 청승맞게도 쏟아지던 밤 비
속에 갇혀 있을 때, 남은 나날들을 대체 어쩌라는 거야, 관객의 입에서
는 한숨이 나온다. 그래도 소설의 마무리 부분에 나오는 구절을 읽으
면 좀 안심이 된다.

- 내 인생이 택했던 길을 두고 왜 이렇게 했던가 못 했던가 끙끙대

고 속을 태운들 무슨 소용 있을까. 여러분이나 나 같은 사람들은 진실되고 가치 있는 일에 작으나마 기여하고자 노력하는 것으로 충분할 것이다. 그리고 누군가 그 야망을 추구하는 데 인생의 많은 부분을 희생할 각오가 되어 있다면 결과가 어떻든 그 자체만으로도 긍지와 만족을 느낄 만하다.

/ 가즈오 이시구로 〈남아 있는 나날〉 중에서.

아마도 스티븐슨(안소니 홉킨스)은 잃어버린 사랑이나, 한때는 자부했으나 지금은 부끄러워진 과거를 돌아보며 아쉬워하지 않을 것이다. 지금까지 그랬던 것처럼 투철한 직업정신으로 건강이 허락하는 날까지 일을 하겠지만 자신의 일을 보다 더 즐길 것이고, 그렇게 함으로써 남아 있는 날들을 후회로 채우지는 않을 것 같다.

마음에 담아둔 사랑 하나 있으면 그 생은 견딜만해진다. 꼭 같이 있지 않아도, 너 나 사랑해? 나 너 사랑해! 말과 몸으로 확인하지 않았어도, 인생은 그렇게 희미한 빛 한 줄기 부여잡고 견뎌 가는 것이다. 즐겁다고, 기쁘다고 자신을 믿으며. 그리고 이 모든 그리움과 충만한 고독에 깊이 감사하며.

2017년 10월 6일 금요일

지구 시민, 뭉치면 살고 흩어지면 죽는다!
: 영화 〈혹성탈출: 종의 전쟁〉

Apes! Together! Strong!
또는
지구 시민! 뭉치면 살고!! 흩어지면 죽는다!!!

우리말 번역 제목이 무척이나 마음에 들지 않는 영화, 〈혹성탈출〉을 3편까지 다 보고 나서 복잡한 생각이 드는 것은 내가 지금 여기, 대한민국에서 살고 있기 때문이다. 일단 오늘 글의 주제는 아니더라도 '혹성'이란 낱말부터 짚고 넘어가야 한다. 혹성은 자체 발광하는 별, 즉 항성(恒星)의 주위를 도는 Planet의 일본식 표현이다. 그러나 우리나라에서는 혹성(惑星) 대신 '행성(行星)'이란 말로 순화된 된 지 오래다. 추측건대, 항성(恒星: 붙박이별)의 주위를 제 멋대로 어지럽게 떠도는(일본어로 혹성(惑星: わくせい)을 직역하면 갈팡거리는 별이란 뜻이라고 한다.) 것이 아니라 정확한 궤도를 갖고 움직이는 것으로 보는 게 더 정확하기 때문일 것이다.

혹성이란 말이 일본과 연관되어 있음을 모를 리는 없을 텐데도 제목을 굳이 혹성탈출이라 쓰고 있는 이유는 짐작이 된다. 행성으로 순화되기 이전, 일본을 그대로 따라 혹성으로 번역했으므로, 1968년 이후 8편에 이르는 〈Planet of the Apes〉 시리즈라는 후광을 이용하기 위한 마케팅의 일환일 것이다. 영화판은 대부분 반일(反日)을 한반도 최대의 선으로, 자본주의를 인류 최대의 적으로 생각하는 이들이 주류인데, 반론의 목소리 없이 극장에 걸릴 수 있는 걸 보면 알다가도 모를 일이다. 제목 이야기는 이쯤에서 접기로 하자. 대신 이 영화를 인용할 때는 혹성탈출 대신, 여덟 편의 제목에 공통으로 사용된 〈Planet of the Ape〉를 원제 그대로 쓰거나 직역하여 〈유인원의 행성〉으로 이야기하도록 하겠다. 아울러 나는 아쉽게도 2011년 이전에 나온 〈유인원의 행성〉은 보지 못했으므로 아래에 이어지는 글은 2011년 이후 국내에서 상영된 세 편에 국한되어 있음을 밝힌다.

한 제약회사는 알츠하이머를 치료할 수 있는 약을 개발하기 위해 유인원을 대상으로 임상실험을 하게 되지만, 그 부작용으로 인해 유인원은 지능을 갖게 되고 반면에 인간은 치명적인 바이러스에 감염된다. 결국 진화되어 가는 유인원들과 멸종되어 가는 인간은 각각 자신들의 종을 지키기 위해 치열한 전쟁을 시작한다. 문명이 지켜주지 못하는 인간, 바이러스와 자연재해에 취약한 인간은 과연 살아남을 수 있을까. 오랜 세월에 걸쳐 누적되어온 인간지능을 단기간 내에 넘어선 유인원은 마침내 자신들을 멸종시키려는 인간을 물리치고 지구의 주인이 될 수 있을까. 이것이 〈Planet of the Ape〉 시리즈의 줄거리다.

어느 입장에서 보느냐에 따라 이 영화는 아군과 적을 쉽게 나눌 수 있다. '나는 인간, 그러니 원숭이 따위는 죽여도 돼.'라거나, '자연은 선이고 문명과 자본주의는 악이다.'라는 논리를 편다면, 선과 악조차 간단히 구분할 수 있을지 모른다. 그러나 조금만 생각할 수 있다면 이 영화가 얼마나 영악스러운지, 또는 얼마나 복잡한 작품인지도 눈치 챌 수 있다. 더구나 지금의 대한민국을 살아가자니 이 영화가 상징하는 바를 다른 나라에 사는 관객들보다 좀 더 예민하게 느낄 수밖에 없고 그 의미와 비전을 더 깊이 찾아볼 수밖에 없다.

거짓 정보가 쏟아지는 스마트 폰을 손에 쥐고는 있되 눈과 귀가 열려 있고 생각할 머리가 있는 국민이라면, 애써 진실을 찾으려는 의지를 갖고 있는 시민이라면, 오늘 우리가 처해 있는 대한민국의 혼란과 위기가 단지 한반도에 국한된 문제가 아니라는 것을 눈치 챘으리라 믿어진다. 동전만 양면이 있는 것은 아니어서, 자본에 대한 축적 욕망은 편리한 현대문명을 이루었지만 우리나라뿐 아니라 전세계를 점점 위기로 몰아넣고 있는 것이 사실이다. 그러나 기술과 과학의 발달은 소셜 네트워크를 통해 많은 사람들을 일깨우고 있으며, 아이러니하게도 지금의 위기 또한 그로 인해 타파해 나가게 될 것이라 생각된다. 지금 우리가 당면하고 있는 문제의 핵심과 해결 방안을 이 영화 혹성탈출, 아니 유인원의 행성 시리즈와 관련하여 몇 가지 항목으로 나눠 정리해 보기로 한다.

1. 박근혜 대통령에 대한 거짓 불법 탄핵사태는 대한민국의 존재를 부정하기 위한 것이다. 이승만, 박정희 대통령이 세운 자유 대한민국의 건국과 존재 자체를 부정, 무화(無化)시키기 위해 그들의 정통성을 이은 대통령을 상징적으로 마녀사냥한 것이다. 따라서 이에 동조, 부역한 자들이야말로 저질이자 악질이다. 영화 속에서 인간에게 착취당하고 이용당하는 앞잡이 고릴라들처럼, 당나귀라 불리며 완장 찬 고릴라들처럼, 더 배부르기 위해, 목숨을 구걸하기 위해, 동족을 팔아넘기는 이들 말이다. 그들에

게는 유인원 종족의 리더, 시저의 말을 들려줘야 한다.

시저 : 너에게 뭘 약속했든 저들이 널 살려둘 것 같아? 쌓고 있는
저 장벽은 허튼 발악이야. 그것은 그들도, 너도, 살려주지 못해.
배신자 : 나는 내가 살려.
시저 : 네 안에 살려낼 게 남아 있기는 해?

2. 한 마디로 축약해서 말하기는 곤란한 면이 있지만, 1·2차 대전
을 치르는 과정을 통해 인류는 전 세계를 식민지화 하려는 몇몇
제국들의 야욕을 꺾었으며, 공산주의와 전체주의의 팽창을 저
지했다. 그리고 이제는 누군가에게는 생소하지만 눈 밝고 귀 밝
은 이들에게는 익숙한, 뉴 월드 오더(New World Order)와의 전쟁
이 시작되고 있다. 전 세계를 하나의 정부로 만들어 인류를 지
배하려는 소수 권력자들의 야욕 말이다. 이 무슨 허무맹랑한 음
모론인가 싶다면, 검색해 보기 바란다. 세계적 리더라는 자들이
입이 닳도록 드러내놓고 주장해온 캐치프레이즈이다. 그들의
목적은 글로벌리즘, 지구촌, 무정부, 리버럴, 국경 없는, 무한복
지, 차별 없는 평등, 소수의 권리 등등 허울 좋은 표현들로 포장
되어 있다. 그 전쟁의 서막이 한반도의 혼란일지 모른다. 지구
위에 남은 유일한 비자본주의, 공산주의, 1인 독재, 전체주의 집
단인 북한을 머리 위에 이고 있는 대한민국이 뉴 월드 오더를
실현하기 위한 최초의 화약고이자 그들의 욕망을 저지할 수 있
는 마지막 보루인 것이다.

3. 뉴 월드 오더를 지향하는 자들의 목적은 자신들이 세상의 주인

이 되는 것, 세상의 모든 부와 권력을 누리며 인류를 노예로 부리는 것이다. 100여 년 전 만들어졌다는 그들의 강령, 공산주의와 뉴 월드 오더의 근간이 되는 〈시온 의정서〉만 훑어보더라도 지금의 혼란과 그들의 저의를 헤아릴 수 있다. 그 강령들 일부는 다음과 같다.

- 수단과 방법을 가리지 않는다. 목적은 수단을 정당화한다. 혼란을 조장한다. 전문가를 양성하여 우리에게 유리한 법 조항을 만든다. 약점 있는 사람을 대통령으로 내세워 꼭두각시처럼 조종한다. 언론을 통제해 대중의 심리를 조종한다. 영화, 스포츠, 연예, 오락에 심취하게 하여 대중의 사고능력을 상실하게 한다. 역사를 조작하고, 새로운 철학으로 교육, 인간을 개조하여 서로를 고발하게 한다. 정부를 파산시키고, 공산주의 사회를 건설한다. 그렇게 완벽한 독제체제를 구축한다.   / 〈시온 의정서〉 일부.

영화 〈유인원의 행성〉과 우리의 현실이 다른 건 한 가지다. 영화 속 사건과 불행은 불멸하고자 하는 인간의 당연한 욕망과 지나친 인간의 탐욕에서 비롯되었다. 그러나 그 원인이 비록 인간 자신이라 해도 결과적으로는 자신들의 멸종을 재촉하는 유인원을 말살시키고 인간 종을 지켜야 할 정당성이 인류에게는 있다. 그리고 유인원에게도 자신의 종족을 지켜야 할 당위성이 있었다. 따라서 자신의 종족을 지키고자 하는 양측 모두, 시저는 물론 유인원과 가장 첨예하게 대립하는 대령조차, 악인이라고 정의할 수 없다. 전쟁을 시작한 것 같은 코바 역시 희생자일 뿐, 나쁜 것은 아니다. 이 영화에서는 사실 누구도 악인이 될 수 없다. 저마다 절대적으로 지켜야 할 것이 있는, 그러나 어느 한 쪽은 모두를 잃을 수밖에 없는 한편의 비극적 서사가 그 안에 담겨 있을 뿐이다.

그러나 현실에서 벌어지고 있는 우리의 전쟁은 선과 악이 분명하다. 저들은 우리를 지배하려 하고 우리는 노예가 되어서는 안 되기 때문이다. 우리의 후손, 우리의 미래가 저들의 노예로 세세생생(世世生生) 살게 해서는 안 되기 때문이다. 유인원의 리더인 시저가 목숨 걸고 싸운 이유는 바로 그래서였다. 자유를 위해, 가족을 위해, 이 땅을 위해. 우리 또한 그렇다. 우리 자신을 위해, 우리가 사랑하는 모두를 위해, 그리고 지구의 미래를 위해.

4. 지금 한반도에서 벌어지고 있는 혼란은, 거짓과 진실 찾기와 같은 추상적인 게임이 아니다. 진보와 보수, 좌파와 우파의 싸움도 아니다. 대한민국이 살아남느냐 반 대한민국 세력이 이기느냐의 내전상황만도 아니며, 세계의 패권을 미국이 갖느냐 중국이 갖느냐 하는 외교적 문제로 끝날 수 있는 것도 아니다. 소수의 지배자와 다수의 노예가 남게 될 것인가, 뉴 월드 오더 세력의 지배야욕을 꺾고 지구시민으로서 자유로운 인간의 삶을 지켜낼 수 있느냐 없느냐 하는 문제다. 저들도 살아야 하고 우리도 살아야 하는 두 개의 당위성 사이에서 숙고되어야 할 영화 속의 비극이 아니라, 우리가 살아야만 하는 하나의 당위성을 가진 진정한 생존의 싸움이고 절박한 종(種)의 전쟁인 것이다. 그래서 세계 각국의 시민들은 대한민국의 위기를 불구경해도 되는 처지가 아닌 것이다.

5. 이러한 현실을 통렬히 깨닫는 자, 매트릭스를 깨울 네오 같은 자, 우리를 강하게 이끌 리더, 우리에게도 시저가 필요하다. 어쩌면 그가 미국의 트럼프 대통령일른지도 모르겠다. 그가 뉴 월드 오더를 적대시하는 오리지널 우군인지, 일부 세간의 의혹대로 저들이 양손에 쥐고 있는 죽을 사(死)자가 적힌 쌍둥이 패인지는 알 수 없다. 부디 트럼프 대통령이 그들이 아니길 바란다. 그들이었다 해도, 유인원을 이해한 영화 속 말콤처럼, 지구 시민 편에 서겠다고 결심한 사람이길 바란다. 그래서 그가 이 초기 전쟁에서 이겨주길 바란다. 전 세계 모든 나라에 살고 있는 시민들의 자유와 생존에 관한 문제니까, 미국이 지면 미국 시민의 자유정신이 지는 거니까, 그러면 자유정신을 가진 유럽 모두 무너지는 건 시간문제니까.

그러나 우리의 시저는 우리 대한민국에서 나와야 한다. 이 전쟁은 지구 시민 모두가 함께 풀어야 할 과제지만, 그 중심과 시작은 대한민국이기 때문이다. 제3자의 입장이 아닌 우리의 문제를 자기 자신의 문제로 인식하고 해결할 장본인이어야만 이 전쟁을 근본적으로 종식, 해결할 수 있기 때문이다

6. 시저가 나타날지, 오면 언제 올지, 우리는 알 수 없다. 어쩌면 영영 오지 않을 수도 있다. 그러므로 그가 나타나 우리를 승리로 이끌어 줄 때까지 마냥 기다릴 수는 없다. 우리는 우리가 할 일을 해야 한다. 인간은 어떤 사안이든 자신의 발등에 불이 떨어지기 전에는 그 화급함과 뜨거움을 실감하지 못한다. 따라서 가장 먼저 문제에 부딪친 우리가 그들에게, 전 세계인들에게, 이 문제의 심각성과 중대성을 빠르고 정확하게 알려야 한다. 대한

민국의 위기는 한반도 안에서 해결될 사안이 아니라는 것을, 우리의 문제가 바로 그들 자신의 문제임을 세계에 알려야 한다. 우리는 물론 그들도 깨워 일으켜야 한다. 대한민국의 위기가 지구에서 살고 있는 세계인, 앞으로 미래를 살아가야 할 모든 지구인들, 즉 인류 모두의 문제라는 것을, 대한민국이 사라지면 다음 차례는 그들이 살고 있는 국가라는 것을, 그들 자신이라는 것을 알려야 한다. 우리의 문제가 아시아 구석에 매달린 한반도만의 문제가 아니라, 황인종만의 문제가 아니라, 지구 시민 전체의 문제라는 것을, 대한민국을 살리는 일이 지구 시민의 자유를 지키는 일이라는 것을 세계 수많은 사람들에게 정확히 알려야 한다.

7. 뉴 월드 오더를 지향하는 세력이 세상의 모든 자본과 언론과 기술과 권력을 독점하고 있다. 그러나 지구 시민이 가진 단 하나의 힘이 있다. 그들보다 우세한 단 하나의 장점, 그것은 수적 우세다. 인류의 숫자를 줄이려는 것이 그들의 목적을 이루기 위한 과정 중 하나인 이유이다. 또한 우리가 우리의 자유를 지켜야 한다고, 이 본질적 사안을 지구 시민 모두의 문제로 확산시켜 가야 하는 이유이다.

Apes! Together! Strong!
또는 지구 시민! 뭉치면 살고!! 흩어지면 죽는다!!!

우리 대한민국은 6·25전쟁을 겪어내면서 소련과 중공, 즉 공산주의의 팽창을 막아냈다. 동맹의 힘이 컸다 해도 우리 땅에서 피 흘리며 결국 세계의 자유진영을 지켜낸 것이다. 이번에도 연약하기만 한 대한민국의 어깨는 막중한 책임을 지고 있다. 우리 인류가 노예로 살 것인가, 자유인으로 살 것인가, 하는 것이 우리에게 달려 있는 것이다.

우리의 희생을 최소화할 시간이 아직 있다. 지금 우리가 할 수 있는 일을 한다면, 대한민국의 문제와 위기를 세계적인 시민운동으로 확산시킬 수만 있다면, 그럴 수만 있다면, 피 흘리는 전쟁이 시작되기 전에 이 전쟁을 끝낼 수 있을지 모른다. 널리 알리는 일, 그 방안을 모색하는 일, 그것이 바로 우리가 지금 해야 할 일이다.

2017년 10월 3일 화요일
믿고 볼 역사책이 없다

명절이라고 해서 고향에 내려갈 일도 없고, 전을 부치거나 떡 빚을 일도 없고 내일 아침 잠깐 차례만 지내고 오면 되므로, 고구려 역사 관련 책을 집중해서 읽었다. 조선이야 태정태세문단세…… 하며 임금 이름이나마 외울 수 있지만, 고구려 역사를 개국부터 멸망까지 28대 왕의 궤적을 훑기는 처음이다.

문제는 우리나라 역사 책 저자들이 대부분 우리 역사를 편향된 시각으로 보고 있다는 것이다. 그것을 감안하고 읽었기 때문인지 편집이나 짜임새는 좀 정신 없었지만 크게 사견을 내비치지 않은 것 같아 보였고, 야사적인 스토리를 따라가다 보니 재미가 있기도 했다. 그래도 책 말미에서 연개소문이 등장하고 고구려 멸망에 다다르자 그동안 어떻게 참았을까 싶게 저자의 쓸데없는 사견, 역사학계가 주장하는 대로 우리 역사를 뒤집어 독자를 세뇌시키고 싶어 하는 주제가 명료하게 서술되어 있다.

> ─ 연개소문의 일인 독재체제가 고구려 멸망의 주된 원인이었음을 증명하고 있다. 비록 그가 살아 있을 때에는 국력이 안정되었다손 치더라도 그것은 단지 일시적인 현상에 불과했다. 그가 죽으면서 그에게 집중되어 있던 권력을 차지하기 위해 조정은 권력 다툼의 장으로 급변했고 그것이 곧 멸망의 원인으로 작용했던 것이다. …(중략)… 그 누구에 의한 것이라도 독재체제는 국가를 멸망으로 이끈다는 평범한 진리를 연개소문이 진작 알았더라면 고구려는 그렇게 허무하게 무너지지는 않았을 것이다.
>
> / 고구려 역사 관련 서적 중에서.

국사 시간에 들어 알고 있는 고구려 말엽의 장군, 그리고 제대로 본 적 없는 드라마의 주인공, 내겐 연개소문이 그런 인물이어서 정확한 역사적 평가는 못하겠다. 그래도 저 문장을 읽자니 웃음이 터졌다. 왕조는 일인 독재체제 아닌가? 900년 고구려 역사 중 28명의 왕, 짧게는 몇 년에서 길게는 수십 년씩 한 사람의 장기집권이 아니었던가? 왕조는 능력과 무관하게 세습되는 독재체제가 아닌가? 아들을 죽이고 형을 죽이고 동생을 죽이고, 삼촌을 죽이고 조카를 죽이고, 처자가 있는 시동생을 유혹해 잠자리를 같이 하고 그를 옹립하여 다시 황후가 되는 형수, 이 왕을 폐위시키고 저 왕을 세우는 모반세력들. 작가 자신이 사료 찾아 반복하여 400페이지 넘게 서술해 놓은 고구려의 역사 내내 벌어지던 음모와 계략과 살육들, 이 모든 게 왕이 죽고 나면 벌어지는 권력 다툼이 아니었나? 위에서 밀고 내려오는 당의 고구려 정복 야욕과 아래에서 밀고 올라오는 신라의 삼국통일의 기세와 같은 국제 정세는 무시되는 것인가. 왕의 능력이나 호가호위(狐假虎威), 호의호식(好衣好食)에만 빠져 적폐세력이 된 신하들의 무능은 국가 멸망과 무관한가. 오로지 고구려 멸망이 연개소문의 독재라니, 이 무슨 궤변인지 모르겠다.

저자 역시 그런지 아닌지 모르지만 대한민국의 존재 의미를 부정하는 역사학자들의 논리가 대개는 이런 식이다. 독재체제가 국가를 멸망에 이르게 하는 악(惡)의 축(軸)이라 주장하면서도 김일성, 김정일, 김정은 일인 공산왕조 전체주의체제는 결코 비난하지 않는다. 스탈린이나 모택동 역시 비판하지 않는다. 그들의 일인 독재체제는 한미동맹을 깨서라도 지구에서 사라지지 않도록 지켜줘야 하는 착한 독재다. 그렇게 주장하기 위해 1인 독재체제와 세습 왕조체제를 애써 분리하는 게 아닐까, 의심이 든다.

그래도 독재가 나쁜 거라고 세뇌시켜 왔으니까, 독재 하면 이승만, 박정희 대통령을 떠올리도록 잘 세뇌해 왔으니까, 독재정치 안 하는 척하려고 어떤 이는 권력을 비서실장이란 자에게 다 내주고 개밥이나 주고 텃밭이나 가꾸고 교통방송 출연이나 하는 것인가.

믿고 볼 우리 역사책을 찾는 게 쉽지 않다는 것, 읽으면서도 경계하고 또 경계해야 한다는 거, 이 시대를 사는 또 하나의 비극이다.

2017년 10월 3일 화요일

끝내는 오뚝이처럼 일어서려는 의지를 가졌으므로
: 아쿠다가와 류노스케 〈라쇼몽〉

– "시체의 머리카락을 뽑아서 가발을 만들거야. 죽은 사람의 머리카락을 뽑는 것은 좋다고 할 수 없지만, 내가 방금 머리카락을 뽑은 이 계집은 토막 낸 뱀을 마른 생선이라고 팔았어. 염병에 걸려 죽지 않았다면 지금도 팔고 다니겠지. 나는 이 여자가 한 일을 나쁘다고 생각지 않아. 그렇게 하지 않았으면 굶어 죽었을 테니까. 그러니 내가 한 일도 나쁘지 않아. 이 노릇도 안 하면 굶어 죽게 생겼거든. 이 여자도 아마 내가 하는 짓을 너그럽게 보아줄 거야."

  노파의 말을 듣고 있던 사내의 마음에는 차차 어떤 용기가 솟았다. "정말 그래? 그럼 내가 네 껍질을 벗겨가도 날 원망하지 않겠지? 나도 그렇게 하지 않으면 굶어 죽을 판이란 말이야."

  사내는 재빨리 노파의 옷을 벗겼다. 그리고는 다리에 매달리는 노파를 거칠게 시체 위로 걷어차 버렸다.

/ 아쿠다가와 류노스케 〈라쇼몽〉 중에서.

신인작가에게만 수여되는 일본의 유명한 문학상, 아쿠다가와 상이란 이름의 주인공 아쿠다가와 류노스케 작가의 작품 〈라쇼몽(羅生門)〉에서는 삶과 죽음의 경계에서 아슬아슬하게 줄타기를 하는 인간의 참혹한 먹이사슬의 현장을 짧고 강렬하게 보여준다. 뱀을 생선이라 속여

판 여자, 죽은 그 여자의 머리카락을 뽑아 가발을 만들어 입에 풀칠하는 노파, 그 노파의 옷을 홀랑 벗겨 달아난 사내. 이 중 누가 가장 나쁜 인간일까. 혹시 나라면, 당신이라면, 다른 선택을 할 수 있었을까. 삶이란 이름으로, 생존이란 이름으로, 우리는 그 모두를 이해하고 용서해도 되는 것일까.

아쿠다가와 류노스케의 이 짧은 처녀작은 그의 또 다른 소설 〈덤불 속〉과 합쳐져서 구로사와 아키라 감독에 의해 인간이란 거짓말 하는 존재라는 주제로 각색된다. 영화 〈라쇼몽〉에서는 남편 앞에서 그의 아내를 강간한 도적, 남편 앞에서 도적에게 강간당한 아내, 도적에게서 아내를 지키지 못한 남편, 그리고 그들을 지켜본 또 한 명의 목격자, 이렇게 네 사람의 시선을 통해 거짓말을 해서라도 자기 정당성을 지키려는 인간의 다중적인 특성을 소설보다 훨씬 쉽게, 보다 선명하게, 보다 다양한 색채로 채색하여 보여준다. 영화를 다 보고 나서도 무엇이 진실인지, 무엇이 정의인지 확언할 수는 없다. 나의 거짓말과 당신의 거짓말, 그 사이에서 진실은 다만 아련하고 희미하게 존재할 뿐이다.

인생도 진실도 단순하지 않다. 어떤 상황, 어떤 사건에도 사람들 저마다의 절박하고 필연적인 입장이 있다. 그것이 진실을 가린다. 그의 입장이 되어보지 않고서 우리는 어떤 판단도 할 수 없는 게 옳다. 그래서 선(善: good)도 없고 악(惡: bad)도 없다고 하는 것이다. 그런데 우리나라 국민들 일부는 참으로 미안하고 민망하게도 너무나 단순하게 판단한다. 자신이 아는 게 전부라고 믿는다. 자신과 자신의 편은 선하고 정의롭고 남과 적은 악하고 불의하다고 맹신한다. 그 결과 광우뻥 사태, 세월호 사건, 거짓불법 탄핵이 가능했다. 북핵이 아니라 사드 때문에 죽을 거라는 어리석음도, 친일이란 지독한 프레임도, 공산주의 사회주의에 대한 환상도, 시대상황에 대한 이해 없는 독재에 대한 오해도, 자국 대통령에 대한 말할 수 없는 모독과 음해와 끝없이 잔혹한 고문도, 동맹국의 대통령을 참수하는 행사에 대한 열광과 주적(主敵)에 대한 찬양, 그의 화형식에 대한 반대까지, 그리고 이 모든 조국의 위기를 방관 조장하는 무리에 대한 환호까지, 다수의 국민들은 이 모든 걸 당연하게 받아들이고 있다. 오로지 선동당한 대로, 거짓 언론이 떠드는 대로 선과 악을 제멋대로 둘로 나누고 그 아래 숨겨지고 감춰진 사실은 도무지 알아볼 생각도 하지 않는다.

아무리 비루한 삶이라도 인정(人情)으로 용서하고 보듬는 게 사람의 길이어야 한다면, 법의 눈으로 사실을 냉정하게 판단하고 죄와 벌을 엄중하게 판결해야 하는 것이 법의 길이다. 그러나 지금 대한민국의 법은 인정만 앞세운 이들에 의해 죽었다. 그들이 법을 조롱하고 조리돌림한 뒤 살해했다. 이러한 참담한 사실에 대한 무관심이 우리의 가장 지독한 병이다. 인간의 단순성과 다중성에 대한 몰이해가 가장 큰 죄다. 무지가 가장 깊은 악이다. 이 모든 것이 대한민국호를 침몰시키는 중이다.

〈라쇼몽〉은 원작소설에서는 잔혹한 삶의 구조를 보여주는 것으로 끝난다. 하지만 영화에서는 버려진 아기를 안고 사라지는 극중 인물을 통해 희망을 남긴다. 비록 그 아이 또한 본능적으로 자신을 보호하기 위해 거짓말하는 어른으로 자라겠지만, 인간에 대한 연민과 믿음이 담겨 있다고 보고 싶다. 대한민국의 오늘 또한 비관하지 않는다. 인간은 때로 거짓말 하고 욕심내고 어리석지만, 밟아도 죽여도 무지와 두려움 속에서도 끝내는 오뚝이처럼 일어서려는 의지를 가진 존재라는 것을 믿기 때문이다.

대한민국의 시계는 거꾸로 간다
2017. 9. 30. ~ 9. 4.

정말 세상 바뀐 줄 모르는 것일까. 자신들의 자유가 점점 옥죄어들고 있다는 걸 진짜로 까맣게 모르는 것일까. 반공교육이 사라진 성과다. 아아, 잊으랴 어찌 우리 이날을, 하며 6·25의 노래를 부르지 않은 까닭이고, 공산주의든 전체주의든 그 위험성을 모른다고 해도 북한의 참혹함에 대해, 평양의 잔혹성에 대해 정말 무지하기 때문이다.

정말로 궁금하다. 우리 국민은 이러한 현실이 아무렇지 않은 것인가? 정말 잘한다, 잘한다 하고 있는 것인가. 저들의 주장과 사상이 점점 우리 일상 깊숙이 스며들고 있는데도 정녕 아무런 의심도 들지 않는 것인가. 우리 이렇게 살아도 괜찮다고 믿는 것인가.

- 2017년 9월 25일 월요일

2017년 9월 30일 토요일

꼭 오리라는 믿음이 우리를 견디게 한다
: 사무엘 베케트 〈고도를 기다리며〉

에스트라공 : 정말 내일 또 와야 하니?

블라디미르 : 그래.

에스트라공 : 디디.

블라디미르 : 왜?

에스트라공 : 이 지랄을 더는 못하겠다.

블라디미르 : 다들 하는 소리지.

에스트라공 : 우리 헤어지는 게 어떨까? 그게 나을지도 몰라.

블라디미르 : 내일 목이나 매자. (사이) 고도가 안 오면 말야.

에스트라공 : 만일 온다면?

블라디미르 : 그럼 살게 되는 거지.

/ 사무엘 베케트 〈고도를 기다리며〉 중에서.

두 방랑자는 고도를 기다린다. 고도가 누구인지는 모른다. 개일지도 모르고 곰일지도 모른다. 시간이나 죽음일 수도 있다. 봄바람이나 가랑비나 함박눈, 누구도 보낸 적 없는 생일선물이나 크리스마스파티 초대장일지도 모른다. 고도가 내일은 꼭 오겠다고 했다며 소식을 전해 주는 소년이 있긴 하지만, 고도가 실존하는지조차 알 수 없다. 어쩌면 소년의 농간일지도 모른다. 그래도 매일매일 기다린다. 그가 오기로 한 게 아침인지 저녁인지, 어제인지 내일인지 모레인지도 헷갈린다. 토요일인지 월요일인지 수요일인지도 확실치 않다. 정말 오기로 약속

을 한 건지조차 알 수 없다. 혹시 어제 만난 그 사람이 고도였을지도,
오늘 만난 그가 고도였을지도 모른다. 그들은 고도를 왜 기다려야 하
는지조차 모른다. 그래도 블라디미르와 에스트라공은 기다린다. 기다
린다. 기다린다. 잎 하나도 남아 있지 않은 앙상한 나무 아래서 그들은
기다리고 또 기다린다. 기다리는 시간을 견디기 위해 뜻도 없는 이야
기들을 하고 또 한다. 배고파 죽겠다, 졸려 죽겠다, 심심해 죽겠다고
우리들이 습관적으로 말하는 것처럼 그들도 기약 없는 기다림이 무료
해서 매번 나무에 목이나 맬까, 입버릇처럼 말하기도 한다. 그러는 사
이 또 하루해가 저문다. 오늘도 고도는 오지 않았지만, 그들은 또 내일
을 기약한다. 고도가 꼭 오리라는 확신은 없지만, 살기 위해 기다리는
것인지 기다리기 위해 살고 있는 것인지조차 모르지만, 그런 모습을
보며 누군가는 어리석다고 손가락질하며 비웃겠지만, 그들은 기다린
다. 기다리고 또 기다린다.

　9월의 마지막 날이다. 내내 무언가를 기다렸던 것 같다. 기다린 것
이 무엇인지 모르지만 고도처럼 오지 않았다. 내일이 오면, 10월이 오
면, 가을이 가고 겨울이 오면 고도는 올까. 겨울이 가고 봄이 오면 그
때 고도는 도착하려는 것일까. 어쩌면 오고 안 오고는 중요하지 않을
지 모른다. 온다는 믿음이 우리를 살아가게 한다. 견디게 하고 끝내는
이기게 한다.
　오지 않는 고도와 달리 그래도 시간은 흐르고, 기다린 적 없지만 어
둠 속에서도 환한 빛으로 세상을 밝히는 명절이 다가온다. 왔는지 오
지 않았는지 실제로는 알 수 없으면서도 가족들은 무언가 왔다며 한
자리에 모일 것이다. 함께 먹고 이야기하고 웃으면서도 기다리던 것이
정말 온 것일까, 정말 이것을 기다린 것일까, 의심하며 마음 한편으로

는 저마다 새로운 무언가를 또 기다릴 것이다. 그것이 무엇인지 언제 오는지 알 수는 없으나 그래도 이렇게 살아서 기다릴 수 있음에 감사하며 우리 모두 기다리고 또 기다리는 날들, 모쪼록 여러분 모두 보름달처럼 환하고 밝은 마음으로 행복하시기를.

2017년 9월 28일 목요일

아흔아홉 개를 갖고도 만족할 줄 모르는 사람들

통일외교안보특보라는 자리에 있는 사람이 '한미동맹이 깨지더라도'라는 발언을 했다. 아무리 자립(自立)이 중요하다지만, 미국이 없는 한국의 불안한 위상에 대해 정확히 알고 있는 것인지 궁금하다.

또한 그는 미국의 목표가 '북한 지도부 궤멸과 핵 자산을 없애는 것, 군사지휘부 궤멸'이라고 말하면서, 트럼프 대통령이 이를 무모하게 진행하는 것은 '인류에 대한 죄악'이라고 말했다. 인류에 대해 누가 죄악을 저지르고 있는지 모르고 있는 것일까. 죄악을 저지른 그들이 곧 무너지리라는 걸 모르는 것일까. 한미동맹이 깨져서 우리나라가 북한과 '동등하고 평등한 지옥'이 되길 바라는 게 아닐까, 오해마저 하게 된다.

인간의 욕망은 끝이 없다. 아흔아홉 개를 갖게 되면 100을 채우고 싶은 게 인간의 욕심이라고 한다. 긍정적인 측면으로 보자면 그러한 욕망이 인류를 발전시켜 온 원동력이다. 그런데 요즘 우리나라에서 일어나는 문제들을 접하다 보면 전혀 반대의 궁금증에 당면하게 된다.

왜 어떤 사람들은 지금보다 발전하려 하지 않는 것일까. 왜 자신보다 더 배울 게 많은 사람들과 친해지려 하지 않고, 왜 우리보다 잘 사는 사회를 닮으려 하지 않는 것일까. 더 누릴 것도 없을 것 같은 최고의 명예와 부와 권력을 이미 다 가진 유명 소설가, 유명 연예인들, 무소불위의 권력을 가진 정치인들이, 나 같은 처지에서 보자면 더 갖고 싶은 것도 없을 것 같지만 그래도 인간이니 그들 나름대로는 더 갖고 싶고 더 누리고 싶고 더 휘두르고 싶을 텐데도 불구하고, 도대체 무엇을 위해 자신의 발목을 잡는 노릇을 하고 있는 것일까.

불온한 목소리를 높일수록 더 많은 권력과 부를 갖게 되는 것은 분명해 보인다. 그러나 얼토당토 않는 주장들을 하는 그 모든 사람들은, 욕망에 충실한 그들은, 자신의 선동적인 발언과 행동이 장기적으로 자신의 욕망 실현을 위해 옳다고 정말로 확신하고 있는 것일까. 물론 나머지 하나를 더 채울 수 있다는 희망 때문일 수도 있다. 그러나 이런 질문들이 거듭되다 보면 내 둔한 머리는 한 가지 의문스러운 결론에 이른다.

현재 아흔아홉 개, 거의 모든 것을 갖고 있는 그들이 품을 수 있는 단 하나의 욕망이란 무엇일까. 꼭 하나만 더 채우면 세상을 다 가질 수 있다는 헛된 꿈? 또는 자칫 모든 것을 다 잃을지도 모른다는 공포를 이기기 위해 필사적으로 발버둥치는 것? "시키는 대로 하면 나머지 하나를 채워줄게. 하지만 우리가 시키는 대로 안 하면 홀딱 벗겨버린다!" 빼앗길 것이 없는 사람은 상상할 수 없지만, 거의 모든 걸 다 가진 이에게 이만큼 무서운 협박이 또 있을까.

사람은 결코 100가지 모든 것을 다 가질 수는 없다. 완전함이란 신의 영역이기 때문이다. 나머지 채워야 할 것 같은 단 한 개의 욕망이 바로 달콤하게 유혹하는 선악과(善惡果)다. 아흔아홉 개에서 감사하고 만족할 줄 모를 때, 나머지 한 개를 욕심내어 손을 뻗을 때, 그를 기다리는 건 몰락과 파멸뿐이다.

2017년 9월 26일 화요일
어느 작가의 희생자 코스프레

한 유명 작가가 블랙리스트에 올라 고통받았다며 진상조사 신청서를 제출했다고 한다. 블랙리스트에 올라서 당시 최고의 인기프로그램이던 모 오락 프로그램에도 출연, 신상을 스스로 털었구나. 그래서 많은 작가들은 꿈도 못 꿀만큼 베스트셀러 목록에 그토록 자주 올랐구나. 출판사에서 일할 당시 탈북해서 외국에 살고 있던 한 저자와 스카이프를 통해 몇 달간 이야기를 한 적이 있는데, 이런 저런 일상사를 나누던 중 북한을 방문했던 그 소설가에 대해 들은 적이 있다.

한국에서 온 방문단을 환영하며 광장에서 행진을 하던 중 북한 사람들이 한국 사람들을 어깨에 무등 태웠다고 한다. 저자의 지인이 소설가를 목마 태운 사람이었는데, 들썩들썩 띄워 주니 얼마나 좋아하던지, 신이 난 소설가가 방귀를 부르릉부르릉 뀌었단다. 그러잖아도 무거워 죽겠는데 그 방귀 냄새가 어찌나 고약하던지 메고 있던 사람이 아주 고생했다고, 그 이야기를 전해주던 저자도, 듣던 나도, 한참이나 깔깔 웃었던 기억이 난다.

시대마다 시절마다 최고의 명예와 부를 누린 사람이 이제 와서 희생자 코스프레라니. 나는 들었으나 지금 그 저자와는 연이 끊어져서 확인할 길이 없고, 본인이 아니다 하면 그만이니 증명할 수도 없다. 방귀는 너도 뀌고 나도 뀌고 모두가 뀌는 것이니 명예훼손이랄 것은 없겠으나, 이런 건 그냥 읽고 웃고 잊으시길.

2017년 9월 26일 화요일

빨간약 좀 드시지요

: 영화 〈매트릭스〉

> 모피어스 : 매트릭스는 모든 곳에 있어. 매트릭스란 진실을 못 보도록 눈을 가리는 세계인 거지.　　　　　/ 영화 〈매트릭스〉 중에서.

모피어스는 네오에게 파란약과 빨간약을 내민다. 파란약은 거짓의 세계 속에서 계속 살게 해주는 것이지만, 빨간약은 참혹할지라도 진실을 보게 해준다. 네오는 빨간약을 삼킨다. 그리고 보게 되는 진실의 세계. 네오가 의심 속에서도 모피어스를 찾아간 것은 의문을 갖고 있었기 때문이다. 빨간약을 골랐던 이유도 세상이 뭔가 잘못되었다고 의심하고 있었기 때문이다. 빨간약을 고른다는 건 지금 여기, 무언가 잘못되었음을 어렴풋이나마 알고 있다는 뜻이다. 지금 누리고 있는 현실이 진실이라 믿는다면 모험을 해야 할 이유가 없다. 그러나 지축이 흔들리는 듯한 미미한 진동을 느끼고 있다면, 더 큰 재앙이 부지불식간에 닥치기 전에 아직은 단단한 것 같은 발밑을 파보겠다는 결단이 필요하다. 일단 삽질이 시작되고 기존의 것이 무너지면 당장 눈앞에 남는 건 피폐와 곤궁일지 모른다. 따라서 진실을 원한다는 건 고통스러울지언정 거짓에 속는 바보로 살지는 않겠다는 각성과 각오를 전제로 한다.

그러나 빨간약을 삼키는 용기, 그것만으로 거짓이 몰락하고 진실이 완성되는 것은 아니다. 거짓을 무너뜨리고 다시 진실한 세계를 세우겠다는 확고한 신념을 필요로 한다. 하물며 진실이 부귀영화를 가져다 줄 거라고 착각했다면 거짓은 달콤했고 진실은 고통뿐이라는 쓰디쓴 깨달음만 얻을 뿐이다.

> 사이퍼 : (스테이크와 와인을 먹으며) 이게 진짜가 아닌 걸 알아요. 입에 넣으면 매트릭스가 내 두뇌에 맛있다는 신호를 보내주죠. 하지만 내가 9년 만에 깨달은 게 뭔지 알아요? 모르는 게 약이다! 나는 아무것도 기억하고 싶지 않아요. 아무것도. 난 그저 배우처럼 유명해져서 부자로 살고 싶을 뿐이에요.

사이퍼는 빨간약을 선택했던 순간을 후회하고 다시 아무것도 모르는 세계로 돌아가길 원했다. 진실이 지긋지긋해서 돈을 선택한 배신자들. 너무나 인간적인, 알에서 막 깨어난 듯 너무나 나약한 그대로의 존재들. 인정하고 싶지 않지만 우리 대부분이 실은 이런 부류의 사람들이다. 그래서 모든 것을 잃더라도 진실을 좇으며 거짓과 싸워 이기는 영웅, 네오 같은 캐릭터가 소설이나 영화의 주인공이 될 수 있는 것이다. 그러나 드라마적으로 본다면 사이퍼 같은 인물로 인해 사건과 내용은 풍성해진다. 그들은 주인공을 위기에 빠뜨리고 상황을 아주 혼란스럽게 극단으로 몰아간다. 이런 인물들을 우리는 아주 흔하게 만날 수 있다. 〈미션임파서블〉에서 첩보조직을 이끌며 스파이 노릇을 했던 짐 펠프스가 그랬고, 〈쥬라기 공원〉에서 돈을 위해 콜라캔에 공룡유전자를 넣어 빼돌리려던 네드리 역시 그렇다. 멜로드라마의 원형이 되어버린 〈젊은이의 양지〉의 몽고메리 클리프트처럼, 진실했지만 가난한 사랑을 버리고 성공과 야망을 택한 남자들이 주인공이 되는 경우도 드물지는 않다. 배신자가 조연으로 사건을 터뜨리며 주인공을 위기에 빠뜨리면, 주인공은 그로 인해 야기된 사건과 고통들로 인해 죽을 고비를 넘기지만 끝내는 더 강해진다. 배신자가 주인공일 경우, 그들은 반드시 파멸로 끝이 난다. 허구 속 이야기가 아니다. 제대로 된 소설이나 영화는 단 한 권, 단 두 시간 속에 인생의 진실을 함축하고 있을 뿐이다. 시대가 아무리 변해도 연극이나 영화나 소설이 그래도 사라지지 않고 존재하는 이유다.

현재 절찬리에 방영중인 '대한민국'이라는 드라마 속엔 배신자 조연급이 천지다. 한때 진실을 선택했으나 별 재미를 보지 못한 사이퍼들이 혼란을 자초한 형국이다. 되짚어보면 그들이 옳은 것도 같다. 조국에 충성해 봐야 군대에서 죽으면 개보다 못한 죽음으로 치부되었고, 경찰간부들은 시위 강압진압이다 뭐다 해서 옷 벗기 일쑤였다. 간첩 잡으려던 국정원 직원들은 이곳저곳 불려 다니다 자살하고, 연평도니 백령도니 서해바다에서 북한이 별별 걸 다 쏘며 우리 아들들을 죽여도 대응 발포하면 장성들은 별을 떼야 했다. 박근혜 대통령에게 충성해 봐야 언론사, 의원들, 장관들에게 떨어지는 콩고물은 없었고, 정직하고 청렴해봐야 이리 채이고 저리 채이며 천하에 상등신으로 취급되었다.

그런데 가만 보니 종북하고 시위하고 좌파하고 촛불 들며 대한민국을 부정하니까 가산점 붙어 일류대 가고, 공무원 되고, 개념 있는 지식인으로 인정받으며 온갖 보상 받고 잘 산다. 감투란 감투는 다 뒤집어 쓰고 으스대며 의원도 되고, 장관도 되고, 청와대도 점령한다. 거짓이면 어때, 배부르면 되지. 가짜 탄핵이면 어때, 대대손손 잘 먹고 잘 살면 되지. 공산주의면 어때, 한 핏줄 한민족이니 같이 못살아도 평등하면 그게 정의지. 그렇게 우리 사회는 잘 먹고 잘사는 수많은 사이퍼들을 길러냈다.

"난 지쳤어. 전쟁도 싸우는 것도 지겨워. 추운 것도 매일 똑같은 죽을 먹는 것도 지긋지긋하다고. 자유? 날 부려먹기만 했어. 그렇게 사느니 차라리 매트릭스를 택하겠어. 매트릭스가 더 진짜 같다고 생각해."

영화 〈매트릭스〉에서 사이퍼는 모피어스를 적들 손에 넘긴다. 빨간약을 삼키도록 선택을 강요했다는 듯 원망하며 동료들의 생명선을 하나씩 끊으며 스스로를 변호하듯 말한다. 그리고 마지막으로 네오의 생명선을 자르겠다며 이렇게 비아냥거린다.

"만약 네오가 그(세상을 구할 단 한 사람)라면 나는 플러그를 뽑을 수 없겠지. 그를 죽이려는 나를 막아줄 기적이 일어날 테니까. 맞지? 죽으면 그가 아닌 거지."

그 다음에 어떤 일이 일어났을까. 네오는 어찌 되었을까. 미래를 예언하는 오라클은 네오를 처음 만났을 때, 그는 이 세계를 구할 바로 그 한 사람이 아니라고 말했다. 그러나 네오는 어느 순간 자신이 그임을 깨닫는다. 그리고 무한의 힘을 발휘한다. 오라클은 틀린 거였을까.

네오는 원래 그였을까. 네오는 그일 수도, 그가 아닐 수도 있었다. 오라클을 만날 때 네오는 자신이 그가 아니라고 믿었다. 그러니까 네오는 자신이 그라고 믿지 않을 때는 그가 아니었으나 자신이 그라고 믿는 순간, 그가 된 것이다.

　대한민국은 지구에서 사라질 운명일까. 영혼 전쟁의 포화 속에서 대한민국은 이대로 죽어버리는 것일까, 아니면 어둠과 혼란의 시기를 이기고 세계의 중심에 우뚝 서게 될까. 자유와 성장의 아이콘인 두 사람, 박근혜 대통령이 자유통일 대한민국의 중심에 다시 서고, 이재용 삼성 부사장이 세계 경제의 중심에 다시 서게 될까. 우리는 자유통일 대한민국의 국민으로 머잖아 지금의 어두운 역사를 웃으며 말하게 될까? 그럴 수도 있고 아닐 수도 있다. 우리가 무엇을 믿느냐, 무엇을 희망하고 마음에 그림을 그리고 또 그리며 확신하느냐, 우리의 미래는 바로 우리들 마음에 달렸다. 대한민국은 반드시 일어선다는 희망과 확신. 그것이 우리가 가진 힘이다.

2017년 9월 25일 월요일
여기가 남한인지 북한인지

北, 10만 군중집회…'최고 사령관 동지께서 명령만 내리시면'
　2017. 9. 24. 서울신문
北 '美 군사적 선택하면 비극적 종말로 이어질 것' 2017. 9. 25. 뉴스1

제목만 읽으면 여기가 북한인지 남한인지 헷갈린다. 설마 하면서도 제목을 클릭하고 '미국에 대해 사상 최고의 초강경 대응을 선언한 김정은 노동당 위원장의 성명을 지지하는 집회를 잇달아 열고 반미의지를 다지고 있다.'로 시작되는 사진 설명 기사를 읽다 보면 어쩌다 내가 평양에 살게 됐나? 다시 한 번 머리카락이 쭈뼛 곤두선다.

저들이 이런 말을 했대요,라는 의도라 믿고 싶지만, 그들의 주장을 지지해요,라며 대변하고 있는 것은 아닐까 의심이 들기도 한다. '악마의 제국 미국, 최고사령관동지께서, 붉은 총창으로, 침략의 무리를 모조리 쓸어버릴 것, 괴멸, 완전 파괴, 천하무도한 미국 깡패무리, 미제, 침략자, 도발자들을 무자비하게 징벌' 등등, 북한에서만 사용하는 과격한 어휘들을 기사들은 아무런 여과 없이 쏟아낸다. 기사의 주체는 우리가 아니다. 동맹국도 아니다. 기사의 주체는 우리 국민의 생명과 안전을 위협하는 주적이다.

조선중앙통신, 노동신문이 무슨 신뢰할만한 세계적 언론기관인 양 인용하고, 김일성광장, 인민문화궁전, 청년궁전야외극장, 인민보안성 등 관광안내 책자처럼 그들의 기관과 공공장소를 소개하며, 노농적위군 지휘관, 최고인민 상임위원장, 내각총리, 정치국장, 인민보안상, 인민내무군 장병, 청년동맹 등 참으로 생소하여 읽기도 힘든 그들의 직함과 이름들을 '당신들은 익숙해져야만 해!' 하는 의도로 주입식 교육을 하고 있는 것도 같다. 그토록 사사건건 비판하고 비아냥거리고 토달기를 좋아하는 기자들이 북한 기사만 인용하면 깍듯해지고 경어를 반듯하게 사용한다. 앵무새처럼, 복사기처럼 똑같이 전달만 할 뿐, 어떠한 비판도 찾아볼 수 없다.

어제는 북한 대표의 유엔 기조연설을 처음부터 끝까지 텔레비전으로 방송했다고 한다. 미국 트럼프 대통령의 연설은 그러지 않았다고 한다. 언론은 지금 우리가 누구의 말에 더 귀 기울여야 하는지 모르거나 의도적으로 왜곡, 시선을 돌리도록 하고 있는 게 분명하다. 하긴 한 나라를 대표하는 자리에 있다는 사람은 6·25를 내전이라고 했다던가. 미국의 남북전쟁 하고 같다고 생각하길 바란 것일까. 링컨의 북군이 이겼으니까 한반도의 전쟁도 북쪽이 이겼어야 했다는 아쉬움이 담겨 있는 것일까. '내전이든 전쟁이든, 남침이든 북침이든 무슨 차이야, 한 핏줄인데. 북한 상황도 우리가 잘 알아야 하는 게 당연하잖아.' 하며 도무지 이상하게 생각하지 않는 이상한 사람들이 의외로 많다는 데 놀란다.

정말 세상 바뀐 줄 모르는 것일까. 자신들의 자유가 점점 옥죄어들고 있다는 걸 진짜로 까맣게 모르는 것일까. 반공교육이 사라진 성과다. 아아, 잊으랴 어찌 우리 이날을, 하며 6·25의 노래를 부르지 않은 까닭이고, 공산주의든 전체주의든 그 위험성을 모른다고 해도 북한의 참혹함에 대해, 평양의 잔혹성에 대해 정말 무지하기 때문이다.

정말로 궁금하다. 우리 국민은 이러한 현실이 아무렇지 않은 것인가? 정말 잘한다, 잘한다 하고 있는 것인가. 저들의 주장과 사상이 점점 우리 일상 깊숙이 스며들고 있는데도 정녕 아무런 의심도 들지 않는 것인가. 우리 이렇게 살아도 괜찮다고 믿는 것인가.

2017년 9월 24일 일요일

대한민국의 시계는 안녕하신가요?
: 마틴 가드너 〈이야기 파라독스〉

거실에 있는 시계는 양면인데 한쪽이 6시 9분에 멈춰버렸다. 반대쪽도 기력은 없는 것 같지만 힘겹게 초침을 움직이며 8시 16분을 가리키고 있다. 건전지 바꿔 넣을 생각은 않고 두 시간의 평균값이 현재 시간이라고 주장할 수 있는 것일까, 하는 엉뚱한 의문으로 일요일 아침, 사로잡혀 있다.

- 〈이상한 나라의 앨리스〉를 쓴 루이스 캐럴이라는 필명으로 더 잘 알려진 옥스퍼드대학의 수학교수 찰스 도지슨은 '멈춰버린 시계와 하루에 1분씩 늦어지는 시계 중 어느 것이 더 정확할까?'라는 문제를 낸 적이 있다. 답은 멈춘 시계다. 멈춘 시계는 하루에 두 번, 매일 1분씩 늦어지는 시계는 2년(정확히는 720일)에 한 번 정확한 시간을 가리키기 때문이다. 그러면 멈춰 있거나 1분씩 늦게 가거나, 정확한 어느 한 시각, 가령 8시를 가리키는 그 순간을 우리는 어떻게 알 수 있을까? "제대로 작동하는 시계를 보고 있다가 정확히 8시가 되는 순간 총을 쏘라!"고 루이스 캐럴은 답했다. 그러면 모두가 그 순간이 정확히 8시임을 알 것이라고.

/ 마틴 가드너 〈이야기 파라독스〉 중 내용 요약.

대한민국은 멈춰진 시계일까? 매일 1분씩 늦어지는 시계일까? 또

는 한쪽은 멈추고 다른 한쪽만 움직이는 시계일까? 대한민국의 시계
가 멈춰버렸거나 거꾸로 가고 있다는 사실을 알고 있는 사람이 있는
가 하면, 일찌감치 멈춰버린 시간이 현재 시각이라고 믿으며 여유롭게
늦장을 부리는 이도 있다. 또 어떤 이는 살아 있는 시간과 죽은 시간의
평균값이 대한민국의 현 시각이라고 목에 핏대를 세우며 주장하기도
한다. 아무리 둔하더라도 대한민국의 시계가 벌써 오래 전부터 정확하
게 작동하지 않고 있다는 것만큼은 많은 사람들이 어렴풋이 느끼고
있을 것이다. 다만 안테나가 예민하게 발달된 사람들만이 정확한 타이
밍이 임박했음을 느낀다. 그래서 귀를 쫑긋 세우고 기다리는 것이다.
탕! 기다리고 기다리던 그 순간, 대한민국의 시계가 모처럼 정확한 시
간에 도달했음을 알리는 신호를, 탕! 그 때를 놓치지 않고 대한민국을
다시 살려내리라는 희망으로.

2017년 9월 23일 토요일
소설가란 불완전한 사람
: 마루야마 겐지 〈소설가의 각오〉

- 인간의 마음이란 참으로 알 수 없는 것이어서, 주변의 사소한 변
화에도 영향을 받는다. 날씨의 맑고 궂음, 바람의 세고 약함 등에
흔들리며 자신도 믿을 수 없는 엉뚱한 행동을 저지르는 일이 비
일비재하다. 소설가에게는 그런 변화가 문장으로 바로 드러난다.
/ 마루야마 겐지 〈소설가의 각오〉 중에서.

글 쓰는 이에게 평상심은 무덤이다. 글은 부딪힘에서 시작되기 때문이다. 대부분의 사람들보다 작가라는 종족들은 감정의 그물이 촘촘해서 스스로 감당하기 어려울 만큼 감정의 낙차가 크다. 그래서 만나는 사람, 경험하는 일마다 매끄럽게 관계하지 못한다. 작은 돌부리조차 피하지 못하고 매번 걸려 넘어지고 깨지고 찢어지고 피 흘리기 일쑤다. 그리고는 스스로 조심하지 못한 것을 반성하기보다는 분노한다. 사실 작가의 힘은 외로운 분노에 있다. 내가 지금 시국에 부족하나마 왈가왈부하는 것 또한 외로운 분노 때문이다.

- 세상 사람들은 소설가의 재능에 대해서, 가령 보통 사람들이 열을 가지고 있다면 하나나 둘쯤 더 가지고 있는 것으로 생각하기가 쉽지만 사실은 그렇지 않아요. 기회 있을 때마다 언급하는 것이지만, 소설가는 오히려 하나나 둘쯤 결여되어 있기가 십상이죠. 성격적으로 불완전한 사람이란 얘기죠. 그 불완전함이 소설을 쓰게 하는 힘이에요.

삶에 대한 통찰이 깊은 분들이 보시기에는 많이 어리숙하고 미흡해 보이더라도 그래서 좀 너그러이 봐주셨으면 한다. 작가는 그러면서 크고 그렇게 깊어지기 때문이다. 깨달은 돌부처처럼 가부좌하고 앉아 마음을 평화롭게 하면 아무런 글도 쓸 수 없기 때문이다. 일본의 대작가 마루야마 겐지조차 바람의 세기에도 영향을 받는다 했으니 가끔 글 속에 어리석고 여리고 뾰족하고 울퉁불퉁한 것이 보이더라도 이 모자란 작가가 지금 깊어지는 과정이구나, 하고 이해해 주셨으면, 하고 내 글을 읽어주는 소중한 모든 독자님들께 소심하게 당부 드린다.

2017년 9월 23일 토요일
반말은 친밀함의 표현이 아니다
  : 밀란 쿤데라 〈농담〉

- 반말이란 신뢰를 담은 친밀감을 드러내 주게끔 되어 있는 것이지
  만, 말을 놓는 사람들이 친밀하지 못한 경우에는 돌연히 정반대
  의 의미를 띠고 무례한 표현이 되어버리며, 그래서 반말이 통용
  되는 사회는 모두가 서로 친한 사회가 아니라 타인에 대한 존중
  이 그 어디에도 존재하지 않는 사회인 것이다.

  / 밀란 쿤데라 〈농담〉 중에서.

무례하게 반말을 해온 사람에 대한 유쾌하지 않은 감정을 적은 어
떤 분의 글을 보고 생각난 문장이다. 뜬금없이 반말하는 사람을 만날
때면 당혹스러움과 함께 떠오르는 구절이다. 반말은 상대가 나이가 많
고 적음과 관계된 문제가 아니다. 만남의 횟수나 친하다고 느끼는 한
쪽의 일방적인 감정이 결정할 수 있는 사안도 아닐 것이다. 반말은 상
호 친밀함과 신뢰의 표현이며 반드시 허락을 구해야 하는 문제이다.

가까이 지내는 연배(年輩)의 지인에게 말을 놓아달라고 내가 말씀드
렸을 때, 그분은 절대 그럴 수 없다고 단호히 거절했다. 그는 젊은 시절,
한결같이 존대해 주시는 스승에게 나와 똑같은 당부를 드린 적 있다고
했다. 그러나 스승은 절대 그럴 수 없다며 이렇게 말씀하셨다고 한다.
"당신도 인격체잖아요."

이후 아무리 나이가 어린 사람에게도 말을 놓지 않는다고 한다. 자주 만나지는 못하지만 그분을 만날 때는 마음가짐과 말을 조심하게 된다. 그렇다고 멀게 느껴진다는 것은 아니다. 허물없이 말을 놓는 관계가 주는 즐거움과는 또 다른, 나를 존중해주는 분과의 만남이라는 전제가 그와 함께하는 시간, 깔려 있다.

부부 간에도 말을 놓으면 거리가 가까워지는 만큼 자주 싸우게 된다고 한다. 존귀한 사람이 되라는 뜻을 담아 자식에게도 존대하는 부모도 있다. 하물며 직접 만나본 적도 없는 소셜 네트워크, 상대에 대한 존중과 친밀함이 적절히 표현되어야 할 자리가 아닐까.

2017년 9월 23일 토요일

외로움을 얕본 죄
: 영화 〈그래비티〉

"외로움은 상대적이에요. 바라는 게 있죠. 외부적 요인에서 기인해요. 상대를 느끼고 만지면 잠시 해소되는 것 같기도 하지만 그래서 없어서 외롭고 있어서 더 외로워져요. 하지만 고독은, 오롯한 자기 존재에 대한 통렬한 자각이에요."

두어 해 전, 같이 공부했던 문우들에게 보다 더 절박하게 글에 대한 열정을 가져보라고 이야기를 하다가 외로움과 고독이란 주제에 이르렀을 때 영화 〈그래비티〉를 예로 들어 내가 했던 말이다. 당시 나는 외로움은 좀 유치한 것으로, 고독은 차원 높은 것으로 단정하며 적어도 나란 사람은 고독은 느낄지언정 외로움 따위는 모른다고 자만했던 것 같다. 그러나 한 생명을 기른다는 것, 책임진다는 것, 때로는 성가시기도 했고 무겁기도 했던 의무, 그런데 그게 살아가게 하는 힘이었다는 걸 이제야 깨닫게 되면서 인간의 외로움을 하찮게 여겼던 것에 대한 벌을 받고 있는지도 모른다는 생각을 한다. 밀어 넣긴 하는데 도무지 식욕도 없고, 자고 싶지도 않고, 누우면 일어나기 싫고, 산책도 귀찮고, 책을 읽기도 싫고, 영화 보는 것도 재미없다. 외로움을 뼛속까지 경험해 보라고, 더 깊이 느끼라고, 아는 체 말고 진실로 이해하고 쓰라고 쉽게 말했지만, 생사의 고비를 넘기고 지구에 착륙하여 두 발로 힘겹게 일어서던 영화 속 주인공처럼, 처음으로 혼자 떨어진 행성에서 외로움의 중력을 제법 실감하는 날들이다. 나라를 잃을 것 같은 위기를 느끼면서도 실질적으로 더 절박하게 위태로움을 느끼는 건 결국 내 생활이다. 그러니 '나라 망하는 줄도 모르고 쯧쯧,' 혀를 차며 테이크아웃 커피 들고 다니는 사람들 태평하다고 흉볼 일도 아니다.

2017년 9월 22일 금요일

생각하고 고민하고 집요하게 질문해야 하는 이유
  : 마틴 가드너 〈이야기 파라독스〉

1. 명백히 거짓인 것처럼 보이지만 실은 참인 주장
2. 명백히 참인 것처럼 보이지만 실은 거짓인 주장

3. 논리적으로 전혀 오류가 없어 보이지만, 결국 논리적 모순을 낳은 추론(궤변)
4. 참인지 거짓인지 판단할 수 없는 주장

과학저술가 마틴 가드너의 〈이야기 파라독스〉에는 재미있는 역설들이 소개된다. 어쩌면 세상은 위에 나열한 네 가지 형태의 역설을 제대로 구분해내지 못해서 혼란스러운 것인지도 모르겠다. 권력을 계속 유지하려는 자들이 그러한 역설적 상황을 지속적으로 생산해냄으로써 그들의 권세를 유지, 강화시키는 것일지도 모르겠다. 책에 소개된 몇 가지 예를 들어보자.

- '이 문장은 거짓이다.' 이 문장은 참일까 거짓일까.
- '모든 크레타인은 거짓말쟁이다.'라고 에피메니테스가 말했다. 그런데 에피메니테스도 크레타인이다. 그렇다면 그의 말은 거짓일까 참일까.
- '배지를 달지 맙시다.'라는 캠페인을 위한 배지는 달아야 할까 말아야 할까.
- '낙서금지'라고 벽에 써 있다면 그것은 낙서일까 아닐까.

UN 참석을 위해 뉴욕에 간 사람은 UN총회 개막식에 참여하지 않았다. 대신 세계시민상이라는 것을 받았다.(아무래도 우리나라 사람은 아닌 듯하다.) UN연설에서 트럼프 미국 대통령은 북한에 대해 '완전한 파괴Totally Destroy'를 언급하며 강력 경고했는데, 세계시민상을 준 Atlantic Council은 포퓰리즘을 주장하는 좌익단체로 트럼프 대통령을 나치에 비유해 모욕했던 것으로 알려져 있다. 이 사람은 이래서 안 되

고 저 사람은 저래서 안 된다고 사사건건 촛불 들고 반대하던 사람들
은 이것이 이상한 일인 줄 모른다. 하긴 대통령도, 장관도, 대법원장도
간단히 통과, 통과, 통과다.

A가 X의 행위를 하면 단두대 처형 퍼포먼스를 하지만, B가 똑같이
X의 행위를 하면 찬양하고 칭송하는 이유라도 물을라치면, "그게 나
랑 무슨 상관이야, 먹고살기도 힘들어 죽겠는데. 정치는 정치인들이
알아서 잘 하겠지."라고 얼버무린다.

참인지 거짓인지 고민하다가 이 말 들으면 이 말이 맞고 저 말 들으
면 저 말이 맞는 것 같을 때, 대부분의 사람들은 생각하기를 포기한다.
그러나 우리가 고민하고 판단하기를 중단할 때, 그것이 틀렸다는 것을
깨닫고 지적하지 않을 때, 그것이 공정하지 못하다는 것을 밝히고 반대
하지 않을 때, 최소한 눈앞에 닥친 사안이 혼란을 조장하려는 목적으로
야기된 상황인 것을 인지하고 의심을 제기하지 못할 때, 세상은 혼란을
조장한 세력의 뜻대로 흘러갈 수밖에 없다. 그것이 권력을 가진 자들이
혼란과 역설적 상황을 어둠 속에서 계속 만들어내는 이유일 것이다.

역설적 상황의 해결 방안이라고 해야 할까. 책에는 세르반테스의
〈돈키호테〉에 나오는 한 대목을 소개한다. 이상한 법이 시행되는 나
라는 국경을 넘을 때 사람들에게 다음과 같이 질문한다. "무슨 일로
왔느냐, 바른 말로 대답하면 아무 일도 없겠지만, 거짓말을 하면 교수
형이다." 정말 이런 국경이 있다면 가슴 떨려서 진실도 거짓이 될 것
이다. 그런데 한 사내가 이렇게 대답했다. "나는 교수형을 당하러 이
곳에 왔다." 이 사내는 교수형을 당할까. 당하지 않을까. 교수형에 처
하지 않으면 그 사내가 거짓말을 한 것이므로 교수형을 시켜야 하는

데, 교수형에 처한다면 그는 진실을 말한 것이 되므로 교수형을 시키면 안 된다. 결국 총독은 고민 끝에 "어떤 결정을 내려도 법을 어기는 것이니 자비를 베풀어 저 사내를 석방하라."는 명령을 내린다.

역설의 머리 꼭대기에 앉아야만 전체 상황을 전복시킬 수 있다. 생각하기를 멈추고 의심을 제기하지 않는다면, 문제를 스스로 방관한다면, 우리의 삶은 희망에서 점점 멀어질 뿐이다. 깨질 듯 골이 아프더라도 계속 생각하고 고민하고 집요하게 질문해야 하는 이유다.

2017년 9월 20일 수요일

저들이 우리 장단에 맞춰 춤을 추도록
: 권터 그라스 〈양철북〉

- 나는 양손으로 북채를 잡아 허공에서 춤추게 하고 손목을 부드럽게 하여 교묘하고도 밝은 왈츠 리듬을 양철 북으로 연주했다. 그리고 비엔나와 다뉴브 강의 리듬을 두들기면서 점점 효과적으로 소리를 강하게 했다. 그 결과 내 머리 위의 제1북과 제2북들이 나의 왈츠에 호의를 느꼈고 비교적 나이든 소년들이 치는 단조로운 북도 다소간의 솜씨를 드러내면서 나의 전주에 동조하고 말았다. 그 중에는 청각이 매우 둔해서 둥둥 또는 둥둥둥 하고 계속 두들겨대는 미련한 놈들도 있었다. 그러나 오스카가 절망적이라고 느끼는 그 순간에 팡파르가 겨우 미몽에서 깨어났고, 플

루트는 '오, 다뉴브 강'을 아주 맑디맑게 불었다. 군중이 왈츠에서 기쁨을 느껴 열광적으로 뛰기도 하고 다리를 움직이고, 이미 아홉 쌍이 그리고 또 한 쌍이 춤을 추면서 왈츠 왕자의 지시에 따르고 있었다. 아직 춤을 추고 있지 않았던 사람들도 아직 상대가 없는 마지막 여자들을 때늦기 전에 붙잡았다.

/ 귄터 그라스 〈양철북〉 중에서.

귄터 그라스의 〈양철 북〉에는 아주 인상적인 장면이 나온다. 이 장면만큼은 책으로 읽을 때보다 극적으로 희화화시킨 영화에서 한결 더 분명하게 통쾌함과 유쾌함을 느낄 수 있다. 나치군의 연설과 행진이 한창 엄숙하게 치러지던 순간, 오스카는 연단 아래 숨어 들어가 행진곡의 리듬을 왈츠로 바꿔버리고 이에 동화된 군악대는 자신도 모르게 요한 슈트라우스 2세의 '아름답고 푸른 도나우 강'을 연주하게 된다. 그러자 군중은 "하일 히틀러"를 외치려 머리 위로 들어 올렸던 손을 저어 잔잔히 물결치며 왈츠 리듬에 몸을 맡기고 끝내는 저마다 쌍을 이뤄 흥겨운 춤을 추기에 이른다.

오스카가 비명을 지르고 유리를 깼던 것이 양철 북, 즉 개인의 신념과 자유를 지키려는 몸부림을 상징한 것이었다면, 이 장면은 오스카가 유일하게 자신의 능력으로 적과의 한판 승부에서 멋지게 승리한 순간이다. 물론 적들은 오스카와 대적하고 있는 줄도 몰랐지만 말이다. 현실적으로는 정치적 선택과 국제 외교적 결정이 국정 책임자들의 몫이라 하더라도, 폭압에 대한 인간의 저항은 그들과 똑같거나 더한 폭력으로 맞서는 것이 아니라, 레지스탕스나 자폭 테러와 같은 피비린내 나는 희생이 아니라, 이토록 고요하고 부드럽게 사람들의 마음속으

로 흘러들어가야 하는 것이라고, 그들 스스로 기쁘고 즐겁게 상황을
전복시키도록 해야 하는 것이라고, 작가는 말하고 싶었던 게 아닐까.
비록 너무 이상적일지라도 작가는 소설에서만큼은 실현시켜 보이고
싶었던 것이라고 감히 추측해 본다.

〈양철 북〉 출간 50주년을 맞던 2009년, 82세의 귄터 그라스는 한
때 나치 친위대에 복무했던 자신의 경험에 대한 세간의 비판에 대해
다음과 같이 말한 적 있다.

> "먹고살려고 입대를 했던 것뿐이다, 현대 사회에는 정보가 넘쳐
> 많은 것을 보고 비판할 기회가 있다. 그런데 과연 지금 사회는
> 비판해야 할 것을 비판하고 있는가? 당신들도 안 하고 있지 않
> 은가? 힘들고 무서운 시대였다. 잘 먹고 잘사는 요즘 사람들이
> 그 시절을 어떻게 알고 감히 나를 평할 수 있는가?"

만약 우리나라에서 친일파로 낙인찍힌 누군가 저렇게 말했다면 어
떻게 되었을까. 최남선, 이광수, 김동리 등 친일 작가라며 그들 이름으
로 된 문학상을 폐지해야 한다는 우리나라 문단의 주장과 달리, 노벨
문학상을 수상했던 그의 위상은 달라지지 않았고, 귄터 그라스는 세계
적인 작가라는 명성을 품은 채 2015년 영면에 들었다.

나라의 위기는 코앞에 닥친 듯하고, 미국과 세계 정상들이 북한에
대해, 또 한반도의 운명에 대해 어떤 결정을 하게 될지 주목되고 있는
가운데, 서울의 시내버스는 여전히 소녀상을 싣고 달리고, 우리 머리
맡의 로켓 맨은 핵폭탄을 쏘겠다고 거의 매일 협박하고 있지만, 지원

하고 대화하겠다며 여전히 고집하는 한 사람과 그의 일당들.

우파는 매번 지는 듯 보인다. 느리고 둔하고 심지어는 미련해 보이기도 한다. 자기들끼리 분열하고 싸우기 일쑤다. 그러나 끝에는 항상 이긴다. 양보할 건 양보하되 결코 물러서지 않아야 하는 것이 무엇인지 알기 때문이다. 어떤 시련이 와도 '오늘보다 나은 내일'이라는 목표만 바라보며 뚜벅뚜벅, 진실한 걸음을 멈추지 않기 때문이다. 그것이 진화의 과정이고 자연의 방식이다. 그렇게 인간은 단세포에서부터 파충류와 포유류를 거쳐 지금의 우리 모습을 이루어냈다. 그렇게 대한민국은 식민지와 동족상잔의 비극을 겪고서도 세계에서도 유래가 없는 기적을 일구어냈다. 그렇게 지구 위에서 공산주의, 전체주의가 사라져 갔다. 이제 딱 하나 남은 평양의 몰락, 그 역사적인 순간을 눈앞에 두고 있는 것이다.

급한 마음에 답답하지만, 우리는 유엔으로 쫓아갈 수 없다. 미국이나 서방 자유진영의 지도자들에게 이래라 저래라 할 수도 없다. 하늘은 하늘의 일을 하고, 세계 정상들은 때가 무르익으면 그들의 일을 할 것이다. 그러니 우리는 우리가 할 수 있는 일을 하면 된다. 소리치며 저들의 유리창을 깰 수도 있지만, 그보다는 우리의 양철 북을 우리의 리듬대로 계속해서 두드리는 것이다. 우리가 놓치지 말아야 할 가치는 '자유'이고, 우리가 목표로 해야 할 것은 '자유통일 대한민국'이라는 것을 잊지 말고, 저들이 파놓은 물길대로 따라가며 우왕좌왕 휩쓸리지 말고, 오히려 '우리 이니 하고 싶은 거 다하라.'며 응원했던 저들이 끝내는 우리 장단에 맞춰 춤을 추도록, 그들과도 함께 손잡고 춤을 추는 날이 오리라 확신하며, 즐겁고 기쁜 마음으로 오늘도 우리의 양철 북을 두드리는 일 말이다.

2017년 9월 18일 월요일
부정보다 강한 긍정의 힘
 : 론다 번 〈시크릿〉

Law of Attraction. '끌어당김의 법칙' 또는 '유인력(誘引力)'이라고 해석되며 한때 대중적 베스트셀러가 되었던 론다 번의 〈시크릿〉. 책이나 동영상으로 많은 분들이 접해 봤을 그의 핵심 주제는 생각의 힘, 특히 긍정적 생각의 힘이다. 원하는 것을 이미지화해서 반복해 그려 보되 '부정적인 생각보다 긍정적인 생각이 백 배는 강하다.'라는 주장이다.

 − 이미 이루어졌다는 믿음이 바로 당신의 가장 큰 힘이다.

/ 론다 번 〈시크릿〉 중에서.

희망하는 일이 있을 때는 반드시 긍정문으로 말(또는 기도)하라는 것도 여기에 포함된다. 그 책을 잃어버려서 정확히 어떤 문장을 예로 들었는지는 기억나지 않지만, 가령 '나는 불행하지 않았으면 좋겠어요'라고 하지 말고 '나는 행복하길 원합니다'라고 말해야 한다. 아프지 않았으면 좋겠다,라고 하는 대신에, 나는 건강하다,라고 단정적으로 말하고, 나는 가난한 거 싫어, 하고 투덜거리는 대신에, 나는 이미 부자다,라고 선언해야 하며, 못생긴 애인은 주지 마세요,라고 기도하지 말고, 내 애인은 멋지다,라고 우주에 대고 소리쳐야 하는 것이다. 우주든 신이든, 우리의 소원을 들어주는 대상은 도무지 부정문을 이해하지 못하기 때문이라고 한다.

이 말이 논리적으로 증명될 수 있는지 없는지는 알 수 없으나 어느 정도 타당성을 가진다고 생각이 드는 이유는, 말은 생각에서 나오기 때문이다. 아프지 않게,라고 말할 때 우리 마음속에는 이미 아픈 이미지가 그려지는 것이 당연하다. 그러니 아프지 않게 해주세요, 하고 간절히 기도해 봐야 내 마음과 우주와 신은 아프다,라는 기본형으로 나의 소원을 인식하게 되는 것이다.

〈시크릿〉의 주장대로라면, 신은 '나는 文을 지지하지 않습니다.'라는 주장을 '나는 文을 지지하다.'로 알아들을 가능성이 크다. 우리 마음에서 지지하다,라는 이미지가 먼저 그려지기 때문이다. 〈시크릿〉을 믿거나 말거나, 끌어당김의 법칙이 있거나 말거나, 적어도 생각의 힘, 긍정의 힘만큼은 부정할 수 없다. 그러니 원하는 것이 있다면 그 이미지를 마음에서 먼저 그려보고 긍정적인 언어로 그 소망을 말하고 기도하고 외치는 것이 좋다.

- 당신은 원하는 것을 이미 받았다고 믿어야 한다. 소원을 요청한 순간 이미 당신 것이 되었다고 믿어야 한다. 완벽하고 철저하게.

자유통일 대한민국, 자유통일 대통령, 그 소원이 이루어지는 날, 우리 앞에 서서 우리를 이끌어 줄 사람, 우리 국민의 대표는 누구인가. 지금 눈을 감고 그려보시기 바란다. 우파가 결집하지 못하는 가장 큰 이유는 함께 공유할 비전을 만들어내지 못했다는 것이다. 우리의 목표는 누구를 '지지하지 않는' 것이 아니다. 누군가를 분명히 '지지하는 것'이고, 그와 반대로 지지하지 않는 누군가를 법의 철퇴로 무너뜨리는 것이다. 이러한 이미지를 같은 뜻이더라도 부정문이 아닌 긍정문으로 바꿔 주장해야 한다. 이 기회에 부정문의 프레임을 바꿔보는 것, 한 번 진지하게 고민해 볼 일이다.

2017년 9월 18일 월요일

아홉 개의 진실과 한 개의 거짓말
: 잠재의식 광고기법

'文을 지지하지 않습니다.'라는 문구를 넣은 프로필을 자주 보게 된 다. 이와 관련한 글을 여러 페친들이 공유한 것을 몇 차례 보았는데 뒤 늦게 읽어보고는 놀라 몇 자 적는다.

〈펌〉이라며 복사해 붙인 글로 읽어서 원문 작성자가 누구인지는 알 수 없다. 그 글은 '文을 지지하지 않습니다. 라고 하는 캐치프레이즈를 아름다운 이미지와 함께 퍼뜨리자는 글을 보았는데, 완전 실패할 것이 다.'로 시작된다. 그러나 프레임 선점에서 앞서는 좌파에 비해 구호 하 나 제대로 만들어내지 못하는 우파에 대한 충심어린 조언이라고 읽혀 지던 글은, '지금 보면 당연히 탄핵감이었다. 대통령으로서 위임 받은 주권을 쓰지도 않았던, 천하의 바보 박근혜 때문이기도 했다.'로 이어 진다. 또한 '보수가 조금만 생각이 있고 프레임을 안다면, 박근혜 당적 정리로 나가야 한다.'고 주장하면서 '文과 더민당만 남겨두고 나머지는 전부 없어져 버리는 게 국민에게는 훨씬 낫다.'고 결론을 맺고 있다.

이 글을 공유한 분들이 평소 불법탄핵 사태가 대통령의 능력을 문 제 삼아야 할 사안이 아니라는 것, 대한민국의 법치를 무너뜨린 사건이라는 것, 자한당의 대통령 탈당 주장이 합당하지 않다는 견해를 갖고 있던 분들이어서 설마 이 글을 다 읽고 공유했을까, 나로선 의심하지 않을 수가 없었고, 그 밑에 달린 공감과 동조의 댓글을 보며 또 한 번 놀라지 않을 수 없었다.

드라마 속에서 라면 먹는 장면을 넣으면 그날 밤 라면을 야식으로 먹는 집들이 꽤 된다고 한다. 등장인물이 치킨을 뜯으면 그날 저녁 치킨 배달원들이 바빠진다. 영화나 드라마에서 보이는 모든 것은, 스마트 폰에서부터 소파와 주방기구, 에어컨이나 자동차는 물론 길가에 무심한 듯 스쳐지나가는 기업의 광고판까지 PPL 광고다. 이것은 광고입니다 하고 알리는 정직한 광고다. 이보다 교활한 광고는 부지불식간에 우리의 의식 속에 파고드는 방식인데, 잠재의식 광고(Subliminal Advertising)라고 불리는 기법이다. 가령 24개의 프레임으로 이어지는 영화 필름 속에 콜라나 팝콘을 떠올리게 하는 자막을 살짝 집어넣으면 관객은 그 사실을 인식하지 못한 채 영화를 보지만, 상영이 끝난 뒤 매점의 콜라와 팝콘 판매량이 평소보다 증가한다. 미국에서 실험된 적이 있는 이 광고기법을 우리나라는 법으로 금지하고 있다.

말이나 글도 그렇다. 가장 악질적인 거짓은 아홉 개의 진실을 말하면서 그 가운데 한 개의 거짓을 끼워 넣는 것이다. 그러면 대부분의 사람들은 거짓과 진실을 구분해 내지 못한다. 목에 가시 걸리듯 하나의 거짓이 불편하게 느껴지더라도 고개를 갸웃거리다가 스스로를 설득하게 되는 것이다. 아홉 개가 진실인데 설마 나머지 한 개가 거짓이겠어? 아홉 개나 되는 진실을 말하는 사람이 설마 하나의 거짓말을 할 리 있겠어? 이런 기법을 성공시킨 것이 S의 뉴스방이다. 그렇게 세월호 사건이 성공했고, 태블릿PC 사기탄핵 사건이 성공했다.

좋은 글이란, 내가 동의하든 하지 않든, 글 쓰는 사람이 일관된 주장을 하는 것이 아닐까. 공감하거나 공유하실 때에는 부디 하나부터 열까지 동의하는 글인지 아닌지 꼼꼼히 살펴봐 주시길, 외람되지만 당부 드린다.

2017년 9월 17일 일요일
공산주의를 공산주의라 부르지 못하고
 : 밀란 쿤데라 〈농담〉

- 난 너희가 왜 그렇게 나한테 박수를 치고 그러는지 알 수가 없어. 생각해 봐. 전쟁이 터지면 어쨌거나 내가 총을 쏘아 죽이게 되는 건 바로 너희들일 텐데!　　　/ 밀란 쿤데라 〈농담〉 중에서.

고등학교 시절 나를 사로잡았던 작가는 둘, 밀란 쿤데라와 헤르만 헤세였다. 인간의 내면세계에 관해 일관되게 추적 탐구해온 헤르만 헤세와 달리, 밀란 쿤데라의 작품은 공산체제에 대한 비판이 강하다. 물론 어릴 때는 그런 이념이나 체제에 대한 건 의식하지 못했다.

- 나를 공산주의로 이끌었던 동기를 수십 가지 늘어놓았지만, 이 운동에서 무엇보다 나를 매혹시키고 심지어 홀리기까지 했던 것은 내 시대의 역사의 수레바퀴였다. 그 당시 우리는 정말로 사람이나 사물의 운명을 실제로 결정했다. 우리가 맛보았던 도취는

보통 권력의 도취라고 불리는 것인데, 우리는 역사라는 말 위에 올라탔다는 데 취했고, 우리 엉덩이 밑에 말의 몸을 느꼈다는 데 취해 있었다. 대부분의 경우 그것은 결국 추악한 권력에의 탐욕으로 변해버리고 마는 것이었지만, 역사를 이끌어 나가고 만들어 나가는 그런 시대를 우리가, 바로 우리가, 여는 것이라는 그런 환상이 있었다.

조지 오웰의 소설 〈1984〉나 〈동물농장〉은 밀란 쿤데라의 소설들보다 훨씬 더 노골적으로 전체주의와 공산주의를 고발하고 있지만, 은유나 상징이 뚜렷한 풍자적 우화로 읽힐 여지가 크다. 공산주의나 전체주의란 말을 굳이 끄집어 언급하지 않은 덕에 그동안 반 대한민국 세력은 정적에게 독재권력이라는 프레임을 씌워 적폐세력으로, 국민을 선동하기 위한 우민화의 수단으로 요긴하게 이용할 수 있었다. 책을 워낙 읽지 않는 국민이니 조지 오웰의 작품을 제대로 읽은 사람이 얼마 되지 않은 덕을 톡톡히 봤다고도 할 수 있겠다.

반면 조지 오웰의 작품보다 독자의 수는 훨씬 적겠지만 밀란 쿤데라는 전혀 다르다. 그는 체코 출신으로 한때 공산당원이기도 했으나 '프라하의 봄'에 참여했다는 이유로 소련의 점령 하에서 숙청대상이 되어 프랑스로 망명한 작가다. 따라서 〈사랑〉, 〈이별〉, 〈불멸〉 등 그의 작품에는 그가 경험한 공산주의 사회에 대한 신랄한 묘사가 그려질 수밖에 없으며, 더구나 그의 처녀작인 〈농담〉 속에는 너무나 명백하게 반 스탈린주의, 반 공산주의가 드러나고 있기 때문에 작가의 의도를 왜곡하기 힘들다. 그래서인지 한국 문단에서 그의 작품에 대한 해설이나 서평은 연애소설로 치부되는 〈참을 수 없는 존재의 가벼움〉

말고는 찾아보기 어렵다.

낭만적이고도 인생을 관조하는 듯 착각을 갖게 하는 제목의 힘 때문인지, 입에 올리기만 해도 지성인인 양 도취되는 마력을 갖고 있기 때문인지, 저마다 읽었다며 너무 좋은 작품이라 칭찬해마지 않는 〈참을 수 없는 존재의 가벼움〉은 바람둥이 미남 의사와 순진한 시골처녀의 러브스토리로 해석되고 오독(誤讀)되기 일쑤다. 젊은 여성 독자들은 심지어 잘생긴 의사 선생님과 사랑에 빠진 테레사와 자신을 동일시하기까지 한다. 딱 거기까지다. 전도유망했던 토마스가 왜 소도시의 별 볼일 없는 의사가 되어 여자들 뒤꽁무니나 따라다니며 젊음을 소진하는지, 그에 대한 의심이나 탐구는 없다. 생에 대한 포기가 공산당에 거짓 충성맹세를 할 수 없었기 때문이었음은 알아차리지 못한다. 혹은 외면한다. 누구도 그 사실에 큰 의미를 두지 않는다. 그저 어느 세상에나 있을 법한 두 남녀의 사랑, 여성 편력 심한 남성으로 인해 심적 고통을 겪던 여자가 자아를 찾아낸 이야기로만 받아들이는 것이다. 따라서 어쩌다 미래를 잃은 토마스의 삶에서 세상물정 모르는 테레사가 희미한 등불로 각인되었는지 이해하지 못한다. 그들이 왜 미래를 가지지 못한 채 시골에서 생을 마감할 수밖에 없었는지에 대한 아쉬움조차 오직 사랑의 유한성에 국한될 뿐이다.

이런 왜곡된 독해의 측면에서 볼 때, 밀란 쿤데라의 〈농담〉은 정점을 찍는다. 이 소설은 명백히, 책 속에서도 여러 번 나오지만, 스탈린주의, 공산주의, 전체주의를 고발하는 소설이다. 스무 살 대학생 청년이 예쁜 여자 친구에게 폼 좀 잡느라 농담으로 적었던 세 마디, 그것이 불씨가 되어 공산당에게 적발되고, 친구들에 의해 사상을 의심받고 당에서 출당되며, 탄광 노역장에 끌려가 강제로 몇 년이나 보내야 했던 삶의 파괴를 다룬 소설인 것이다.

개인이 말소된 체제, 오직 당의 뜻만이 존재하는 공산주의 하에서 주인공 루드빅은 인간관계를 훼손당하고, 사랑의 방식을 잃어버리고, 미래를 약탈당한다. 친구이자 동지라 믿었던 그들에 의해 사형과도 같은 형이 언도된 과거의 순간에서 한 발짝도 나아가지 못한 채, 박제된 삶을 살고 있는 것이다. 그가 그 오랜 세월을 견딜 수 있었던 힘은 증오와 복수에 대한 희망뿐이었다. 그러나 15년 뒤 일련의 복수를 마쳤다고 생각한 루드빅은 결국 그마저도 얼마나 허망하고 허무한 것이었던가를, 자신의 인생 자체가 한 편의 웃지 못할 비극적 '농담'에 불과했다는 것을 깨닫는다. 그렇게 한 번도 완전히 소유해 보지 못한 첫사랑의 기억 속에서, 소중했으나 오래도록 잊고 있던 우정과 음악 속에서 잠시의 위로를 얻지만, 공산치하에서는 그마저도 찰나의 위안일 뿐이다. 어쩌면 복수의 허망함에 대한 역설로 읽힐 수도 있겠으나, 이 모든 루드빅의 비극과 그로 인해 다다른 인생의 쓸쓸한 관조는 사랑도 허락되지 않는 폐쇄된 사회, 말 한 마디 잘못하여 당에 고발될까 마음 터놓고 친구와 이야기도 할 수 없는 공포로 가득한 세계, 부모의 죽음조차 애도할 수 없는, 현재와 미래가 완전히 박탈되어버린 암울한 세계 아래에서 일어난 사건들인 것이다.

- 그 강당, 백 명이 손을 들어 내 삶의 파탄을 결정했던 그 강당이 떠오르곤 했던 것이다. 추방이 아니라 교수형이 제안되었다면 어떻게 되었을까 상상해보곤 했다. 그랬다고 해도 모두 손을 들었으리라는 결론이 나올 뿐 다른 결론에 이르러 본 적이 한 번도 없었다. 나는 새로 사람들을 알게 될 때마다, 남자든 여자든, 새 친구든 애인이 될지 모를 여자든, 머릿속에서 그들을 그 시대 그 강당

에 올려놓고 그들이 손을 들 것인가 자문해 보게 된다. 그 누구도 이 검사에 통과한 사람은 없다. 그들 모두가 손을 들고 만다. 그러니 인정하시라. 당신을 유배보내거나 사형시킬 태세가 되어 있는 이들과 아주 친해지기가, 그들을 사랑하기가, 힘들다는 것을.

밀란 쿤데라가 인터뷰에서 정확히 어떤 식으로 말을 했는지 나로서는 원문 검색을 할 수 없지만, 한글 자료에는 '스탈린주의의 규탄이라는 반응에 대해서 쿤데라는 〈농담〉은 사랑의 얘기라고 강조했다'는 문장을 찾을 수 있다. 자신의 작품이 체제비판용 소설로 갇히는 것을 원하는 작가는 없을 것이니 당연한 반응이라고 생각한다. 그렇다고 해서 스탈린 시대의 부당하고 잔혹한 체제를 그가 쓰지 않았다는 뜻이라거나 모른 체하라는 말은 아닐 것이다. 그러나 우리나라 학계의 저명한 모 교수조차 그의 인터뷰를 인용하며 〈농담〉을 '스탈린주의에 대한 규탄, 전체주의 사회의 어둠을 집약한 것'으로만 '단순하게' 보지 말라고 당부하는 강연을 했다고 한다.

물론 세계적인 작가 밀란 쿤데라와 그의 명저를 다만 이념과 사회를 고발하는 범주로 한정하려는 것은 아니다. 하지만 세계에서 유일하게 남은 공산전체주의 김씨 왕조와 머리를 맞대고 사는 우리가 〈농담〉 같은 작품을 '사랑의 형상학'으로만 읽는 것이 옳은 것일까. 아니, 그렇게 읽는 게 가능하긴 한 것일까.

한 출판사의 인터넷 판 리뷰를 보면 '쿤데라는 자신, 혹은 자신의 작품이 정치적이거나 반체제적으로 보이는 것을 거부한다.'고 쓰고 있는데, 그가 직접 한 말인지는 확인할 수 없으나 아마도 그 증거로서 다음과 같이 서술하고 있다. "소설이란 독자들로 하여금 '삶의 본질을 깨달을 수 있도록 하는' 것, 그 역할이야말로 소설이 '예술임을 증명하는 표시'라고 말했다." 그러나 소설의 본 역할을 이야기하는 것과 자신이 쓴 작품이 정치적으로 읽히지 않길 바란다는 말에는 상당한 괴리가 느껴지며, 설사 그렇다 해도 〈농담〉을 다만 '농담 한 마디 잘못했다가 삶의 길 밖으로 내던져진' 이야기라거나, '삶이 인간에게 던지는 농담, 그 속에 숨은 유머와 아이러니'라고 축소하는 것이 적절한 것인가 하는 의문은 지워지지 않는다. 왜냐하면 쿤데라가 '사회주의 체제를 비판했다는 이유로 집필활동을 금지당하고 프랑스로 망명'해야 했던 이유가 바로 이 작품 〈농담〉이기 때문이다.

최근 내가 체감하고 있는 시대적 문제를 세계 명저들과 관련지어 글을 쓰느라 소위 지식인이라 일컬어지는 이들의 서평들을 찾아 비교하면서 매번 놀라는 것은, 작품 해설에 있어서는 모두가 어떤 약속이나 있었던 것처럼, 혹은 상부의 지침에 충성서약이라도 이루어진 듯, 혹은 단일한 검열관이 있기라도 한 듯, 누구 하나 당연히 써야 할 자리에 공산주의라거나 스탈린주의라는 용어를 쓰지 않는다는 것이다. 대신 그 모든 부당한 사건들이 과거 히틀러 전체주의나 보수적인 독재정부, 발달된 자유 시장경제 사회에서만 일어날 수 있는 일인 양 설명한다.

그렇게 되면 독자는 전체주의가 다만 수십 년 전 독일과 유럽에서 벌어진 과거일 뿐이라고 인식하게 된다. 역사 속에서 멀리 스쳐 지나가버려서 우리와는 무관한, 오로지 히틀러의 학살과 극우(極右)라는 뜻으로 오해되는 파시즘을 떠올릴 뿐, 지구상에서 유일하게 남아 있는 지옥, 현실적으로 우리의 안전과 생명을 위협하는 김일성 사교 공산전체주의와는 연관 짓지 못하는 것이다. 대신 참으로 교묘하게도 아주 괴이한 루트가 우리 머릿속에서 발달되어 왔는데, '독재'란 말만 떠올려도 이승만, 박정희 대통령의 이름이 세계 역사상 최고로 불의한 시대라는 명제와 동일시되어 부들부들 몸서리를 치는 것이다. 그렇게 함으로써 그들의 정치적 계보를 이은 박근혜 대통령의 불법 탄핵을 당연하고 정당하게 여기도록 만드는 데까지 성공한 것이다.

우리 사회에서, 우리 문학에서, 우리 문단과 우리 출판계에서 공산주의는 없다. 스탈린 시대의 만행, 또는 모택동의 말살정책조차 지워버렸다. 지금 이 시대 우리나라의 위기는 공산주의에 대한 경계심의 부재, 촌스럽다며 싹싹 지워버린 반공사상, 그 허방을 짚는 것 같은 텅 빈 구덩이가 위에 있는 것이다. 이를 되돌리려면 다시 한 30여 년 걸리려나. 그걸 한 시라도 단축시켜 보려고 이렇게 글을 쓰고 있긴 하지만, 지끈거리게 골 아픈 글이 길어서 미안할 뿐, 한숨만 깊어가는 2017년 9월이다.

2017년 9월 15일 금요일
원수를 내 몸과 같이 사랑하기 전에 먼저 사랑해야 할 '내 몸'

파란 하늘을 볼 때마다 궁금하다. 왜 우리 국민들은 봄에만 고등어를 구워 드시는 걸까. 왜 봄에만 경유차들이 몰려나오는 걸까.

중국하고 북한한테는 한 마디도 못하는 저들. 미국하고 일본한테는 꼬박꼬박 말대꾸 하고 맞장 뜨자는 저들. 미사일을 쏘고 또 쏴도 원수를 제 몸과 같이 사랑하는 저쪽 동네 사람들. 그런데 누가 그랬다. 원수를 사랑하는 게 먼저가 아니라 '내 몸과 같이'의 뜻을 아는 게 먼저라고. 원수를 사랑하는 건 좋으나 묻고 싶다. '내 몸'을, 그러니까 이 나라와 이 나라 국민을 사랑하긴 하느뇨?

2017년 9월 9일 토요일

손수건 따위, 애초에 필요 없었는지도 모릅니다
: 셰익스피어 〈오셀로〉

오셀로 : 아내가 간통을 한다는 결정적 증거를 보여라.

이아고 : 잠이 들면 긴장이 풀려서 마음의 비밀을 모두 말해버리는 사람들이 있지요. 캐시오도 그런 사람인데 그가 글쎄 이런 잠꼬대를 하더군요. '데스데모나, 우리의 사랑을 들키지 않게 조심합시다.' 그러더니 제 손을 붙잡고 사랑한다고 말하며 마치 제 입술을 삼키기라도 할 듯 제 입에 키스했죠. 그런 다음 제 허벅지에 자기 다리를 얹고 한숨을 지은 후 입을 맞추며 말했습니다. '가혹한 운명은 왜 당신을 그 무어인에게 보냈을까?'

오셀로 : 그년을 갈기갈기 찢어버려라.

이아고 : 혹시 부인께서 딸기 무늬가 있는 손수건을 갖고 계신 걸 보신 적이 있습니까?

오셀로 : 내가 준 게 있지.

이아고 : 분명 부인의 손수건으로 오늘 캐시오가 얼굴을 닦는 걸 봤

습다.

오셀로 : 만일 그 손수건이 맞는다면…….

이아고 : 그 손수건이 맞는다면, 아니 어떤 손수건이든 부인 거라면 확실한 증거가 되는 셈이죠.   / 셰익스피어 〈오셀로〉 중에서.

셰익스피어의 〈오셀로〉에서 이아고는 '악의만 있는 전형적인 인간'의 대표적 인물이다. 그는 자신이 승진하리라 예상했던 자리에 캐시오가 등용되자 그를 모략해서 해임시키는 것으로도 모자라 캐시오를 중용한 장군 오셀로에게 앙심을 품는다.

- 무어인 자신을 지독한 멍청이로 만들고 그가 미칠 지경에 이를 때까지 마음의 평화와 안정을 교란시킨 대가로 내게 감사와 사랑과 보답을 하도록 만들 테다. 계략은 여기 있지만 아직은 흐릿하다. 악행의 전모를 범행 전에는 못 보는 법이니까.

이아고는 치밀하게 계획하여 오셀로가 아내 데스데모나를 모함하고 의심할 수밖에 없는 상황을 만들어 간다. 처음에는 그를 신뢰하지 않았으나 질투심에 눈이 먼 오셀로는 기어이 데스데모나를 목 졸라 죽이고 만다. 그러나 아내가 부정했다는 증거가 된 손수건은, 그녀를 가까이에서 돌보는 이아고의 아내가 우연히 주은 것뿐이었다.

대한민국을 혼란에 빠뜨리고 대통령을 탄핵한 단초가 된 태블릿PC. 그런데 그 안에 '증거가 될 만 한 게 없어서 제출을 못 한다.'고 법정에서 검찰이 발언했다고 한다. 그렇다면 대체 왜 촛불을 든 것인가. jtbc 뉴스 화면에서 지겹도록 보았던 그 파일들은 도대체 무엇이었는가. 아무런 증거도 없이 대통령은 왜 파면된 것일까. 일주일에 네 번씩, 무죄 추정의 원칙도 없이, 인권도 없이, 그는 왜 끌려 다니고 있는 것인가.

유색인이라는 열등감과 질투에 눈이 멀었던 오셀로에게 잠꼬대 조작 따위, 손수건 따위는 애초에 필요 없었던 것처럼, 태블릿PC 역시 애초에 필요 없었던 것이다. 다만 권력을 차지하기 위한 조작이 있었을 뿐, 오직 평양 수호를 위한 목적이 있었을 뿐, 박정희 대통령과 육영수 여사의 딸이 대통령이 되어 그분들의 영광이 되살아나는 것을 참을 수 없었을 뿐, 이승만 대통령이 건국한 대한민국의 번영이 못마땅했던 것이었을 뿐, 여성이 대통령인 것이 욕지기 날만큼 싫었을 뿐, 더 이상 부정과 비리를 저지를 수 없게 되어버린 것이, 더 이상 뇌물과 향응을 주고받을 수 없게 되어버린 것이 화가 났을 뿐이다. 이런데도 여전히 탄핵 사태의 전모를 보지 못하는 사람들을, 모든 것이 조작이었음을 부정하는 사람들을, 지금 탄핵 사태와 대한민국의 위기를 느끼지 못하는 저들의 감겨 있는 한쪽 눈을, 어찌 깨워야 할까.

2017년 9월 4일 월요일
인간 스스로를 파멸시키는 자폭장치, 오만에 대하여

인간의 마음에는 자폭 장치가 설비되어 있다. 우리를 스스로 구원할 수 있는 것이 사랑이라면, 스스로를 파괴할 수 있는 자폭장치, 그것은 오만(傲慢)이다. 자멸하게 만드는 오만의 정도는 저밖에 모르는 아만(我慢)이나 교만(驕慢), 자신의 재능을 과신하는 자만(自慢), 콧방귀 뀌며 타인과 세상을 발 아래로 내려다보는 거만(倨慢)과는 다르다. '내 뜻이 곧 천심이다!'라고 착각하는 안하무인(眼下無人), 기고만장(氣高萬丈)의 수준 역시 가뿐히 뛰어 넘는다. 자신을 파멸로 이끄는 오만방자(傲慢放恣)는 '하늘도 감히 내 뜻을 막을 수 없다.'고 하는 수준 정도는 되어야 한다.

일단 누군가의 마음에서 오만이 작동하면 딸깍, 시한폭탄의 스위치가 켜진다. 부지런히 시침이 돌아가기 시작한다. 오만이라는 시한폭탄은 중간에 절대로 정지하는 법이 없다. 오만은 순간순간 가속하여 끝까지 달린다. 스스로 자폭하여 후회할 틈도 없이, 모래알 같은 파편조차 남기지 않고 이 우주에서 흔적도 없이 사라질 때까지.

"네 잘못이 아니야. It's not your fault."

많은 사람들이 좋아하는 말이다. 영화 〈굿 윌 헌팅〉으로 널리 알려진 이 위로는 그러나 언제나 옳은 것은 아니다. 어떤 상황에서는 분명하게 "그건 네 잘못이야!"라고 말해 줘야 한다. 오만에 의한 파멸은 오로지 그 자신의 잘못이기 때문이다. 만약 돌아볼 수 있다면, 아만과 교만과 자만과 거만을 거쳐 그가 스스로 파멸에 이르기까지 수많은 사람들이 자제를 촉구하며 겸손을 조언했다는 것을 깨닫게 될 것이다. 그것을 외면한 것은 오직 그 자신의 판단이었다. 스스로를 파괴할 수 있는 것은 다른 누구도 아닌, 오직 그 자신뿐이다. 따라서 오만하여 파멸하는 자에게 우리가 해줄 수 있는 일은, 시간이 다 되어 자폭하는 순간, 팔짱을 끼고 냉정한 시선으로 그를 똑바로 바라보며, 그러나 조금은 연민어린 목소리로, 이렇게 말하는 것뿐이다.

"아무도 원망하지 마. 그건 오로지 네 탓이야. It's just your fault!"

북한이 제6차 핵실험을 했고 어제 그 인근 지역에 지진이 일어났다고 한다. 우리나라 언론에서는 강도 5.7 정도의 인공지진이라 보도하고 있지만, 미국 지질조사국에서는 진도 6.3이라고 수정하여 밝히고 있다. 핵실험이 실시된 함경북도 길주군 풍계리 일대는 백두산에서 약 110킬로미터 정도 떨어진 곳이다. 우리의 체감 거리로 바꿔 보면, 서울 부산이 450킬로미터, 서울 대전이 160킬로미터, 그리고 서울 원주 간 거리가 정확히 110킬로미터다. 막힘없이 달리면 한 시간 만에 닿을 수 있는 아주 가까운 거리다.

2016년 2월 한국일보는 '규모 7.0 이상 北 핵실험, 백두산 폭발 가능'이라는 제목으로 기사를 보도한 바 있다. 2015년 6월, 조선일보 역시 "활화산인 백두산이 어느 때든 터진다는 것은 분명하다. 다만 정확히 언제인지는 아무도 모른다."는 韓中 백두산 마그마 공동연구 한국 측 대표와의 인터뷰 기사를 실은 적이 있다. 당시 '국민안전처의 연구용역을 받은 B교수의 연구팀 역시 "백두산 화산은 폭발지수(VEI) 8단계 중 7단계"라고 밝혔는데 "백두산의 심부(深部)에는 지진이 빈발하고 있으며, 전문가들끼리는 백두산 화산이 언제 폭발해도 이상할 게 없다고 말한다."는 첨언을 기사 말미에 붙이고 있다.

김정은의 오만은 대한민국이나 미국 등 서방의 자유진영을 흔드는 것뿐만이 아니다. 그의 오만은 민족의 영산 백두산을 깨우고 있다. 그 여파가 어떤 결과를 가져올지, 저들에겐 어떤 운명을 가져다 줄지 우리로서는 예측할 수 없다. 다만 진실을 추구하고 진실의 힘을 믿는 마음으로 희망을 마음에 품고 오늘도 우리의 할 일을, 우리가 걸어야 할 길을 걸으며 우리의 운명을 하늘에 맡길 뿐.

대한민국의 시계는 거꾸로 간다
2017. 8. 29. ~ 8. 2.

양의 탈을 쓰고 마음껏 늑대 짓을 한 늑대가 가면을 벗었다. 그들은 앞에 서서 양들이 나쁜 놈이라고 선동한다. 양을 무서워해야 할까, 늑대를 무서워해야 할까, 갈피를 잡지 못하다 끝내는 늑대를 동지로, 양을 적으로 인식해버린 꼴이다. 지성이란 이름으로 가치는 전도되었고 진실은 묻혀버렸다. 비판 능력도, 문제 지각 능력도 모두 퇴화해 버렸다. 엄청난 문학의 힘이다!

— 2017년 8월 12일 토요일

2017년 8월 29일 화요일

영웅이 되고 싶은 괴물들

: 카를 융 〈인간과 상징〉

- 영웅은 언제나 음지에서 기적적으로 태어나 인생 초기에 초인적인 힘이 있음을 증명하고서 빠르게 두각을 나타내거나 놀라운 위력을 보이고, 악한 무리와 싸워서 이들을 무찌르고, 오만이라는 죄의 씨앗을 마음속에 키우다가 이윽고 누군가의 배신이나 영웅적인 희생으로 인해 몰락하여 결국 죽음을 맞는다.

- 영웅 신화의 본질적인 기능은 바로 영웅 개인의 자아의식 발달에 있으며 온갖 삶의 문제에 정면으로 부딪쳐 나가면서 자신의 역량과 약점을 스스로 깨닫게 되는 것이다. 영웅의 상징적 죽음은 개인의 성숙이 성취되었음을 뜻한다.

- 라딘 박사의 영웅 신화의 전개를 네 주기로 분류하면, 장난꾸러기 주기, 토끼 주기, 붉은 뿔 주기, 쌍둥이 주기다. 장난꾸러기 주기는 기본적인 욕구를 만족시키는 것 말고는 어떤 목적도 없다. 도덕심도 없고 광포하고 잔인하다. 그 다음으로 나타나는 토끼 주기는 장난꾸러기의 본능적, 유아적 욕구를 극복하여 하나의 사회적 존재가 되어가는 과정이다. 붉은 뿔 주기에는 경주에서 승리하고 전쟁에서 능력을 과시함으로써 인생의 시련을 이겨내고 원형적인 영웅 자격을 획득한다. 쌍둥이 주기란, 어머니의 자궁에서 하나였으나 태어나면서 분리된 존재이므로 인간의 양면

성을 드러내는 시기다. 쌍둥이는 무적의 영웅으로 살아가다가 오만해진 나머지 그 힘을 남용, 파멸을 자초하게 된다.

- 영웅은 흔히 고난에 처해 있는 처녀를 구하기 위해 괴물과 싸운다. 이 처녀는 영웅 자신의 아니마(괴테가 '영원한 여성'이라고 부른, 남성 마음속의 여성적 요소)를 상징하는 존재다. 여성을 구출하는 이야기는 탐욕스러운 어머니의 이미지로부터 자기 아니마 상을 해방시키는 것을 상징한다. 이러한 해방이 달성되기 전까지는 남성은 여성과의 관계에서 진정한 능력을 발휘할 수 없다.

  / 카를 융 〈인간과 상징〉 중에서.

지난 태극기 집회를 통해 시민들은 누군가가 영웅적 신화에 도전해주길 간절히 바랐던 것으로 보인다. 그래서 그의 이름을 외치고 그를 지지하며, 심지어 불법임에도 불구하고 정치적 구조 내에서 개혁을 도모해야 한다는 희망을 안고 그들 중 누군가에게 투표를 하기도 했다. 그러나 그들은 영웅이 아니었다. 오히려 처녀를 재물로 바치라고 협박하는 괴물에 가까운 자신들의 정체성을 분명히 드러내고 있다. 그들에게 영웅적 가능성이 있었는지도 모른다. 그러나 붉은 뿔 주기나 쌍둥이 주기에 접어든 뒤 파멸해야 하는 운명을, 인격적 성장을 통해 영웅적 행위를 완수하고 죽어야 하는 운명을, 두려워했던 것일지도 모르겠다.

그들은 영웅인 체했지만 정의란 이름으로 오직 눈앞에 있는 욕구, 즉 현재의 권력 유지 및 더 커다란 권력을 갖는 것에만 관심을 보이고 있다. 더구나 그들은 우리나라 남성들이 대부분 그렇듯이 여성과 남성이라는 진정한 관계로 진입하지 못하고 어머니의 아들이라는 유아적

에고에서 한 치도 벗어나지 못한 것 같다. 그래서 자신의 아니마조차 구현해 내지 못하고 처녀를 재물로 바치라고 앞장서는, 영웅이 되고 싶긴 했으나 잔인하고 비도덕적이며 광포한 장난꾸러기 주기에 머문 괴물에 지나지 않았음을 스스로, 지속적으로 증명하고 있는 것이다.

2017년 8월 27일 일요일

정의란 이름을 목에 걸고 권력을 탈취한 혁명의 실체

: 후안 룰포 〈뻬드로 빠라모〉

혁명군 : 우리가 무기를 든 것은 썩은 정부나 당신 같은 인간들의 횡포를 더 이상 방관할 수 없기 때문이오. 정부나 당신네들은 우리를 등쳐먹고 사는 사기꾼이자 피를 빠는 기생충 같은 존재에 지나지 않소.

뻬드로 : 여러분의 혁명을 성공적으로 완수하려면 얼마 정도 필요합니까?

혁명군 : 이 양반이 말귀를 제법 알아듣는 것 같군. 과업을 완수하려면 이런 부자들과 교섭하는 것도 과히 나쁘진 않아. 이봐. 우리에게 필요한 자금이 얼마지?

혁명군 부하 : 그거야 이 양반 성의에 따라 다르겠지요. 이 인간은 피도 눈물도 없는 독종이오. 그러니 이 자의 더러운 뱃속에서 옥수수 알갱이 한 톨까지 몽땅 꺼내야 합니다.

혁명군 : 자넨 가만있게. 좋은 게 좋은 거라고. 차분하게 의견을 좀 혀보지.   / 후안 롤포 〈뻬드로 빠라모〉 중에서.

멕시코 작가 후안 롤포의 〈뻬드로 빠라모〉에서 화자는 어머니의 유언을 따라 한 번도 만난 적 없는 아버지 뻬드로 빠라모를 찾아간다. 그러나 아버지는 이미 죽었고 그곳은 유령들만 사는 마을이 된 지 오래다. 우리에게 익숙한 남미 소설들이 그렇듯이, 이 소설 역시 환상과 현실이 교차된다. 더구나 화자나 등장인물들이 죽은 사람인지 산 사람인지 구분되지 않는 서술 형식이어서 분량은 많지 않지만 술술 읽히는 작품은 아니다.

다른 사람들은 어찌 읽었을까, 궁금해서 책 뒤에 붙인 번역자의 작품 해설을 훑었다. '혁명을 바라보는 작가의 시각은 극히 회의적이고 부정적'이라고 하면서도 해설자는 작가가 혁명을 지지하는 것으로 오해하고 있는 게 아닐까 궁금했다. 혁명의 정당성과 혁명의 필연성을 확신시키기라도 하려는 듯, 열 페이지 정도 되는 작품해설 속에 '혁명'이란 단어를 자그마치 26회(내가 제대로 센 게 맞다면)나 반복하고 있다. '토호에게 땅을 빼앗긴 주민들에게 남은 것은 죽음 아니면 혁명뿐이다. 혁명을 통해 타파해야 할 대상은 독단적인 전횡을 일삼은 토호뿐 아니라 부패된 연방정부'라고 일갈하는 것도 잊지 않는다.

작품을 해석하는 시각이 우리나라를 어떤 기준으로 보고 있는지에 따라 차이가 날 수 있다는 것을, 지난 번 솔제니친의 〈이반 데니소비치, 수용소의 하루〉에서도 언급한 적 있지만 다시 한 번 절감한다. 번역자의 작품 해설이 중요한 이유는, 일반 독자들이 작품을 이해하는데 기준이 되기 때문이다. 책을 읽고 검색을 해 본 결과, 무슨 소린지 어렵다는 말과 함께 써놓은 해석의 기준은 대부분 책 말미에 붙은 작품해설의 범위를 크게 벗어나지 않았다.

그러나 내가 읽은 이 책의 주요 쟁점은 위에서 인용한 대로, 혁명군이랍시고 거들먹거리고 나타난 자들의 부패다. 그것이 아마도 멕시코 혁명이 실패한 원인일 것이다. 그러나 작품해설에서는 혁명의 실패가 토호세력이나 썩은 정부 때문이 아니라 그들보다 더 부패하고 더 탐욕스러운 혁명군 때문이었음을, 단 한 마디도 언급하지 않고 있다.

뻬드로는 치사하고 악랄했다. 그런데 이 작품이 흥미로운 것은 해설자의 표현대로 '음흉한 성격과 잔혹한 폭력'을 휘둘렀던 뻬드로의 죽음이, 사기꾼처럼 농민의 땅을 빼앗고 수많은 여자들을 노리개 삼고 자식을 돌보지 않았던 그의 최후가, 실은 혁명과 아무런 상관이 없다는 것이다. 주민들이 모두 떠난 뒤 마을이 유령과 죽음의 땅이 된 이유는 그의 폭정 때문이 아니었다. 더 근본적으로 보자면, 자신을 사랑하지 않는 여자의 마음을 간절히 바라며 절망했기 때문이고, 돈을 넉넉히 주지 않는다며 불만이 폭발한 아들이 (아마도) 그의 가슴에 칼을 찔러 넣었기 때문이다.

- 모두들 똑같은 운명을 선택하고, 그렇게 가는 거야. 그는 방금 전까지 머릿속에 떠올리고 있던 수사나를 생각했다. 수사나, 어서 돌아오라고 그렇게 일렀거늘…. 그는 눈을 감고 중얼거리기 시작했다. 휘영청 밝은 달이 떠 있던 날, 나는 당신을 쳐다보느라 눈이 멀 정도였어. 당신의 얼굴에 달빛이 스며드는데 넋을 잃을 수밖에. 그는 자신이 떠올리던 영상들을 붙잡으려는 것처럼 허공을 향해 손을 들어올렸다. 내가 죽어가고 있는 거야.

작가는 아마도 뻬드로 역시 비열하고 잔혹한, 그래서 비난받아도 억울할 것 하나 없는 폭군이긴 하지만, 원하던 사랑 하나 얻지 못해 무너진 나약한 인간이었음을 피력하고 있는 것이 아닐까. 동시에 혁명의 허상을 예리하게 꼬집은 것이 아닐까. 피지배자의 위치에 있을 때에는 잘난 척 홍보고 욕하며 자신만은 정의로운 듯 지껄이지만, 마침내 권력의 최고 자리에 서면, 돈과 권력을 손에 쥐게 되면, 저 혁명군들처럼 정의란 이름을 목에 걸고 더욱 부패할 수밖에 없음을 말하고 있는 것이다. 뻬드로의 말처럼 '모두들 똑같은 운명을 선택하고 그렇게 가는 거'라고, 결국 인간은 모두 똑같다고 말하고 있는 것이다. 마치 저들처럼, 대한민국의 정의는 모두 자신들이 쥔 것처럼 촛불을 들었던 손에 치맥 들고 폭탄주 돌리는 것처럼.

2017년 8월 26일 토요일

더 이상 놀라지 마시라
: 페터 한트케 〈소망 없는 불행〉

- 경악의 순간들은 언제나 잠깐이고, 그 잠깐이란 시간은 경악의 순간들이라기보다는 오히려 비현실의 감정들이 치미는 순간이며, 시간이 지나면 모든 것을 다시 모른 체해 버릴 순간들이다.
/ 페터 한트케 〈소망 없는 불행〉 중에서.

수면제를 먹고 자살한 어머니에 대해 서술하고 있는 이 작품에 대해 이야기하려는 것은 아니다. 삼성 이재용 부회장에 대한 판결을 보고 실망한 분들이 계신 것 같아 몇 구절 인용하여 전하고 싶은 게 있을 뿐이다. 오늘은 조금 표현이 강경하더라도 이해해 주시길 바란다.

자유통일 대한민국을 향해 매진하던 청렴한 대통령이 탄핵당했다. 불법 대선으로 정권을 찬탈한 사람들이다. 정당성을 위해 대통령을 구속수감하고 일주일에 네 번씩 재판하는 나라다. 이재용 부회장이 무죄가 되면 대통령에게 유죄 판결이 불가능해진다. 대통령이 무죄가 되면 탄핵이 엉터리가 되고, 탄핵을 왜 시킨 거야? 하는 의문이 싹 트게 되면 지금 정권을 쥔 사람들의 존재 이유가 사라진다. 당신이라면 무죄 판결을 내리겠는가. 헤어 롤 재판관이 '파면'이라고 외친 판결은 시름시름 꺼져가던 대한민국의 법치가 마침내 사망했다는 명징한 선고였다. 이렇게 따져보면, 대통령 구속영장이 부결될 걸 어떻게 바랄 수 있었는지, 대체 어떤 근거로 이재용 부회장이 무죄가 될 거라 생각할 수 있었던 것인지 되묻고 싶어진다.

태극기 집회가 한창이던 때, 마이크 쥔 분들에게 애초의 목적이 흐려지지 않도록 연단에 오른 사람들의 이름을 외치지 말라고, 다음 대선 주자의 이름을 연호하지 말라고, 무대 위에서 분열하는 모습 보이지 말고 제발 한 자리에 모여서 한 뜻, 한 목소리를 내달라고 당부한 적 있다. 그러다가 우파 분열시킨다고 호되게 욕먹었다. 그 뒤로 저쪽만이 아니라 이쪽 진영까지 냉정하게 지켜볼 수 있었는데, 안타깝게도 이쪽에서는 아무런 계획이 없어 보였다. 탄핵 결정이 나자 우왕좌왕, 저들이 원하는 물결을 따라 맥없이 떠다니고 흘러가서 결국 모든 걸 다 내주었다.

- 어쩌면 우리가 알지도 못하고 상상할 수조차 없는 새로운 절망이
  있을지도 모르지.

소설 쓰는 사람은 '반 무당'이어야 한다고 한다. 모르겠다. 내게도
그런 능력이 있는지는. 그러나 지금 내 안에서는 간곡히 당부 드려야
한다고 가슴이 요동치고 있다.

더 이상 놀라지 마시라. 더 깊이 실망하지 마시라. 하늘 무너진 듯
절망하고 땅이 꺼질 듯 한숨 쉬거나 술 취해 눈물짓지 마시라. 대통령
은 유죄판결 받고 중형 받을 걸 기정사실로 받아들이시라. 더 이상 검
사 누구누구, 판사 누구누구, 대한민국의 미래를 말아먹고 있는 저들
에게 빌붙은 나약하고 비열한 개인 한 사람 한 사람을 욕하고 사안마
다 흥분하지 마시라. 그들이 무슨 짓을 해도 미친개가 짖나보다, 하고
무시하시라. 그 분노와 열정과 에너지를 모아 그 다음을 생각해 주시
라. 부디 더 크고 더 높은 우리의 목표, 어떻게 자유 대한민국을 살려
낼 것인가, 어떻게 자유통일 대한민국으로 다시 일어설 것인가를 계획
해 주시라. 평양이 무너진 후 이 땅 위에 서식하고 있던 그들의 잔당을
어찌 청소할 것인지, 그 혼란을 어찌 정리할 것인지, 부디부디 계획해
주시라. 파면 선언 이후 어찌할 바를 몰라 흐지부지 태극기 혁명이 무
산되었던 그 뼈아픈 실패를 절대로 다시는 반복하지 않도록 멀리 보
고 고민해 주시라. 우리에게 마지막으로 주어질 대한민국 회생의 기회
를 위해 만반의 준비와 장기적인 계획을 세워 주시라!

이재용 부회장의 판결을 앞두고 영화 〈도그빌〉에 대해 어제 글을
올린 속뜻이기도 했는데, 무엇보다 우리가 지금 도그빌에 살고 있다는
걸 부디 받아들이시라. 마지막에 미래를 위해 마을을 불사르고 그동안

당한 것보다 더 처절하게 응징하는 그레이스처럼, 지금은 진실이 짓밟
히고 개목걸이가 씌워진 채 농락당하고 있지만 실은 내재된 무한한
힘이 우리에게 있음을, 모두 파괴하고 다시 재건할 능력이 있음을, '소
망 없는 불행'에 빠지는 대신 우리가 바로 '어메이징 그레이스'임을 깨
달으시라.

2017년 8월 25일 금요일

그레이스의 결단이 있으라
: 영화 〈도그빌〉

- 갑자기 모든 것이 명백해졌다. 그녀가 그들과 똑같이 행동했다면
  자신의 행동을 용서하지 못하고 그들을 비난하지도 못했을 것이
  다. 그들의 최선은 훌륭하지 못했다. 그랬다. 그들은 권력을 올
  바로 썼어야 했다. 그건 의무와도 같다. 다른 마을을 위해, 인간
  성을 위해, 적어도 그레이스라는 한 인간을 위해.

  / 영화 〈도그빌(dogvill)〉 중에서.

객관적 관점에서는 사악한 일이 분명하지만 당사자 스스로는 선하
다 생각하고, 정당하다 주장하며, 정의롭다고 착각하게 되는 일은 왜
생기는 것일까. 연극적인 구성과 세트 위에서 그레이스로 분한 니콜
키드먼의 미모가 눈부시게 빛나는 영화 〈도그빌〉은 작은 산골 마을에
서 순박하게 살아가던 사람들 속에 감추어져 있던 악한 본성이 얼마

나 추악하게 정체를 드러내는지 그 과정을 적나라하게 보여준다.

소설을 쓴답시고 지식인 행세를 하며 마을 사람들에게 도덕철학을 강의하는 청년 톰은 어느 날, 총성 한 발과 함께 마을로 숨어든 그레이스에게 한 눈에 반한다. 그녀가 갱단과 관계가 있다는 것을 의심하면서도 마을에서 숨어 지낼 수 있도록 주민들을 설득한다. 그레이스는 순하고 진실된 마음으로 집집마다 찾아다니며 마을 사람들의 일을 돕고, 주민들도 도움이 된다고 여겨 그녀를 받아들인다.

하지만 그레이스가 지닌 아름다움이 여자들에게는 시기와 질투를, 남자들에게는 욕정을 불러일으킨다. 급기야 경찰이 와서 그녀를 찾는 수배전단을 붙이자 그레이스가 너무 위험한 인물은 아닐까, 그녀를 신고하는 것이 정의는 아닐까, 왜 법까지 어겨가며 그녀를 숨겨주어야 하는 것인가, 하고 그들은 갈등한다. 만약 그녀를 감추어 준 것이 드러나게 되면 벌을 받지 않을까 두렵기도 하다. 그 결과 주민들은 자신들이 위험을 감수하고 있는 데 대해 보상 받기를 원한다. 경찰에 신고하지 않겠다는 조건으로 여자들은 더 극심한 노동을, 남자들은 섹스를 착취한다. 심지어 개 목걸이까지 씌워 그레이스를 감금하고 학대한다. 사랑이라는 이름으로 그레이스를 취하지 못한 사내는 오직 톰 한 사람뿐이다. 그러나 그 손해를 나날이 억울하게 느끼던 톰은 갱단에게 연락한다. 엄청난 물질적 보상을 기대하면서.

 - 권력을 갖게 되면 책임을 맡아야겠죠. 도그빌의 문제를 해결한다
   든가 겁을 주는 것만으로는 마을이 달라지지 않아요. 언젠가는
   누군가가 드러내겠죠, 나약함을요. 나는 더 나은 세상을 만드는

데 권력을 쓰고 싶어요. 세상을 위해 이런 곳은 없어져야 해요.

마을 사람들의 모든 것을 이해하고 사랑하며 용서했던 그레이스의 마지막 선택은 필연적이었을지 모른다. 어쩌면 사람의 결단이 아니라 눈곱만한 권력을 쥐고도 거만하게 휘둘렀던 마을 사람들이 응당 받아야 하는 인과(因果)였을 것이다. 그러나 내가 만약 마을 사람이었다면 달랐을까, 하고 묻는다면 아니라고 자신있게 대답할 수 있을까. 그럼에도 불구하고 진짜 적과 싸우는 대신 장신구처럼 평화란 말만 입에 대롱대롱 매달고 있는 사람들과, 자신만 살겠다고, 자신만 정당하다고, 너만 나빴다고, 그러니 너는 이제 그만 꺼져 달라고 아우성치는 인간들을 보며, 그래도 그건 아니지 않니, 그만큼의 권력을 누리고 있다면 적어도 그렇게 힘을 쓰는 건 아니지 않니, 하고 묻지 않을 수 없다.

보잘 것 없는 권력을 휘두르며 북한 주민들을 착취하고 우리 대한민국을 혼란에 빠뜨린 자들에게, 죄 없는 자를 모함하고 가두고 고문하는 이들에게, 그들의 조력자가 된 자들 모두에게 그레이스의 결단이 있으라!

2017년 8월 23일 수요일
네 탓이오! 네 탓이오!

네가 짧은 치마를 입었으니까. 네가 가슴골 드러나도록 깊이 파인 옷을 입었으니까. 네가 날 보고 웃었으니까. (나처럼 쓰레기 같은) 사내는 그런 거 보면 흥분하거든, 발딱 선다고. 그게 자연의 이치야. 신이 그렇게 만든 걸 나더러 어쩌라구. 내 탓이 아니라니까.

게다가 그게 강제로 가능하냐? 눕힌다고 눕냐? 벌린다고 벌려? 너도 좋으니까 죽을 힘을 다해 반항하지 않은 거잖아. 같이 즐겨놓고 이제 와서 왜 딴소리야? 잘 생각해 봐. 내 잘못이 아니라니까. 너도 원한 거였어. 무엇보다 말이야, 여자가 자기 몸 하나 못 지켰으면 부끄러운 줄 알아야 하는 거야. 진작 호신술이라도 좀 배워놓지 그랬어? 전기충격기라도 가지고 다니든지. 이렇게 억울해 할 거였으면 호루라기도 목에 걸고 다녔어야 하는 거야. 그래야 네 억울함을 믿어라도 준다니까. 그러니 내 탓이 아닌 거야. 넌 너 스스로를 지킬 의지가 애초에 없었던 거라고.

집단강간이라 당해내지 못했다고? 넌 17대 1로 싸워 이겼다는 전설도 못 들어봤냐? 의지가 있으면 용기도 생기고 기적도 생기고 그러는 거야. 간절히 원하면 우주가 이루어 준다며? 네가 우리를 이기고 싶었는데 진 거라면 네가 이기길 간절히 원하지 않았던 거겠지. 그러니 내 탓이 아니야.

그래그래. 네가 나 어려울 때 달려와 주고, 손잡아 주고, 끌어주고 밀어 준 거 기억해. 그런데 그게 뭐, 누가 도와 달랬냐? 네가 원해서 한 거잖아. 네가 좋아서 한 거였어. 무엇보다 과거는 과거야. 이제 나, 정말이지 너란 존재 싹 잊고 새 출발 하고 싶다. 그러니 우리 이제 각자 인생 가자. 넌 네가 망친 네 인생 스스로 책임지고, 난 너와 무관하게 내 인생 살고. 어차피 인생은 혼자 사는 거야. 인생은 다 자기가 스스로 책임지는 거라니까.

야, 내 얼굴 좀 봐라. 나 해쓱해졌지? 나 불쌍하지도 않냐? 내가 대체 뭘 잘못해서 이렇게 욕먹고 개고생 해야 하냐? 너 양심이 있으면 가슴에 손 얹고 잘 생각해 봐. 난 정말 아무 잘못 없잖아. 일을 이렇게 골 아프게 만든 건 너야. 그러니까 깊이 반성해. 날 이렇게 힘들게 한 것도 좀 미안해 하고.

다시 한번 말하는데, 내가 널 이렇게 만든 거 아니다. 네가 나빴던 거야. 네가 모자랐던 거라고. 네가 원인이라니까. 맞지? 난 이제 손 턴다. 난 널 잊을 거야. 너와 함께했던 시간 싹싹 지우고 새 출발 할 거야. 희망 찬 미래가 저기서 손짓하고 있어. 내 발목 붙잡을 생각 마라. 안 그러면 콱, 죽여 버린다. 좋은 말 할 때 조용히 살아라. 잘 살아라, 나, 간다.

요즘 박근혜 대통령을 놔주자, 지우자, 잊자, 내쫓자 하는 자들에 대한 기사를 보면, 자신의 범죄를 정당화하면서 피해자가 더 나쁘다고, 자신이야말로 억울한 피해자라고 나쁜 '새끼'들이 이죽거리는 모습이 영화의 한 장면처럼 눈앞에 싸악 지나간다. 참 이상하다.

2017년 8월 22일 화요일

작가는 떼가 아니라 개인일 때 쓴다
: 마루야마 겐지 〈소설가의 각오〉

– 고독을 이길 힘이 없다면 문학을 목표로 할 자격이 없다. 세상에 대해, 혹은 모든 집단과 조직에 대해 홀로 버틸 대로 버티며 거기에서 튕겨 나오는 스파크를 글로 환원해야 한다. 가장 위태로운 입장에 서서, 불안정한 발밑을 끊임없이 자각하면서, 아슬아

슬한 선상(線上)에서, 몸으로 부딪치는 그 반복이 순수문학을 하는 사람의 자세인 것이다.

– 모든 예술이 그렇지만 문학 또한 얼마만큼 개인으로 돌아갈 수 있는가에 따라 성패가 결정난다. 불안이나 고독에서 슬픔과 분노가 태어난다. 그 벽을 돌파한 곳에 나 자신의 혼이 있다. 거기에 표현할 가치가 있는 무엇이 자리 잡고 있다. 그러니까 불안과 고독이야말로 창조하는 자들의 보물이다.

/ 마루야먀 겐지 〈소설가의 각오〉 중에서.

내가 딛고 선 이 땅은 실금 쩍쩍 벌어지는 얼음장이고, 꺼질 듯한 위태로움을 함께 걱정하며 희망을 나눌 문학적 동지도 없는데다 오롯이 혼자가 되었으니, 이제야말로 쓸 일밖에는 남지 않았다.

2017년 8월 21일 월요일
찬물 끼얹는 도로시가 되자
 : 프랭크 바움 〈오즈의 마법사〉

"그 구두 이리 내놓으세요!"
"싫다. 이건 이제 내 거야."
"대체 무슨 권리로 남의 신발을 빼앗는 거예요?"
"그래 봤자 소용없어. 내 조만간 나머지 한 짝까지 빼앗을 테니. 우헤헤헤헤."

마녀의 말에 화가 머리끝까지 난 도로시는 옆에 있던 양동이를
들어 안에 있던 물을 마녀에게 부어버렸다. 온몸에 물을 뒤집어쓴
마녀는 겁에 질려 고래고래 소리를 지르기 시작했다. 놀랍게도 마녀
의 몸이 점점 오그라들면서 사라지고 있었다.

"난 이제 몇 분이면 완전히 녹아버릴 거다. 그럼 이 성은 네 차지
가 될 테지. 아아, 평생을 못된 짓만 하며 살아왔는데 너 같은 어린
애한테 당해 내 사악한 업적에 종말을 고할 줄이야……. 아아, 이제
나는 사라진다아아아!"

마녀는 그 말과 함께 형체 없는 갈색 액체로 녹아 깨끗이 닦아 놓
은 부엌 마룻바닥에 서서히 퍼지기 시작했다. 마녀가 정말로 완전히
녹아 버린 것을 본 도로시는 양동이에 물을 담아다가 지저분한 찌꺼
기 위에 끼얹은 뒤 부엌 문 밖으로 싹싹 쓸어 버렸다.

/ 프랭크 바움 〈오즈의 마법사〉 중에서.

책장에는 내가 좋아하는 동화들이 몇 권 꽂혀 있다. 〈이상한 나라의
엘리스〉 〈보물섬〉 〈홍당무〉 〈은하철도의 밤〉 〈모모〉 〈오즈의 마법사〉
……. 책장 앞을 서성이다가 〈오즈의 마법사〉를 꺼내들었다. 위에 인용
한 부분은 서쪽에 사는 나쁜 마녀의 최후를 그린 유쾌, 상쾌, 통쾌한 장
면이다.

세상에는 언제나 못된 마음을 가진 사람들도 있고 착한 마음을 가
진 사람들도 있다. 못된 자들은 언제나 자신이 가진 것으로 만족하지
않는다. 더 가졌든 덜 가졌든, 남을 짓밟고 올라서서 그 사람의 주머니
는 물론 골수까지 빼먹는다. 눈에 보이는 것도 모자라 그 사람의 미래

와 꿈까지 악착같이 빼앗는다. 그러나 먹으면 먹을수록 배고픈 아귀처럼 그들의 탐욕은 끝이 없다. 그래서 그들이 날뛰는 세상은 나날이 폐허가 되어간다.

반대로 선한 사람은 타인이 가진 것에 대해서는 그다지 관심이 없다. 오직 자신을 들여다보고 부족한 것을 채우고 싶어 한다. 허수아비는 그저 지혜를 갖고 싶을 뿐이고, 양철 나무꾼은 다만 사랑할 수 있는 마음을 갖고 싶을 뿐이며, 사자는 타고난 제 본성보다 한 뼘 더 큰 용기를 내고 싶을 뿐이다. 그리고 도로시는 마법의 세상을 다 가질 수 있는데도 오직 자신을 사랑해 주던 아저씨 아줌마와 함께 살 수 있는 캔자스의 작은 오두막으로 돌아가고 싶은 것이다.

착한 사람들은 남이 가진 것을 탐하지 않고, 남이 가진 것을 욕심내지 않으며, 남과 비교하여 불행해지지 않고, 남의 꿈을 비웃지도 않는다. 그들은 돈이나 명예 때문이 아니라 오로지 작은 꿈을 이루기 위해 여행하며 서로에게 좋은 길동무가 되어준다. 그래서 착한 사람들이 사는 세상은 하루하루 풍요로워진다. 그들은 또한 눈앞에 당장 큰 이익이 주어진다 해도 자족하지 않고, 자신이 처음 목표했던 것을 포기하지 않는다. 운 좋게 내가 꿈을 먼저 이루었다고 해도 길동무들에게 도움 받았던 순간의 감사한 마음을 잊지 않고, 모두의 꿈이 이루어질 때까지 여행을 중단하지도 않는다. 그들은 그저 자신들의 선한 목표를 위해 쉬지 않고 걸어갈 뿐이다. 그것이 그들이 할 수 있는 일의 전부다.

"착한 힘은 악한 힘보다 강해."

착한 건 바보로 치부되는 세상이지만 〈오즈의 마법사〉에 나오는 저 말처럼 착한 마음, 바른 마음을 갖고 가다 보면 의도하지 않아도 우연이랄까, 행운이랄까, 하늘과 우주의 도움이랄까, 선한 결실의 시간이 온다. 그래서 착한 마음들이 사는 세상은 신천(新天) 개벽을 하고 유토피아를 만든다고 떠벌이지 않아도, 정의로운 사회니 선진복지 사회니 떠들지 않아도, 나날이 풍요로워진다. 그것이 우주의 법칙, 보이지 않는 무위(無爲)의 법칙이다. 그 법이 있어서 세상은 불평등과 불합리와 탐욕과 기아와 전쟁에도 불구하고 하루하루 발전해 왔다.

이런 저런 기 막히고 코 막히는 기사들을 보자니, 너무 낙관적이라고 할지 모르지만, 끝이 얼마 남지 않았구나, 싶다. 극과 극은 통하기 때문이다. 빼앗고 빼앗다 보면 빼앗길 날 오고, 밀리고 밀리다 보면 고양이에 쫓기던 생쥐처럼, 순하기만 하던 도로시처럼, 의도하지 않았어도 적의 약점에 찬물을 끼얹는 순간이 온다. 우리가 중단하지 않는다면.

모험과 여행이란 내면에 갖추어져 있는 지혜와 사랑과 용기를 발견하기 위한 과정이다. 사실, 스스로 깨닫지 못하고 있을 뿐 허수아비처럼, 양철 나무꾼처럼, 사자처럼, 우리에게도 이 난국을 타파할 지혜와 사랑과 용기가 이미 갖추어져 있다. 다만 그러한 힘을 발견하고 깨닫기 위해선 지금 우리가 마녀의 나라를 함께 여행하고 있다는 것을 먼저 인식해야 한다. 아무리 힘든 어려움이 와도 우리의 꿈이 무엇이었던지 기억해야 하고, 우리의 처음 목표가 무엇이었는지 잊지 말아야 한다. 그 목표를 이루기 위해 우리가 함께해야 한다는 것도, 그래서 이 모험을 잘 끝내기 위해 우리는 조금 더 탄탄한 하나의 마음이 되어야 한다는 것도 다시금 마음에 새겨야 한다. 도로시처럼, 허수아비처럼, 양철 나무꾼처럼, 사자처럼, 생긴 것도 취향도 본성도 꿈도 너무나 다른 친구들이지만 서로가 서로를 위하며 먼 길 동행하여 꿈을 이룬 저들처럼, 우리도 동화처럼, 동화 속 착한 저 친구들처럼, 그렇게 우리 한 사람 한 사람 모두 어느 날 아침 '새벽종이 울렸네, 새 아침이 밝았네' 노래하며 '정말로 완전히 녹아 버린 마녀의 지저분한 찌꺼기를 문밖으로 싹싹 쓸어버리는' 도로시가 되자!

2017년 8월 19일 토요일

토토야, 네 덕에 행복했어. 고마워, 사랑한다

— 퇴근해 돌아오면 현관 앞에 쿠션이 하나씩 놓여 있다. 토토가 소파에서 끌어다 놓은 것이다. 쿠션을 만져보면 녀석의 체온이 느껴진다. 내가 집에 있을 때는 거의 하지 않는 행동이다. 빈집에 혼자 남겨지면 저 위에 앉아 온종일 나를 기다리는 모양이다. 쿠션의 부피는 토토 몸의 두세 배가 넘는데 얼마나 힘들여 끌어다 놓았을까 생각하면 우습기도 하고 안쓰럽기도 하다. 아침에 현관을 잠그고 엘리베이터를 기다리노라면 종종종종 거실과 현관을 불안하게 오가는 토토의 발자국 소리가 들린다. 나를 기다리고 있을 줄 알면서도 기다릴 수밖에 없게 하는 건 참 미안한 일이다. 가능한 토토의 기다림을 짧게 해주고 싶어서 나는 퇴근하면 바로 집으로 돌아온다. 오늘도 일찍 퇴근해서 현관문을 열고 보니 발 들일 곳이 없다. 쿠션을 세 개나 끌어다 놓은 것이다. 처음이다, 세 개의 쿠션은 새로운 전략으로 요새를 지어 놓고 집을

굳건히 지키며 나를 기다렸나 보다. 하루종일 뭐한 거야? 힘 안 들었어? 내가 물어도 토토는 온종일 얼마나 외로웠는지, 얼마나 쓸쓸했는지 시시콜콜 엄살을 늘어놓지 않는다. 다만 기다리던 엄마가 왔으니까 이젠 행복하다는 듯, 소파 위로 뛰어오르고 배를 드러내 보이고 누워 제 나름대로 기쁨을 표현한다. 벗어달라고 조른 양말을 물고 깡총깡총 뛰어다닌다. 내가 맨발이 되면 아무 데도 가지 않고 제 옆에 있을 거라는 걸 아는 것이다. 맘이 짠하다. 토토를 안아 올린다. 자신의 그리움을 보답 받은 녀석의 심장이 뜨겁게 뛴다. / 김규나 2011년 일기 중에서.

　몇 년 전에 써 놓은 글이다. 그렇게 17년을 한결같이 날 기다려 주던 토토는 페북에 글을 올린 그날 밤, 떠났다. 많은 분들이 걱정해 주신 것처럼 오래 고생하지 않고, 또 내가 고생하지 않도록 배려한 것 같다. 전날 피를 쏟은 건 장기가 무기능 상태에서 강제로 주입했기 때문에 흡수를 못해 일어난 일이었다. (포도당이나 영양제는 안 된다며 의사 샘이 식염수에 비타민 약간 섞은 걸 주신 거였는데도) 그마저도 새벽녘에 더 이상 주사가 들어가지 않은 건 다행이었고, 오전에 병원 가서 주사를 뺀 이후로는 편안(...)했다. 심장박동이 좀 약해지고 호흡이 힘들어지는 것 같아 녀석을 쓰다듬으며 그동안 애썼다고, 나를 지키는 책임 이제 그만 벗어도 된다고, 그동안 토토는 100점이었다고, 만점이고 에이플러스였다고, 그러니 이제 그만 가도 된다고 말하자 그 순간, 떠났다. 그 말이 듣고 싶었나 보다. 그렇게 내 품에서 갔다. 밤새 그 녀석 손잡고, 차가운 몸 쓰다듬으며 지새다가 어제 오전에 화장하고 돌아왔다. 그 후로 지금까지 내내 미친 듯 청소했다. 치우고 버리고 쓸고 닦다 지쳐서 잠시 토토가 누웠던 자리에 누우면 눈물이 나고, 그래서 다시 일어나 또 청소하고 버리고, 그러다 또 넋 놓고 앉으면 또 눈물이 났다. 마음 공부한다고, 죽음도 없고 생도 없고 모든 게 한자리라고, 너와 내가 둘이 아니라고, 슬픔 같은 감정에 흔들리지 않을 만큼 강해졌다고, 더구나 몇 년 전부터 토토가 떠날 때를 늘 준비하고 있다고 자신했었는데, 참 어리석은 자만이었다. 집안 어디에도 흔적 없는 곳이 없어서, 종종 뛰어다니고 졸랑졸랑 따라다니는 모습이 눈에 보이고 귀에 들린다. 태어나 처음으로 '눈에 밟힌다.'는 말이 무슨 뜻인지 이제 겨우 알 것 같다.

사실 언제나 밖에 나가면 나를 기다릴 토토 생각에 마음이 바빴다. 특히 토토가 열 살이 넘으며 노화가 시작된 뒤로는 내 손으로 돌봐줘야 할 것들이 생겨서 1박 여행조차 할 수 없었다. 이제 나는 자유다. 그런데 자유가 딱히 좋지만은 않다. 조금 전에도 잠깐 밖에 나갔다 들어왔는데, 이제는 더 이상 현관 문 앞에 쌓아놓은 쿠션도 없고, 쪼그리고 앉았다가 벌떡 일어나 꼬리 치는 녀석도 없고, 쫄쫄 따라오며 양말 벗어 달라 조르는 아이도 없다. 치사하게 너, 내가 왔는데도 혼잣말처럼 하다가는 멍, 텅 빈 집을 둘러보았다. 그래도 또 몇 날, 몇 달, 시간이 가면 지금의 이 크나큰 허전함도 잔잔한 추억으로 빛이 바라겠지.

출판사에서 진행하는 〈트러스트미〉 이벤트 예정일이 원래 20일이었는데 오베이북스 대표가 내 사정을 알리고 연기 공지를 해주었다. 미안해서 딱 내일까지만 좀 울고 다음 주부터는 씩씩해지겠다고 약속했다. 그래서 이벤트는 예정보다 1주일만 연기하고, 다음 주에는 드디어 출판사 대표와 만나 소설 출간에 대한 회의를 할 예정이다. 그리고 페북에서도 다시 예전의 김규나로, 페친 어느 분의 말씀대로 '따뜻하고 날카로운 작가'로 돌아가야지. 실은 토토 떠난 소식도, 또 마음 추스르겠다는 다짐도 이렇게 빨리 할 생각을 조금 전까지도 못했는데, 뭐 그런 거 가지고 그러니? 하지 않고 너무도 많은 분들이 위로의 글 남겨주시고 같이 마음 아파하며 공감해 주신 걸 보니 빨리 힘내야겠구나, 하는 생각이 들었다. 같이 안타까워해 주시고 걱정해 주신 분들께 진심으로, 감사드린다.

2017년 8월 17일 목요일
토토와의 작별을 준비하며

17년 동안 늘 곁을 지켜주던 녀석이 이제는 나를 떠나려나 보다. 눈도 보이지 않고 귀도 들리지 않은 지는 오래되었지만, 일주일 전부터는 음식을 거부하고 물만 먹어도 토하더니 그제 밤에는 수액을 맞는 동안 입으로 항문으로 내내 피를 쏟았다. 모든 장기들이 기능을 잃었다고, 통증이 있는 건 아닐 거라고, 다만 기운이 없는 거라고 의사 샘이 말했다. 그래도 보는 사람이 힘들 테니 병원에서는 안락사를 권했다. 엄두가 나지 않아 모든 치료를 중단하고 하루 이틀 데리고 있어 보겠다고, 그러면서 생각해 보겠다고 하고 집으로 데려왔다.

다른 집 반려동물 이야기라면 답이 떨어지는 상황인 걸 안다. 그런데 막상 무엇이 저 녀석을 위하는 것인지 자신이 서지 않는다. 고통이 길지 않기를 무엇보다 바라지만, 저 녀석도 떠날 준비가 필요한 건 아닐까, 그래서 누구에게나 느리고 더딘 죽음의 과정이 있는 게 아닐까,

행여 저 아이를 돌보는 게 귀찮아서 빨리 떠나보내고 싶은 건 아닐까, 뼈만 앙상한 채 가늘게 숨을 쉬는 토토를 보면서도 생각이 여러 갈래다. 벌써 몇 년 전부터 각오했던 일이어서 담담할 줄 알았는데, 한 생명이 꺼져가는 걸 지켜보는 일이 쉽지 않다. 그래도 온 기운을 다해 몸을 일으켜 비틀비틀 화장실로 걸어가서 기어이 그곳에서 쉬하는 녀석을 보며 남아 있는 생의 의지를 느낀다. 토토를 쓰다듬고 많은 이야기를 나누고, 그래서 힘은 들지만 남아 있는 시간을 포기하지 않은 것이 잘한 일이라고, 그런 생각을 하며 지키고 있다. 그깟 강아지 한 마리 가지고 유별 떤다는 말씀 하실 분들도 있을 줄 알지만, 그래도 혹 어떤 분들은 궁금해 하실까봐 기운 내어 소식 올린다. 지금은 저 녀석을 지키는 것 외엔 그 어디에도 마음이 닿질 않는다.

2017년 8월 14일 월요일
이시다 미츠나리와 괴이한 시내버스

- 강한 자, 이긴 자가 언제나 옳다고 할 수는 없다. 이길 싸움을 패배한 것은 통한스럽기 그지없으나, 불의한 자들이 오래 번영하지 못함을 깨달으라. / 드라마 〈천지인〉 중에서.

얼마 전 일본 드라마 〈천지인〉에 대한 글을 올린 적 있지만, 나도 한국인인 이상 불편한 부분이 없는 건 아니었다. 주인공 카네츠구와 깊은 우정을 나누는 이시다 미츠나리는 역사적으로도, 드라마에서도 상당히 매력적인 캐릭터인 게 분명하지만, 도요토미 히데요시의 브레인으로서 히데요시가 꿈꾸던 대륙 정복 야망을 이루기 위한 발판으로, 또 아직은 통일되지 않은 일본 내의 혼란한 세력을 결집시키려는 목적으로, 조선 침략을 주도한 인물이다. 임진왜란에 대한 이야기는 드라마에서 내레이션으로 스치듯 설명될 뿐이지만, 주인공 카네츠구 또한 내켜 하지 않았다고는 해도, 그들은 분명 조선에 건너온 왜군의 수장들이었다. 그들이 조선 땅을 피눈물로 물들이던 시기, 이순신 장군은 일기에 이렇게 적고 있다.

- 섬 오랑캐가 일으킨 변란은 천고에도 들어 보지 못한 바이고 역사에도 전해진 적이 없는 일이다. 영해의 여러 성들은 적의 위세만 보고도 달아나 무너졌으며, 각 진의 크고 작은 장수들도 모두 뒤로 물러나 움츠리고 산골의 쥐새끼처럼 숨어버렸다. 임금은 서쪽으로 피난을 가고 연이어 삼경(평양, 개성, 한양)이 함락되었다.

/ 이순신 《난중일기》 중에서.

미츠나리는 임진왜란 때 억울하게 죽은 조선인의 원수이며 천벌을 받아 마땅한 인물이다. 그러나 미츠나리는 조선 침략에 대해 그 어떤 직접적인 응보도 받지 않은 것처럼 보인다. 그러나 과연 그런 것일까. 어느 모로 보나 이길 수밖에 없을 것 같던 세키가하라 전투에서 그는 도쿠가와 이에야스와 제대로 한 판 싸워보지도 못하고 단 하루 만에 패배한다. 그리고 포로로 붙잡힌 뒤 조리돌림 당한 뒤 목이 잘려 죽는다. 그의 나이 마흔, 한 시대를 풍미했던 무장으로서는 비참한 최후가 아닐 수 없다.

반면에 의(義)와 애(愛)를 평생의 지표로 살아온 것으로 그려지고

있는 드라마의 주인공 카네츠구의 죽음은 미츠나리에 비해 매우 평온
하다. 그는 정계에서 물러나 후학들을 가르치며 노후를 보내다가 60
의 나이에 생을 마친다. 조선에 극악한 짓을 저지르고도 평온한 삶을
살다 죽다니, 하늘은 역시 불공평한 것도 같다. 그러나 정말 그런 것일
까. 그에겐 대를 이을 자식이 없었다. 애초에 없었던 것이라면 아픔이
덜했을 것이나 눈에 넣어도 아프지 않을 3남매를 멀쩡히 키워놓고 모
두 병으로 잃었다. 자식 잃은 아픔을 세 번이나 겪었다면 그 피눈물이
어떠했을까.

초등학교를 졸업하면 중학교, 고등학교에 다니게 되는 것처럼, 인
생이란 어떻게 보면 순서대로 흐르는 것 같다. 하지만 평균 80년의 인
생은 무작위로 흘러간다. A라는 원인 뒤에 반드시 B라는 결과가 오지
않고, B라는 사건 뒤에 C라는 종결이 따라오지도 않는다. 나의 단편소
설 〈달, 콤포지션 7〉에서 등장인물의 입을 빌려 말한 적 있는 것처럼,
'인생에서 딱 하나 예측할 수 있는 게 있다면 그건 돌발'이다. B를 기
대하면 문득 F가 나타나고 그 다음에는 뜬금없이 N이 등장하며 C와
K가 동시에 터지기도 한다. 다음엔 무슨 일이 생길까, 마음 졸이고 기
다리면 아무 일도 없이 조용한 날들이 지속되기도 한다. 뒤늦게야 그
토록 기다리던 B가 불쑥 나타나 무슨 일 있었니? 하며 미소 짓기도 한
다. 그러나 영영 나타나지 않기도 한다.

그런데 눈앞에 늘 확인되는 것은 아니지만, 인생에는 인과응보(因
果應報)라는 것이 있다. 이는 모든 종교가 공통적으로 가르치는 삶의
원칙이다. '원인이 있어 결과가 있다.'는 것은 과학적으로도 수없이 증
명된 사실이고, 철학이나 심리학적인 면에서도 상당 부분 인정되고 있
는 명제로 보인다. 인과응보는 단순한 권선징악(勸善懲惡)이 아니다.

'눈에는 눈, 이에는 이'처럼 답이 딱 떨어지는 수학도 아니다. 그러나 인과응보야말로 피할 수 없는 삶의 법칙이라고 강력히 주장하는 것은, 좀 아이러니하게 들리겠지만, 역사와 예술과 문학이다.

 "나 살아온 인생 소설로 쓰면 열 권도 모자란다."고들 말하지만, 소설 쓰는 입장에서 보면 실은 한 권도 되기 어려운 이야기들이 대부분이다. 문학은 원인과 결과를 찾아 의미를 건져내야 하기 때문이다. 그저 기구한 인생이 아니라 그 사람이 애초에 어떤 씨앗을 심었고 그것이 어떻게 자라 어떤 열매를 맺었는지, 그 시작과 과정을 탐구하고 결과를 밝히는 것이 문학이기 때문이다. 스탕달의 〈적과 흑〉, 플로베르의 〈마담 보바리〉, 셰익스피어의 〈맥베스〉〈햄릿〉〈리어왕〉〈오델로〉, 괴테의 〈파우스트〉, 톨스토이의 〈전쟁과 평화〉, 도스토예프스키의 〈죄와 벌〉 등등등……. 훌륭한 문학은 부조리를 고발하거나 삶의 모순을 풍자하는 것에서 끝나지 않는다. 위대한 문학일수록 원인과 결과, 인과응보를 증명한다. 그런 면에서 좀 과장해 표현하자면 인과응보를 증명하는 인생의 과학, 그것이 문학인 셈이다.

 통쾌한 인과응보적 결론은 하늘이 내리는 것일지 모른다. 하지만 문학적인 측면에서 보자면 그보다 더 위대하고 감동스러운 것은, 스탕달의 〈적과 흑〉처럼, 죄를 저지른 본인이 자신의 죄를 끌어안고 가는 것이다. 그것이 가장 인간다운 모습이며 그렇게 문학은 가장 어두운 곳에서 인간의 존엄을 증명한다. 이와 상대적으로 가장 옹졸한 응보, 아무런 감동이 없는 응보란 하늘이 내릴 때까지 기다리지도 못하고 그 당사자가 스스로 죄를 끌어안고, 대가를 감당할 기회마저 박탈당한 채, 타인이, 그것도 직접 피해자도 아닌 누군가가, 죄인을 향해 손가락질하고 침 뱉고 끌어내리고 짓밟는 일이다. 그것은 천한 응보다. 더 심한 것은 이 세상에 없는 선조의 잘못을 보상하라고 우기는 것이다. 이러한 행위는 죄를 지은 상대에게 벌을 내리는 것이 아니라 그의 죄를 오히려 지우도록 돕는 일이다. 복수는 복수를 낳는다는 말처럼, 다른 사람의 죄를 들추고 끌어내리느라 미움과 저주로 꽉 찬 그 사람에게도 썩 좋은 결실을 맺을 것 같지도 않다. 누군가를 미워한다는 건 누군가를 사랑하는 일보다 몇 배 더 많은 에너지를 소진시키는 일이므로.

그래서 명예살인처럼, 복수는 하는 게 아니다. 법을 범한 자가 있다면 법에게 맡겨 엄한 벌로 다스려야 한다. 개인과 개인 사이의 일만이 아니라 이웃과 이웃, 국가와 국가의 문제도 마찬가지다. 협약대로, 관례대로, 법대로 맡기고 그것으로 끝내야 한다. 그것이 성숙한 문명사회의 약속이다. 그래야 우리의 생을 살아갈 수 있다. 그래야 과거를 털고 앞으로 나아갈 수 있다. 그것이 어제 인용했던 성경의 구절 중의 '원수조차 축복하라.'는 말씀의 진의일 것이다.

임진왜란을 일으킨 미츠나리와 조선 땅을 짓밟았던 카네츠구, 그들은 그들의 인생을 살았고 그 과정에서 조선에 씻을 수 없는 죄를 지었다. 하긴 조선뿐이겠는가. 일본 동족들의 목도 수없이 밴 무장들이었던 것을. 그렇게 그들은 스스로 업보라고 인정했든 그렇지 않든, 그들의 삶에서 그들의 고통을 겪었다. 그렇게 그들은 오래 전 세상을 떠났다. 나는 그것으로 충분하다고 생각한다. 만약 이것이 성에 차지 않는다면, 눈으로 확인할 수는 없겠지만 종교적으로라도 상상해 보길 바란다. 불교의 카르마를 믿는다면, 환생에 환생을 거듭하며 살육의 지옥에서 살았을 것이고, 기독교적으로 본다면, 정의로운 하나님의 심판을 받아 불지옥에 떨어지지 않았겠는가. 그러니 우리가 그들에게 할 일은 없다. 그것은 법의 일이고, 역사의 일이며, 국제 관계로 해결해야 할 일이고 또한 하늘의 일인 것이다. 그들의 후손에게 당시 죽은 내 조상의 핏값을 내놔라, 호통칠 수 없는 것이다.

내가 기도한 그대로 축복이나 기적이 이루어지지 않는 것은 신이 내가 상상한 것보다 더 크고 더 풍요롭게 주시기 위함이었다는 것을 느낄 때가 있다. 죄와 벌 또한 그렇다고 믿는다. 무엇보다 죄는 사람이 스스로 짓고 스스로 받는다. 오늘 짓고 내일 받기도 한다. 연관이 없는 것 같은데 하늘의 뜻이 아닐까 의심되는 사건이 일어나 그 사람을 고통스럽게 만들기도 한다. 그러나 표면적으로 보면, 분명히 죄인인 것 같은데 아무런 처벌 없이 복 많은 사람처럼 잘 살다 죽는 이들도 있다. 그럴 때 자의적인 판단으로, 정의의 심판이 내려지지 않는 것 같아서, 혹은 응당 기대했던 만큼의 처벌이 아닌 것 같아서, 사람이 사람의 죄를 단죄하려 든다면 어떤 세상이 올까.

누가 강한 자이고 이긴 자이고 불의한 자인가. 위에서 인용한 글은 참수되기 전에 미츠나리가 했던 대사다. 그러나 퍽이나 타당한 것 같은 저 바람은 이루어지지 않았다. 미츠나리가 지키려 했던 히데요시 가문은 끝이 나고, 미츠나리 입장에서 볼 때 불의한 이에야스의 에도막부는 향후 200년 이상 번성하며 통일일본 시대를 열었다. 소망과 축복이 그렇듯, 죄와 벌의 견지에서도 그 결과는 언제나 인간의 예단을 뛰어넘는다. 무엇이 하늘의 뜻인지 인간의 소견으로는 헤아릴 수 없다.

위안부 소녀상을 싣고 일본대사관 앞을 지나 서울 시내를 50일 동

안 달리게 한다는 너무도 '괴이한' 버스 관련 기사를 보며 단죄의 집요
함에 소름이 끼친다. 위안부에 대한 배상을 요구할 수 있다면, 미츠나
리가 벌인 임진왜란에 대한 배상 또한 요구해 주길 바란다. 그게 가능
하다면 조공으로 끌려갔던 숱한 '화녕년'들에 대해서도 배상하라고 중
국에 요구해 주길 바란다. 그럴 수 있다면 6·25를 일으킨 스탈린에게
도, 김일성에게도, 인해전술로 이 땅을 짓밟은 모택동에게도, 핵으로
우리 국민의 안전을 위협하는 김정은에게도 부디 반성하라고 배상하
라고 요구해 주길 바란다.

사회가 약속한 법, 그 위에 서서 사람이 사람의 죄를 추궁하고 단
죄할 수 있다고 믿는다면, 그 끝은 결국 숙청이고 학살일 수밖에 없지
않을까. 그리고 그 해악은 그러한 무법시대를 연, 인간의 직접 처벌을
촉구한 본인에게 부메랑처럼 되돌아올 수밖에 없다. 그것이 또한 인과
응보인 것이다.

2017년 8월 12일 토요일

공산주의를 공산주의라 부르지 못하는 문학
: 솔제니친 〈이반 데니소비치, 수용소의 하루〉

- 작가는 이 작품에서 평범하고 가련한 이반 데니소비치라는 인물
을 통해 지배권력에 의해 죄 없이 고통당하는 힘없는 약자에 대
한 숭고한 애정을 보여주고 있으며, 그러한 약자들을 대변해 진
실을 밝히는 것이 작가의 소명이고, 그러한 예술이야말로 예술의

궁극적 목적임을 역설하고 있다.

／ 솔제니친 〈이반 데니소비치, 수용소의 하루〉 작품 해설 중에서.

스탈린 공산주의 치하의 잔혹성을 사실적으로 그린 솔제니친의 〈이반 데니소비치, 수용소의 하루〉를 빌려 오늘의 우리 현실을 이야기해 보려고 책을 꺼내들었다가 표지 뒤에 적힌 추천사를 읽었다. 이게 핵심이 아닌데 싶어서 대체 어떤 맥락으로 쓴 글일까, 궁금한 마음에 소설 뒤에 붙은 작품해설을 다시 읽게 되었다. 그 결과, 하고 싶은 이야기가 바뀌었다. 번역자 개인에 대한 비판을 하려는 것이 아니라 우리나라 독서문화 현실에 대한 이야기가 될 것 같아 여기에서는 번역자의 이름을 굳이 쓰지는 않겠다. 거의 모든 문학 해설이 이런 식이었으므로, 단지 어느 한 사람만의 문제가 아니기 때문이다.

해설에는 〈이반 데니소비치, 수용소의 하루〉가 '반체제적, 반소적 (反蘇的) 정치적 억압상태를 경험한 작가가 스탈린 개인숭배와 공포정치, 대숙청 기간의 문제를 고발하고 있다.'고 쓰고는 있다. 하지만 글을 따라가다 보면 소련은 다만 지구 위 어디에나 있을 수 있는 평범한 국가라고 착각하게 되고, 스탈린조차 일반적인 권력자 정도로 인식될 뿐, 그가 6·25를 일으킨 장본인이라는 것도, 수 천만 명을 죽인 공산주의자라는 사실도 절대 머리에 떠오르지 않는다. 대신 글의 일부 문장처럼 '정치권력에 대항하고 예술에 대한 자유와 진실을 말할 권리를 위해 끊임없이 대항하고 투쟁하는 역사'에 대한 정당성만이 독자에게 주입된다. 왜 그럴까, 생각해 보다가 같은 단어가 반복되고 있음을 깨달았다. 이 책의 판본으로 10쪽에 불과한 해설에 같은 의미의 용어가 수없이 반복되고 있는 것이다. 지루하지만 발췌하여 옮겨보겠다.

- 정치적으로 억압. 정치적 현실에서 목격한 시대적 비극. 정치적 억압 상태. 정치적 지배 논리. 정치권력에 대항. 스탈린의 지배 권력. 정치권력에 대한 비난. 정치권력의 허상. 정치적 억압. 정치적 허울. 지배층의 권력 남용. 정치적인 지배권력에 대한 죄상. 정치권력이 무고한 개인에게 자행하는 학대와 희생. 억압하는 지배권력. 권력의 악용. 부패된 정치권력. 권력자에게 빌붙어. 스탈린 시대. 정치적으로 사상의 의심을 받아 체포된 사람들이지만 대부분 억울한 누명을 뒤집어쓰고. 혐오할 정치이념. 지배논리의 희생물. 권력으로 약자들을 구속. 지배권력의 역사. 지배권력의 이데올로기로 인해 죄 없이 고통당하는 힘없는 약자. 정치권력에 항거.

내가 형광펜으로 표시해 놓은 이상한 단어들이다. 이 지루한 반복적 수사를 대표할 단 한 개의 단어, 이 모든 구차한 변명을 함축할 딱 한 마디, '공산주의'라는 용어는 이 해설에 단 한 차례도 사용되지 않는다. 지난 70년 동안 세계적으로 1억 명을 숙청, 학살한 공산주의라는 말을 꽁꽁 싸서 깊이 감춰두고는 결코 발설하지 않는 것이다. 그 결과 소설을 다 읽었든, 요약본만 필요해서 해설만 훑었든, 이 작품이 세계 어느 나라에서나 있을 수 있는 '독재 정치권력'에 대한 비판이라고 오해하게 될 여지가 크다. 1998년에 쓴 작품 해설의 총구가 향하고 있는 과녁이 우리나라 정치현실이라는 것은 미루어 짐작할 수 있다. 그러나 솔제니친은 이 작품을 통해 세계 어디에서나 있을 수 있는 정치권력에 대항한 것이 아니다. 그는 소련에서 자행되었던, 스탈린의 공산주의가 일으킨 만행에 대해 신랄하고도 강력하게 비판, 고발하고 있는 것이다.

안타깝게도 이러한 문학 해설 상의 문제는 솔제니친의 작품 번역에만 국한된 것이 아니다. 지난 수십 년 동안, 문학과 문화를 장악해 온 사람들은 독재와 정치권력에 항거한다는 명분 아래 가난하고 힘없는 사람들의 고통스러운 삶을 그린 작품을 최고의 가치로 칭송했고, 그것이 예술과 문학의 본분이라며 부추겨 왔다. 그러나 자유와 평등을 말살하여 민주주의를 파괴한 것이 독재, 파쇼, 전체주의였다고 말해 오면서도 소련과 북한의 공산주의를 정면 비판하는 논리는 찾아보기 힘들다. 오히려 푸시킨이나 도스토옙스키나 톨스토이와 같은 세계적인 문호를 앞세워 굶주린 인민과 젊은 장교들이 왜 러시아 제국을 뒤집을 수밖에 없었는가에 초점을 맞추어 왔으며, 공산주의의 비뚤어진 실현 과정, 부패하고 실패할 수밖에 없는 이론의 결과를 고발하는 대신에 세계의 수많은 지식인들이 한때 탐닉했던 레닌과 마르크시즘의 이론을 선전해 왔다.

학교에서 문학교육을 받은 젊은 층은 물론, 책 좀 읽었다는 기성 지식인들조차 공산주의의 권력이 가장 부패하고 가장 잔혹한 정치이념임을 인식하지 못한다. 혹시나 의심하더라도 발설하지 못한다. 밀란 쿤데라의 〈참을 수 없는 존재의 가벼움〉, 루쉰의 〈아Q정전〉 빅토르 위고의 〈레미제라블〉, 조지 오웰의 〈동물농장〉과 〈1984〉, 카프카의 〈소송〉이나 카뮈의 〈이방인〉 등 숱한 세계문학작품들에 대한 왜곡된 해석을 통해, 방송과 칼럼 등을 통한 반복적 주입식 교육을 통해, 독재권력의 억압이나 부패한 정치권력이라는 말만 들어도 우리가 떠올리는 것은 단 두 사람이 되어버렸기 때문이다. 이승만 대통령과 박정희 대통령이 일으킨 대한민국의 정체성을 부정하려는 목적이 뚜렷했던 것이다.

그렇게 우리나라의 문학은 국민의 머릿속에서 사회주의와 공산주의라는 단어를 지웠다. 3대 세습 김 씨 왕조의 공산 전체주의가 우리의 안전을 위협하고 있다는 사실도 지웠다. 대신 레닌보다 스탈린보다 모택동보다 히틀러보다 더 나쁜 독재자로 이승만, 박정희의 이름을 떠올리게끔 세뇌시키는 데 성공했다. 또한 〈태백산맥〉 〈남부군〉과 같은 소설을 통해 그들과 우리가 한 핏줄, 한 형제라는 감성적 세뇌가 완성되었다. 그러다 보니 월북작가나 대한민국을 부정하여 투옥되었던 일부 작가들의 이름이 소련의 스탈린에 의해 체포, 추방되어 망명했던 솔제니친과 동급으로 인식되게 되었다. 블랙리스트 작가 예술인 탄압이라는 명분도 이런 논리에서 성립될 수 있었을 것이다.

그런데 세상이 바뀌었다. 그들이 악(惡)이라 저주하던 자들은 힘을 잃었고, 온갖 죄목을 쓰고 감옥에 들어가 있거나 들어가게 되었다. 대신 힘없어서 탄압당한다며 촛불 들고 광장을 점령했던 이들이 마침내 권력을 쥐게 된 것이다. 그동안 문학을 통해 '권력은 악'이라 선동해 왔던 그들이 무소불위의 힘을 갖게 된 것이다. 그들은 국민에게 웃으며 말한다.

"나쁜 권력자들은 모두 사라졌어요. 우리는 착한 권력이에요. 실은 권력이랄 것도 없지요. 권력은 모두 국민, 당신들이 갖고 있잖아요. 그러니 자, 이제 뭘 해드릴까요? 말씀만 하세요."

그러나 말뿐, 저들은 자신들의 주장을 번복하거나 국민들의 눈치를 보지 않는다. 어떻게 국민을 설득해야 할지 고민조차 하지 않는다. 사람 좋은 웃음을 지으며 사진 찍어 뿌리고 달콤한 립 서비스만 해도 충분하다. 그들을 지지하는 사람들의 머릿속에 공산주의에 대한 두려움이 존재하지 않는다는 것을 잘 알기 때문이다. 〈1984〉나 〈동물농장〉을 언급하면 국민들은 이승만 타도, 박정희 독재, 박근혜 아웃을 떠올리게 되었고, 조지 오웰과 카프카의 이름만 들어도 70년대 80년대의 특수한 국내 정치상황과 헬 조선이란 말이 함께 떠올라 치를 떨게 만들어 버렸기 때문이다. 이에 반해 문학이 지지해 온 이념은 언제나 선(善)이고 정의라는 논리가 깊이 각인되어 있는데다 마침내 촛불이 독재와 권력과 억압의 시대를 끝장내 버렸다고 완벽히 선전되어 있다. 따라서 독재권력, 정치억압이란 우파 정권에만 해당되는 먼 과거의 일일 뿐, 그들의 현재와는 절대 무관한 일이다. 이제 일부 국민들은 외친다. '그러니 대체 뭐가 문제란 말인가! 권력은 우리에게 있고, 우리가 지지했던 선한 정치인들이 우리가 원하는 일을 척척 다 해주니 이 얼마나 평화로운 시절인가. 드디어 태평성대가 도래한 것을!'

양의 탈을 쓰고 마음껏 늑대 짓을 한 늑대가 가면을 벗었다. 그들은 앞에 서서 양들이 나쁜 놈이라고 선동한다. 양을 무서워해야 할까, 늑대를 무서워해야 할까, 갈피를 잡지 못하다 끝내는 늑대를 동지로, 양을 적으로 인식해버린 꼴이다. 지성이란 이름으로 가치는 전도되었고 진실은 묻혀버렸다. 비판 능력도, 문제 지각 능력도 모두 퇴화해 버렸다. 엄청난 문학의 힘이다!

2017년 8월 11일 금요일

구역질나는 군상들의 역마차
: 모파상 〈비곗덩어리〉

"어느 사내하고나 그 짓을 하는 것이 그 갈보 계집의 직업이고 보면, 이 남자는 좋고 저 남자는 싫다 하며 가릴 권리가 어디 있어요.

우리들을 궁지에서 빼내 줘야 하는 이 마당에 얌전을 빼고 있단 말
이에요 그 갈보 년이…. 나는 그 장교가 퍽 점잖다고 생각해요. 아마
오랫동안 여자가 아쉬웠을 거예요. 틀림없이 우리 세 사람이 더 마
음에 있었겠지요. 그런데도 우리들을 다 젖혀놓고 그 계집으로 만족
하겠다는 것이죠. 그 사람은 남편이 있는 부인을 존경하고 있어요.
그 사람이 내가 하고 싶다고 하면 그만이지요. 병정들을 동원해서라
도 우리를 겁탈할 수 있는 거잖아요." / 모파상 〈비곗덩어리〉 중에서.

내게도 그런 모순이 있다고 인정할 수밖에 없어서, 그래서 토할 것
처럼 책장을 덮는 순간 부끄러워지는, 비겁하고 비열한 인간의 단면을
적나라하게 그린 소설들이 있다. 모파상의 〈비곗덩어리〉도 그런 소설
중 하나다.

보불(普佛)전쟁 때 프러시아 군에게 점령당한 도시를 떠나 안전한
곳으로 이동하는 역마차에는 열 명의 프랑스인들이 타고 있다. 술 도
매상을 하는 부부, 공장을 운영하는 부부, 부동산을 소유한 백작 부부,
그리고 수녀 두 명과 민주주의자 한 명, 여기에 창녀 엘리자베스가 동
승한다. 그녀는 뚱뚱해서 비곗덩어리라는 별명으로 불리지만, 이 작품
에서 가장 아름답고 상냥하고 숭고한 마음을 가진 유일한 인물이다.
평소라면 그토록 잘나고 고귀하고 성스러운 인간들이어서 옷자락도
스치고 싶어 하지 않을 테지만, 그녀가 가진 음식으로 고픈 배를 채우
기 위해 그들은 비곗덩어리를 동행으로 인정한다.

하지만 그녀와 하룻밤을 지내게 해주면 통행증을 주겠다는 프러시
아 장교의 마음을 거스르지 않기 위해 절대 그런 짓은 하지 않겠다는
그녀를 종용한다. 비곗덩어리가 그를 허락하지 않으면 전쟁의 참화를
벗어날 수 없으리라는 위기감은 수녀들조차 하나님의 뜻을 핑계로 그

녀가 장교를 찾아가도록 권고하기에 이른다. 그러나 비곗덩어리의 희생으로 그들이 자유를 찾아 떠나게 되었을 때 감사의 인사나 위로는 커녕 눈을 맞추는 이조차 없다.

- 그녀를 희생시키고 나서 이젠 더럽고 쓸모없는 물건처럼 그녀를 내던져버린 이 점잖은 무리들의 멸시 속에 자기 자신이 빠져 있음을 느꼈다. 기를 쓰며 온몸에 힘을 주어 어린애처럼 오열을 삼켰으나 눈물이 솟아나와 눈시울을 적시더니 양쪽 뺨 위로 천천히 흘러내렸다. 백작부인이 알아차리고 손짓으로 남편에게 알렸다. '그게 어떻단 말이야. 내 잘못은 아니야.'라고 하듯 어깨를 으쓱 올렸다. 부인은 소리 없이 승리의 미소를 띠고 중얼거렸다. "부끄러워서 우는 거야." 두 수녀는 먹다 남은 소시지를 종이에 꾸려 싸더니 다시 기도하기 시작했다. 계란을 다 먹은 민주주의자는 재미있는 희극이라도 보고 난 듯이 미소를 띠고서 마르세예에즈를 휘파람으로 불기 시작했다. '자유여, 그리운 자유여, 그대를 지키는 자와 더불어 싸우라.'

정의와 평등, 민주와 평화란 명분으로 서울을 불바다로 만들겠다는 주적을 지원하고 대화해야 한다고 하면서 국가의 에너지 근본인 원전은 꺼버리고, 의료 혜택은 5년 시한부로 만들어버리고, 과거 잘못은 있지만 적임자라며 적폐의 본산들을 등용하며, 죽을 고생하며 나라를 일으킨 선배세대 덕에 잘 먹고 잘살게 된 것은 깡그리 덮고 친일과 독재란 죄목을 씌워 단죄하는 저들. 이런 저런 기사들을 대충 훑다 보니 마치 내가, 우리가, 지금 대한민국이, 저 구역질나는 인간들과 함께 역마차를 타고 있는 것 같다는 생각이 든다.

2017년 8월 9일 수요일

개인의 삶을 살고 싶을 뿐
: 이언 매큐언 〈어톤먼트〉와 영화 〈덩케르크〉

- 아침이면 밖으로 나가 정렬하여 해변을 향해 행진해 간다. 오른쪽으로 돌아서 질서정연한 행진이 될 것이다. 흔들리는 물결 속에서 전우들이 배에 오르는 동안, 이미 배에 올라탄 군인들은 뱃머리가 흔들리지 않도록 잡아줄 것이다. 마음이 평온해진 지금, 그는 그녀가 기다리고 있다는 게 얼마나 행복한 일인지를 실감했다. 기다릴게,라는 말은 그의 목숨과도 같았다. 그것은 그가 살아남으려고 애써온 유일한 이유였다. 그 말은 다른 남자들은 쳐다보지도 않겠다는 약속의 말이기도 했다. 오직 너만을, 돌아와.   / 이언 매큐언 〈속죄(어톤먼트)〉 중에서.

〈덩케르크〉라는 영화가 상영 중이다. 2차 대전 중 프랑스의 덩케르크 해안에 포위되어 있던 연합군의 구출작전을 그렸다고 한다. 아직 영화를 보지 않았지만 지명을 들으니 생각나는 소설 속 주인공이 있다. 이언 매큐언의 소설이자 키이라 나이틀리의 초록색 드레스가 인상적이었던 영화, 〈어톤먼트〉의 청년 로비 말이다. 소설에서는 '뒹케르크'라고 표기되어 있는 이 해안가에서 로비는, 다음날 그들을 구출해 줄 배가 올 거라는 소식을 동료에게서 전해 듣고 세실리아와 재회할 꿈을 꾸지만, 끝내는 패혈증으로 숨을 거둔다. 그가 입대한 것은 자유를 위해서도, 세계 평화를 위해서도 아니었다. 그를 짝사랑했지만 사랑을 이해하기에는 너무 어렸던, 그러나 평생 스무 권이 넘는 소설을 발표할 정도로 상상력이 뛰어났던 한 소녀의 거짓 증언 때문이었다. 강간범 혐의로 체포된 로비는 감옥에서 죽을래, 전쟁 나가 싸울래, 두 가지 선택지 중에서 전쟁터를 택했고, 결국 그곳에서 죽었다.

─ 우리는 해변에서 싸울 것입니다. 우리는 상륙지점에서 싸울 것입니다. 우리는 들판과 거리에서 싸울 것입니다. 우리는 언덕에서 싸울 것입니다. 우리는 절대로 항복하지 않을 것입니다!

〈덩케르크〉 영화 말미에 나오는 처칠의 연설이다. 영화 속 로비처럼, 실제로 구출되지 못하고 죽은 병사들이 있음에도 불구하고, 연합군은 33만8천 명의 병사를 구했으며 마침내 전쟁에서 승리했다.

어쩌다 지금 내 나라가 이 지경이 되었을까, 어쩌다 내가 이런 세상에 살게 되었을까, 문득 궁금해지는 건 나 하나만은 아닐 것이다. 하지만 우리가 포기하지 말아야 할 이유, 진실을 밝히며 거짓과 싸우고 끝내 살아남아야 하는 이유는 분명하다. 민주니 평등이니 정의니 하는 공허한 외침 때문이 아니다. 자유나 진실과 같은 대의 때문도 아니다. 살아 돌아가 세실리아와 못다한 사랑을 나누며 그들의 삶을 소박하게 살고 싶었던 로비처럼, 이제야말로 역사에 다시없을 이승만, 박정희 두 대통령이 세운 이 땅 위에서 더 이상 투쟁의 혼란도, 전쟁의 위험도 없이, 그저 우리 개인의 삶을, 다만 각자 '내 자신의 삶'을 살고 싶기 때문이다.

2017년 8월 8일 화요일

예수와 루이14세와 세조, 그리고 2017년 대한민국

> ― 내가 길이요, 진리요, 생명이니 나로 말미암지 않고는 아버지께
> 로 올 자가 없느니라.   / 요한복음 14장.

'헌법수호 의지가 드러나지 않아 대통령을 파면한다.'에 이어 '범행을 전면 부인하여 이재용에게 12년을 구형한다.'에 이르고 보니 저 성경 말씀이 떠오른다. 의지가 보이지 않아서, 죄를 부인해서라는 말은, 즉 아무런 증거가 없다는 저들의 자백이다. 그런데도 '너는 내 마음에 흡족하지 않으니 너는 죄인이고, 내 가는 길에 방해가 되니 너는 범죄자이며, 내가 너를 의심하니 너는 중형을 받아 마땅하노라.' 단죄하는 것이다.

조카 단종을 잔혹하게 죽이고 왕이 된 세조가 "내 말이 곧 법이다." 라고 말했다지만, 절대군주였던 태양왕 루이 14세가 "짐이 곧 국가다."라고 했다지만, 2017년 대한민국에서는 "내 말이 곧 법이요, 진리요, 정의이니 나로 말미암지 않고는 권력으로 올 자가 없느니라." 하고 선언하고 있는 것이다. 영광스럽게도 대한민국은 2,000년 만에 예수님의 재림을, 500년 만에 세조의 부활을, 300년 만에 태양왕의 환생을 목격하고 있다. 더 신기한 건, 그 말을 믿는 일부 국민들이다. 당시 예수님이 하신 진리의 말씀은 못 알아듣는 우매한 대중이 태반이었고, 세조는 사육신과 생육신의 반발을 샀으며, 태양왕의 선포는 불행하게도

그의 손자를 단두대의 이슬로 사라지게 한 원망의 뿌리가 되었는데, 지금 대한민국에서는 옳소! 옳소! 춤추며 열광하는 함성이 물결치고 있다. 이 시대를 사는 것이 너무 막막하고 암담해서, 뭔가 희망을 주는 말로 마무리를 해야 하는데, 그것이 이 시대를 살고 있는 글 쓰는 이의 의무이자 책임이라고 생각했는데, 이 글을 어떻게 마무리해야 할지 지금은 도무지 생각이 나지 않는다.

2017년 8월 7일 월요일

임계점과 외투 귀신
: 고골리 〈외투〉

"왜 안 되겠다는 건가. 어깨가 좀 해진 것뿐 아닌가. 자네한테 적당한 헝겊이 있겠지?"

"헝겊이야 찾으면 나오겠죠. 하지만 헝겊을 대고 기울 수가 있어야죠. 천이 하도 낡아서 바늘로 건드리기만 하면 금세 찢어지고 말겠어요."

"찢어진대도 상관없지. 곧 다른 천을 겉에 붙이면 될 테니까."

"다른 천을 어떻게 붙입니까? 바닥이 형편없게 돼서 바늘을 꽂을 만한 데가 없는 걸요. 바람이 좀 불기만 해도 갈기갈기 찢어져 날아가 버릴 겁니다."

"그러지 말고 어떻게든 손을 좀 봐주게. 얼마 동안만이라도 입고 다닐 수 있게 말일세."

"소용없습니다. 공연히 헛수고하고 돈만 없앨 뿐이죠. 새로 한 벌 맞추도록 하십시오!" / 니콜라이 고골리 〈외투〉 중에서.

가난한 하급관리 아까끼 아까끼예비치와 외투 재봉사 뻬뜨로비치의 대화다. 아까끼 아까끼예비치는 너무 낡아서 겨울 추위를 막아주지 못하는 외투를 수선해 달라고 부탁하지만, 벌써 몇 차례나 손을 봐주었던 재봉사는 더 이상의 개선 가능성을 부정하며 냉정하고도 단호하게 외투의 사망을 선고한다.

할 수 없이 아까기 아까끼예비치는 재봉사에게 가능한 한 낮게 가격을 깎고, 저축한 것을 털고, 몇 달치 가불도 해서 어렵게 마련한 돈으로 마침내 외투를 장만한다. 그러나 새 외투를 입은 첫날 강도에게 빼앗기고 모든 노력에도 불구하고 되찾지 못한 채 죽음을 맞이하고 만다. 그 후 외투에 대한 집착으로 유령이 되어 밤거리를 떠돈다.

아직도 기존 정당, 기존 정치인에게 기대할 것이 있을까. 그들에게 이렇게 해선 안 된다, 저렇게 해야 한다고 조언하는 대신에 더 늦기 전에 새로운 무언가를 창조해야 할 시기다. 아무리 알뜰한 살림꾼이라 해도 더 이상 고쳐 쓸 수 없는 한계가 왔을 때는 포기할 줄 안다. 통장 잔고가 바닥이 났어도, 모터가 돌아가지 않는 냉장고를 끌어안고 살 수는 없는 것이다. 미련 없이 버리고 새 냉장고 들일 방안을 모색해야 한다. 아니면 음식이 썩든 말든 냉장고 없이 살든지. '박근혜 대통령 출당' 발언이 임계점이라고 생각한다. 달래서, 고쳐서, 부품 몇 개 교체해서 쓸 수 있는 한계는 이미 넘었다.

외투가 낡은 걸 진작 인정하고 새 외투를 조금 더 일찍, 조금 더 계획적으로 구입할 수 있었다면 아까끼 아까끼예비치의 운명은 달라졌을지 모른다. 에어컨은 겨울에 장만하고 보일러 공사는 여름에 하는 법이다. 그런데 이미 에어컨 싸게 구입할 기간도 놓쳤고, 추위가 몰아치기 전 보일러 공사하기에도 시간이 빠듯하다. 기존 정치인들에게 희망을 갖기보다 새로운 시스템, 새로운 패러다임을 지금이라도 모색하고 시작하지 않으면 우리 모두, 아까끼 아까끼예비치처럼 한 많은 외투 귀신이 될지도 모를 일이다.

2017년 8월 5일 토요일

내 글을 읽고 공감해주시는 분들께

꼭 한 번은 말하고 싶었다. 언제부턴가 세상에 대해 제 의견을 말하기 시작하면서 그동안 가깝다고 생각했던 많은 블로그 이웃들이 발길을 끊었다. 더 이상 공감을 누르지 않고, 더 이상 아는 체하지 않고, 더 이상 찾아오지 않는다. 처음엔 솔직히 당황스러웠다. 외롭기도 했다. 내가 틀린 건가, 생각과 시선이 이토록 달랐던가, 절망하기도 했다.

누구든 모든 사람들에게 인정받으며 살 수 없다는 걸 안다. 한 사람이 세상 모든 사람들과 똑같은 생각을 하고, 그들과 친구가 될 수는 없으니까. 마트에 가면 과일은 과일끼리, 생선은 생선끼리 비슷한 것들이 한데 모여 진열되어 있는 것처럼, 생각이 같은 사람, 마음이 통하는 사람들이 같이 어울리는 것, 그것이 세상 살아가는 이치가 아닌가. 무엇보다 글을 쓰는 입장에서 내 생각을 말하지 않고는 살 수 없다. 남이 인정하든 하지 않든 작가로 살아가는 사람은 살아오면서 체득한 경험과 지식이 만들어낸 색안경을 통해 세상을 보게 되고, 그에 대한 생각과 소신을 발설할 수밖에 없는 사람이니까.

어떤 의미에서 사는 건 재미있다. 지금 이 자리, 강물이 흘러갔다고 해서 빈 웅덩이가 되지는 않는다. 물은 쉼 없이 흘러내려오듯 기존의 사람들이 떠나면 또 새로운 인연들을 만나게 되는 것이다. 소셜 네트워크가 다만 시간낭비라고 생각하며 블로그만 사용하던 내가 페이스북을 다시 시작한 건 지난겨울이었다. 블로그와 달리 나와 생각이 비슷한 사람들과 친구가 되는 것이 한결 수월했다. 그를 통해 많은 분들의 공감을 얻으며 내 소신을 밝히고 있다. 그런데 페이스북은 블로그처럼 자료 보관이 용이하지 않고 예전에 썼던 글들을 다시 찾아보는 것도 쉽지 않다. 사실 블로그에 올리는 글은 페이스북에 쓴 글을 저장하는 용도로 다시 올리는 것이다. 물론 내 글에 공감하는 분들을 이곳에서도 만날 수 있었으면 하는 바람도 있었다.

그 결과 이곳에서도 이제 내 글을 읽어주는 많은 분들을 만났다. 댓글쓰기를 닫아두었기 때문에 따로 이야기를 수다스럽게 나눈 적도 없다. 더구나 요즘 세상 분위기로 봐서는 자신을 드러내고 공감을 누르기도 어렵다는 걸 감안하면, 대단히 용감하고 고마운 분들이다. 대개는 내가 이웃관계조차 맺지 못한 분들이어서 고마운 마음에 찾아가 이웃추가를 눌러봤는데 그게 뭔가 조건이 있나 보다. 몇 번 시도하다가 실패했는데 방법을 찾아볼까 하다가 내 글쓰기에만 바빠 그분들의 열혈 독자가 될 자신도 없어서 그만두었다.

대신 이렇게라도 감사의 마음을 전하고 싶었다. 그분들이 눌러주시는 빨간 하트가 얼마나 소중한지 모른다. 내가 계속 말해야 할 이유, 내가 계속 세상을 고민하며 써야 하는 이유이다. 이 마음이 다 전달될 수 있을지 자신은 없지만 방법이 서툴더라도 시도하지 않는 것보다는 나을 것 같다. 새 글이 뜨면 읽어주시고 조용히 공감해 주시는 분들께 머리 숙여 감사의 인사를 드린다.

2017년 8월 3일 목요일
문업(文業)을 생각하며

재활용 쓰레기를 버리고 들어오다가 우편함에서 꺼내온 〈작가회의〉 회지를 훑어보았다. 대부분은 뜯어보지도 않고 버리는데 그들이 원하던 세상이 왔으니 이제 무슨 소리를 하고 있으려나, 문득 궁금했기 때문이다. 아니나 다를까. 맨 앞에 인용된 시부터 가관이다.

'거 뭐시다냐, 쫌생이들이 손에 손에 몽둥이 들고 우리 한번 크게 놉시다요. 크게 크게 조져대고 짓뭉개고 육갑떠는 것을 뭐시라고 한다냐. 에라이 똥물에 튀길 녀석들……'

읽자니 참으로 '거시기' 하다. 이런 걸 민중, 민족문학이라고 하는 것일까. 이 글을 쓴 자가 누군가 찾아보니, '정치의 수단으로서의 문학'이란 슬로건을 만든 1980년대 민중문학 이론가들 중 한 명이라고, 어느 칼럼에 그의 이름이 나온다.

그럼 그렇지, 고개를 절래절래 저으며 회지를 또 한 장 넘기니 성주 이야기가 나오고, 또 몇 장을 넘기니 세월호 팽목항 이야기가 나온다.

- 세월호 희생자 304명을 생각하며 53일 동안 걸었다. 순례길에서 나치와 아베, 박근혜와 부역자처럼 똑같이 말하는 것을 본다. 회의는 왜 날마다 하나. 짜증을 넘어 살인 충동이 인다. 평생 언어를 공부한 시인을 능멸하는 것이다. '님을 위한 행진곡'은 뛰어난 노래다.

- 얼마 전 촛불대선의 결과, 박근혜, 박정희의 초상은 마을회관에서 끌어내려졌고, 새누리당 장례식을 군청 앞마당에서 치렀다. 전쟁을 반대하고 평화를 사랑하는 성주 사람들. 세상이 기쁨으로 가득해도 사드 때문에 밤잠을 설치는 성주의 사람들이 있다는 것을 기억해 주었으면 좋겠다. 성주의 근심은 전쟁의 공포와 맞닿아 있다. 그것은 실존적 공포다. 사드는 가고 평화는 와야 한다. 사드가 가면 작은 마을 소성리에는 다시 평화가 찾아올 것이다. 소성리 할머니들이 마을회관에 병사처럼 누워 있다. 카프카의 말로 성주 사람들의 인사를 대신 전한다. '마음은 두 개의 침실이 있는 집이다. 한쪽 방에는 근심이 살고 다른 방에는 기쁨이 산다. 인간은 그렇게 큰소리로 웃어서는 안 된다. 큰소리로 웃으면 옆방에 있는 근심을 깨우게 된다.'

시인이라는 자들의 글이다. 다른 사람이 지루한 말을 좀 했다고 '살인 충동'이라니, '시인 능멸'이라니, 입이 다물어지지 않는다. 초상이 끌어내려지고 당의 장례식이 치러졌다니, 마치 6·25때 인민군이 마을을 점령한 이야기를 듣고 있는 것 같은 착각마저 든다. 그리고 무엇보다 묘한 논리가 아닌가. 전쟁에 대한 실존적 공포를 느끼는 거라면 사드 전자파가 0이라는 결과가 나온 지금, 핵의 위협에서 살기 위해서라도 서둘러 배치해야 할 텐데 말이다. 인용된 카프카의 글의 출처가 궁금해서 검색해 보았는데, 이 양반 글 말고는 나온 것이 없다. 무엇보다 똑같은 인용문을 전혀 다른 상황에 빗대어 신문에 기고한 걸 보고 어리둥절했다.

사실을 알면 카프카도 좋아할지는 모르겠지만, 우리나라 문인들은 유난히도 카프카를 좋아한다. 우리나라 문학인이 가장 좋아하는 단어가 아마도 실존과 부조리일 것이기 때문이다. 그들은 카프카가 현대문명의 부조리와 그로 인해 억압받는 인간 내면의 불안을 실존적으로 통찰했다고 말한다. 나 또한 카프카를 좋아하지만, 그들과는 전혀 다른 견지에서다. 그들이 말하는 현대 문명의 부조리와 그로 인한 불안을 만들어내는 무리가 바로 그들 자신과 같은 생각을 가진 집단이라는 걸 그들은 모른다. 무엇보다 지금 우리 대한민국을 자신들이 그런 사회로 몰아가고 있다는 것을 그들은 전혀 이해하지 못하고 있다. 아니면 모른 체하거나.

불교에서는 입으로 짓는 죄에 대한 경계로 구업(口業)을 이야기한다. 속이거나 험담하거나 이간질하는 말로 쌓는 죄업이 있다는 것이다. 그런데 오늘, 시인이라는 사람의 글을 보며 이 시대를 사는 글쟁이들이 안아야 할 문업(文業)에 대해 생각해 보게 된다. 지금 저들의 흉을 보고 있으니 나 또한 문업, 글업이 깊겠다. 그래도 이토록 비뚤어지고 불쾌한 글의 일부를, 재활용 쓰레기가 아니라 소각쓰레기 봉투에 버려야 할 회지의 일부를 인용한 이유는, 카프카가 했다는 말을 뒤집어 이 시대를 사는 글쟁이로서 오늘 내가 해야 할 말을 대신 해야 하기 때문이다.

"마음은 두 개의 침실이 있는 집이다. 한쪽 방에는 근심이 살고, 다른 방에는 기쁨이 산다. 인간은 혼자서는 해결할 수 없는 문제에 부딪쳤을 때는 큰소리로 함께 고민을 나누고 해결책을 찾아야 한다. 다 같이 큰소리로 고민을 외쳐야 옆방에서 잠들어 있던 기쁨이 깨어난다."

2017년 8월 2일 수요일
2017년 대한민국의 시대정신

- 세상은 보이지 않는 곳에 숨어있는 사람들이 만들어낸, 이미지와는 확연히 다른 인물들에 의해 통치된다.   / 벤자민 디스레리

시대정신(ZEITGEIST)이라는 다큐멘터리가 있다. 누구에게나 가볍게 권할 수 있는 내용은 아니다. 사회주의 내지는 공산주의 이상론을 펼치려는 목적이 감춰져 있음을 모르면, 〈플레이보이〉 잡지만 얼핏 보고 여자의 알몸은 죄악이라며 부르르 떠는 수도사처럼, 미국과 자유 시장경제 체제를 비판, 부정하며 헬 조선을 확신하는 얼치기 열혈 좌파가 되기 십상이다. 어쩌면 그런 목적으로 만들어졌는지도 모르겠다. 하지만 정신 똑바로 차리고 볼 수 있다면, 자유 시장경제의 그늘이 무엇인지, 세계 정치마저 쥐락펴락하는 일부 자본가들이 어떤 세상을 원하는지 생각해 볼 수 있다. 또는 911이나 이라크 전, 또는 베네수엘라의 차베스나 그리스 등의 몰락을 저들이 어떤 시각으로 보고 해석하

2017년 8월 29일~8월 2일 281

며 옹호하는지, 그를 이용하여 자신들의 주장을 위해 얼마나 교묘한 이론을 펼치는지, 그 결과 자유 시장경제 체제를 어떤 식으로 부정하고 세뇌시키는지 그들의 의도와 방법이 보이기도 한다.

그런데 이 다큐에서 매우 흥미로운 에피소드가 나온다. 세계의 자본을 쥐락펴락 한다는 록펠러 집안의 한 사람과 친구가 되었다는 어느 영화감독의 경험담이다. 911도, 이라크 전도 모두 자기들이 계획한 작품이라고 자랑하는 재벌 친구에게 감독은 대체 왜 그렇게 나쁜 짓을 하느냐며, 그들의 최종 목적이 무엇이냐고 묻는다.

"세상의 모든 사람들한테 칩을 박는 거지. 딴지 걸거나 우리 법을 어기면 놈들의 칩을 꺼버리는 거야."

지금 대한민국의 혼란을 획책한 이들의 목적은 분명해 보인다. 평등한 이상세계를 외치면서 실제로는 자신들이 권력을 독점하고 돈을 쓸어 모으는 것이다. 그렇게만 된다면 사회주의든 공산주의든 연방제든 상관없다. 반대로 그것을 방해하는 자는 모두 처리해야 할 적이다. 그런데 더 큰 문제는 소위 저들에 반대하는 세력은 적이 누구인지 정확히 모른다. 주적이 공산주의인지, 중국인지, 김정은인지, 종북세력인지, 탄핵세력인지, 탄핵을 언도한 재판관인지, 불법대선을 주도한 세력인지 전혀 모르고 있다. 비난하려는 것도 아니고 확언할 수도 없겠지만, 마이크를 쥔 사람도 모르고 태극기를 든 사람도 모르는 것 같다. 그래서 지지하면 안 되는 사람을 지지하고, 몰입하지 말아야 할 대선 프레임으로 빠져들었다. 그렇게 하나로 뭉쳐야 할 힘을 어느 사이 뿔뿔이 흩어버렸다. 그 결과 우파는 졌고, 빼앗겼다. 오래 가진 않을지언정, 저들은 또 한 번 멋지게 성공했다. 너무나 당연하다. 적이긴커녕 보수인지 우익인지, 진보 우파인지 그냥 우파인지, 자신의 정체성조차 모르니까. 하긴, 종북이든 패션좌파든, 세월과 촛불을 지지하는 사람들조차 자신이 정확히 무엇을, 누구를, 어떤 세상을 지원하고 있는지도 모르고 칼춤을 추며 나라를 뒤집어놓았다는 것이 더 재미있기도하고, 더 딱하기도 하다. 그래서 더 기막히기도 하지만.

눈에 보이는 적이 다는 아니다. 그래서 눈앞의 사안마다 흥분하고 분노해서는 이길 수 없다는 것, 새 술은 새 부대에 담아야 한다는 말이 있듯이 더 깊이, 더 크게, 더 멀리 보며 전혀 새로운 패러다임을 생각해내지 않으면 지금의 위기를 벗어나기 어렵다.

대한민국의 시계는 거꾸로 간다
2017. 7. 31. ~ 7. 1.

시간을 거슬러 선사시대나 단군, 삼국시대나 조선까지 갈 것도 없다. 이 나라를 건국한 대통령이 대통령이란 호칭 대신 박사라는 이름으로 불리는 이유를 의심조차 해 본 적 없는 국민, 망국과 전쟁의 폐허를 딛고 산업화를 이룬 대통령의 우표 한 장도 발행할 수 없는 나라, 내 편이든 남의 편이든 자신이 모시던 사람을 밥상 앞에서 총살한 사람을 민주화 영웅으로 둔갑시키는 나라, 그 나라의 영부인을 암살한 주적을 형제국이라는 이름으로 감싸는 나라, 독재라는 프레임에 가두기만 하면 매도하고 짓밟고 죽이려 들어도 잘 한다 박수치고 환호하는 나라, 모두가 잘나서 모두가 주군이어야 하는 나라, 내가 뭐가 못나서 네 밑에 있어야 하느냐, 내가 널 끌어내리고 네 위에 서겠다, 고 하는 것이 정당한 명분이 되는 나라, 충(忠)이 비웃음을 사는 나라, 지금이 어느 시대인데 충성이냐며, 주군을 위해 진실을 말하는 것이 바보짓이 되는 나라, 자신이 살기 위해서라면 거짓도 서슴지 않는 나라, 그것이 오히려 영웅시되는 나라, 그리고 지금 이대로라면 오늘의 이 역사는 또 어떻게 그려지게 될까, 한없이 두려워지는 나라.

— 2017년 7월 13일 목요일

2017년 7월 31일 월요일

달을 감시하는 자
: 아서 C. 클라크 〈2001스페이스 오디세이〉

- '달을 감시하는 자'가 허공으로 높이 양팔을 치켜들었다. 그가 들
  고 있는 단단한 가지에는 표범의 피투성이 머리가 꿰여 있었다.
  나무 막대로 녀석의 입을 벌려 놓았기 때문에 이제 막 떠오르고
  있는 태양빛에 커다란 엄니가 하얀색으로 무시무시하게 번득였
  다. 그는 표범의 몸에서 떼어낸 머리를 트로피처럼 높이 들고 개
  울물을 건너기 시작했다. '외귀(한쪽 귀를 잃은)'는 너무 용감해서,
  아니면 너무 멍청해서, 도망칠 수가 없었다. 어쩌면 이런 일이
  실제로 벌어지고 있다고 믿을 수가 없어서 그런 것 같기도 했다.
  그가 겁쟁이든 영웅이든 결과적으로 달라진 건 없었다. 단말마의
  비명을 지르다 그대로 굳어버린 표범의 머리가 아무것도 이해하
  지 못하고 있는 외귀의 머리 위로 떨어져 내렸다. 다른 놈들은
  공포에 질려 비명을 지르면서 덤불 속으로 흩어졌다. 달을 감시
  하는 자는 잠시 동안 자신의 새 희생자를 불안하게 내려다보며
  죽은 표범이 살생을 저지를 수 있다는 기묘하고도 놀라운 사실
  을 이해하려고 애썼다. 이제 그는 세상의 주인이었지만, 이제부
  터 무엇을 해야 할지 알 수 없었다. 하지만 곧 무엇이든 생각이
  날 터였다.　　　　/ 아서 C. 클라크 〈2001스페이스 오디세이〉 중에서.

　1968년 작이라고는 도저히 믿어지지 않는 스탠리 큐브릭 감독의
영화 〈2001 스페이스 오디세이〉를 잘 이해하려면 아무래도 원작소설

을 읽는 게 좋다. 그렇지 않으면 영화를 보고난 뒤 배우 록 허드슨처럼 "이 영화가 도대체 무슨 내용인지 누가 얘기 좀 해 주겠소?"라고 불평할 수도 있다.

외계 생명체의 존재와 컴퓨터의 반란에 대해 이야기하고 있는 이 영화와 소설의 앞부분에는 아직 인류랄 수도 없는 '원숭이인간'들이 외계의 어떤 자극에 의해 의식이 깨어나게 되고, 마침내 도구를 쓰게 되는 과정을 보여준다. 이로써 인류의 조상은 동물을 사냥할 수 있게 되어 굶주림을 면하게 된 것은 물론 육체와 지능의 혁신적인 발전을 가져오게 된다. 또한 천적이던 육식동물들까지 당당히 대적할 수 있게 되는 것이다. 무엇보다 도구를 먼저 사용할 줄 알게 된 '달을 감시하는 자'의 무리는 영역 싸움에서 늘 경쟁자의 위치에 있던 '외귀'를 죽이고 그 무리들을 소탕하게 된다.

책에는 나오지 않지만 아마도 '달을 감시하는 자'는 '외귀'의 무리는 물론 더 많은 무리들까지 규합하여 세를 키우게 되었을 것이다. 그후 '달을 감시하는 자'들의 방법을 보고 배움으로써 뒤늦게 깨어난 무리들과의 숱한 살육의 경쟁을 해야 했을 것이다. 그 결과 누가 이겼는지는 알 수 없지만, 최종 승리한 무리가 지금 현존하는 인류의 조상이 되었을 것이다.

5월 이후 벌써 일곱 번째 미사일을 발사하며 북한이 우리나라를 위협하는 가운데 치맥 파티를 벌였던 文은 사드를 배치한다는 것인지 하지 않는다는 것인지 도무지 진의를 알 수 없는 말 바꾸기 놀이를 하고는 6박7일간의 여름휴가를 떠났다. 소위 5천만 대한민국 국민의 생명과 안위를 책임지겠다고 나선 5월 10일 이후 세 번째 휴가다. 취임 13일 만인 5월 22일 연차휴가를 쓴 것이 첫 번째였고, 시간당 90밀리미터

의 물 폭탄을 맞은 청주가 물에 잠겼던 즈음, 7월 14일에서 16일까지
사흘간 보낸 휴가가 두 번째였다. 8월 17일이 그의 취임 100일이라니까
그동안 약 8분의1의 시간을 휴가로 사용한 셈이다. 그토록 원했던 자리
라면 휴일도 없이 밤도 없이 하고 싶은 거 다 하기에도 시간이 모자랄
텐데, 마치 새 장난감에 싫증이 나서 내동댕이치고 어느새 다른 걸 욕
심내는 철부지 아이 같다. 약간 과장하자면, 휴가를 쓰기 위해 그 자리
에 앉은 사람 같기도 하다. 그러나 한편 '난 아무런 책임도 없고 뭘 어
떻게 해야 하는지 모르니까 네가 맘대로 알아서 다 하세요.' 하고 보이
지 않는 그림자에게 국정을 내맡겨놓은 게 아닐까, 의심스럽기도 하다.

　지금 이 나라는 이승만 대통령과 박정희 대통령이 세운 자유 대한
민국의 가치를 지키려는 국민과 '남 잘되는 꼴은 못 보겠어. 그러니 사
회주의라도 좋아, 공산주의라도 상관없어, 다만 내 배만 불려줘.'라고
떼쓰는 무리, 이렇게 두 종류로 나뉘어 있다. 여기에 휴가가 취미인 것
같은 그의 행보를 더해 보자니 참으로 엉뚱하게도 〈스페이스 오디세
이〉의 한 장면이 생각났다. 자유 대한민국의 가치를 지키려는 진영과
세월과 촛불로 권력을 움켜쥔 쪽, 둘 중 어느 쪽이 '달을 감시하는 자'
의 무리인 것일까? 이런 질문이 떠오른 것이다.

　나는, 당신은, 그러니까 지난 겨울 태극기를 흔들었던 애국 국민은
불법 탄핵이라는 엄청난 불의를 보고 마침내 오랜 어둠에서 깨어나 새
로운 세계를 연, '달을 감시하는 자'의 무리인 것일까? 그런데 우리는
왜 태극기 집회에 그토록 많은 시민들을 불러내고도 뜻을 이루지 못한
것일까. 어쩌면 우리야말로 구태에서 벗어나지 못하고 도구의 위력에
밀려 사라진 '외귀'의 무리인 것은 아닐까? 그렇다면 무너져가는 대한

민국과 함께 세상에서 영영 사라져야 하는 비운의 존재들인 것인가?

불법도 좋아, 떼법도 좋아, 나와 내 편만 잘 먹고 잘 살면 돼,라고 외치는 촛불족이 새로운 세계관의 패러다임을 끌어낸 '달을 감시하는 자'의 무리인 것일까. 아니면 그들이야말로 세계의 변화를 감지하지 못해 절멸로 향했던 '외귀'의 무리인 것일까. 그래서 지금은 이긴 것 같고 다 거머쥔 것 같지만 끝내는 몰락하고 소멸하게 될까. 외귀가 패함으로써 지금의 인류가 있는 것처럼, 그들의 소멸로 인해 대한민국의 미래는 바뀌게 될까?

소설대로라면 수백만 년 전, 원숭이인간들은 무시할 수도, 그냥 스쳐버릴 수도 있었던 돌덩이 하나로 인해 잠들어 있던 의식을 스스로 깨우고 도구를 사용하게 되었다. 그렇게 그들은 자신들의 현재는 물론 인류의 운명과 미래를 바꾸어 놓았다.

지금, 2017년, 대한민국의 운명과 미래를 바꿀 이는 누구일까. 우리는 무엇을 주축으로, 누구를 중심으로 어떻게 이 깊은 어둠에서 깨어나야 하는 것일까. 우리를 깨우기 위해 꿋꿋이 서 있는 돌덩이는 어디에 있는 것인가. 혹 보고도 모르는 것은 아닌가. 이미 놓쳐버린 것은 아닐까. 과연 우리 중 누가 '달을 감시하는 자'인가? 과연 이 깊은 어둠에서 깨어나 무너져 가는 대한민국을, 우리의 세상을, 바로 세울 수 있을 것인가. 부디 깨어나라, 일어나라, '달을 감시하는 자'들이여! 달을 감시하는 무리들이여!

2017년 7월 30일 일요일
그곳에는 지적 생명체가 존재할까?

외계인에 대한 관심은 내 소설 속에서도 종종 드러나곤 했다. 그와 관련한 에세이를 쓴 적도 있고, 단편집 〈칼〉에 수록된 소설 '뿌따뽕빠리의 귀환'의 소재가 되기도 했으며, 곧 출간 예정인 장편소설의 한 귀퉁이에도 어쩌다 외계에서 추락하여 지구로 온 외계인이 아닐까, 하는 내 존재에 대한 의문의 흔적이 배어 있기도 하다.

외계인에 대한 내 인식은 금강경의 비유처럼 항하(恒河)의 모래 수만큼이나 많은 우주 가운데 설마 생명체가 우리뿐이겠나 하는 데 기인한다. 기독교적으로 보더라도 그런 내 호기심은 신의 뜻에 위배되지 않는다고 믿는다. 성경을 집대성하면서 시대와 환경의 영향을 벗어나지 못하는 인간의 지적 한계가 신의 무한한 뜻을 차마 담아내지 못한 부분이 있을 거라고 추측할 수 있기 때문이다. 혹은 신의 말씀을 다 담아냈으나 성경 해석학자들이 온전히 풀어내지 못했을 수도 있을 것이다. 짧은 시 한 소절도 보는 사람의 수준과 영적 차원에 따라 해석이 다를 수 있으니 함축과 비유로 가득한 성경을 정확히 해석했다고 한다면 그 또한 인간의 자만이라 할 수 있을 테니까 말이다.

외계 생명체에 대한 확신은 과학적으로 헤아려 볼 때 가장 분명해진다. 우리 태양계가 속한 은하는 2천 억 개의 별을 가지고 있는데, 우주라는 공간에는 우리 은하 말고도 최소 1천억 개가 넘는 은하들이 존재한다. 게다가 다중우주 이론에 따르면, 그런 우주의 집합체는 고작

물거품 하나에 불과할 뿐이다. 그러니 바다를 가득 채운 물방울의 수는 과연 몇 개나 될까? 상상할 수도 없다. 결국 합리적으로 생각할 수 있다면, 칼 세이건의 원작 소설을 영화화 한 〈콘텍트〉를 통해 잘 알려진 대사처럼, "넓고 먼 우주 속에 지적 생명체가 오직 인간뿐이라면 공간 낭비가 아닐까?" 하는 의문과 확신에 봉착할 수밖에 없다.

정말 외계 생명체가 존재한다면 그들의 지적 수준은 대체 어느 정도일까. 눈으로 볼 수 없고 손에 쥘 수 없는 것은 우리의 호기심을 자극하고 상상력을 끌어낸다. 수많은 외계 생명체 관련 영화들이 그에 대한 관심과 논란에 대한 증명이다. 그런데 나는 또한 이상하리만큼 지구에 다니러 온 외계인을 만났다는 이야기는 믿지 않는다. 빛의 속도로 우주선을 타고 날아올 정도의 지적 능력과 문명을 가진 외계인이 고작 대기권을 통과하지 못해서 충돌하고 죽었다거나, 고작 바다 속에 사는 문어를 닮았다거나 하는 그런 증언들 말이다.

어쩌면 지구는 우주 생명의 표본실일지도 모른다. 생명의 가장 기본이 되는 미생물에서부터 온갖 진화의 과정을 겪고 다다른 우리들, 즉 고등동물이라 자부하는 인간까지 다양한 차원의 존재들이 모여 있는 곳이 바로 지구이기 때문이다. 이쯤 되면 나는 외계인의 지적 수준이 지구인들보다는 적어도 한 뼘이라도 높으리라, 대책 없이 확신하고 있다고 고백하지 않을 수 없다. 인간에 대한 과소평가라기보다는 외계 생명체에 대한 과대평가라고 해야 할 것 같지만.

그런데 지적 생명체, 즉 지적 능력을 가진 생명체란 정확히 무엇을 의미하는 것일까. 지능(知能, intelligence)이란 사전적으로 '새로운 사물 현상에 부딪쳐 그 의미를 이해하고 처리 방법을 알아내는 지적 활동의 능력', 또는 '도전적인 새로운 과제를 성취하기 위한 사전 지식과 경험을 적용할 수 있는 능력'을 가리킨다. 다시 말해, 지적 생명체란 풍부한 지식을 가진 것에 그치는 것이 아니라 그 지식을 현실과 접목, 응용하여 당면한 문제를 능숙하고 지혜롭게 해결함으로써 우리의 삶을 발전, 향상시키는 능력을 발휘하는 존재를 말한다.

최근 우리나라에서 벌어지고 있는 일들에 더해, 급기야 자신이 그토록 반대하며 나라를 온통 뒤집어 놓았던 자가 북한의 미사일 발사 위협에 마침내 항복이나 한 듯, 잔여 4기의 사드 배치를 지시했다는 기사를 보면서, 소위 만물의 영장이라고 자부하는 인간 종족들 속에서 살아오는 동안 한 번도 가져본 적 없는 궁금증이 하나 생겼다. '대한민국 정부를 장악한 저들 중에 과연 지적 생명체가 존재할까?'(이 글을 읽고 공감하는 당신은 '고도의' 지적생명체가 분명하다.)

2017년 7월 28일 금요일

컨트롤V 교수의 '세상에서 칼럼 쓰기가 제일 쉬웠어요!'

강원대학교 신방과 교수라는 이의 칼럼이랄 수도 없는 칼럼을 보고 나니 정말 한 마디 하지 않을 수가 없다.

그들의 눈엣가시 같은 MBC 김장겸 사장, 방송문화진흥회 고영주 이사장, KBS 고대영 사장, 한국방송공사 이인호 이사장 물러나라는 구호를 촛불 족에게 같이 외쳐 달라는 호소인데, 글 쓰는 한 사람으로서 자괴감이 든다. 아무런 논리도 설득도 없이 그저 '우리가 싫어하니 김장겸은 물러나라. 고영주는 물러나라.' 하는 식으로 '물러나라'는 구호를 서른 번씩 반복했다. 네 명의 이름을 부르며 물러나라고 한 부분만 잘라보니 원고지 총 8매 전체 분량 중 7매다. 모두 네 명이니까 (4번×30=) 120번의 컨트롤V를 하면 원고지 일곱 매가 후다닥 채워지는 것이다. 절반쯤 쓰고 복사를 반복하면 그 횟수는 훨씬 줄었겠지만. 교수라고 하니 그의 제자들도 컨트롤C, 컨트롤V만 잘 하면 A플러스 주시려나. 이런 글을 칼럼이라고 실어주고 원고료 주는 신문사도, 이런 글 내고 아무런 부끄럼도 없이 얼굴 싣고 직함 싣는 그 교수의 자신감도 경악스럽기만 하다.

그나저나 난 역시 바보였다. 글쓰기가 이리 쉬운 걸 왜 지금껏 몰랐을까. 〈컨트롤V〉라는 제목으로 단편소설 하나 쓰고 싶어졌다. '너 같은 건 꼴도 보기 싫으니까 당장 썩 꺼져버려!'라고 딱 한 번만 쓰고 복사한 뒤 소설 끝날 때까지 계속 컨트롤V만 반복하는 것이다. 정말 신선한 소설이 되지 않을까. 정말 서프라이즈가 감당이 안 되는 시대를 살고 있다. 어린 시절 태권V는 대한민국의 자랑이었는데, 기울어져가는 대한민국의 상징은 컨트롤V가 되었다.

2017년 7월 28일 금요일

인간의 웃음, 그 기원과 의미
: 영화 〈배트맨〉

웃음은 인간만의 것은 아니다. 개도 웃고 고양이도 웃고 쥐도 웃는다. 그러나 동물과 달리 인간의 웃음은 다만 기쁘고 행복해서 터지는 정직한 감정의 표현만은 아니다. 인간의 웃음은 오히려 감정을 숨기기 위한 역할을 할 때가 많다. 가령 긴장을 풀기 위해, 두려움을 감추기 위해, 복종을 나타내기 위해, 어색함이나 무안함을 감추기 위해 우리는 웃는다. 또는 거짓을 감추기 위해서, 상대를 안심시키기 위해서, 그리고 호의나 신뢰를 얻기 위해서, 혹은 유혹하기 위해서 인간은 상대에게 웃음을 보인다.

입 꼬리만 살짝 올리는 미소보다 입을 크게 벌리고 큰 소리를 내며 활짝 웃어보일수록 '캄 다운(calm down), 캄 다운. 진정해. 난 나쁜 놈 아니야. 너의 적이 아니라니까. 지금 나는 너를 공격할 마음이 전혀 없어. 그러니 불필요하게 너의 소중한 에너지를 낭비하지 마. 이제 칼 내려놔. 총도 내려놔. 날 믿어. 안심하라니까. 무장해제하고 이제 너도 웃어봐. 너도 날 안심시켜 줘.'라는 뜻을 보다 확실히 전달할 수 있다. 그러면 상대방도 '좋아. 널 믿어.'라거나 '믿지는 않더라도, 믿는 척은 해줄게.'라며 잠시 긴장을 풀고 평화로운 시간을 갖게 되는 것이다.

이것이 과학의 관점에서 보는 웃음의 기원이다. 이렇게 시작된 웃음이 진짜 만족한 웃음과 놀이의 웃음으로 발전했겠지만, 근원적으로 해석한다면 웃음이란, 지금은 전혀 위험한 상황이 아니라고 상대에게

알리는 메시지이다. 크고 과장되게 보이는 웃음일수록 경계태세를 풀
어도 좋다는, 즉 해제경보의 의미라는 것이다.

그런데 동물과 달리 인간의 웃음이 갖는 특징 중 또 다른 하나는,
적절하지 못한 때와 장소에서 터지는 웃음이 아닐까 싶다. 그런 웃음
은 그 당사자를 매우 교활하게 보이도록 하거나 또는 바보스럽게 보
이도록 한다. 그리고 일정 수위를 넘었을 때에는 그 웃음을 보는 사람
으로 하여금 공포를 느끼게 하기도 한다.

웃음과 어울리지 않는 얼굴, 하면 제일 먼저 떠오르는 것은 광대일
것이다. 웃음을 짓는 것처럼 보이는 광대의 얼굴을 보면 어쩐지 서글프
게 느껴지기도 한다. 하지만 웃음을 가장 괴기스럽게 느껴지도록 하는
대표적인 캐릭터는 역시 배트맨의 적, 조커다. 늘 웃고 있는 것만 같은
기괴한 그의 입모양이 어떻게 시작된 것인지는 아무도 모른다. 폭력적
인 아버지가 칼로 찢었다고도 하고, 와이프 때문이라고도 하고, 배트맨
과 싸우다가 끔찍한 화학물질을 뒤집어썼기 때문이라고도 하지만, 그
가 풀어놓는 이야기가 그때그때 달라져서 분명한 원인은 알 길이 없다.
아무튼 조커는 늘 웃는다. 슬퍼도 웃고, 화가 나도 웃고, 건물을 폭파시
킬 때도 웃고, 사람을 끔찍하게 위협하고 죽일 때도 웃는다. 그가 웃을
때 우리는 같이 웃을 수가 없다. 그가 웃을 때 또 무슨 짓을 저지르려는
것일까, 관객은 긴장하게 되고, 조커에게 당하는 희생자는 공포에 떨게
된다.

요즘 언론에서 보도되는 文의 사진은 온통 웃는 모습뿐이다. 그냥
웃는 게 아니라 입을 벌리고 크게 웃는다. 아무리 좋은 정책이라 해도
그늘이 있기 마련이고 손해 보는 계층은 있기 마련인데, 소위 5천만
국민의 안위를 책임진 자리를 차지하고도 아무런 무게를 느끼지 못하

는 것인지 어느 자리에서든, 어떤 사안에서든, 누구와 있든, 무얼 하든, 그는 한결같이 입을 크게 벌리고 웃는다. 아무도 웃지 않는 외국 정상들과의 만남에서도 변함없이 벌쭉벌쭉 웃는다. 그와 맥락을 같이 하는 사람들도 마찬가지로 웃는다. 그와 함께 있기만 하면 어찌나 좋은지 아메리카노 산책을 하는 참모들도 웃고, 그의 아내도 웃고, 검찰총장 부인도 웃고, 비서실장도 웃고, 민정수석도 웃는다. 그와 색을 같이 하는 정치인들은 심지어 장례식장에 가서도 엄지 척 올리고 벌쭉벌쭉 웃는다. 어제는 치맥 먹고 다들 취했는지 최고 경영자들도 그의 곁에 서서 술잔을 들고 웃었다. 입을 함박만 하게 벌리고는 그와 똑같이 벌쭉벌쭉 웃었다.

　그가 퍼뜨리는 웃음 바이러스에 강력한 중독성이 있는 것일까. 그래서 그가 웃기만 하면 주변 사람들이 모두 따라 벌쭉벌쭉 웃게 되고, 그 모습이 너무 황홀하고 아름다워서 카메라 기자들은 자신도 모르게 셔터를 마구 누르게 되는 게 아닐까. 그러면 또 언론사 편집장들도 웃음 사진을 보는 순간 마약에 중독된 것처럼 그 사진을 선택하지 않을 수가 없는 것이다. 그 덕에 그와 관련된 기사에 실린 사진들은 모두 벌쭉벌쭉 웃는 사진만 볼 수밖에. 덕분에 국민들도 덩달아 해피 해피?

　북쪽에서는 남들과 달리 건성 박수 치고 꾸벅꾸벅 졸았다는 이유로 고사포로 숙청당한다고 하는데, 어쩐지 같이 웃지 않으면 안 될 것 같은 압력이 느껴진다. 나도 벙긋벙긋 웃어야 할 것 같다.

2017년 7월 26일 수요일
박스오피스 1위는 정말 좋은 영화일까?

　국민 우민화(愚民化)에 가장 선도적 역할을 한 것 중 하나는 영화 상영관 장악이다. 우리나라 박스오피스 순위는 CGV가 배급하고 상영하느냐 하지 않느냐, 그들이 독점 수입하고 많이 푸느냐 풀지 않느냐가 주요 변수가 되었다. 그들이 관객의 선택권을 빼앗아버린 것이다. 미리 예매를 하든 무작정 극장에 들어갔든, 상영관 수가 다섯 개든 열 개든 상관없이, 관객은 그들이 밀어주는 영화를 볼 수밖에 없는 처지에 몰렸다. 그들이 다수의 상영관과 다수의 상영시간을 장악하기만 하면 천만 관객은 누워 떡 먹기. 그런데 그들이 밀어주는 영화는 온통 친북, 반미, 반일, 헬 조선에 대한 것들뿐이다. 그게 아니면 머리 탱탱 빈 깡통이 아니고선 참아낼 수 없는 수준의 영화거나. 그걸 아는지 모르는지 관객들, 백만, 천만, 관객 수가 많다 하면 유행에 뒤떨어질까 우르르 몰려가고, 상영관이 적은 건 관객이 들지 않기 때문이라고 거꾸로 착각한다. 저들이 숟가락에 떠서 목구멍에 들이밀어 주는 영화를 보면서 역사공부 했다고 하고, 사회공부 했다고 하고, 윤리도덕도 공부하고 정치공부까지 했다며 깨시민 되신다.

　에단 호크와 샐리 호킨스가 주연한 〈내 사랑〉을 보고 싶어서 찾아보니 상영관 수도 많지 않을 뿐더러 내게는 안드로메다만큼이나 너무 먼 곳에 있는 극장들뿐이다. 그나마 가까운 일산 쪽에는 있을까 찾아봤는데 저들이 미는 영화는 하루에 16번 상영. 〈내 사랑〉은 단 한 차례! 이러니 그 영화 관객 수가 백만이든 천만이든 무슨 의미가 있겠는 가. 그것도 모자라 영화를 본 적도 없는 알바생들의 극찬 후기와 텔레 비전 광고, 평론가들의 찬양과 별점 축포, 또는 그들이 좋아하지 않는 성향의 영화에 쏟아지는 벌점 테러까지. 저만큼 밀어주는데도 천만 관 객 못 하면 바보다. 이러니 나 같은 사람은 상영 끝나고 다운로드 뜨기 를 기다리는 수밖에. 이런 거 알고도 우리나라 영화 성향, 이 사회가 추구하는 성향을 모르겠거나 화 안 나는 사람은 손!

2017년 7월 25일 화요일

박정희 대통령의 〈국가와 혁명과 나〉

박정희대통령기념관에서 선물해 주신 관련 도서가 일곱 권이어서 요 며칠 계속 그와 관련된 글만 올리게 된다. 새벽에 한 시간 정도 누 웠지만 잠들지 못한 채 다시 일어나 읽고 있는 책은 박정희 대통령이 직접 쓴 〈국가와 혁명과 나〉이다. 그런데 그 서문에 해당하는 글 속에 그려진 국가의 위기가 남북통일을 코앞에 두었으나 대한민국 자체가 무너져가는 지금의 시국과 조금도 다르지 않아서, 그리고 우리 국민이 그 시절로부터 정신적으로는 한 치도 성장하지 않았구나 하고 절망스 러워서, 더구나 지금은 이 위기를 역전시켜 줄 리더조차 없다는 데 더 욱 캄캄하고 암담해져서, 그나마 오래 전 글이 지금 우리 앞에 길을 제 시해 주는 것만 같아서, 또한 그때처럼 우리 민족이 이번에도 이겨내 지 않겠나! 하고, 내 마음은 자꾸만 희망의 빛을 찾아 까치발을 들려

한다. 내가 품게 된 희망을 많은 분들도 느끼길 바라며, 아니 같이 공
유함으로써 그 희망을 더 키우고 넓히고 높이고 증폭시키려는 욕심으
로, 조금 길지만 그의 글을 옮겨보기로 한다.

- 생각하면 참으로 곤욕과 혈루에 점철된 것이 우리의 역사였다.
  스스로 통탄과 비분과 치욕을 금할 수 없는 우리의 과거였다. 안
  으로 이러한 일로 지내 내려온 민족이 어찌 밖을 내어다볼 수 있
  었겠는가. 변경을 넘어 해외에의 웅비는 고사하고 한 치의 앞마
  저 내다보지를 못하고 항시 중·일·러의 강압 속에 숨 막히는
  질식생활을 영위하여 온 우리 민족이었다.

  1945년 8월 15일. 그것은 확실히 이같이 지루하도록 지속되어
  온 오랜 침체의 역사로 하여금 결정적인 종막을 고하게 하는 새
  민족사의 기점이었다. 그러나 그 후 19년의 역사가, 창업의 기점
  이 되기는커녕, 자유, 민주 양당 정권이 역사적으로 짊어져야 할
  죄책의 심도가 바로 거기에 있다. 그들이 독재와 부패와 무능과
  타태(惰怠) 주의로 국사를 엉망으로 만들어놓은 일도 용서할 수
  없으려니와, 그보다 더 큰 죄는 실로 반만 년 만에 처음 만난 신
  민족국가 창건을 위한 천재의 호기를 외길로 오도하고 모처럼 뻗
  으려는 세찬 재기의 기운을 저지한 데 있다. 이리하여 우리 민족
  은 영영 기회를 놓치고 피곤한 배신의 쓴맛을 만끽해야 했으며,
  20년 가까운 세월을 도로(徒勞:헛된 수고) 속에 허송해야 하였다.

  해방 이후 우리 민족이 수확한 것은 과연 무엇이었던가. 60만
  으로 편성된 세계 4위의 강군을 가졌고 상당한 수의 건물과 공장
  을 짓기는 하였다. 그러나 그것이 아무리 값진 것이라 하더라도,
  해방 풍조로부터 시작된 정신적 타락, 망국적 외래 풍조, 이에 깃

들인 부패, 허영, 사치, 타태를 능가할 수 없으려니와, 또 38선으로 분단된 민족 단장의 비극을 메울 수도 없는 것이다. 요컨대, 해방 후 19년간의 총결산, 그것은 얻은 것보다는 잃은 것이 더 많은 반면에, 단 하나의 소득이 있었다면 덮어놓고 흉내 낸 식의 절름발이 직수입 민주주의의 강제 이식이 있었을 뿐이다. 피곤한 오천 년의 역사, 절름발이 왜곡된 민주주의. 텅 빈 폐허의 바탕 위에 서서 이제 우리는 과연 무엇을 어떻게 해야 할 것인가. 바로 이 명제야말로 국가의 명제요, 민족의 명제이며 역사의 명제이다. 2천4백만 동포가 이 명제의 해결을 위하여 총 정렬할 때는 왔다. 우리들은 이 점에 대하여 고두(叩頭) 사색하고, 있는 혜지(慧智)를 찾아내어 일대 국론을 제고하지 않으면 안 된다. 4.19와 5.16혁명, 그것은 바로 서상(敍上)의 명제를 색출, 발견하기 위한 민족정기의 진통 결과였고, 이 혁명의 국민혁명으로의 승화는 바로 이 명제에 해답하기 위한 역사에의 민족적 총궐기를 뜻한다.

'국민과 혁명과 나' 이것은 본인의 국가관을 말하는 것이요, 본인의 혁명관을 말하는 것이며, 또한 자신의 인생관을 말하는 것이다. 국민 제위께서 양찰하는 바와 같이, 본인은 자신이 바라든 안 바라든 기(旣)히 국가와 민족의 역사를 떠나 분리될 수 없는 처지에 있으며, 혁명의 책임자로서 만금 같은 사명감에 중압되고 있다. 본인의 생장 과정이 전혀 그러한 바 없었던 바는 아니었으되, 특히 5.16을 기점으로 한 지금의 본인은 조국과 민족과 역사 앞에 자신의 생명을 걸지 않을 수 없게 되어 있다. 본인이 선 위치, 그것이 정계이고 군(軍)이고 초야(草野)이고를 막론하고 본인은 오로지 이 나라 국민의 한 사람으로 직접 보고 느끼고, 결심한 바에 따라 민족혁명의 마지막 결실을 위하여 전부를 바치려 한다.

　　국민 제위가 아는 바와 같이, 침체된 사회의 타파에는 왕왕 혁명을 필요로 할 때가 있다. 그러나 유약한 후진사회의 연쇄반응적 혁명의 반복은 때에 따라 혁명 이전보다 더한 파멸을 초래할 수도 있다. 그런고로 혁명은 본시 함부로 있을 수 없는 동시에, 만약 있다면 분명히 국가와 국민과 역사의 절대적 요청에서만 있어야 하며, 그러한 혁명이 일단 제기된 이상은 오직 개인을 떠나 공(公)에 순(殉)하려는 구국의 신념과 정확한 관찰, 명석한 판단, 불굴의 투지를 가지고 궁극의 목표를 향하여 굳세게 전진하지 않으면 안 된다. 올바른 혁명의 발생 자체가 국가, 국민, 역사의 요청을 바탕으로 이루어진 것인 이상, 이 혁명의 완수는 전 국민적 공동의식, 공동노력, 공동책임 하에 성취되지 않으면 안 된다. 이러한 공감, 공동 운명감이 없이 혁명의 국민화나 성공은 기대할 수 없다.

　　이 혁명의 전정(前程)에는 정해진 시한이 없다. 제3공화국의 수립만으로 혁명이 끝나는 것도 아니요, 어디에서 어디까지라고 기한이 정해질 수도 없다. 이 혁명은 민족의 영구혁명이다. 우리가 발견하고, 생각하고, 지향하는 목표가 구체적으로 결실을 볼 때까지 이 혁명은 대대로 계승되지 않으면 안 된다. 우리는 공산주의를 반대하고 자유민주주의를 원칙으로 함을 벗어날 수는 없다. 민주주의의 신봉을 견지하는 한, 여론의 자유를 막을 수는 없다. '토론 속의 자유' 속에 '혁명의 구심력'을 찾아야 하는 혁명, 바로 이것이 본인이 추구하는 이상혁명이다. 그러나 그것은 매우 힘이 들고 어려운 길이다. 그러나 우리는 이 힘 드는 역정을 싸워 극복하지 않으면 안 된다.

　　　　　　　　　　　　/ 박정희 대통령 〈국가와 혁명과 나〉 중에서.

2017년 7월 25일 화요일

황성옛터

잠이 오지 않는다. 아마도 〈박정희를 말하다〉를 읽은 후유증인 것
같다. 이 책을 읽으며 가장 크게 느낀 건 실은 지금의 국가적 혼란이
김일성의 목표였으며, 그의 계획이 우리나라에서 착착 진행되어 왔다
는 것, 그리고 그 오랜 과정이 마침내 완성을 눈앞에 두고 있다는 것이
었다. 가령 지금의 우리 사회가 박 대통령을 유신 독재의 프레임에 가
둔 계기는 1974년 8월 육영수 여사 시해사건이 있기 4개월 전, 대남공
작 요원들에게 내린 김일성의 비밀교시의 실행 결과인 것으로 보인다.

> ─ 박정희가 10월유신을 들고 나온 것은 곧 장기집권을 하겠다는 속
> 셈을 그대로 드러낸 것이다. 유신체제가 굳어지면 남조선 혁명이
> 그만큼 어려워진다. 그러니까 유신체제가 더 굳어지기 전에 손을
> 써야 한다. 어떻게 해서든지 유신헌법을 백지화시켜야 한다. 그
> 러자면 유신헌법 반대투쟁이 더 격렬하게 일어나도록 적극 불을
> 붙이고, 정 안 되면 박정희를 아예 없애 버리는 공작도 해볼 필요
> 가 있다. 　　　　　　　　　　／ 김성진 〈박정희를 말하다〉 중에서.

언제부턴가 익숙하게 들려오는 '낮은 단계 연방제'라는 용어 또한
언제부터 주장된 것인지 몰랐는데, 김대중 평화민주당 총재 시절이던
1991년에 3단계 통일론을 발표했고, 그 중 제2단계인 '1연방과 2지역
자치정부 체제'를 변형한 것으로 보인다는 말이 나온다. 북한과 남한

내의 혼란의 연관성에 대해 좀 더 잘 이해할 수 있는 부분은, 1990년에 개최된 국제 심포지엄에서 김일성이 제시한 '한반도 통일 5개 원칙'을 설명한 서대숙 당시 하와이대학 교수의 발표 내용이다.

– 북한이 주장하는 자주 원칙은 미군 철수를 가능하게 하는 환경을 조성하는 것이며, 평화의 원칙은 한국군의 현대화를 중단시켜 북한 인민군의 군사적 우위를 확보할 수 있는 상태를 유지하는 것이며, 자유왕래라 함은 남쪽의 관광객들이 북한을 자유로이 드나드는 것이 아니라 남한 내의 반체제 인사들이 북쪽을 자유로이 방문할 수 있게 함으로써 북한의 주장에 동조하게 하여 남한 정부의 권위를 무너뜨리고 남한의 정권을 타도하는 데 있다. 이것을 위해 북한은 남한 정부보다는 남한 내의 사회단체와 대화를 하겠다고 주장해 왔다.

지금의 혼란은 건국 이전과 이후의 이승만 대통령 시절이나 전쟁 직후 폐허와 북한의 실질적 위협 속에서 산업화를 이루려 했던 박정희 대통령 시대와 조금도 다르지 않다. 더욱 집요하고 드세진 혼란의 광풍은 1·4후퇴 때처럼 대한민국을 백척간두로 몰아붙인 형국이다. 영국 방송인 제스퍼 베거는 그의 저서에서 "김정일이 최악의 위기상황에 처해 있을 때, 남한의 대통령인 김대중은 김정일이 정권을 유지하고 안정시키는 데 결정적인 도움을 주었다"고 언급했는데, 지금 사태를 보건대 김대중, 노무현 정부를 거쳐 김일성의 목표가 80퍼센트 이상 완성되었으며, 박근혜 대통령 탄핵으로 90퍼센트, 그리고 마지막 남은 단추 몇 개를 文이 채우려 하고 있다는 느낌을 지울 수 없다.

- 박정희 대통령이 '황성 옛터에 밤이 되니 월색만 고요해'라는 노
  래를 즐겨 불렀다는 얘기는 널리 알려져 있다. '그 무엇을 찾으
  려 꿈의 거리를 헤매어 왔노라.'라는 대목에 이를 때마다 그는
  왜 목이 메었을까. 끝없는 꿈의 거리는 조국의 근대화요, 그 무
  엇은 조국통일이었다고, 나는 생각한다.

책에 '황성옛터'가 소개된 탓에 엉뚱하게도 가사도 잘 모르는 예전
가요 일부가 어제부터 자꾸 혀끝에 맴돈다. '빙글 빙글 도는 의자 회전
의자에 임자가 따로 있나 앉으면 주인인데. 아. 억울하면 출세하라. 출
세를 하라.' 온갖 적폐 메달리스트들이 장관이 되고, 개그우먼과 여자
소설가가 에너지위원이 되고, 성 스캔들 관련자가 행정관이 된 것도
모자라서, 아무 연관도 없는 전 대법관이 원자력 에너지의 암울한 미
래를 결정하는 자리에 앉았다는 기사를 보았기 때문이다. 앞의 노래
마지막 부분이 자연스럽게 바뀐다. 억울하면 촛불을 들어라. 종북을
하라, 좌파가 되라!

- 만일 북한이 쳐내려온다면 나는 서울에서 한 발짝도 물러나지 않
  을 겁니다. 선두에 나서서 싸우다 죽을 겁니다. 내가 죽는 편이
  국민의 전의를 더욱 강화할지도 모릅니다.

언젠가 일본의 시사평론가를 만난 자리에서 박정희 대통령이 한
말이다. 마침내 국정원의 대공수사기능을 없애고, 수해 현장에도 모습
을 나타내지 않는 文은 북한이 침략하면 어떻게 할까. 그리고 나는 어
떻게 할까. 진짜로 이 나라가 황성옛터처럼 폐허가 되면 안 되는데, 하
고 바라면서, 아마도 그래서 박 대통령도 부르며 목이 자주 멨을 그 노

래나 한 곡 듣고, 이제라도 잠을 청해 볼까 한다.

2017년 7월 24일 월요일

이런 대통령, 세상 어디에도 없습니다
 : 김성진 〈박정희를 말하다〉

박정희 대통령을 9년 넘게 보좌했던 김성진 전 문공부장관의 〈박정희를 말하다〉를 읽었다. 한때 기자로서 워싱턴 특파원으로 일했던 저자의 경력을 상징하듯, 박 대통령과 그 시절에 대한 이해가 깊이 깔려 있다는 것을 감안하더라도, 변명하거나 옹호하려는 의도 없이 다만 그의 말과 족적을 서술하며 대한민국 건국 이전의 혼란한 상황부터 5·16과 그의 시대, 그리고 박 대통령 서거 이후 2006년까지의 시대상을 감정의 과장 없이 객관적인 시각으로 서술하고 있다. 내가 중학교 1학년 때 박 대통령이 서거했으니 그의 시대를 살았다고 할 수는 있겠지만 그의 정책적인 부분은 잘 알지 못했고, 뒤늦게 그의 정책을 지지하고 인품과 나라 사랑의 마음을 존경한다고 생각해 왔으면서도 부끄럽게도 그에 대한 책을 읽은 건 이번이 처음이었다.

마지막 페이지를 덮고 난 지금, 어린 시절이었지만 내가 직접 체험한 학교에서의 반공교육이나 기본예절, 그에 대한 어른들의 이야기와 단편적인 정보에 의거한 어렴풋한 나의 기억과 그에 대한 직감이 틀리지 않았구나, 확신하게 되었다. 하지만 그동안 정말 그에 대해 안다

고 말할 수 없었다는 것을, 그리고 그를 지지하든 지지하지 않든 얼마
나 많은 사람들이 그에 대해 제대로 알고 호불호를 판단하는 것일까,
그에 관련된 책을 한 권이라도 읽은 사람이 얼마나 될까, 의심하지 않
을 수 없다. 소개하고 싶은 건 많지만 박정희 대통령의 언급만으로 본
단면만 몇 가지 옮겨 적는다.

- 자립이 없다면 진정한 독립은 있을 수 없다. 결코 배타주의도 아
  니고 고립주의도 아니다. 이것이 바로 민족적 민주주의다.

- 나의 소임은 조국통일의 기초를 다지는 일이다.

- 잘산다는 것이 어떻게 사는 것이냐, 빈곤에서 탈출하여 보다 여
  유 있고 품위 있게 문화적인 생활을 하는 것이다. (새마을 운동의
  목적은) 지금 우리가 잘사는 것도 중요하지만, 내일을 위해서, 우
  리의 사랑하는 후손들을 위해서 잘사는 내 고장을 만드는 데 보
  다 큰 뜻이 있다.

- 민주주의가 가장 소중한 것이라면, 이것을 강탈하거나 말살하려는
  자가 우리 앞에 나타났을 때 우리는 과연 어떻게 해야 할 것인가.
  침략의 총칼을 자유와 평화의 구호만으로 막아낼 수는 없는 것이
  다. 이것을 수호하기 위해서는 응분의 희생과 대가를 지불해야 한
  다. 필요할 때는 우리가 향유하는 자유의 일부마저도 스스로 유보
  하고 이에 대처해 나가야겠다는 굳은 결의가 있어야 한다.

- 해마다 커다란 공장 두세 개를 지을 돈이 정치자금으로 허공에

날아가 버린다.

- 뭐? 소감? 남이 쏘아 올렸는데 소감이 다 뭐야?(케네디 우주센터에서 로켓 시험발사를 보고 소감을 묻는 자리에서)

- (미국 방문 중 인상적인 것은) 미국 육군사관학교를 방문했을 때였소, 사관생도들의 젊고 씩씩한 모습이 마음에 들었어. 또 하나, 미국 어디에 가더라도 볼 수 있는 저 푸른 숲 말이오. 저거 정말 부럽단 말이야. 미국에서 우리나라로 가져갈 수 있는 게 있다고 한다면, 나는 저 울창한 숲을 선택하겠소.

- 돈이 없어 공부를 못한 것에 한이 맺힌 소녀들이 낮에는 일하고 밤에는 열심히 공부해서 졸업하는데, 그 한도 못 풀어준다면 그런 교육 규정은 당장 뜯어고쳐야 할 것 아니오?

마지막으로 M-16소총 제조사인 맥도널드 더글라스의 중역 데이빗 심프슨의 눈에 비친 박 대통령의 모습을 하나만 더 소개한다.

- 기름 한 방울 나지 않는 나라에서 에어컨을 켠다는 게 큰 낭비인 것 같아서요. 나는 이 부채바람 하나면 더 바랄 게 없지만 말이오. 이 뜨거운 볕 아래서 살 태우며 일하는 국민들에 비하면 나야 신선노름 아니겠소. 여보시오, 비서관. 손님 오셨는데 잠깐 동안 에어컨을 켜는 게 어떻겠소?

- 나는 준비해간 수표가 든 봉투를 그의 앞에 내밀었다. "이게 무엇

이오?" 박 대통령은 봉투를 들어 그 내용을 살피기 시작했다. "흠, 100만 달러라. 내 봉급으로는 3대를 일해도 만져보기 힘든 큰돈이구려." 차갑게 느껴지던 그의 얼굴에 웃음기가 머물렀다. 나는 그도 역시 내가 만나본 다른 사람들과 별로 다를 바 없는 사람이라고 생각하고 실망감을 감출 수 없었다. "각하, 이 돈은 저희 회사에서 표시하는 작은 성의입니다. 그러니 부디." 대통령은 웃음을 지으며 지그시 눈을 감았다. 그리고 나에게 말했다. "이보시오. 하나만 물어봅시다. 이 돈 정말 날 주는 것이오?" "네. 물론입니다. 각하." 그는 수표가 든 봉투를 나에게 내밀었다. 그리고 이렇게 말했다. "자. 이 돈 100만 달러는 이제 내 돈이오. 내 돈이니까 내 돈을 가지고 당신 회사와 거래를 하고 싶소. 난 돈보다는 총으로 받았으면 하는데, 당신이 그렇게 해주리라 믿소." 나는 눈을 크게 뜨고 그를 쳐다보았다. "당신이 나에게 준 이 100만 달러는 내 돈도, 그렇다고 당신 돈도 아니오. 이 돈은 지금 내 형제, 내 자식들이 천리타향에서 그리고 저 멀리 월남에서 피를 흘리며 싸우고 있는 내 아들의 땀과 피와 바꾼 것이오. 그런 돈을 어찌 한 나라의 아버지로서 내 배를 채우는 데 사용할 수 있겠소. 이 돈은 다시 가져가시오. 대신 이 돈만큼의 총을 우리에게 주시오." 나는 방금 전과는 사뭇 다른 그의 웃음을 보았다. 한 나라의 대통령이 아닌 한 아버지의 웃음을. 그렇게 그는 한국의 국민들이 자신의 형제들이요, 자식들이라고 느끼고 있었다. 집무실을 떠나면서 다시 한 번 돌아본 나의 눈에는 손수 에어컨을 끄는, 작지만 그러나 너무나도 크게 보이는 참다운 한 나라의 대통령이 보였다.

'이런 대통령은 세상 어디에도 없습니다.' 며칠 전 박정희대통령 기념관에서 본 문장이다. 처음엔 유치한 시의 한 구절을 표절한 것 같아서, 너무 찬양하는 것 같아서 좀 민망했는데 그래도 마음에 닿아서 저만큼 지나쳐갔다가 다시 돌아가 사진에 담았다. 그런데 책을 다 읽고 난 지금 나도 스스로에게 묻게 된다. 이런 대통령, 우리 또 갖게 될 날 있을까.

2017년 7월 23일 일요일

지금이 태평성대라고 말한 소설가

개인적으로는 소설가 K에 대해 알지 못한다. 다만 소설을 쓰기 전, 세상에 대해서도 문단에 대해서도 모를 때, 감각적인 문장으로 채워진 그의 소설을 좋아했고, 출판사 일을 하며 출퇴근 할 때 그의 문학 팟캐스트를 즐겨 들었다. 트위터를 잠깐 할 때 인사를 나눈 적 있고, 내 첫 단편소설집 〈칼〉이 나올 때 축하한다는 메시지를 받기도 했었다. 팟캐스트에서 추천한 책들을 재미있게 읽어서 그에 대한 감사의 메일을 보낸 적 있고, 간단히 답이 오기도 했다. 그와의 인연은 그게 전부다. 아니, 신춘문예 당선작 〈칼〉에서 '당신'이란 2인칭 주어를 쓰게 된 것은 고백하건대 오래 전 읽었던 그의 소설의 영향이었을 것이다.

텔레비전 없이 살아서 몰랐는데 요즘 '알쓸신잡'이라는 프로그램이 새로 생긴 모양이다. 얼마 전 집안 어른의 장례식에서 사촌들이 "요즘

소설 대세는 알쓸신잡 K지."라는 이야기를 듣고, 알쓸신잡이 그의 신작
제목인 줄 알았다. 뜻을 몰라 검색을 해보고서야 '알아두면 쓸데없는
신비한 잡학사전'이란 오락 프로그램의 줄임말인 것을 알았다. 그 프로
그램에 K작가가 출연하고, 그 영향으로 작가의 소설이 벌써 10만부나
팔렸다는 기사를 보고서야 장례식장에서 들었던 이야기가 정리되었다.
그런데 관련된 기사 몇 개를 훑어보다가 그의 어떤 발언에서 내 시선이
멈췄다.

> – "100년 뒤에는 지금의 역사를 어떻게 기록할까?"라는 Y의 질문
> 에 K작가는 "평화로운 태평성대일 것"이라 답했다. 그는 "50년
> 이상 평화를 유지하는 일이 흔치 않다. 전쟁이 일어나지 않은 지
> 65년이 됐다."면서 "흔치 않은 평화 시기"라고 말했다.
>
> / 한경 기사 중에서.

　태평성대라는 단어 앞에서 나는 망치로 뒤통수를 맞은 것처럼 잠
시 멍해졌다. 태평성대란 무엇인가. 사전적으로는 '太平聖代, 어진 임
금이 잘 다스리는 태평한 세상이나 시대'라고 풀이되어 있다. 그런데
그간의 우리나라는 헬 지옥 아니었던가? 전쟁 없는 지난 65년의 시절
이 태평성대였다면, 저들은 왜 그토록 집요하게 촛불을 들고 데모를
하고 멀쩡한 대통령을 온갖 조작과 선동으로 억지 탄핵한 것일까. 나
는 K작가의 정치적 성향에 대해 알지 못한다. 그러나 작가의 태평성대
라는 말과 함께 내 머릿속에는 세 가지 의문이 조르륵 줄을 섰다.
　첫째, 만일 작가가 지난 65년간의 전쟁 없는 시기를 태평성대였다
고 생각했다면, 촛불탄핵은 틀렸다고 말해야 하고, 지금의 촛불정국은
대한민국의 위기라는 것 또한 말해야 한다. 둘째, 작가가 지금의 정국

이 태평성대라고 생각한다면, 지난 65년의 전쟁 없던 시절은 결코 태평성대가 될 수 없다. 태평성대의 대통령을 탄핵했다면 지금의 정국은 정당성을 가질 수 없을 테니 말이다. 세 번째, 앞선 두 개의 내 의문과 논리가 말도 안 된다고 생각된다면, 그는 우리의 미래 세대가 미련하고 바보라고 단정하고 있다는 뜻이다. 그렇지 않고서야 어찌 지금의 시대를 태평성대라 믿을 수 있을까. 만약 이것도 아니라면, 작가는 대한민국의 미래 세대가 2017년 전후, 지금의 이 풍전등화와 같은 시대를 태평성대라고 믿어주길 강력히 바라고 있다는 뜻일 수밖에 없지 않을까.

얼마 전 헬 조선이라 탓하는 젊은 세대에게 전한 E교수의 메시지에 맞선 한양대 P교수의 주장이 떠올랐다. 우리나라 5천년 역사 중 최고로 행복한 시절을 보낸 기성세대는 젊은 세대에게 훈수질 하지 말라는 것이었다. 이에 대해 Y만화가는 저들의 주장을 듣자니 헷갈린다고, 최고로 행복했다고 말하는 그 시절은 박정희대통령의 독재 정권 하에 탄압받던 흑역사의 시대가 아니었느냐고 되물었다. 이런 저런 생각들이 교차되면서, 저들은 이제 국민들에게 더 이상 골 아프게 생각하려 들지 말라고 종용하고 있는 게 아닐까, 하는 의심이 들었다. 이제 목표를 이루고 집권했으니 과거도 행복했고 현재도 행복한 태평성대라고, 다 함께 '퉁'치자고, 그러니 더 이상 싸울 생각도 말고 투쟁할 생각도 말고, 그저 세금이나 꼬박꼬박 내면서 주는 대로 먹고 정해주는 대로 일하고, 더 이상 대들지도 따지지도 말라고, 북폭이나 평양 붕괴 같은 건 꿈도 꾸지 말라고, 미국과 일본을 등지고 중국한테 사대하며 북핵 인정하자고, 돈과 자원 푹푹 퍼주고, 하하호호 어깨동무하며 이대로 쭈욱 가자고, 페북을 통해, 오락 프로그램을 통해, 교수니 작가니 하는 지식인들을 내세워 메시지를 전하고 있는 게 아닐까, 하는 생각마저 들었다.

엊그제 박정희대통령기념관에서 만난 어떤 분이 내게 물었다. "소설 내고 하려면 어려움이 많을 텐데 왜 굳이 오른쪽이라고 손들었어요? 그냥 이도 저도 아니게 사는 게 편할 텐데." 나는 그의 말에 동의하며 고개를 끄덕이면서도 이렇게 말했다. "아직 당해보지 않아서 무서운 줄 모르는 거죠. 하지만 아닌 건 아니잖아요. 무서워서 항복할 날이 있을지 모르겠지만, 말할 수 있을 때까지는 말해야지요. 글 쓰는 사람이니까요. 설마 목에 칼이야 들이대겠어요. 그런데 생각하면 무섭긴 해요."

우리는 정말로 태평성대에 살고 있을까. 지금 이대로라면 역사가 들은 지난 65년의 전쟁 없던 시절과 지금의 文政局을 태평성대라고 쓰게 될 것이다. 그렇게 되면, 정말 우리의 미래 세대는 지금의 우리가 태평성대를 살아왔다고, 살고 있다고 생각하게 될까. 그때까지 대한민국이 존속은 하더라도, 만약 우리 후배들이 그렇게 믿는다면, 무척 억울할 것 같다. 하지만 우리가 힘껏 우리의 대한민국을 지켜낸다면, 우리의 미래 세대들도 지혜로울 거라고, 그리 믿고 싶다. 나는 아직 유명세가 없어서 박정희대통령기념관에 대해 이야기를 해도 좌파 홍위병들이 몰려오지 않는다. 딱 한 명이 와서, '에휴, 친일파'라고 글을 남긴 게 다였다. 만약 이 글을 K작가 팬들이 본다면, '네까짓 게 감히!' 하고 달려와 양념당할지도 모르겠다. 아직은 무명이라는 걸 다행으로 여겨야 할 것 같은 현실이 더욱 씁쓸하다.

2017년 7월 22일 토요일
꼭꼭 숨어라 머리카락 보일라
: 박정희대통령기념관

어제는 상암동에 있는 박정희대통령기념관에 다녀왔다. 있는 줄도 몰랐는데 5년 전에 건립되었다고 한다. 있었구나, 참 다행이다, 하는 마음으로 기념관을 찾아가는데 뭔가 좀 이상하다. 근처까지 거의 갔는데도 도무지 도로표지판 하나 보이지 않는다. 혼자 운전 중이다 보니 자세히 주변을 살필 여력은 안 생기고, 여긴가? 싶긴 한데 입구는 너무 작고, T-map도 안내를 마친다고 하는 게 아니라 우회전 후 좌회전을 하라고 알려서 혼란스럽기까지 했다. 소심한 나는 결국 입구로 들어가지 못하고 건물을 안고 한 바퀴 빙 돌았는데 그제야 도로변 건물 벽에 '한강의 기적'이라 쓴 글자가 보였다. 어쩐지 기념관을 아무도 찾지 못하게 꼭꼭 숨겨둔 것 같은 느낌이었다. 순간 서울 시청에 있는, 아이 데려와 유(I·데려와·U), 하고 아무리 외쳐도 데려오지 못하는 한 사람의 얼굴이 떠올랐다. 아무튼 다시 제자리로 돌아와 입구로 들어가 보니, 그제야 나무들 사이에 하늘 높이 휘날리는 태극기도 보이고 커다란 건물 이마에 박힌 '박정희대통령기념 도서관'이라 쓴 글씨도 보였다. 약속 시간보다 먼저 온 터라 기다리는 동안 혼자 관람을 했다. 평일이고 날씨도 더웠지만 나 말고는 아무도 없는 공간. 잠시 두 명의 남자들이 빠르게 지나갔을 뿐, 그 넓은 전시관을 내내 나 혼자 관람했다.

1시간 여 돌아본 뒤 시간이 되어서 몇몇 분들과 그곳 관계자분을 만나 이야기를 나누었다. 그런데 내가 도로표지판 이야기를 하니 오히려 그분이 하소연을 했다. 관계된 관공서마다 찾아다니지 않은 곳이 없다고 했다. 그런데 모두 노! 노! 노! 그래서 이분이 법전을 뒤져 조례까지 일일이 다 찾아보고 하자가 없는 걸 보여 주는데도 이래서 안 되고 저래서 안 된다고 한단다. 초록 표지판은 합법, 그 위에 붙이는 갈색 표지판은 불법인데, 누군가는 그렇게라도 알리라고 했다지만 박정희 대통령 관련 일을 불법으로 해서야 되겠느냐며 그건 할 수 없었다고 했다. 그래서 세운 것이 36미터 게양대라고 한다. 태극기가 휘날리면 그래도 사람들이 알겠지, 하고. 교통편의가 그리 좋은 곳도 아니어서 6호선 월드컵경기장 역에서 18분간 걷거나 마을버스를 타야 하는데, 마을버스 안내방송도 한동안 없었다. 뒤늦게야 겨우 다섯 번째 순서로 안내가 들어갔다. 그러니까 예를 들어서, "다음 정류장은, ○○아파트, ×××, ####, @@@, 그리고 박정희대통령기념관 앞입니다." 하고 안내 방송이 나오는 것이다. 관계자는 그거라도 감사하다고 했다. 그 외에도 답답한 일들은 너무 많다고 했다. 기념관 건립 즈음에는 어느 언론사 하나 보도해 준 적 없고(당시 당 대표였던 박근혜 대통령의 개관식 참석 관련 보도는 있었다고 한다.) 대통령 관련 책들을 비치해 달라고 전국 각 도서관, 학교, 심지어 동사무소까지 보내면 뜯어보지도 않고 반송한단다.

전시관 입구와 출구에 세워둔 박정희 대통령 내외분의 입체사진 앞에 서서 나 혼자 많은 이야기를 기도처럼 하게 되었는데, 관계자 분의 이야기를 통해 우리가 살고 있는 현실을 확인하자니 참담하다고 해야 할까. 세계 어디에라도 내놓고 자랑해야 할 대통령과 함께한 역사를 부정하고, 어떻게든 모욕하고 감추고 지우려고 하는 나라. 너무 감정적인 표현이지만, 참 화가 나기도 하고 서럽기도 했다.

우리나라 국민은 딱 두 종류로 나눌 수 있을 것 같다. 박정희 대통령의 업적을 인정하고 존경하며 그 뜻을 이어가려는 국민, 그리고 독재자라는 프레임에 가두고 짓밟아 그 흔적을 지우려는 국민. 즉 박정희 대통령이 이루어낸 지금의 대한민국을 인정하느냐 부정하느냐. 그런데 도저히 부정할 수 없을 것이다. 지워도 지워도 지울 수 없는 게 대한민국에 새겨진 박정희 대통령의 발자취라는 걸, 대한민국이 존속하는 한 이 나라 자체가 박정희대통령의 살아있는 기념관이라는 걸, 전시실을 돌아보면 깨달을 수밖에 없었다. 어쩌면 그래서, 대한민국 자체를 무너뜨리려 저리 애를 쓰고 있는 것일지도 모르겠지만.

시간 되시면 꼭 한번 찾아가 보시기 권한다. 아니 꼭 전시실을 둘러보기 위해서가 아니라도 그곳에서 좋은 사람들도 만나고 커피도 마시고, 들꽃으로 이어진 좁은 오솔길도 산책하시면 좋겠다. 텅 비고 휑한 공간이 아니라, 우리라도 자주 찾아가서 북적북적 사람의 온기로 채워드렸으면, 그런 바람이 간절한 하루였다.

(*소재지 : 서울특별시 마포구 상암동 월드컵로 386./ 02-716-9345

입장료 없음. 전시실 사진촬영 가능. 매주 월요일은 휴관일.

관람은 계단을 올라가 3층부터 아래로 내려오는 구조.

거동이 불편하신 분들은 1층에서 엘리베이터를 이용할 수 있다.)

2017년 7월 19일 수요일

먼저 영혼이 있는 시인이길
: 러디어드 키플링 〈만약에(if)〉

7월 7일, 문체부장관 자리에 앉은 D시인이 '굶어죽는 예술인 없게 최소한의 안전망 만들겠다.'고 천명했다는 기사를 뒤늦게 보았다. 그 순간 나도 인간인지라, 한 달 생활비 결재해야 할 시한이 또다시 다가오고 있는 달력과 바닥난 통장 잔고의 숫자가 눈앞에 가물거리더니 머릿속이 잠시 복잡해졌다.

그럴 리도 없겠지만, 혹시라도 내가 저 사람이 친 생존안전 그물망에 걸릴 자격이 되면 어쩌지? 만약 월 100만 원씩 줄 테니 서류 내 봐, 하는 제안이 날아오면 나 어쩌나. 잠시 간 쓸개 빼놓고 고민에 빠졌다. 누가 물어본 것도 아닌데 속 시원하게 답을 내리지 못한 상태에서 미적미적 화면을 내려 그와 관련된 뉴스를 보는데, 지난 6월 18일 그의 취임식 뉴스가 보였다. "영혼이 있는 공무원이 되어 달라."고 주문을 했다고 한다. 영혼이라니, 순간 풋! 하고 웃음이 났다. 그리고 소위 취임식이라는 자리에서 그가 〈정글북〉을 쓴 영국 작가, 러디어드 키플링의 시 〈만일, If〉을 인용했다는 것을 알고, 나는 기어이 웃음을 터뜨리고 말았다.

그에게 혹시 영혼이 없는 게 아닐까, 그래서 다른 누군가에게 영혼이 있는 사람이 되라고 주문할 수 있었던 게 아닐까, 설령 갖고 있다면 그는 대체 어떤 종류의 영혼을 갖고 있는 사람일까, 정말 심각하게 궁금해졌다. 온갖 의혹에 대해 자기 변명 목적으로 인용했을 법한 그 시는 키플링이 자신의 어린 아들을 위해 기도처럼 쓴 시다. 그가 '만일' 우리나라 상황과 청문회에서 드러난 D시인의 정황을 안다면 기가 막히고 코가 막혀서 무덤에서라도 소스라쳐 뛰쳐나오지 않을까 걱정이 된다. 차마 '어른'도 되지 못한 자들이 청와대에, 온갖 장관 자리에, 대통령 자리에까지 앉아 있는 나라. '만일' 내가 D시인이라면, 그리고 '만약에' 그에게 깊은 영혼이 있다면, 절대로 이 시를 인용하지 못했으리라.(제목만큼은 정말 딱 맞는 시다.)

　　모처럼 시의 전문을 찾아 읽고서야 나는 잠시 마음을 어지럽게 했던 생계에 대한 걱정을 내려놓을 수 있었다. 저들이 내게 줄 리도 없지만, 행여 내가 저들의 돈을 한 푼이라도 받는다면 이렇게 페북에서조차 비판하는 글을 쓰지 못할 테니까. 배고프더라도 아직은 내 뜻대로 살며 자유롭게 내 마음대로 생각하고 자유롭게 쓰고 싶다. 그렇게 내 힘으로 살 수 있는 날까지 살면 그뿐! 작가의 뜻을 왜곡하지 말고, 키플링의 시를 읽어본다.

만약에 if

-러디어드 키플링

만일 네가 모든 걸 잃었고 모두가 너를 비난할 때
너 자신이 머리를 똑바로 쳐들 수 있다면,

만일 모든 사람이 너를 의심할 때
너 자신은 스스로를 신뢰할 수 있다면,
그러면서도 그들이 의심하게 그냥 둘 수 있다면,

만일 네가 기다릴 수 있고 또한 기다림에 지치지 않을 수 있다면,
거짓에 들더라도 거짓과 타협하지 않으며
미움을 받더라도 그 미움에 지지 않을 수 있다면,
그러면서도 너무 선한 체하지 않고
너무 지혜로운 말들을 늘어놓지 않을 수 있다면,

만일 네가 꿈을 갖더라도
그 꿈의 노예가 되지 않을 수 있다면,
또한 네가 어떤 생각을 갖더라도
그 생각이 유일한 목표가 되지 않게 할 수 있다면,

그리고 만일 인생의 길에서 성공과 실패를 만나더라도
그 두 가지를 똑같이 헛된 것으로 여길 수 있다면,
네가 말한 진실이 왜곡되어 바보들이 너를 욕하더라도
너 자신은 그것을 참고 들을 수 있다면,

그리고 만일 너의 전 생애를 바친 일이 무너지더라도
몸을 굽히고서 그걸 다시 일으켜 세울 수 있다면,
한번쯤은 네가 쌓아 올린 모든 걸 걸고
내기를 할 수 있다면,
그래서 다 잃더라도 처음부터 다시 시작할 수 있다면,
그러면서도 네가 잃은 것에 대해 침묵할 수 있고
다 잃은 뒤에도 변함없이
네 가슴과 어깨와 머리가 널 위해 일할 수 있다면,
설령 너에게 아무것도 남아 있지 않는다 해도

강한 의지로 그것들을 움직일 수 있다면,

만일 군중과 이야기하면서도 너 자신의 덕을 지킬 수 있고
왕과 함께 걸으면서도 상식을 잃지 않을 수 있다면,
적뿐만 아니라 사랑하는 벗으로부터도 상처받지 않을 수 있다면,
모두가 너에게 도움을 청하되 그들로 하여금
너에게 너무 의존하지는 않게 만들 수 있다면,

그리고 만일 네가 도저히 용서할 수 없는 1분간을
거리를 두고 바라보는 60초로 대신할 수 있다면,
그렇다면 세상은 너의 것이며, 아들아,
너는 비로소
한 사람의 어른이 되는 것이다.
(*인터넷에서 펌. 어느 분의 번역인지는 미확인)

2017년 7월 17일

국가의 정체성이 사라지고 있는 증거

: 공휴일 폐지

7월 17일 제헌절은 1948년 대한민국 헌법이 공포된 날이다. 그리고 같은 해 8월 15일, 대한민국이 건국되었다. 그러니까 8월 15일은 1945년의 광복절이 아니라 1948년의 대한민국 건국일로 기억되고 기

념해야 하는 날이다. 하지만 포털에서 '대한민국 건국일'을 검색하면 임시정부수립일이 나온다.

대한민국 헌법이 제정된 7월 17일 제헌절은 왜 빨간 색 공휴일이 아닐까. 1990년에 10월 1일 국군의 날, 10월 9일 한글날이 법정 공휴일에서 제외되었다. 2006년에는 4월 5일 식목일이, 2008년에는 제헌절이 국가경축일에서 빠졌다. 공휴일 폐지 이유는 생산력 저하 때문이라고 했다. 삼림녹화사업이 성공, 세계 상위권으로 평가받는 현재 식목일이 제외된 것은 합리적일 수 있다. 그러나 국경일은 휴무일이라는 의미보다 국민이 반드시 기억해야 할 날이라는 의미가 크다.

우리의 정체성으로 각인하고 수호해야 할 글과 헌법이다. 한글날은 2013년 공휴일로 재 지정되었으나 제헌절도 3.1절, 개천절, 8.15(대한민국 건국일)와 함께 국가기념일로 기억되어야 할 우리나라 경축일이다.

2017년 7월 16일 일요일
수치심을 찾습니다

어제는 귀한 분들의 초대로 즐거운 저녁시간을 가졌다. 레스토랑 실내에는 재즈 풍의 음악이 흘렀고 맛있는 식사가 이어졌다. 통 유리창 밖으로는 간간이 비가 뿌리고 바람이 불었고, 주차장에는 심심치 않게 자동차들이 들고났다. 좋은 사람들과 마음이 통하는 대화를 나누는 시간, 그런 운치에 빠져 귀와 입은 대화에 적극 참여하면서도 내 시선은 종종 창밖으로 향했다. 그때 아주 기이한 풍경, 아니 실은 너무 익숙하지만 눈살을 찌푸릴 수밖에 없는 장면이 눈에 들어왔다. 차에서 막 내린 젊은 여자가 일곱 살쯤 되어 보이는 사내아이를 화단 앞에 세우더니 바지를 쑥 내리고는 오줌을 뉘는 것이었다.

정원수에 가려서 반대편에서도 앞부분은 보이지 않았겠지만, 아이의 하얀 두 쪽의 엉덩이는 내가 앉은 유리창 쪽으로 고스란히 노출되었다. 뜻밖의 장소에서 너무나 엉뚱한 장면을 목격하게 된 내가 그만 헉! 하고 낮은 비명을 지르고 말았기 때문에 우리 테이블의 시선이 일제히 그들을 향했다. 아이의 엉덩이보다 더 민망한 것은 아이의 옷을 내리고 젖지 않게 쉬를 잘 하는지 보려고 애를 쓰는 듯한 엄마였다. 아이의 아랫도리에 시선을 맞추느라 허리를 굽힌 여자의 짧은 스커트인지 바지인지 모를, 그래서 드러난 허벅지와 엉덩이의 그 아슬아슬한 경계는 민망하기 그지없었다. 화장실이 아니어서 긴장을 한 탓인지, 아무데서나 엉덩이를 까고 오줌을 누어야 할 만큼 급한 것은 아니었는지, 아이가 오줌을 누는 시간은 꽤 오래 걸렸다.

그런데 볼일이 끝났다고 생각했는지 옷을 추켜올려 주었던 여자는 아이와 몇 마디 얘기를 나누더니 이내 다시 벗겨 주었고, 아이는 또다시 엉덩이를 깐 채 한동안 서 있었다. 차라리 쭈그려 앉기라도 했으면 좋으련만, 허리만 굽혀 아들의 오줌 누는 장면을 지켜봐 주는 엄마의 '민망하면서도 정겨운' 자태 또한 한동안 지속되었다. 제 엉덩이 가릴 줄도 모르는데 아들 엉덩이 부끄러운 줄 어찌 알까 싶기도 했다. 그렇게 2차에 걸쳐 소변을 본 아이를 앞세우고 자동차 뒷좌석에 타고 있던 둘째 아이를 데리고 여자는 내 시야에서 사라졌다.

　지난 해 어느 유아교육과 교수의 강연을 들을 기회가 있었다. 그녀는 타인의 피해를 개의치 않는 젊은 엄마들의 맹목적인 '아이 제일주의'를 지적하며 향후 꼭 다뤄보고 싶은 연구 주제가 아무데서나 성기를 내놓고 오줌을 누며 자란 사내아이들과 우리나라 사회에 만연한 남성우월주의 및 성폭력의 연관관계라고 말했다. 꽤 가치 있고 흥미로운 주제라고 생각했다.

　나는 경험한 적 없으므로 육아의 어려움과 지혜에 대해서는 말할 자격이 없다. 그래도 아이들의 배변 훈련이 생후 18개월에서 24개월에 시작되며, 많은 육아 관련 자료에서 언급되는 것처럼, 배변은 자연스러운 우리 몸의 작용이기 때문에 죄의식이나 수치심을 느끼지 않도록 가르쳐야 한다는 것 정도는 알고 있다. 하지만 그와 동시에 성기 노출과 배변 행위는 가장 프라이빗한 일이라는 것을, 인간의 문화 속에서는 그러한 것을 드러내는 일이 수치스러워 해야 할 일이라는 것을 반드시 가르치고 배워야 한다고 나는 또한 생각한다.

　우리의 신체는 어느 정도 오줌을 참을 수 있도록 되어 있다. 웬만큼 의사소통이 가능할 나이가 되면 화장실에 달려갈 때까지 오줌을 참지 못하는 아이는 없다. 무엇보다 아무리 급하다고 발을 굴러도 대부분의 엄마들은 딸아이의 엉덩이를 까놓고 길에서 오줌을 뉘지는 않는다. 어제 목격한 남자 아이도 "조금만 참아. 여기선 안 돼."라고 엄마가 말했다면, 분명 참았을 것이다. 시야가 한정되어 확인하지는 못했지만, 주변 몇 개의 고급 레스토랑의 공용 주차장이니 그들은 식당으로 들어갔을 것이다. 그런데도 젊은 엄마는 왜 레스토랑의 주차장만 이용할 줄 알았지 화장실은 사용할 줄 몰랐던 것일까.

　꼬마가 아들이 아니고 딸이었다면 젊은 엄마는 쉽게 바지를 끌어내리고 엉덩이를 까고 레스토랑 전면 유리창이 사방으로 둘러싸인 주차장 한 가운데서 그런 추태는 벌이지 않았을 것이다. 혹시 그 엄마, 레스토랑에 앉아계신 여러분, 여길 좀 봐주세요, 내가 아들의 엄마예요, 제가 아들을 낳은 여자랍니다! 하고 자랑하고 싶었던 것은 아닐까. 오히려 아이가 수치심을 느끼고 있었던 게 아닐까, 그래서 오줌 누는데 그리 오래 걸린 건 아니었을까. 그런데 두 번째 바지를 내리고 오줌을 누면서는 엄마의 응원에 힘입어서 '이런 일 따위, 전혀 부끄럽지 않은 거구나. 아무데서나 오줌 싸도 괜찮은 거구나. 더구나 엄마가 칭찬해주었으니 기분 좋아.' 하고 마음에 새기게 되었으면 어쩌지. 어제 그 순간, 인간이 느껴야 할 가장 기본적인 수치심이 아이의 마음에서 뿌리째 뽑혀 버렸으면 어쩌나, 의심이 들고 걱정이 된다면 너무 지나친 것일까.

고추 얼마나 컸는지 좀 보자, 고추 좀 따먹자, 너는 대를 이어야 한다, 오입도 못하는 게 사내냐, 하는 말을 쉽게 들으며 자란 우리나라 남자들, 그런 정치인들이 여성 대통령을 모시게 되었을 때 어떻게 상명하복이나 충성을 바랄 수 있었을까. "내가 그년 받아버릴 거야." 했다던 어느 정치인의 호언은 결국 실현되었다. 지금 우리가 마주한 이 무법천지는 수치심을 모르는 사람들이 너무 많아진 결과일지 모르겠다고, 같이 자리한 분들과 이야기를 나누었다.

'쪽팔려.'라는 말이 뻔뻔하게 흔해지기 시작한 어느 시절부터 우리 사회에는 수치심이 사라졌다. 부끄러워하고 감춰야 할 노출과 배설과 욕설과 폭력이, 남의 것을 빼앗는 갈취와, 내 불행을 네가 책임지라고 떼를 쓰는 어거지가 오히려 국민이 누려야 할 당연하고 자랑스러운 권리가 되었다. 그 결과 수많은 혐의에도 불구하고, 청문회에서 쏟아진 그 많은 불법, 비리와 적폐들이 낱낱이 까발려졌음에도 불구하고, 물러날 줄 모르고 낙마되지도 않았다. 그들이 대통령으로, 민정수석으로, 비서실장으로, 청와대 의전행정관으로, 외교부장관으로, 교육부장관으로, 문체부장관으로, 공정거래위원장으로 환한 웃음 지으며 당당하고 떳떳하게 자리를 차지하고 있다. 그들뿐만이 아니다. 그들을 보는 그들의 수많은 지지자들 또한 얼굴이 화끈거리지도 않는지 과거는 과거일 뿐, 기죽지 말고 열심히 하라며 응원하고 있다.

우리나라가 바로 서려면 우리 사회가 가장 먼저 해야 할 것은 잃어버린 수치심을 되찾는 것일지도 모르겠다. 아니, 이 나라가 바로 서기 위해서만이 아니라 눈에 넣어도 아프지 않을 우리 아이들이 이 세상을 부끄럽지 않게 살아갈 수 있도록 하기 위해서, 사람이 진정 사람답게 살아가도록 하기 위해서 부모가, 우리 사회가, 가장 먼저 시급하게 되찾아야 할 마음은 수치심이 아닐까.

2017년 7월 13일 목요일
단풍잎 같은 가신이 되거라
: 드라마 〈천지인〉

- 단풍이 왜 저렇게 아름다운지 알고 있니? 나무는 험난한 겨울을 넘기기 위해 힘을 비축해야 한단다. 단풍잎이 지는 건 대신 죽는 거란다. 자신의 목숨을 줄기에 맡기고 떨어지는 거란다. 불타는

듯한 저 색은 내 목숨보다 소중한 것을 지키기 위한 결의의 색.
단풍잎 같은 가신이 되거라.　　　　　　　/ 드라마 〈천지인〉 중에서.

2009년에 일본에서 방영된 드라마 〈천지인〉은 일본의 센고쿠(戰國) 시대의 이야기다. 노부나가나 히데요시나 이에야스가 나오긴 하지만 그들이 주인공은 아니다. 우에스기 켄신 가문의 가신 나오에 카네츠구라는, 나에겐 매우 생소한 무장이 이 드라마의 주요 인물이다. 드라마를 보면서 47편의 자막을 모두 다운받아 일일이 되짚어 점검하고 있는 이유는, 그동안 일본 영화나 일본 드라마를 보면서 어렴풋이 갖게 된 어떤 느낌이 실체를 확연히 드러내며 내게 충격으로 다가왔기 때문이다.

내가 가장 놀랍게 확인한 것은 첫째, 이 드라마가 그리고 있는 시대적 배경이 전국시대임에도 불구하고, 우리나라 역사 시간에 배웠거나 자칭 역사 드라마라고 분류되는 장르에서 너무나 흔하게 목격되던 싸구려 배신이나 시기, 질투, 모략과 음모와 계략이 난무하지 않는다는 것이다.

둘째, 주요 인물 대부분이 대의를 위한 자신의 정당한 신념을 갖고 자신의 의(義)를 위해 싸운다. 모두가 정당할 뿐, 누구도 악인이 아니다. 그 누구도 너는 틀렸다고, 나쁘다고 섣불리 손가락질할 수 없다.

셋째, 그럼에도 불구하고 인물과 인물의 갈등과 고뇌와 대립이 팽팽하게 존재한다.

넷째, 자신의 소신은 오직 개인의 영달을 위한 것이 아닌, 그가 속한 사회와 그들이 지켜야 할 백성을 위한 것에서 비롯된다. 개인의 의는 자신이 속한 사회 속에서, 자신이 맡은 위치와 역할에서 나오는 것이다. 그러나 공동체에 함몰된 의식은 아니다. 어디까지나 투철한 개인의식에서 비롯된 소신 있는 선택이다. 자신의 주군을 위해 목숨을 바치는 것은 권력을 얻기 위해서라거나 내가 못나서가 아니다. 주군은 신하와 백성보다 몇 십 배, 몇 백 배 무거운 짐을 짊어지고 있음을 스스로 잘 알고 있고, 신하 또한 그 사실을 잘 이해하고 있다. 그래서 신하는 신하로서 자신의 무게를 감당하며 그 역할에 책임과 자부심을 느낀다.

그것은 가족의 관계에서도 마찬가지다. 내 아들은 나만의 아들이 아니라 주군의 아들이며 백성의 아들이다. 주군을 위해 한 목숨 바치는 역할은 곧 나라와 백성을 위하는 일이므로 가문의 영광이고 개인적으로도 자랑스러워 할 일이다. 그러므로 권력 앞에 비굴하게 머리 숙이지 않고 누구 앞에서도 가볍게 무릎 꿇지 않는다. 주군이든 적장이든 목에 칼을 들이대도 소신을 굽히지 않고 할 말은 한다. 책임 질 일이 있다면 스스로 칼로 배를 찔러 할복한다. 그렇게 가족을 지키고 주군을 지켜내고 백성을 지켜낸다. 역으로 백성을 지키고 주군을 지키고 자신의 지역을 지키는 것이 곧 내 가족과 나를 지키는 것임을 잘 알고 있다.

이 모든 걸 통합하면서 내가 가장 충격을 받고 있는 것은, 어떤 절박한 실패에 부딪치더라도 인물들 누구도 남 탓을 하지 않는다는 것이다. 지금 우리나라를 무너뜨리고 있는 '남탓증후군'이 이 드라마에는 없다. 우리나라 역사나 드라마(꼭 역사드라마나 역사 관련 영화가 아니더라도)에서라면 당연히 있을 법한 "파직하소서. 목을 치셔야 합니다. 삭탈관직하고 귀향을 보냄이 옳은 줄 아뢰오."가 없다. "그 녀석은 죽어 마땅해. 해치워버려."도 없다. 동료 가신들은 "너의 진심을 잘 알

고 있다."고 위로하고 격려하며, 주군은 "결정한 건 나다. 그러니 내
탓이다."라고 할 뿐. 그리고 다시 그들은 마음과 뜻을 모아 새로운 길
을 모색한다.

실제 역사 기록과 진실은 모르겠다. 그러나 하염없이 부럽다. 식민
사관에서 비롯된 역사관 탓인지, 아래에서 위에서 옆에서 하루가 멀다
하고 적을 맞아 싸워야 했던 지정학적 불리함에 기인한 국민성 탓인
지는 모르겠으나, 학교에서 국사를 배우며, 소설과 드라마를 보며 못
난 조상에 대해서만 배웠던 기억만 있는 나로선, 우리는 왜 이런 소설,
이런 드라마를 갖지 못했는가, 왜 우리는 못나고 부끄러운 것만 가르
치고 배우고 느껴왔는가, 의문을 품지 않을 수 없다. 이런 착한 드라마
를 만들고 보는 나라의 국민은 그 나라의 역사와 조상을 자긍(自肯)할
수밖에 없을 거라고, 현실의 사람들을 보는 시각도 선과 악의 단순한
대립을 통해 남 탓만 하는 데 익숙한 사람들과는 달리 상대를 존중하
는 데 익숙할 수밖에 없을 것 같다고 생각하게 된다. 더구나 드라마 편
편마다 역사 유적을 설명하고, 관광을 유도하는 것까지 보고 나면 나
조차 꼭 가서 저들의 족적을 느껴보고 싶다는 마음이 강렬해진다. 자
신의 역사와 국민성의 품격과 자국의 유적관광지를 이렇게 자부하는
저들의 문화와 그 수준과 방식이 부럽다 못해 얄밉다.

우리는 왜 우리의 것을 부끄러워하도록 가르치고 배워야 했을까.
왜 지금껏 누구도 우리 것을 자긍하도록 바로잡지 못했을까. 우리는
우리의 역사에서 교훈을 가르치지도 않았고 자긍심을 배우지도 못했
다. 심지어 드라마에서조차(이것이 우리 자신에 대한 열등감과 환멸에 가
장 큰 역할을 했을 것이다.) 인간에 대한 깊은 성찰도 이해도 없이, 단순

하게 선과 악의 대결로, 주인공은 언제나 선하고 적은 언제나 악하기만 한 관계에서 시기와 배신과 모반을 일삼는 것을 당연하게 보며 분노했을 뿐이다.

시간을 거슬러 선사시대나 단군, 삼국시대나 조선까지 갈 것도 없다. 이 나라를 건국한 대통령이 대통령이란 호칭 대신 박사라는 이름으로 불리는 이유를 의심조차 해 본 적 없는 국민, 망국과 전쟁의 폐허를 딛고 산업화를 이룬 대통령의 우표 한 장도 발행할 수 없는 나라, 내 편이든 남의 편이든 자신이 모시던 사람을 밥상 앞에서 총살한 사람을 민주화 영웅으로 둔갑시키는 나라, 그 나라의 영부인을 암살한 주적을 형제국이라는 이름으로 감싸는 나라, 독재라는 프레임에 가두기만 하면 매도하고 짓밟고 죽이려 들어도 잘 한다 박수치고 환호하는 나라, 모두가 잘나서 모두가 주군이어야 하는 나라, 내가 뭐가 못나서 네 밑에 있어야 하느냐, 내가 널 끌어내리고 네 위에 서겠다고 하는 것이 정당한 명분이 되는 나라, 충(忠)이 비웃음을 사는 나라, 지금이 어느 시대인데 충성이냐며 주군을 위해 진실을 말하는 것이 바보짓이 되는 나라, 자신이 살기 위해서라면 거짓도 서슴지 않는 나라, 그것이 오히려 영웅시되는 나라, 그리고 지금 이대로라면 오늘의 이 역사는 또 어떻게 그려지게 될까, 한없이 두려워지는 나라.

인간은 완전하지 않다. 따라서 인간이 살아가는 어느 시대도 완벽할 수 없다. 앞으로 나아가기 위해서는 못나고 부끄럽고 실수하고 악한 것만 봐서는 곤란하다. 그것이 외국 영화를 볼 때마다 나오는 흔해 빠진 대사, "네 잘못이 아니야!"가 나올 때마다 감동적인 이유다. 하물며 역사를 돌아볼 때, 우리가 돌아보고 강조해야 할 것은 우리 자신에 대한 자긍심이다. 그 시대에는 그럴 수밖에 없는 부분이 있었고, 그 위치에서는 그럴 수밖에 없는 상황이 있었다는 것을 인정하지 않는 한, 우리의 조상과 선배세대는 열등한 채로 남아있을 수밖에 없으며, 그들의 후손인 우리 또한 열등한 존재일 수밖에 없다. 자존감이 없는 우리가 세계 속에서 그들과 어깨를 나란히 견줄 수 있을까.

지금 우리 사회는 우리의 모든 역사를 전복하며 우리 자신의 뿌리를 철저히 부정하고 있다. 그 결과 민주화란 미명에 속아 자신이 믿는 한 쪽은 무슨 짓을 해도 선, 자신이 지지하지 않는 쪽은 100퍼센트 악이라 단정하는 사람들의 이 단순성을 어떻게 깨워야 할까. 일본드라마를 보면서 이런 생각을 하고 있다고, 이렇게 말하면 또 누군가는 너 친일파였구나, 썩 물렀거라! 하겠지만.

2017년 7월 7일 금요일

드라마 〈왕좌의 게임〉과 대한민국 운명의 함수관계

- 우리의 가문들은 수세기 동안 서로의 차이를 극복하고 모두 다 함께 공동의 적에 맞서 싸워왔습니다. 우리도 살아남으려면 그렇게 해야 합니다. 적이 실제 존재하고 있으니까요. 적은 늘 항상 존재해 왔습니다. 서로에 대한 적의를 제쳐놓고 뭉치지 않는다면 우린 다 죽을 겁니다. 　　　　　 / 〈왕좌의 게임〉 시즌7 예고편 중에서.

〈왕좌의 게임〉 시즌7이 시작된다. 1, 2차 한글 자막 공식 예고편이 떴다. 서로 권좌를 차지하겠다고 싸우던 왕들이 장벽 너머 백귀 무리와 싸워 살아남기 위해 힘을 합칠 모양인데, 드라마 속 7왕국과 우리나라의 위기가 비슷하게 느껴진다. 하지만 국론이 분열된 우리가 저들처럼 한뜻으로 뭉칠 가능성은 요원해 보인다.

우리는 왜 지구 위 마지막 남은 공산주의 잔재인 김씨 왕조 공산 전체주의와 그들의 추종세력들에게 이토록 끌려 다니는 것일까. 그들이 주적인 줄 모르기 때문이다. 그들이 온 마음, 온 힘을 다해 부딪쳐 싸워야 할 적이라는 것을 인식하지 못하고 있기 때문이다. 더 큰 권력을 갖기 위해서든, 부를 챙기기 위해서든, 비리를 감추기 위해서든, 나라를 이 지경으로 끌고 온 정치인들이 아니고서야 어떤 크나큰 이득이 있는 것도 아닌데, 머리맡에 핵을 얹고 살면서도 많은 사람들은 지금 누리고 있는 평화와 번영이 당연하고 영원할 거라 믿을 만큼 너무 오랫동안 교묘히 세뇌당해 왔다. 그 결과 스스로 생각하는 능력, 거짓과 진실을 분별하는 능력, 사실과 공상의 세계를 구분하는 능력이 사라져버렸다. 지켜야 할 것이 적으로 둔갑되고, 물리쳐야 할 것은 찬양의 대상이 되어 버렸다.

국민을 반드시 지켜야 할 자신의 국민이라 생각한다면 정치인들이 나라를 이렇게 위험한 국면으로 몰아가진 않을 텐데, 일단은 물에 빠진 것 같은 대한민국이라는 삶의 터전만은 건져놓고 권력 다툼을 할 텐데, 이념이나 세뇌로 둔해진 생존본능만이라도 제대로 작동하고 있다면 이렇게 그들 스스로를 사지로 몰아가진 않을 텐데, 국가의 존립 여부에 있어서만큼은, 우리의 생존에 있어서만큼은, 최소한 공동의 적을 인지하고 같이 싸워 지켜야 할 텐데.

평화라는 미명 하에 너무나 태평스런 모습은 차라리 경악스럽기까지 하다. 내 나라, 내 대통령을 빼앗긴 것은 모른다 해도, 사랑하는 가족의 안전과 자신의 생존마저 위기에 처한 지금의 현실에 이토록 무심할 수가 없다. 앞장서서 우리들을 죽여도 좋다고, 그러니 당신들 마음대로 하라고 적에게 레드카펫을 깔아주고 손에 칼까지 쥐어준 격이다. 참으로 잔인한 무지의 결과다.

- 눈이 내리고 하얀 바람이 불면 외톨이 늑대는 죽어도 무리는 살아남는 법.

이승만 대통령의 '뭉치면 살고 흩어지면 죽는다.'의 늑대 버전 같다. 이 여름이 지나고, 가을이 지나고, 겨울이 와도 우린 지금처럼 아무 일 없이 생존해 있으려나. 드라마 속 장면처럼 설사 시뻘건 불덩이들이 떨어지고 누군가는 죽더라도 또 누군가는 살아남아 이 땅에 생명이 사라지지야 않겠지만, 꼭 전쟁으로 폐허가 되지는 않더라도 너무도 빠르게 붕괴되고 있는 대한민국은 세계 속에서 존속할 수 있으려나.

시즌8이 또 예정되어 있다고 하니 이번 시즌에서 백귀를 다 물리치지는 못하는 것일까. 아니면 공동의 적을 물리친 뒤 다시 그들만의 권력다툼을 이어가는 것일까. 예고편에서 받은 예감대로 〈왕좌의 게임〉과 우리의 처지가 비슷하게 흘러가는 것이라면, 그들이 단합하여 공동의 적 백귀를 물리쳐 주기를, 그러면 우리도 이 위기를 잘 넘기고 이 나라를 구할 수 있을지도 모른다고 엉뚱하게 기대를 걸어보고 싶은 것이다. 어떻게든 지금의 위기를 극복해야만 대한민국의 새로운 시즌을 바랄 수 있을 테니까.

2017년 7월 5일 수요일

나도 누군가에겐 도움이 되고 있을까

: 영화 〈태풍이 지나가고〉

산책길 한쪽에 농수로가 흐른다. 황톳물이 한껏 불어났기 때문인지 모내기철이 끝나서인지, 오늘 아침에 보니 바닥이 드러나도록 물이 빠졌다. 그런데 파닥파닥파닥, 소리가 들리는 곳을 내려다보니 내 팔뚝만한 물고기가 옆으로 누운 채 진흙 바닥에서 벗어나려고 몸부림을 치고 있었다. 수위는 낮고 숨은 차고, 물고기는 파닥이다 쉬고 파닥이다 쉬기를 반복했다. 마음 같아서야 펜스를 뛰어넘어 2~3미터 아래 바닥으로 내려가 건져주고 싶었지만, 내가 할 수 있는 일이라고는 그쪽이 아니야, 하며 안타깝게 바라볼 수밖에 없었다. 그렇게 잠시 쭈그리고 앉아 한 생명의 사투를 지켜보던 나는 그나마 웅덩이가 깊은 곳에 녀석이 다다른 것을 보고서야 안도하며 일어섰다. 하지만 오래 걷지 못하고 다시 걸음을 멈추었다. 물 빠진 농수로 바닥 한 가운데 왜가리가 앉아 있었다. 나는 조금 전 물웅덩이를 찾아낸 녀석이 있던 자리를 돌아보았다. 그쪽이 아니고 이쪽으로 온들, 이쪽이 아니라 저쪽으로 간들, 녀석은 오래 살아있지 못할 것이다. 왜가리의 밥이 되든 한낮의 뜨거운 햇볕에 말라죽든 할 테니까. 실은 그 녀석뿐이 아니었다. 웅덩이마다 작은 물고기들이 이리저리 분주하게 헤엄치며 저마다 길을 모색하고 있었고 또 다른 왜가리와 백로들과 오리들이 먹이를 찾아 하늘을 날고 있었다. 물고기가 살길 바라면서도 왜가리가 배부르길 바라는 모순.

하긴, 삶이란 그런 것이다. 죽음은 생을 먹여 살리고, 생은 죽음을 향해 치달으며, 바로 그 죽음 한가운데서 생은 다시 출발하는 것이다. 매일매일 나를 먹여 살리는 것이 무언가의 죽음이듯, 다만 내 눈에 보이느냐 그렇지 않느냐의 차이일 뿐이다. 그러므로 죽음 앞에 놓인 고통이 눈에 보인다고 호들갑 떨 일도 없고, 안 보인다고 잊고 살 일도 아니다.

우리나라에 범람하고 있는 '악의 찬미 문화'에 대한 반동심리인지 요즘엔 착한 영화만 찾아보게 된다. 실수하고 모자라고 나약하고 외롭지만, 그래서 얌체처럼 굴며 간혹 못된 짓도 하지만, 그런 게 다 우리 삶이라고, 그 안에서 햇빛을 받아 잠시 반짝이는 파편을 발견하는 것이 행복이며, 우리를 완성해 가는 과정이라고 말해주는 영화들 말이다. 내가 좋아하는 착한 영화들은 대부분 일본영화인데, 특히 고레에다 히로카즈 감독의 작품들은 인간이란 쓸쓸하고 조금은 이기적인 존재지만 악한 것만은 아니라고, 타인과 이리 저리 부딪치다 보면 아프기도 하지만 그래도 괜찮은 거라고 말해주는 것 같다.

신칸센 홍보를 목적으로 했던, 그러나 정말 사랑스러웠던 영화 〈일어날지도 몰라 기적〉처럼 어떤 면에서는 복권 홍보영화 같기도 하고, 키키 키린이 엄마로, 아베 히로시가 인생이 뜻대로 풀리지 않는 아들로 나왔던 〈걸어도 걸어도〉의 후속작 같은 느낌을 주기도 하는 영화다. 인생의 정곡을 찌르면서도 배우들이 전혀 목에 힘을 주지 않고 툭툭 던지는 대사를 통해 아무렇지 않게 삶의 의미를 전달하는 데는 감탄스럽다.

– 이 굴나무 기억하니? 꽃도 열매도 안 생기지만 너라고 생각하고

매일 물주고 있어. 그래도 애벌레가 이 잎을 먹고 자랐단다. 나
중엔 나비가 됐지. 꼬물꼬물하더니 파란 무늬의 나비가 됐어. 이
나무, 누군가에게는 도움이 되고 있어.

나도 누군가에게는 도움이 되고 있을까. 죽고 사는 건 중요하다.
그러나 생과 죽음이 갖는 순환과 모순을 피할 수 없다면 오후에 뜨거
운 햇볕 아래 타죽을지라도, 왜가리의 아침 식사가 되어 한 입에 꿀꺽
삼켜질지라도, 살아 있는 지금 이 순간은 최선을 다해 진실하게 살 것.
조금 더 깊은 웅덩이를 찾아 몸부림치던 물고기처럼 거짓 없이 치열
하게 내 삶을 위해 파닥거릴 것. 잎이 갉아 먹혀 아플지언정 내 살을
먹고 하늘을 날게 될 푸른 나비의 꿈을 함께 꾸며 오늘을 감사할 것!

2017년 7월 1일 토요일

희망을 품고 글을 쓰는 이유
: 프리초프 카프라 〈현대물리학과 동양사상〉

물리학자인 프리초프 카프라의 〈현대물리학과 동양사상(The Tao of
Physics)〉을 읽고 있다. 맨 앞에 오래 전 날짜와 내가 아닌 다른 이의
서명이 있는데 누구에게 빌린 것인지, 중고로 구입한 것인지 기억이
나지 않는다. 아마도 욕심껏 손에 넣었다가 얼마쯤 읽고는 포기했던
것 같다. 그런데 얼마 전 어떤 모임에서 이 책에 대한 이야기가 오갔던
것이 계기가 되어 집으로 돌아와 책장을 뒤졌다. 양자물리학과 상대성

이론을 아무리 쉽게 썼다 한들, 서양철학은 물론 힌두교와 불교, 유교와 도교를 두루 섭렵하여 우주와 자연의 이치를 설명한 해설을 나 같은 사람이야 아무리 까치발을 들어도 넘겨다볼 수는 없지만, 그래도 여기저기서 주워들었던 조각상식들과 연계하여 더듬더듬 읽고 있는데, 의외로 재미있다.

> – 러더퍼드의 실험은 원자들이 견고하고 파괴할 수 없는 것이 아니라 그 안에서 극도로 미세한 입자들이 운동하고 있는 공간의 광막한 영역으로 구성되어 있다는 것을 밝혀 주었으며, 물질의 아원자적 단위는 양면성을 띠는 매우 추상적인 실체다. 우리가 어떻게 보느냐에 따라 그것들은 때때로 입자로, 때로는 파동으로 나타난다.　／ 프리초프 카프라 〈현대물리학과 동양사상〉 중에서.

이 어렵고 지루하고 요상하지만 호기심을 자극하는 설명은 예전에 읽었던 책에서 이중슬릿이라는 실험으로 한결 쉽게 설명되어 있다.

> – 빛 알갱이들이 야구공 만하게 커졌다고 상상하며 슬릿을 통해 하나씩 발사해보자. 누군가가 바라볼 땐 빛 알갱이가 단단한 알갱이 자국을 남긴다. 즉 고체 알갱이로 돌변한다. 하지만 아무도 바라보지 않을 땐 사방으로 퍼져나가는 빛의 물결 자국만 남는다. 귀신이 곡할 노릇이다. 왜 누군가 바라볼 땐 고체 알갱이라는 눈앞의 현실로 나타나고, 아무도 바라보지 않을 땐 눈에 안 보이는 빛의 물결로 텅 비어버리는 것일까? 빛 알갱이는 내 마음속 생각을 읽는 것이다. 내가 바라보며 저건 고체 알갱이야,라는 생각을 품게 되면 그 생각을 읽고 빛 알갱이가 고체로 돌변하

는 것이다. 빛 알갱이는 원래 텅 빈 공간에 빛의 물결로 퍼져있
다. 그것이 원래 모습이다.   / 김상운 〈왓칭〉 중에서.

간단히 정리하면, 입자들이 내 마음을 읽고 그에 따라 모습을 달리
한다는 것이다. 이 무슨 망측한 괴설인가, 하고 〈왓칭〉을 읽을 때는
사실 반신반의 했었다. 그런데 이에 대해 카프라는 다음과 같이 설명
하고 있다.

- 아원자적 단계에서 물질은 '존재하려는 경향'을 나타내며 '발생하
  려는 경향'을 보이는 편이다. 물질을 뚫고 들어가 보면 볼수록
  자연은 전체의 여러 부분들 사이에 있는 복잡한 그물의 관계로
  보인다. 이러한 관계는 언제나 그 본질적인 면에서 관찰자를 포
  함한다. 인간이라는 관찰자는 관찰되는 과정에서 마지막 연결점
  을 이루며, 원자적 대상물의 성질은 단지 관찰자와 대상의 상호
  작용에 의해서만 이해될 수 있다.

오늘 새벽 산책길, 아마도 저런 글귀들이 내 잠재의식 속에 머물렀
기 때문인지, 무심코 내가 바라보는 저 나무와 하늘은 맞은편에서 걸
어오는 사람이 바라보는 나무와 하늘과는 다를 거라는 생각이 들었다.
내가 태어나 자라고 배운 환경과 내가 만나고 체험하며 그 결과 생각
해온 것들이 저 사람과 다르므로, 저 사람의 팔에 닿는 바람과 내 뺨에
닿는 바람의 감촉이 같을 리가 없다.
어제부터 미국 여행길에 오른 한 여성의 옷에 대한 평들이 재미있
다. 한쪽은 촌스럽다, 맵시 없다, 격 떨어진다고 하는데, 그와 반대로
국격 올리는 패션외교(-이데일리), 모델 출신 멜라니아 앞에서도 빛난

한복 자태(-한경), 멜라니아 기죽인 쪽빛 한복(-스포츠칸) 등 보기에도 민망한 칭송이 줄을 잇는다. 그 아래 붙은 사이버 전사들의 찬양은 말할 가치도 없다. 그런데 이런 반응은 입장과 대상이 달랐을 뿐, 박근혜 대통령이 해외 순방 중일 때도 마찬가지였다. 참 이상하지 않은가. 어떻게 같은 사람을 보면서 이토록 상반된 의견을 가질 수 있는 것일까.

패션이나 미적 감각에는 좀 둔한 내 눈에도 전보다 얼굴이 많이 다듬어졌네, 청와대에서 미용하고 머리 다듬는 것으로 어지간히 흉보더니 얼마나 바르고 두드리고 관리했을까, 궁금하긴 했다. 그러나 내 마음에 떠오른 생각은 사실 그의 외모와 패션 감각과는 무관한 것이었다. 저만큼 가꾸었으면 안 이쁜 게 이상한 거지. 그런데 마음도 이쁘고 하는 짓도 이쁘면 누구에게라도 이쁘게 보일 텐데, 남의 자리 빼앗아 차지하고, 그 사람은 무고하게 일주일에 네 번씩 하루 열 시간 이상 살인적인 일정의 재판을 받으며 실신 지경인데, 저 사람에게선 어떻게 저런 환한 웃음이 나올 수 있을까, 의문이 들었다. 이런 시각으로 대상을 보면 누구든 이뻐 보일 리가 없다. 아마도 내 생각을 바꾸지 않는 한, 저들의 이념이 바뀌지 않는 한, 또는 어느 쪽이든 정황상 단념해야 한다고 판단할 수밖에 없는 세상을 맞이하기 전에는, 내 눈에 그가 이뻐 보이는 것이나 저들 눈에 박 대통령이 예뻐 보이는 것은 영영 불가능한 일일지 모르겠다.

- 우주는 따로 떼어질 수 없는 에너지모형의 역동적인 그물로서 나타난다. 현대 물리학에서 우주는 본질적으로 항상 관찰자를 포함하는 역동적이며 불가분의 전체로서 체험되는 것이다.

카프라의 〈현대 물릭학과 동양 사상〉을 읽으며 딱 한 가지 마음에 깊이 새기게 된 것은, 자연과 우주는 고정된 결정체가 아니라는 것이다. '발생하려는 경향'과 '존재하려는 경향'을 가진 역동적인 텅 빈 시공은 관찰자, 아니 존 휠러의 제안대로 '참여자'라 불려야 할 우리 자신과의 관계에 따라 그 모양과 사건과 결론이 얼마든지 달라진다. 즉, 내가 어떻게 생각하고 보고 행동하느냐에 따라 그 대상과 사건의 결과는 무궁무진하게 변화한다는 것이다.

> – 시간의 밤이 다하면 모든 사물들은 나의 본성으로 돌아오고, 시
>   간의 새로운 낮이 시작되면 나는 그것들을 다시 광명으로 이끈
>   다. 나의 본성을 통하여 나는 모든 창조를 낳으며 이 모든 것들
>   은 시간의 무한궤도를 따라 굴러간다. 그러나 나는 이 광막한 창
>   조의 작업에 얽매이지 않는다. 다만 자유자재하여 창조 작업의
>   드라마를 지켜보는 것이다. 나는 지켜본다. 그리고 창조의 작업
>   으로 자연을 움직이거나 움직이지 않는 모든 것들을 낳는다. 그
>   리하여 세계의 선회(旋回)는 되풀이된다.

카프라가 인용한 〈바가바드 기타〉의 한 구절, 인도의 신 크리슈나가 부른 창조의 노래다. 우주는 멈춘 적 없고 포기한 적 없다. 우리의 말 한 마디, 생각 한 톨마저 그물을 벗어나 허투로 허공에 떨어진 적도 없다. 시작한 적은 있으나 끝난 적은 없고, 태어나고 죽을지언정 생명의 수레바퀴는 멈춘 적이 없다. 그러니 여기가 끝이라고 선언해도 세상은 끝나지 않는다. 종말이라고 인정하면 오직 나의 세계만 종말을 맞을 뿐이다. 희망 없다고 항복하면 그 세계는 영영 가망이 없는 것이다. 하나님이라 해도 좋고, 시바 신이라 해도 좋고, 우주나 양자물리학의 근

본적 원리라 할 수도 있는, 나는 그것을 무엇이라 불러야 할지 모르지만, 우주는 언제나 지속되어 왔고, 계속되고 있으며, 앞으로도 영원히 창조와 순환의 율동을 멈추지 않을 것이다. 그리고 가장 중요한 진실은, 내가 살고 싶은 세상은 오직 나만이 만들어갈 수 있다는 것이다.

그런 확신으로 나는, 이 자욱한 혼돈 속에서도 우리 대한민국의 역동적인 창조 작업이 우주 한가운데서 진행 중이라는 것을 믿는다. 왜냐하면 내가 포기하지 않았기 때문이다. 또 나와 같은 생각을 하는 수많은 나, 즉 우리가, 바로 여러분이, 포기하지 않았다는 것을 알기 때문이다. 그것이 내가 지금의 대한민국을 단념하지 않는 이유, 희망을 품고 글을 쓰는 이유, 이 골 아픈 예를 죄송스럽게 인용해 가면서라도 우리의 미래를 애써 긍정해 달라고 당부하는 이유이다.

대한민국의 시계는 거꾸로 간다
2017. 6. 30. ~ 6. 16.

지금까지 문단과 서점을 장악해온 대부분의 유명 작가들의 발언과 작품 속에서 그들 자신이 나고 자란 조국에 대한 애정이나 자부심은 찾아보기 어렵다. 그래서 그들의 작품을 읽고 나면 독자는 자신도 모르게 이 나라는 '썩은 나라' '부정한 나라' '미개한 독재국가'라는 프레임 안에 갇히게 되는 것이다. 그 결과 우리나라에 대한 수치심과 열등감으로 분노하게 된다.

— 2017년 6월 30일 금요일

2017년 6월 30일 금요일
이 나라는 죄다 썩었어?
: 팻 머피 〈채소마누라〉

한여름에는 추리소설이 제격이다. 책장에서 추리소설집들을 꺼내 이것저것 뒤적이는데 팻 머피의 단편 추리소설 〈채소마누라〉라는 제목 옆에 '내 여자의 열매의 힌트가 되었을 법' 하다는, 오래 전 내가 써 둔 메모 한 줄이 보였다. 그런가, 하고는 잠시 망설이다가 T의 그 단편 소설을 찾아 읽었다. 그런데 독특한 소재가 똑같다는 것은 밀쳐두고라도, 본문 한가운데 밑도 끝도 없이 '마치 이 나라는 죄다 썩었어!라고 술좌석에서 외치는 사람처럼 적의에 찬 목소리로 아내는 내뱉었다.'라는 부분에서 나는 어쩔 수 없이 눈살을 찌푸리고 말았다. 나라와 관계된 사건도 없는, 진짜 그렇게 외친 것도 아닌 참으로 요상하고 과격한 비유였지만, 출판사 소개 글처럼 '삶의 고단함과 희망 없음에서 유래한 슬픈 아름다움'을 쓴 작품이라는 식의 미명 하에(고단하고 희망이 없는 삶이 왜 아름다운지 모르겠지만). 실은 이것이 이 소설의 숨겨진 주제다. 썩어버린 이 땅의 역겨움을 자각한 여자는 더 이상 인간으로 살기를 포기하여 식물이 되었고, 그걸 모르는 둔한 남자와 나머지 군상들은 개돼지처럼 잘도 살아간다는 메시지가 담겨 있는 것이다.

우리나라 문단에 포진하고 있는 거의 대부분 작가들의 작품 속에는 드라마 내용과 무관하게 불쑥불쑥 튀어나오는 PPL이나 무의식 속에 교묘하게 입력시키는 서브리미널(subliminal) 효과를 노린 광고처럼, 자기들이 발붙이고 사는 이 땅에 대한 악의적인 모욕과 비하가 감춰져 있다. 이것이 언제부턴가 내가 우리나라 작가의 작품을 읽지 않는 이유이고, 오늘도 그 소설을 다시 읽어볼까 말까 잠시 망설였던 까닭이다. 이 작가와 이 작품뿐만이 아니다. 지금까지 문단과 서점을 장악해온 대부분의 유명 작가들의 발언과 작품 속에서 그들 자신이 나고 자란 조국에 대한 애정이나 자부심은 찾아보기 어렵다. 그래서 그들의 작품을 읽고 나면 독자는 자신도 모르게 이 나라는 '썩은 나라' '부정한 나라' '미개한 독재국가'라는 프레임 안에 갇히게 되는 것이다. 그 결과 우리나라에 대한 수치심과 열등감으로 분노하게 된다.

그러한 목적을 달성할 수 있는 작품들만 문단에서 내보내고, 평단에서 찬양하고, 언론에서 상을 받았다고 광고하면, 독자들은 당연히 그 작가와 작품의 주장이 옳다고 신뢰하게 된다. 이런 부류의 작품이 다량으로 양산되는 이유는 작가들이 '시대의 지성인'이어서가 아니라 그러한 방향의 작품을 의식적으로라도 쓰지 않으면 인정받을 수 없는 문단의 구조 때문이다. 자신을 낳아주고 길러준 우리나라를 헐뜯고 비하하는 작품으로 부와 명성을 얻고, 그 혜택을 누리며, 다시 우리 역사와 자유 시장경제 체제를 짓밟는 작품을 쓰는 웃지 못할 아이러니. 그렇게 그들은 마땅히 토해내야 할 지성인의 양심이자 고뇌인 양, 아무런 해결책도 없이 독자들에게 미움과 분노와 열등감을 무책임하게 부추겨왔던 것이다. 그리고 이러한 모순으로 순환되는 출판문화계의 시스템이야말로 책을 좀 읽는다는 사람들이 문제의 근본을 알아보려고도 하지 않은 채, 의식 있는 시민임을 자부하며 촛불을 들고 광장으로 뛰어나가게 한 원동력이 되어 주었을 것이다.

정말 궁금하다. 그들은 지금 우리나라의 상황에 만족하는지. 하긴 바보 같은 질문이다. 어느 시인의 전언에 따르면, 박근혜 대통령의 탄핵이 결정되던 날, 어느 시인들의 모임은 그야말로 축제 분위기였다고 한다. 하지만 그들이 늘 주장해 왔듯이, 어느 세상에서도 만족하지 못하는 진정한 영혼의 아웃사이더이자 반골기질을 가진 작가들이라면, 불의에 치를 떨며 치열하게 삶의 진실을 찾는 작가정신이 살아 있다면, 물에 물탄 듯, 술에 술탄 듯 세상에 관심 없던 나조차 느끼는 이 엄청난 좌절과 환멸을 그들도 함께 느끼고 있어야 하는 게 아닐까. 그것이 아니라면 그들의 안테나는 언제나 특정한 방향으로만 작동하는 게 분명하다.

어쩌면 그토록 바라던 이상(?)적인 그들의 대표와 함께 유토피아가 완성되었다고 믿고 있는지도 모르겠다. 요즘 저들의 작품을 본 적은 없지만, 혹시 저들의 비판정신이 죽어버린 것은 아닌지, 부러울 만큼 감성적이고 비판적이던 탁월한 재능이 그토록 바라마지 않던 권력을 장악한 이 시대를 어떻게 써낼지, 무엇을 불만삼아 작품을 쓸 수 있을지, 무엇을 비판할 수 있을지 살짝 걱정이 되기도 한다. 사골 우려내듯 과거 독재 프레임 물어뜯기나 반미, 반일 감정을 반복해서 쓰는 게 아니라면, 행여 '文찬양 문학'이라는 새로운 장르를 개척하지 않는다면, 모두 절필해야 하는 것 아닐까.

2017년 6월 29일 목요일

임시교사였던 백수 소설가가 바라보는 비정규직의 정규직 전환

: 드라마 〈학교2013〉과 〈미생〉

가끔 비정규직의 정규직 전환이 당연한 것처럼 주장하는 사람들을 보면 궁금해진다. 저 사람들은 어떻게 저토록 떳떳하게 (내 생각에는 존재하지도 않는) 자신들의 권리를 내놓으라고 외칠 수 있는 것일까. 그리고 또 누군가는 무슨 권리와 어떤 선별 기준으로 비정규직에서 정규직으로 전환시켜 주라고 명령을 내릴 수 있는 것일까.

(앞글에서 밝혔듯이) 대학졸업 후 10여 년 임시교사(지금의 계약직 교사)로 근무했었다. 소설을 쓰니까 국어선생이었으려니 상상하겠지만, 실은 지방대학에서 영어영문학을 전공했고, 교직과목 이수로 얻은 2급 정교사 자격증을 갖고 있다. 그러니 교단에서 내가 가르친 것도 당연히 영어다. 하지만 고백하건대 나는 영어를 못 한다. 특히 회화라면 벙어리나 다름없는데, 좀 위로를 삼자면 나처럼 회화를 두려워하는 영어 선생님들이 당시에는 드물지 않았다. 그래도 문법과 독해로 그때는 그럭저럭 야무지게 해낼 수 있었다. 문제는 10여 년이나 교사라는 직업을 갖고 있었지만 내 것, 내 자리는 아니었다는 것이다. 늘 임시라는 족쇄가 내 발목을 붙잡고 늘어졌다. 인생 자체가 잠시 머물다 가는 것임을 알았다면 그것 역시 별 것 아니라는 걸 알았을 텐데, 그때는 젊고 어리석었으므로 다른 사람이 벗어놓은 젖은 신발을 신고 있는 것처럼

언제나 불편했다. 실제로 많은 면에서 불이익이 있었고 종종 서러울 때도 있었지만, 그래서 실력도 자격도 없는 것 같은 내 자신을 원망하며 움츠러들기도 했지만, 그렇다고 이 악물고 임용고사에 붙어 정식교사가 될 생각은 하지 않았다. 다만 여기가 아닌 어딘가에 내 자리, 나에게 딱 맞는 일이 있었으면, 하고 바랐다.

졸업과 동시에 바로 발령이 나던 국립 사범대에 다닐 만큼 나는 뛰어난 머리를 갖고 있지 않았고, 임용교사에 붙기 위해 밤잠 못 자고 공부했던 사립대 출신 선생님들처럼 열심히 공부할 자신도 없었기 때문이었을 것이다. 무엇보다 그들처럼 일찌감치 교사가 되고 싶다는 꿈을 꾼 적도 없었다. 교직과목 이수를 하게 된 건 '친구 따라 강남 간다.'는 속담처럼, 아버지가 선생님이었던 같은 과 친구를 따라 한 것이었고, 임시교사로 일하게 된 것도 여름방학을 앞두고 있어서 굳이 산후 휴직을 낼 생각이 없던 영어 선생님을 대신해 딱 한 달만 맡아달라고, 교생실습을 한 학교에서 졸업도 하기 전에 매우 이례적인 제안을 해왔던 것이 계기가 되었을 뿐이다.

이 자리가 내 자리라면 얼마나 좋을까, 하고 바라지 않은 것은 아니었지만, 정식 교사와 다른 위치라는 것이 때때로 나를 주눅들게 했지만, 나는 스스로 부족하다고 느끼는 것만큼 열심히 가르쳤다. 한번은 교무실에 다른 일로 왔던 모 출판사 영업직원이 내가 수업시간에 구문을 연습시키기 위해 만들어 가지고 다니던 여러 장의 그림카드를 보고 그 모델과 아이디어를 자신들의 출판사에서 써도 되겠느냐고 허락을 받으러 따로 찾아온 적도 있었다. 그 다음 해부터 구문연습용 그림카드가 그 출판사 지도 자료와 함께 선생님들에게 제공되었고, 다른 출판사들에게도 영향을 미쳤던 것으로 안다.

간혹 사립재단에서는 임시가 정식 교사로 발령이 나는 사례가 있다고 들었지만, 내가 계속 일했던 공립학교에서는 있을 수 없는 일이었다. 하지만 내가 정식이 되지 못해 서러웠다면 꿈꾸지 않고 노력하지 않고 정식 과정을 밟아 도전하지 않은 내 자신을 탓해야 할 일이었을 뿐, 출발점이 달랐던 임시직이 정식 교사로 전환되는 것이 공정하다거나 평등한 일이라고는 생각하지 않았다. 무엇보다 교직이 좋아하는 일이긴 했지만, 남은 생을 다 바쳐 운명처럼 손에 쥐고 싶어 한 건 아니었다는 걸, 나중에 소설을 만나고서야 깨달았다.

십대의 어린 나이에 자신의 인생을 정하고 지금은 나름 그 세계에서 일가를 이루고 있는 친구가 한번은 이렇게 말한 적이 있다. "소설이 정말 네 운명이라면, 이미 스물에 등단하고 지금쯤은 명성을 누렸어야 하는 거잖아. 마흔이 넘어서 등단했다면 네 운명이 아닌 게 아닐까." 그의 말이 옳았는지도 모른다. 하지만 동의할 수는 없었다. 인생의 여러 풍파를 겪으며 학습지 방문교사도 해보고 과외수업도 해보았지만, 다단계 판매도 해보고 작은 출판사도 운영해 보았지만, 무엇 하나 내 운명처럼 천직으로 받아들여지는 일은 없었다. 정식이든 임시든 교단을 떠난 뒤 그 시절을 그리워한 적도 없었다. 그런데 이상한 건, 문단에서 알아주는 것도 아니고, 통장이 바닥나 다음 달 어찌 살아야 할지 캄캄한데도, 원고 앞에 앉아 소설이나 글을 쓸 때만큼은 남의 자리가 아닌 비로소 내 자리에 앉은 것 같은 기분이 들었다. 돈이 되는 게 아니니 직업이랄 수도 없지만, 그래서 베이비시터라도 하며 쓰면 된다고, 처음으로 남의 아이 기저귀를 갈고 설거지통에 손을 넣으면서도 부끄럽게 느끼지 못했었다. 그렇게 뒤늦게 뛰어들고 매달리고 고집

할 수밖에 없는, 소설가란 이름으로 글을 쓰는 일은, 내 생에 최초로 얻은 가난한 정규직이었다.

몇 해 전, 장나라가 계약직 교사로 출연했던 드라마 〈학교2013〉이나, 비정규직이 정직원이 되지 못하는 것이 부당한 사회제도의 폭력처럼 보이게 했던 〈미생〉을 보며 약자로서 그들의 위치와 서러움에는 공감을 하면서도, 나는 그 모든 불이익이 그들 본인이 선택한 결과일 뿐, 사람과 사람 간에 풀어야 할 문제이지 세상과 제도 탓이라는 생각은 들지 않았다. 오히려 〈미생〉의 결말처럼 대기업에서 임시직으로 쌓은 경험과 인맥으로 중소기업에서 능력을 펼칠 수 있게 되었다면, 그것만으로도 얼마나 고마워해야 할 특혜이고 행운인가 하고 생각했다.

어려서부터 바둑기사가 될 꿈만 꾸었을 뿐 대기업 직원이 될 생각은 꿈에도 해본 적 없었던 장그래의 시곗바늘이 좀 서럽게 돌았기로서니, 그렇다고 그를 정직원 시켜준다면, 그 자리를 차지하기 위해 오랜 시간 노력해온 사람, 지금까지 그 자리를 지키기 위해 경쟁해온 사람, 지금도 그 자리를 얻기 위해 치열하게 노력하는 사람에게 너무 미안한 일이니까 말이다.

노비가 전체 인구의 상당수를 차지했던 조선시대도 아니고, 대대손손 대물림해야 하는 노예국가도 아니고, 식민지나 공산국가도 아닌 대한민국에서 어떤 사람들은 왜 자신이 선택한 결과에 대해 남 탓, 사회 탓, 세상 탓을 하는 것일까. 그토록 정규직이 되고 싶었다면 왜 진작 정규직이 되기 위한 방법을 찾지 않았을까. 어디든 자신의 확고한 자리를 위해 더 나은 모색을 해야 하지 않았을까. 임시직을 10년이나 경험한 나로서는, 그래서 서러움도 부당함도 잘 아는 나로서는, 그럼에도 불구하고 타인과 세상에게 자신의 권리를 맡겨놓기라도 한 것처럼 이자까지 붙여 내놓으라고 주장하는 사람들을 보면, 또 개인의 노력과 책임에 대해 왈가왈부 개입하는 사람이나 단체들을 보면, 외계에서 온 생명체를 만난 것보다 더 이물스럽고 낯설기만 하다.

2017년 6월 27일 화요일

수음할 때 지켜야 할 열 가지 규칙?

대학 졸업 후 10여 년간 기간제 교사로 중고등학교에 근무했었다. 교사와 학생, 자식을 맡긴 학부모의 위치에 대한 인식이 어느 정도 분명할 때였다. 체벌도 가능했는데 간혹 수위를 넘는 교사가 없는 것은 아니었지만, 좋아하는 선생님에게 꽃이나 음료수나 편지를 몰래 교무실 책상 위에 두고 가는 학생들을 만나는 것도 드물지 않을 만큼 교사와 학생, 교사와 학부모 간의 거리와 신뢰가 엄연히 존재하고 있었다. 아이들은 학원에 매이지 않을 때여서 젊고 의욕적인 선생님들은 학부모와 학교장의 허락을 받아 주말이면 단체 야영을 하거나 반 대항 체육대회를 개최하여 아이들과 같이 땀 흘리며 뛰고 놀 수도 있었다. 그때는 나도 꽤나 열성적이어서 과외활동에 적극적이었는데, 특히 덕수궁 야외음악회와 영화, 연극을 보기 위해 주말마다 아이들을 데리고 다녔다. 그때 반짝이던 아이들의 눈빛을 떠올리면 지금도 흐뭇하게 웃음이 난다.

그런데 교육 현장의 변화를 여실히 느끼게 된 해가 있었다. 김영삼

정부의 열린교육 정책을 초등학교에서 맛보고 입학한 아이들을 처음 맡게 되었을 때였다. 무섭다고 소문이 나고 엄히 다루는 선생님의 수업을 제외하면 아이들은 통제되지 않았고, 학부모들 또한 조금이라도 자신의 아이가 손해를 본 것 같으면 거칠게 항의전화를 하거나 교장실로 뛰어 들어갔다. 이런 분위기는 내가 맡은 담임 반, 수업에 들어가는 몇몇 학급, 말썽을 일으키는 몇몇 아이에 국한된 것이 아니었고, 나만 느끼는 것도 아니었다. 이전 아이들에게 문제가 없었다는 것은 아니다. 하지만 그들에 비해 훨씬 높은 비율의 아이들이 이기적으로 행동했고 정서불안 환자들처럼 잠시도 가만히 앉아 있지 못했다. 주의를 주면 못 들은 척하거나 히죽거리거나 심지어 침을 뱉으며 대들기도 했다. 영악스러워졌다고 해야 할까. 아이들은 몸을 사려야 할 대상과 맞먹거나 무시해도 될 대상을 정확히 구별해서 처신했다. 이러한 분위기를 더욱 부추긴 건, 전교조에 가입한 교사들이 '참교육'을 외치면서부터였다. 어느 사회에서나 있을 법한 불평불만의 목소리가 교무실의 분위기를 노골적으로 장악해 갔고, 교장과 교감은 골머리를 앓아야 했다. 그리고 그 즈음부터 누구도, 거리에서 담배를 피우거나 탈선의 조짐이 보이는 아이들을 향해, 그러면 못쓴다고 가르치지 못했다.

그런 분위기 속에서 한번은 미혼이던 여자 선생님이 얼굴이 붉으락푸르락 해져서는 3학년 수업을 끝내고 교무실로 들어왔다. 수업 중 교실 뒷자리에 앉아 있던 남학생이 수음을 했다는 것이다. 더구나 발각이 된 뒤 당사자는 물론 주변 아이들이 부끄러워하기는커녕 낄낄거리고 웃었던 모양이다. 그 학생에 대한 처벌이 어땠는지는 기억나지 않지만 "그 반이니까 그런 일이 일어날 만도 하다."고 했던 몇몇 선생님들의 이야기는 생각이 난다.

3학년을 맡고 있지 않았지만 시험기간 중 감독하러 그 반에 들어갔던 적이 있었는데, 독특한 메모가 교실 뒤 게시판에 게시되어 있는 걸 보고 당황했던 적이 있었다. 그 반을 담임했던 중년의 남자 선생님이 붙여놓은 거라고 했는데, '수음할 때 주의할 점 열 가지'가 아주 친절하게 적혀 있었다. 내 수업시간에도 야동 소설을 읽다가 발각된 아이들이 있었고, 스커트를 입고 출근하면 우르르 계단 아래로 뛰어 내려가 올려다보던 호기심 어린 눈빛을 경험한 것도 여러 번이었다. 일시에 소지품 검사를 하면 전교에서 성인 비디오가 몇 개씩 나오기도 했었다. 더구나 중학교 3학년 남학생들이라면 올바른 성교육을 해도 섹스나 수음 또는 자위라는 단어 하나로도 흥분될 시기다.

그러나 엄한 교사와 무른 교사를 약삭빠르게 구별하는 것처럼, 아무리 천지분간 못하는 아이들이어도 담임의 영향은 무시하기 어렵다. 남성과 여성의 성적 욕망과 해결법이 일반적으로 다르게 인식되고 있다 하더라도, 만약 담임이 게시판에 수음 방법을 공지하는 대신에 남에게 보여서는 안 되는 사적인 행위와 인간의 품위에 대한 가르침이 있었다면, 수업 중 그런 일이 가능했을까.

오늘 아침, 어느 중학교에서 학생들 10여 명이 단체로 수음했다는 기사를 보았다. 별로 놀랍지도 않다. 이런저런 예전 경험으로 익숙하기 때문이 아니라, 그때의 경험에서 얻은 결론 때문이다. 그들이 그런 짓을 해도 괜찮다고 느낄 만큼 분위기를 조성한 건 바로 이 사회이기 때문이다. 지금 우리나라는 우리 손으로 뽑은 세계 최초의 여성 대통령을 자랑스러워하기는커녕 온갖 누명을 씌워 탄핵하고, 옷을 벗긴 그림을 전시하고, 비열하기 그지없는 능욕을 저지르며 즐거워하고 박수치고 칭찬하는 사회이다. 여학생과 성관계를 한 남학생은 퇴학을 면하

고 서울대에 입학하여 잘 다니는 사회, 젊은 날 도장을 위조해 혼인신
고를 했던 경력이 있고 '젊은 여성의 몸에는 생명의 샘이 솟고 그 샘물
에 몸을 담그는 것이 사내의 염원'이라고 책에 썼던 그의 아버지는 법
무부장관 후보로 버젓이 나올 수 있는 사회인 것이다. 성희롱, 성추행
등 문제가 두 번 이상 불거지지 않으면 고위공직에 아무런 문제없이
등용하자는 말이 오가는 정부이고, 고1때 여중생과 성관계를 맺은 걸
자랑스럽게 떠벌이며 임신한 선생님이 최고로 섹시한 여성이라 생각
했다고 공언하는 사내가 청와대 행정관으로 근무하는 세상이다. 내 새
끼만 귀해서, 5년 전 여중생을 집단 성폭행한 아들을 둔 부모들이, 이
제 와서 어쩌자는 거냐며, 젊은 애들이 무슨 죄냐고 수치와 책임을 모
른 채 항의하는 세상이다.

　아이들은 곱고 부드럽고 말랑말랑한 미완의 진흙덩어리다. 그 아
이들의 모습과 미래와 행복은 사회가 그들 품에 선물처럼 안겨줄 수
있는 것이 아니다. 아이들은 저마다 자신의 노력과 판단과 선택에 따
라 자신이 원하는 모양으로 완성되어야 한다. 아이들이 자라 그들이
원하는 세상을 스스로 만들어야 하는 것이다. 그러나 왜 어떤 것은 옳
고 어떤 것은 그른지, 왜 그렇게 하는 것이 멋있는 일이고 어떤 일은
해서는 안 되는 것인지, 무엇이 죄이고 그에 따른 벌이란 얼마나 엄중
한 것인지, 그 모델을 보고 느끼고 배우게 할 세상은 우리가 만들어야
한다. 그것이 우리 어른들과 이 사회의 책임이다. 그러니 대체 뭘 잘못
한 거냐고, 수업시간에 여 선생님 옷을 벗긴 것도 아니고, 윤간을 한
것도 아니고, 그저 내 몸 가지고 내가 좀 놀았을 뿐인데 뭐가 문제란
말이냐고 만약 수음한 남학생들 측에서 항변한다면, 우리는 과연 무슨
말을 할 수 있을 것인가.

2017년 6월 25일 일요일

6 · 25전쟁 67주년을 맞아
: 영화 〈챈스 일병의 귀환〉

- 자네가 챈스를 집으로 데려왔네. 자네가 챈스의 증인인 거야. 증
인마저 없다면 전사자들은 모두 사라져버릴 테니까.

/ 영화 〈챈스 일병의 귀환〉 중에서.

케빈 베이컨이 출연한 영화다. 그가 출연한 여러 편의 영화들을 봤
지만 젊지도 않고, 꽃중년도 아니고, 화려한 언변을 보여주는 것도 아
니며, 숨 막힐 듯한 스릴이나 액션이 없는데도, 그의 엄숙한 태도와 표
정과 거수경례가 다른 어떤 작품 속 그의 모습보다 깊은 인상을 남기
는 작품이다.

케빈 베이컨이 맡은 역할의 실제 주인공인 마이클 스트로블 해병
대 중령이 쓴 글을 바탕으로 각색한 작품이라고 한다. 영화 속에서 그
가 하는 일은 비행기와 자동차를 여러 번 갈아타면서 이라크 전에서
전사한 열아홉 살 청년 챈스 펠프스 일병의 시신을 그의 고향으로 운
구하는 일이다. 그래서 영화의 분위기는 시종 무겁고 엄숙하다. 챈스
일병의 운구를 자원한 스트로블 중령은 관이 비행기에 실리고 차에
옮겨 태워질 때마다 애도의 진심을 담아 아주 천천히 거수경례를 한
다. 그는 운구하는 며칠 간 임무 중임을 한시도 잊지 않는다. 술 한 모
금 입에 대지 않고, 의복도 자세도 흐트러뜨리지 않는다. 비행기가 연
착되어 하룻밤을 보내야 하는 동안 호텔로 가서 좀 쉬라는 주위의 권

유를 마다하고, 화물 창고에서 챈스가 홀로 버려져 있지 않도록 관 옆에서 그를 추모하며 밤을 보내기까지 한다.

그러나 감독이 영화 속에 담아낸 건, 전쟁터에 자원하는 대신 가족과 평화로운 일상을 살기 위해 행정장교를 선택했던 중령의 죄책감에 기인한 애도만은 아니다. 전사자의 시신을 닦는 이의 눈길과 피 묻은 유품을 닦는 손길, 시신에게 입힐 군복의 주름 하나, 휘장과 견장, 관을 감싸는 성조기를 손질하는 작은 몸짓에도 정성과 감사와 안타까움을 담았다. 운구 과정에서 중령이 관을 향해 경례를 할 때마다 화물 운반자들도, 비행기 승객들도 함께 숙연해진다. 마지막 목적지에 착륙했을 때는 기장이 전사한 해병대원을 운구하는 영광을 갖게 되었다면서 운구 임무를 맡은 중령이 내릴 때까지 기다려 달라고 직접 승객들에게 당부를 하기도 한다. 어떤 위로의 말로도 아들을 잃은 부모의 마음을 위로할 수 없을 테지만, 챈스의 시신과 유품을 유가족에게 전하며 중령은 이렇게 말한다.

- 챈스에 대한 애도의 마음은 여러분만의 것이 아닙니다. 미국 전역을 거쳐 여기까지 오는 동안, 챈스의 발길이 머무는 곳마다 많은 분들이 함께 애도하고 그를 위해 함께 기도했습니다.

부시 정권 중에 치른 이란전쟁에 대한 이런저런 말이 많은 건 사실이지만, 그렇다고 해서 전쟁에 참전했던 용사들의 희생에 대해 왈가왈부해도 좋다는 것은 아닐 것이다. 중요한 건 챈스 일병이 미국 국민이기에 전쟁에 참여했고, 챈스와 같은 병사들이 있었기에 국가의 정책을 수행할 수 있었으며, 그들의 참전이 있었기에 다른 누군가는 그들이 가지지 못한 평화로운 일상을 누릴 수 있다는 것이다. 그것이 국가가 그들 한 명 한 명을 잊지 말고 보살펴야 하는 이유, 그것이 참전용사의 희생을 국민 모두가 애도하며 존중해야 하는 이유이다.

영화니까 얼마만큼의 과장과 미화는 있으리라 감안하더라도, 이런 영화를 통해 미국이란 나라와 국민을 수호하는 군인의 의무와 헌신에 고마움을 표하고 그들을 자랑스러워하며 그들의 희생을 안타까워하는 사회 전체의 자긍심과 애도, 무엇보다 그들에 대한 국가의 책무와 배려를 이렇게나마 그려낼 수 있다는 것이 부럽기만 하다.

오늘은 6·25전쟁 67주년 기념일이다. 자료를 찾아보니 당시 126만 9,349명이 참전했으며, 현재 약 18만 명이 생존해 있는 것으로 추정된다고 한다. 그런데 참전 명예수당으로 지급되는 금액은 월 15만 원이 전부, 그나마도 부상 경력이 없거나 기초생활수급자일 경우 삭감되거나 아무런 지원을 받지 못한다고 한다. 6·25참전용사들뿐 아니라 모든 국가유공자, 즉 나라와 국민을 위해 삶을 바친 분들이 거의 아무런 혜택을 받지 못하고 있는 게 현실이라는 이야기다. 이에 비해 5·18유공자라는 리스트에 이름을 올린 이들의 혜택은 우리의 상상을 초월한다.

그나저나 세상엔 공짜가 없는 게 정말 확실한 것 같다. 목숨으로 이 나라를 지켜주신 선배 세대 덕분에 전쟁 걱정 없이 내 꿈만 쫓으며 살 수 있었는데, 이젠 나라와 국민과 후배 세대를 걱정을 하며 살아야 하니 말이다.

2017년 6월 24일 토요일

왜? 왜? 왜?
: 영화 〈그렇게 아버지가 된다〉

〈진짜로 일어날지도 몰라 기적〉〈환상의 빛〉〈걸어도 걸어도〉〈아무도 모른다〉〈원더플 라이프〉 등, 감독의 전작(前作)들에서 알 수 있듯이 작은 이야기를 특별하게 빚어내는 고레에다 히로카즈 감독의 작품이다. 병원에서 뒤바뀐 아이. 낳은 정인가 기른 정인가. 피는 물보다 진한가. 내 유전자를 가진 혈육은 6년의 세월을 무시할 수 있을 만큼 그토록 중요한 것인가. 이 뻔하고 신파적인 이야기를 아버지와 비 혈연관계에 있는 어린 아들과의 관계에서 과장 없이 풀어간다.

대기업에서 출세의 하이웨이를 달리며 도쿄의 고급 아파트에서 살고 있는 료타는 어느 날 6살 아들 케이타가 자신의 친자가 아니라는 걸 알게 된다. 아내 미도리가 출산 시 입원했던 산부인과 병원에서 아이가 바뀐 것이다. 처음 사실을 알게 되었을 때, 료타는 자신과 달리 소심하고 내성적인 케이타가 생물학적 아들이 아니라는 사실에 안도감을 느낀다. 친아들 류세이는 지방의 허름한 전파상을 운영하고 있는 유다이의 아이로 자라고 있다. 병원과 재판을 진행하는 동안 두 가족은 일주일에 한 번씩 만나 아이들과 낯을 익히고 원래의 친자를 데리고 살기 위해 적응기간을 두고 아이들을 바꾸어 살게 된다. 하지만 료타는 키우던 케이타를 보내는 것도 아쉽고, 보상금만 바라는 속물 같은 유다이도 마음에 들지 않으며, 친자가 허름한 집에서 능력 없는 가족들과 비위생적으로 살고 있는 것도 개운하지 않다. 케이타와 류세이, 두 아이 모두 자신이 기를 수 없을까, 방법을 모색하기에 이른다. 하지만 직장도 아내도 아이들의 마음도 뜻대로 되지 않는다. 현실 속 실타래는 점점 더 복잡하게 헝클어지는 것만 같다.

> – 앞으론 아저씨가 아빠야.
> – 왜?
> – 그냥.
> – 왜?
> – 그냥이라니까.
> – 왜 그냥 그래야 하는지 모르겠어.
> – 이러다 알게 돼.
> – 왜?
> – 그냥이라니까.
> – 그냥이라는 건 왜?
> – 왜 그럴까.
> – 왜?

아이들이 중심이 되는 영화나 드라마에서 흔히 범하는 실수, 어른스러운 대사를 이 영화에서는 한 마디도 하지 않는다. 이 모든 상황이 이해되지 않는 아이들, 특히 료타의 집에 온 친아들 류세이는 다만 왜? 라고 묻는다. 앞서 〈야망의 함정〉을 이야기하며 왜? 라는 질문에 이어 생각난 또 다른 장면이다. 만약 어른이었다면 '왜'가 아니라 '어떻게'였을 것이다. 그리고 아이가 어쩌다 이렇게 되었느냐고 물었다면 료타는 대답할 말이 무척 많았을 것이다. 그러나 류세이의 질문은 왜?

이다. 그리고 이 근본적인 질문 앞에서 료타는 더 이상 대답하지 못한다. 그 또한 답을 알지 못하기 때문이고, 그가 결국 풀어야 할 문제이며 찾아야 할 대답이기 때문이다.

이 영화의 영어 제목이 〈Like Father, Like Son〉이다. 그 아버지의 그 아들. 료타를 닮은 아이는 류세이일까 케이타일까. 왜? 라고 묻고 또 묻는 이 부분은 영화 말미에 진짜 아버지란 무엇인가를 깨달은 료타가 케이타에게 자신의 마음을 고백하는 씬(scene)과 함께 내가 참 좋아하는 장면이다.

영화 종반부에 와서야 고여 있는 것 같던 이야기의 흐름과 감정이 깊고 큰 물줄기로 흐르고 있었다는 걸 인식하게 되고, 가족이란 정말로 혈연관계에 의한 사회의 최소 단위인가에 대한 물음은 마침내 관객 각자의 몫으로 남는다. 아이들도 귀엽고 주인공 후쿠야마 마사하루의 잘생긴 얼굴을 보는 즐거움도 있지만, 과연 무엇이 진정한 사랑인가, 생각해 보게 하는 영화다.

2017년 6월 23일 금요일
영화 〈야망의 함정〉과 왜(why)?

톰 크루즈가 주연한 1993년 영화 〈야망의 함정〉에는 가난한 하버드 법대 우등생 미치가 한 회사로부터 최고의 대우를 약속받은 뒤 집으로 돌아와 아내에게 기쁜 소식을 전하는 장면이 나온다. 다른 회사와는 비교할 수 없는 엄청난 액수의 연봉과 보너스, 낮은 이자로 살 수

있는 주택 융자금 혜택 그리고 컨트리클럽 회원권과 벤츠까지 제공받
게 될 거라는 사실을 알게 된 아내는 제일 처음 이렇게 묻는다.

"왜?"

수재들만 모여 있는 하버드 졸업생 중 면접 기회를 허용한 건 '오
직 너 하나뿐'이며, 세상 모두가 원하는 인재인 동시에 그들이 원하는
단 한 명의 재원이 '바로 너'이기 때문에 '너를 얻기 위해서라면' 무슨
짓이든 하라고 사장이 지시했다는 달콤한 프러포즈를 받았던 미치는
'왜긴? 내가 잘나서 그런 거지.'라는 자만에 빠져서 "당신 대체 누구
편이야?" 하고 되묻는다. 아내 또한 의심이 사라지지 않으면서도 성공
의 문턱에 다가선 남편을 축하해 준다. 그렇게 그들은 덫에 걸리지 않
을 수 있었던 유일한 기회를 놓치고 만다.

응당 받아야 할 것보다 많이 받게 될 때 우리는 미치처럼 기묘한
착각에 빠지게 된다. 나에겐 그럴만한 자격이 있다고, 그러니 남들보
다 융숭한 대접을 받는 것이 당연하다고 느끼는 것이다. 하지만 결코
내가 잘나서도, 그들이 친절해서도 아니다. 많이 준다는 것은 준 것보
다 더 많이 빼앗아 가겠다는 포고일 뿐이다. 그 제안을 우쭐거리며 수
용하는 순간, 이자까지 붙여 곧 빼앗기게 되리라는 것을, 항변할 권리
마저 포기한 것이라는 사실을, 우리는 자각하지 못한다. 세상에는 공
짜가 없다는 아주 단순한 진리를 까맣게 잊는 것이다.

살짝 다른 이야기가 되겠지만 〈전망 좋은 방〉을 쓴 영국 작가
E.M.포스터가 플롯과 스토리를 구별할 때 왕과 왕비의 예를 들어 설명
하는 부분이 있는데, 조금 풀어서 설명하면 이렇다.

옛날에 훌륭한 왕이 살았대, 하고 입을 떼면 귀 기울이고 있던 아

이들은 묻는다. 그래서 어떻게 됐어? 어느 날, 이웃나라 왕이 쳐들어왔지. 그래서 어떻게 됐어? 이리저리 해서 왕이 죽었어. 그 다음에 어떻게 됐는데? 왕비도 죽었지. 그래서? 그래서 어떻게 됐는데? 그렇게 이야기는 끝없이 이어질 수 있다. 그러나 이런 식으로는 인물들의 내면을 깊이 드러내기는 어렵다. 대신에 왜? 라고 묻고 대답해 가면 전혀 다른 이야기 구조가 만들어진다.

어느 날 왕이 죽고 말았어. 왜? 이웃나라와 치열한 전쟁 중이었거든. 왜? 이웃나라 왕이 왕비를 탐냈던 거야? 왜? 지혜로운데다 외모도 마음도 정말 아름다웠으니까. 그래서 왕비를 차지하고 싶었던 거지. 하지만 왕비는 죽고 말았어. 왜? 자결했거든. 왜? 결코 이웃 왕하고 결혼할 수는 없었어. 왜? 죽은 왕을 너무너무 사랑했으니까. 왜? 왕은 정말 마음이 따뜻하고 왕비를 진심으로 사랑했거든. 왜? 사랑이란 그런 거야. 왜? 왜? 왜에……?

어떻게? 라고 물으며 스토리의 흐름만 따라가던 생각은 왜? 라고 묻게 되면서 덜컹거리게 된다. 생각을 멈추고 원인을 찾게 되고 인물들의 관계와 마음을 헤아리게 된다. 왜? 라고 물을 때에만 왕에 대한 왕비의 깊은 사랑과 그들의 행복을 시기한 이웃나라 왕의 탐욕과, 그리고 우리 삶이 가진 근본 문제에 닿게 된다. 이렇듯 왜(why)를 풀어가는 것이 플롯이고, 어떻게(how)가 아니라 왜(why)를 따라가는 과정이 바로 스토리 작법(作法)이다. 흔히들 플롯이 탄탄하다고 말하는 소설이나 영화는 왜(why)를 집요하게 파고든 작품들이다. 그러나 왜(why)라고 물어야 하는 것이 다만 스토리작법뿐일까?

무한복지? 어떻게? 기업을 삥 뜯으면 돼. 어떻게? 법인세 올리고 증여세 올리고. 교육의 평등? 어떻게? 특목고 없애고 시험 없애고 수

시로 뽑고. 취업 평등? 어떻게? 블라인드 면접을 보는 거지. 어떻게? 학력도 학벌도 출신지역도 가리고 증명사진도 없애고. 같은 민족이니 북한하고도 같이 잘 살아볼까? 어떻게? 개성공단 재개하고 핵 개발 지원하고 힘을 합치는 거지. 어떻게? 우리 군의 복무기간 줄이고 동성애도 허용하고 사드 취소하고 미군철수까지 하고.

그런데 어떻게? 대신에 왜?를 넣으면 어떨까. 무한복지? 왜? 우리 세금과 미래 기반이 되어야 하는 돈으로 왜? 기업이 무너지면 경제가 무너지는데 왜?

평등? 태어나고 자란 환경이 다른데 왜? 인생은 내가 노력한 만큼 저마다 얻는 것이 다른데 왜?

교육평준화? 사람마다 능력이 다르고 재능이 다른데 왜?

시험 폐지? 공부할 수 있는 시기는 유한하며, 의무가 없으면 공부할 실질적 동기가 안 생기는데 왜?

블라인드 면접? 공부 열심히 해온 사람하고 탱자탱자 놀기만 한 사람하고 다른데 왜? 한국 사람과 프랑스 사람이 다르듯이 지역 문화와 가족 문화와 종교 문화가 그 사람의 근본을 이루는 건데 왜?

북한하고 똑같이? 이념이 다르고 경제 기반이 다른데 왜? 그들이 지금 우리 목숨을 위협하는데 왜? 핵 쏠지도 모르는데 왜?

사드 반대? 왜? 미군 철수하면 중국과 북한과 일본에 둘러싸인 우리 안보가 위태로워지는데 왜? 왜? 왜에……?

스마트 폰 화면을 손가락으로 가볍게 터치하게 되면서, 의도대로 편집된 포털사이트를 통해 세상 소식을 접하게 되면서, 우리는 아주 중요한 한 가지, 왜? 라고 질문하는 능력을 잃었다. 왜라고 묻는 것이 결코 쉬운 일이 아니기 때문이다. 왜? 라고 물으려면 알아야 한다. 평등이란 태어나고 죽는 것 말고는 자연 그 어디에도 존재하지 않는다는 것을, 자연 그 자체가 치열한 경쟁의 산물이라는 것을, 나 말고는 그 누구도 나를 행복하게 해줄 수 없다는 것을, 평화도 자유도 인생도 절대 공짜가 아니라는 것을 알아야 한다. 그러니 왜? 라고 묻는 것은 골치 아프다. 상대에게 의지해서 그의 대책과 의견을 물어보는 게 쉽다. "와, 좋아. 방법? 아몰랑. 네가 말해봐. 어떻게 할 건데? 어떻게 날 부자로 만들어줄 건데? 어떻게 날 행복하게 해줄 건데?"

아이들이 〈어떻게(how)〉만 나열된 옛날이야기나 동화에 홀딱 빠져드는 것처럼, 어떻게(how) 라는 질문은 비판도 비평도 허락하지 않는다. 그저 고개 끄덕이고 감탄하고 박수칠 밖에.

하지만 우리는, 아이가 아니고 어른이라면, 생각할 줄 안다면, 왜라고 묻는 것을 절대 포기해선 안 된다. '나는 생각한다, 고로 존재한다.'는 데카르트의 말을 좀 각색해서 '나는 왜? 라고 질문한다. 고로 존재한다.'가 되어야 한다. 그렇게 묻지 않으면 그저 노예로 살아가게 될 뿐이다. 그러니 우리는 와우! 하고 감탄하는 대신에 와이(why)? 하고 물어야 한다. 왜? 왜? 왜? 왜? 왜냐고? 왜냔 말이야? 끈질기게 물어야 한다.

2017년 6월 22일 목요일

무궁화, 샤론의 장미

우리 나라꽃 무궁화.

어린 시절 어른들한테서 아름답지 않은 꽃, 지저분하게 지는 꽃, 벌레 먹는 꽃이라는 말을 들으며 자랐다. 그래서 우리나라에 외침이 많다고, 그래도 끝내 죽지는 않는다고. 그때는 그 말이 칭송이라기보다는 처연하고 비굴하게 느껴졌다. 생긴 것도 장미나 백합에 비교해 이쁘지도 않은 것 같았고, 귀하고 비싸게 취급되어 꽃꽂이에 쓰이는 것도 아니다. 아무도 쳐다보지 않는, 그저 남의 담장 밑에 천덕꾸러기처럼 피는 식물에 불과했다. 왜 하필 저렇게 못생긴 꽃을 국화로 했을까, 궁금하고 화가 날 지경이었다.

하긴 우리 것 어느 하나 자랑스러운 거라고 배우지 못했다. 애국가는 세계적으로 공식 등재되지 못했다 하니 어쩐지 모자란 것 같아 부끄러웠고, 허구한 날 당파싸움이나 하는 역사 또한 수치스러운 것이었다. 영어가 국어였으면 이렇게 어려운 시험 안 봐도 되는데 싶어서 한글도 자랑해야 할 것인 줄 몰랐고, 어려운 한자를 같이 써야만 이해되는 한글이라 생각하면 한편 아쉽기도 했다. 이거 뭔가 잘못됐구나, 우리 것의 소중함을 돌아본 건 나조차 불과 얼마 되지 않는다. 그러니 전교조에 의해 더욱 기울어진 교육을 받는 지금의 아이들이 광화문에 나와 촛불을 드는 걸 탓할 수도 없다. 그렇게 가르치는 어른들을 탓해야 하는데 교육과 출판과 역사를 거머쥐고 있는 힘 있는 자들이 온통 헬 조선을 외치며 조선민주주의인민공화국에게 대한민국을 재물로 바치려는 자들이니.

그런데 무궁화의 영어 이름이 샤론의 장미(The Rose of Sharon)라는 걸 이제야 알게 되면서 뒤통수를 한 대 얻어맞은 것 같은 기분이 들었다.

> – 이스라엘의 '샤론 평원에 핀 아름다운 꽃'이다. 무궁화(無窮花)는 우리나라를 상징하는 꽃으로 '영원히 피고 또 피어서 지지 않는 꽃'이라는 뜻을 지니고 있다. 고조선(古朝鮮) 이전부터 하늘나라의 꽃으로 귀하게 여겼고, 신라는 스스로를 '근화향(槿花鄕)-무궁화 나라'이라고 부르기도 하였다. 중국에서도 우리나라를 오래전부터 '무궁화가 피고 지는 군자의 나라'라고 칭송했다.
>
> / 국가기록원 '국가 상징' 페이지 글 중에서.

왜 이런 내용을 배운 적이 없을까. 왜 내 나라 국화에 대한 자부심을 키우지 못하고 자랐을까. 주역(周易)이나 우주의 이치를 조금이라도 알아야 설명할 수 있는 태극기에 담긴 뜻을 많은 사람들이 정확히 알고 있지 못한다는 것은 차치하고라도, 꽃인데도 아름답고 귀하다고 느껴본 기억이 없다. 꽃말을 찾아보던 소녀 시절에도 무궁무진하다라고 쓸 때의 무궁(無窮), '공간이나 시간 따위의 끝이 없음'의 뜻을 간직한 꽃이란 의미조차 곱씹어본 적이 없다. 소중하다는 걸 배운 적이 없으니 의미를 알고 싶을 리가 없고, 그 뜻을 모르니 소중하게 여겨본 적이 없는 것이다. 그런데 '샤론의 장미'라니, 샤론이란 발음 때문일까, 장미라는 꽃이 주는 아우라 때문일까. 이토록 달콤한 외국어 이름을 알고 나니 못생기고 못난 꽃이라는 무궁화에 대한 편견이 단번에 뒤집어졌다. 간사하다.

2017년 6월 21일 수요일

불살라지지 않는 희망의 그림을
: 지그프리트 렌츠 〈독일어시간〉

파출소장 : 나는 자네의 가방을 열게 할 권리가 있네.

화가 : 오렌지색 대신 보라색을 써볼까 하는데 말이야.(가방에서 아무것도 그려져 있지 않은 종이 몇 장을 꺼내며) 일몰광경을 그렸지. 좀 더 손을 봐야 하네.

파출소장 : (한 장 한 장 불빛에 비추어본 뒤) 자네, 나를 바보로 아는 모양인데 그러면 안 돼.

화가 : 내가 말했잖아. 나는 결코 그림을 중단할 수 없다고. 그러니 너희들은 눈에 보이는 것을 찾아, 나는 눈에 보이지 않는 것을 그릴 테니. 잘 살펴보라고, 내가 그린 보이지 않는 일몰과 파도를.

파출소장 : (계속 백지를 불빛에 비춰보고는) 이 종이, 여기 있는 모든 종이를 압수하겠네!

/ 지그프리트 렌츠 〈독일어시간〉 중에서.(약간의 각색 인용)

〈독일어시간〉은 2차 대전 중 독일의 작은 마을에 사는 화가를 감시하라는 명령을 받은 파출소장 옌스와 이에 저항하는 화가 넨센, 그리고 아버지 옌스에 대한 의무와 화가의 그림을 지켜주고 싶은 두 갈래 마음 사이에서 갈등하는 소년의 눈을 통해 전체주의의 폭압을 그려내고 있다. 옌스는 수많은 사람들을 죽이고도 다만 자신의 의무였을 뿐, 상부의 명령에 따른 것이 죄가 될 수 없다고 항변했던 전범 아이히

만을 떠올리게 한다. 이에 대해 넨센은 다음과 같이 항변했다.

- 옌스, 자넨 언제나 깨닫게 될까. 저들이 공포에 차 있다는 것을. 이따위 짓을 하도록 부추기는 것도 다 공포 때문이라는 것을. 너희들의 두려움을 만들어주는 것들을 가져갈 테면 가져가봐. 압수하든 찢어버리든 태워버리든 마음대로 해보라고. 하지만 한번 그려진 그림은 결코 사라지지 않는 법이야. 사람들에겐 결코 포기할 수 없는 것이 있어. 나는 이번에도 포기하지 않을 거야. 나는 계속 그림을 그릴 걸세. 눈에 보이지 않는 그림을 그릴 거라고. 그 속에 너무나 빛이 가득 차서 너희들이 아무것도 찾아낼 수 없는 그런 보이지 않는 그림을 말이야.

미국 청년 웜비어의 사망 소식을 듣고 분노와 안타까움이 뒤섞인 마음에 뭔가 쓰고 싶다고 생각하면서도 정리되지 않아 미뤘더니 밤새 아주 '훌륭한' 글을 썼다 지웠다 하는 꿈을 내내 꾸어야 했다. 그러나 눈을 뜨자 봄눈처럼 사라져버린 문장들. 아쉬운 마음에 책장 앞을 서성이다 이 책을 꺼내 들었다.

지금 우리나라에서 벌어지고 있는 희망 죽이기 프로젝트, 미래 세대 말살 정책을 보면, 역사 앞에서 늘 궁금했던 질문들이 떠오른다. 왜 세상은 종종 단 한 명의 무지와 탐욕이 수많은 사람들의 운명을 곤두박질치도록 허락하는 것일까? 왜 몇몇 사람들의 어리석음으로 인해 국가와 국민이 죽음의 길로 내몰리게 되는 것일까. 왜 다수의 민중들은 도살장으로 끌려가는 줄도 모르고 노래하고 춤추며 찬양하는 것일까. 그런데도 왜 인류는 절멸하지 않았을까. 대체 무엇이 죽음과 폐허와 절망을 딛고 다시 일어서게 하는 것일까.

생각해 보면 역사적 사건이란 어느 누구의 단일한 계획에 의해 시작될 수는 있지만, 일사불란한 설계에 의해 종결되지는 않는다. 찰나찰나 부풀어가는 풍선처럼, 예기치 않던 시간과 장소에서 기대하지 않았던 인물로 인해 그것이 좋은 방향이든 나쁜 방향이든 반드시 터질 수밖에 없는 한계점에 이르기 마련이다.

나름의 계산은 있었겠지만, 오토 웜비어의 사망은 그들의 바람과는 다르게, 한반도에서 벌어지고 있는 상황을 뒤바꿀 매우 중요한 터닝 포인트가 될 것 같다. 귀신에 홀리기라도 한 것처럼 남과 북이 벌이고 있는 이 미친 굿판이, 아이러니하게도 그들 자신의 모순과 초조와 공포를 고스란히 드러내고 있는 것으로 보이는데다, 앞날이 창창한 스물네 살 청년의 죽음을 목도한 세계의 많은 사람들이 북한 체제의 종말을 촉구하도록 할 것이기 때문이다.

그러니 우리가 해야 할 일은 지금처럼, 아니 지금보다 더 맹렬하게, 저들의 눈에는 결코 보이지 않는 그림을 계속해서 그리는 일이다. 불빛에 아무리 비춰 봐도 저들의 비뚤어진 눈에는 보이지 않는 그림을, 보이지 않아서 미치고 팔짝 뛰게 만드는 그림을 말이다. 모든 종이를 다 압수해 간다 해도 도무지 사라지지 않는 그림, 절대 찢어버릴 수 없는, 불 태워도 불 태워도 결코 불살라지지 않는 그런 눈부신 희망의 그림을!

2017년 6월 19일 월요일

미래를 무너뜨리는 데 전력을 다하는 사람들
: 칼 포퍼 〈열린사회와 그 적들 2〉

- 감정과 정서를 비합리적으로 강조하는 태도는 궁극적으로 범죄라고밖에 표현할 수 없는 폭력과 무력을 모든 분쟁의 궁극적 결정권자로 삼고 그것에 호소하는 데 이르고 말 것이다. 분쟁이 일어나면 공포, 증오, 질투 그리고 폭력 등과 같은 덜 건설적인 감정과 정열에 호소하는 것 이외에 무엇이 비합리주의자들에게 남아 있을 수 있겠는가. 이러한 경향은 인간의 불평등을 강조하는 것에 의해서 더욱 강화될 것이다. 우리는 모든 사람에 대해 똑같은 감정을 가질 수 없다. 정서적으로 우리는 사람들을 가까운 사람과 먼 사람으로, 원수와 친구로 나눈다. 우리가 모든 사람에게 동등한 사랑을 느낄 수 없는데도 이성이 아니라 사랑이 지배해야 한다고 가르치는 사람은 증오를 통해 다스리는 사람에게 길을 열어 놓게 된다. 사랑의 직접적 지배를 믿는 사람은 사랑 그 자체는 확실히 무사 공평성을 촉진시켜 주지 않는다는 점을 고려하기 바란다. 사랑이 크면 클수록 충돌은 더 심해진다.

/ 칼 포퍼 〈열린사회와 그 적들 2〉 중에서.

(읽기 쉽도록 맥락에 위배되지 않을 중략과 요약 인용)

며칠 전 어떤 분과 칼 포퍼의 〈열린사회와 그 적들〉에 대해 이야기하게 되었다. 보수나 우파, 또는 자유주의자라는 사람들 중에 이 책을 읽지 않은 사람들은 많다. 나도 읽긴 했지만 그 내용을 완전히 이해하고 설명할 수 있을 만큼은 아니다. 다만 읽을 때의 공감, 그 순간의 끄덕임이 잠재의식 속에 가라앉았다가 현 사태의 본질을 보는 데 도움이 되었을 것이다. 진실을 보는 일은 어렵다. 공부하지 않으면 자유가 무엇인지, 왜 자유에는 공짜가 없는지, 왜 사회주의와 공산주의가 실패했는지, 왜 우리가 자유 시장경제체제를 채택하여 살아야 하는지 이해할 수 없다.

언제부턴가 노란색이 보이면 고개를 돌리게 된다. 언제부턴가 세월,이라는 말이 들리면 외면하게 되고, 정의나 평등이란 말을 앞세우는 사람은 믿지 않게 되었다. 그들은 여전히 '네 가족'이라고 생각해 보라며 타인의 죽음에 대한 슬픔을 강요하고, 우민화(愚民化)를 위해 하향 평준화를 획책하는데도 환호하며, 환경보호라는 미명 하에 국토는 목이 말라 쩍쩍 갈라지는데도 4대강 보 철거를 잘 한다고 칭찬하고, 향후 30퍼센트가 넘는 전력공급량의 감소가 예상되는 데도 원전 폐쇄를 잘 한다며 박수치고 있다. 특정 지역의 99퍼센트의 절대적 국민지지라는 명분으로 실행되고 있는 독재를 민주주의의 완성인 줄 믿고, 김일성 전체주의 왕조와 함께 국제사회에서 침몰하고 있는 중인데도 맛있는 것, 멋진 휴가를 계획하면서 내일도 어제와 같을 것으로 확신하고 있다. 어려운 시절을 함께한 친구나 가난을 함께 견딘 조강지처도 박대해선 안 되는 법인데, 54,000명의 젊은 목숨을 희생하여 이 나라를 지켜준 우방에게 이토록 무례할 수가 없다. 그 무례가 우리의 생존을 위협하게 된다는 것을 모른다는 게 더 안타깝다.

그러나 더 큰 문제는, 이 모든 것이 다만 사회주의가 아니라, 그저 공산주의가 아니라, 아직은 명확하게 정체를 드러내지 않은 어둡고 거

대한 탐욕을 완성시키기 위해 벌이는 아주 작은 현상들일 뿐이라는 것이다. 그런 사실을 모른 채 저들이 짜놓은 각본대로 대한민국의 미래를 무너뜨리는 데 전심전력을 다하고 있는, '감정과 정서를 비합리적으로 강조하는' 일부 국민들을 어떻게 깨워야 하는 것인지, 생각할수록 암담하기만 하다.

2017년 6월 18일 일요일

대한민국, 참 오래 버텼다

책을 읽다가 물리학과 관련하여 '인류 원리'라는 용어가 잘 이해되지 않아서 검색했는데, 위키는 너무 짧게 소개되어 있어서, 좀 더 쉽게 설명되어 있지 않을까 하는 마음에 하는 수 없이 N포털 지식백과를 열었다. 그러나 애초에 알아보려던 말보다 더 어려운 '우주상수'니 '초끈이론'이니 하는 용어들을 나열하며 설명해 가던 서울과학기술대학교 특별연구원이라는 박사님. 물리학의 용어를 제대로 이해하지 못하는 나의 무지를 탓하면서도 더듬더듬 읽어 가는데, N포털이 채택한 글이니 혹시나 했던 우려를 저버리지 않고 글이 뜬금없는 결론에 다다랐을 때 나는 기어이 헛웃음을 터뜨렸다. 결말 부분의 본문은 다음과 같다.

  - 이처럼 '인간 생존의 조건'은 인간에 선험적으로 존재하는 자연의 질서를 이해할 때에 매우 유력한 도구로 활용되기도 하지만,

인간답게 살기 위한 조건으로서의 인류 원리가 가장 필요한 곳은 과학이 아니라 사회일지도 모른다. 전직 대통령 국민장을 겪으면서, 우리 사회에도 좀 더 많은 인류원리가 필요하지 않을까 생각해 본다.   / N 지식백과 중에서.

2009년 게재된 글이다. '노무현을 가장 가슴 깊이 이해하고 어루만진 과학자, 그를 죽음으로 내몬 이들의 실체와 그 심리적 메커니즘 해부'라는 출판사의 소개 글이 말해주듯, 그는 〈대통령을 위한 과학 에세이〉를 쓴 노무현 추종 과학자다. 그가 설명해 준 인류 원리의 개념을 내가 제대로 이해하지 못한 것을 전제하더라도, 대체 물리이론과 노무현의 자살이 무슨 상관이 있다는 것인지, 어떻게 이런 결론이 맺어질 수 있는 것인지 몇 번을 읽어도 이해가 되지 않는다. 마치 있지도 않은 죄를 단정한 뒤 탄핵하고 우격다짐 재판을 계속 해나가는 것과 조금도 다르지 않은, 하고 싶은 말을 하기 위해 이끌어낸 의도된 결론이다.

언젠가 한번 언급한 적 있지만 '남편 복은 없었던 여자'로 한정하여 선덕여왕에 대해 서술했던 것과 마찬가지로, 이 포털 사이트뿐 아니라 문학, 인문, 철학, 과학, 역사, 영화, 공연 등 거의 모든 예술과 지식 분야에서 이런 식의 왜곡과 선동을 만나는 것은 어렵지 않다. 우리 청소년들이 이런 것을 정보라고 믿으며 자란다고 생각하면 오싹하다. 우리나라가 왜 이 지경이 되었는지, 사실 이상할 것도 없다. 오히려 지난 30여년 세뇌되어 온 것을 되짚어보면, 어떻게 우리들이 이걸 몰랐는지, 어떻게 더 일찍 이런 사태가 오지 않을 수 있었는지, 그게 더 놀랍고 의심스러울 뿐이다. 우리 대한민국, 참 오랫동안 잘도 버텼다.

2017년 6월 16일 금요일

가짜 생각, 가짜 감정, 가짜 의지
: 에리히 프롬 〈자유로부터의 도피〉

- 사상을 표현할 권리는 자신의 사상을 가질 수 있을 경우에만 의미가 있다.   / 에리히 프롬 〈자유로부터의 도피〉 중에서.

이 책의 제5장 '도피의 메커니즘'에는 가짜 생각, 가짜 감정, 가짜 의지에 대한 예가 몇 가지 나온다. 사람들은 '자신의 생각과 감정과 의지가 자신의 것이라고 믿지만, 그러한 신념 자체가 환상이며 외부에서 주입된 것'이라는 설명이다. 그 예를 몇 가지 요약 발췌한다.

1. A는 B에게 그의 원고를 C가 가져갔다고 최면을 건다. 그러면 B는 무고한 C에게 원고를 내놓으라며 다그치고, 훔쳐갔다고 모함한다. 원래 자신의 원고를 탐했다고, 호시탐탐 기회를 노렸다는 말도 들은 적 있다며 자신의 생각을 합리화하기까지 한다. 이때 방에 D가 들어온다. A는 분노하여 상황을 설명하고, C는 여전히 어리둥절해 하며 부정한다. D는 변명하는 것처럼 보이는 C보다 A의 명확해 보이는 생각과 느낌에 공감한다. 이러한 상황을 E가 들어와 본다면, 그는 이내 상황을 판단할 수 없고, 누구든 잘못할 수 있다는 걸 알면서도 2대 1이니까, 다수 쪽이 옳을 가능성이 더 많다고 믿는다. 이런 유형의 상황은 다양한 사람과 다양한 내용으로 수없이 되풀이될 수 있다.

2. 아침에 일기예보를 들었던 사람은 누군가 날씨에 대해 물으면, 라디오에서 그러는데 비가 오겠다는군요, 할 수도 있지만, 제비가 낮게 나는 걸 보니 비가 오겠어요, 하고 무심코 말할 수도 있다. 이 경우 그의 의견인 것 같지만, 자신의 의견을 가져야 한다는 강박감으로 인해 권위자의 의견을 되풀이할 뿐이다.

3. 신문 독자에게 어떤 정치문제에 대한 의견을 물으면, 그들은 신문에서 읽은 것을 거의 정확하게 그 자신의 의견으로 대답한다. 더욱이 자기가 말하고 있는 것이 스스로 생각한 결과라고 믿는다. 이는 세상 물정에 어두운 사람으로 보일지도 모른다는 두려움으로 인한 결과일 수도 있다.

4. 유명한 음악이나 램프란트 같은 유명한 화가의 작품 앞에서 사람들은 아름답고 인상적이라고 판단한다. 그러나 그들은 다만 아름답다고 생각해야 한다는 것을 알기 때문에 아름답다고 생각할 뿐이다. 유명한 풍경을 바라볼 때에도 눈앞에 있는 건 실제 풍경이 아니라 완전한 풍광이 담겨있던 그림엽서다.

불법, 부정, 비리의 종합선물세트와도 같은 고위공직자 후보들의 면면을 보면서도 자신의 판단은 멀리 안드로메다로 보내놓고, '멋진 여성, 칭송받는 인물, 우리도 국제사회에서 인정한 글로벌한 외교부장관을 가질 때, 국민의 뜻에 따르겠다, 야당도 국민의 판단을 존중해주길 바란다.'는 말에 끄덕끄덕, 일 좀 하게 해주자, 비리가 뭐 중요해, 능력이 최고지,라며 환호하고 열광하는 '이니의 국민들.'

2016년 6월 16일 금요일

남과 북은 전쟁 중
: 영화 〈연평해전〉

NLL이란 말에 처음 관심을 갖게 된 것은 '포기했네', '안 했네'라는 뉴스가 나올 때였다. 그 전엔 관심 없었다. 내가 누리는 자유와 평화가 당연한 줄 알았으므로 연평해전이 뭔지도, 부끄럽지만 잘 몰랐다. 붉은 악마들이 '대한민국'을 외치고 모든 국민의 눈이 축구공에 쏠릴 때 속보 자막으로 잠시 나타났다 사라진 서해 교전, 그나마 잊고 살았다.

어렸을 때, 초등학교 운동장에서 애국 조례를 했고 애국가는 꼭 4절까지 다 불렀다. 교장선생님 훈화도 길어서 월요일 아침이면 유난히 춥고 더웠다. 허약한 아이들은 얼굴이 하얗게 바래서 주저앉기도 했다. 그래도 죽는 애들은 없었다. 나 또한 그 때문에 인생이 잘못된 것 같지는 않다.

학교에 가는 길, 집으로 오는 길, 국기 게양식, 국기 하강식 때마다 동사무소에서 들려오는 애국가에 귀 기울이며 걸음을 멈추었다. 태극기가 휘날리고 있을 법한 쪽을 향해 오른손을 왼쪽 가슴 위에 얹고 나는 '자랑스러운 태극기 앞에' 하며 국기에 대한 맹세를 외웠다. 국민교육헌장을 외웠고 새벽마다 쓰레기 수거차가 오면 '새벽종이 울렸네 새 아침이 밝았네.' 노랫소리가 들렸다. '백두산의 푸른 정기 이 땅을 수호하고, 한라산의 높은 기상 이 겨레 지켜왔네.'로 시작하는 〈나의 조국〉이란 노래도 씩씩하게 잘도 불렀다. 그런데 내 어린 시절의 그런 경험이 어쩌다 부끄러워해야 하는 기억이 되었는지 잘 모르겠다.

작품성으로 본다면 아쉬운 부분이 있다. 〈크림슨타이드〉나 〈어퓨
굿맨〉처럼 내부적 갈등을 키울 수 있었다면 더 극적이고 스토리도 재
미있었을 것이다. 그러나 이 영화에서의 적은 그들 내부에 있지 않다.
그 적은 '적이 발포하기 전엔 절대 먼저 발포해서는 안 된다.'는 상부의
명령, 그리고 북방한계선(NLL)을 마음 놓고 넘어오는 그들이다.

참수리357호에는 입대할 때는 조금 걱정했지만 용감하게 잘 적응
하고 있는 우리들의 아들, 동생, 연인이 있을 뿐이었다. 하루에도 몇
차례 비상벨이 울리면 밥을 먹다가도, 잠을 자다가도 30초 안에 완전
무장하고 뛰어나가는 대한민국을 지키는 아름다운 청년들이 있을 뿐
이었다. 그래서 첨예한 내부 갈등과 복잡한 플롯은 불필요했을지도 모
른다.

아마도 이들 몇몇이 결국 전사한다는 걸 알고 보았기 때문일 것이
다. 영화가 시작되는 처음부터 저들이 죽음의 항해를 시작하는구나,
생각할 수밖에 없었다. 영화적 스킬이 특별하지 않은데도 불구하고 아
무렇지 않은 일상, 끝없는 훈련, 청년들의 순수한 우정이 저쪽 사람들
의 야비한 도발에 의해 사라질 것이라는 안타까움을 증폭시켰다. 마지
막까지 키를 놓지 않았던 중사 한상국 조타수의 모습과 태극기 아래
누워있는 그의 시신을 볼 때, 우리나라가 여전히 전쟁 중인 나라라는
사실을 아프게 깨달을 수 있었다.

- 너희가 허비하는 그 1초가 전우를 죽음에 이르게 한다는 사실을
  잊지 말기 바란다.

아버지와 아들, 대를 이어 나라를 지켜낸 윤영하 소령, 그리고 마지

막까지 키를 놓지 않았던 한상국이 박동혁 의무병에게 유언처럼 말한다.

 - 난 배를 살릴 테니 너는 사람들을 살려.

당시 연평해전은 우발적 사고였다고 결론지어졌다. 당시 월드컵을 관람하며 국민 모두가 외친 '대한민국!'은 무엇이었을까. 목이 터져라 외칠 '대한민국'이 있다는 것이 얼마나 감사해야 할 일인지 우리는 잊고 사는 것은 아닐까.

일부에서는 국군 홍보영화라고 비하했다. 그렇게도 볼 수 있다. 그러나 내내 잊고 살던 우리가 두 시간 정도 시간을 내어서 대한민국이 지구에 남은 유일한 분단국가라는 사실을 기억할 수 있다면, 전쟁이 끝난 것이 아니라 휴전 중이라는 사실을, 지금도 우리는 전쟁 중이라는 엄중한 현실을 자각할 수 있다면 의미 있는 일이 아닌가. 무엇보다 내가, 우리가, 지금 누리고 있는 이 자유가 절대 공짜가 아니라는 사실을 영화를 보며 절감할 수 있다면, 이 영화의 가치는 충분하다.

지금도 수고하고 있는 국군장병들, 앞으로 입대할 우리 젊은이들, 신성한 국방의무를 다한 예비군 아저씨들, 더 나아가 배 나온 민방위 아저씨들까지, 그리고 6·25전쟁에서 나라를 지켜주신 어르신들과 지금의 자유 시장경제 체제로 살아갈 수 있도록 길 닦아주신 부모님 세대까지, 또한 아들과 남편과 가족을 잃은 유가족분들께 무한 감사드린다. 1차원적 유치한 감상일지라도 다른 말로 포장할 이유가 없다. 대한민국이라는 우리나라가 있을 때 민주주의도 자유도 누릴 수 있는 것이다.